Elfriede Liebich
Jetzt oder nie

Über die Autorin

 **Elfriede Liebich** wurde in Linz am Rhein geboren und ist mittlerweile stolze 84 Jahre alt. Sie heiratete jung und zog zwei Kinder groß, bevor sie in der Pflege in einem Altenheim arbeitete.
Sie schrieb für ihre Enkel Geschichten und es entwickelte sich ein wunderbares Hobby daraus. Jetzt als Rentnerin und dank der Ermutigung durch ihre Familie und ihre Lektorin, Andrea Benesch, traut sie sich, ein Buch zu veröffentlichen. Dem, wenn es nach ihrem Umfeld geht, noch viele weitere folgen werden.

Elfriede Liebich

JETZT ODER NIE!

Kriminalroman

Bibliografische Information der Deutschen Nationalbibliothek:
Die Deutsche Nationalbibliothek verzeichnet diese Publikation in
der Deutschen Nationalbibliografie; detaillierte bibliografische
Daten sind im Internet über dnb.dnb.de abrufbar.

© 2024 Elfriede Liebich

Verlag: BoD • Books on Demand GmbH, In de Tarpen 42,
22848 Norderstedt

Umschlaggestaltung: © Christl Glatz / www.covergarden.de
Unter Verwendung von Motiven von © jessicahyde / istock /
Getty Images Plus und © Muderphoto / AdobeStock

Lektorat: Andrea Benesch, Lektorat Feder und Eselsohr
Satz: Natalie Gille, www.nataliegille.de

Druck: Libri Plureos GmbH, Friedensallee 273, 22763 Hamburg

ISBN: 978-3-7597-5177-5

1

DIENSTAG, 18.10.

Klara stand erstarrt und zitternd vor der offenen Küchentür. Vor wenigen Minuten hatte ein klirrendes Geräusch sie aus dem Schlaf gerissen und mit einem kräftigen Satz aus dem Bett gejagt. Wie jede Nacht hatte sie im Schlafzimmer bis spät in die Nacht gelesen in der Hoffnung, die Müdigkeit würde sich irgendwann einstellen. Doch wie jede Nacht war die Hoffnung umsonst gewesen. Irgendwann musste sie allerdings eingeschlafen sein, denn das Geräusch hatte sie immerhin geweckt.

Angespannt lauschte Klara in die Stille, auf ein weiteres Klirren oder Schritte oder irgendwas anderes. Dabei zögerte sie jeden Atemzug hinaus, um ein eventuelles Geräusch nicht zu überhören. Der Knall kam von oben, aus dem ersten Stock. Etwas war auf dem Boden aufgeschlagen, mehrere leisere Geräusche folgten. Sie waren über den Boden gehüpft, bevor sie verstummten und kaum war das Spektakel vorbei, war es wieder still im Haus und es blieb auch still und eben dieser Umstand hatte sie in Panik versetzt.

Das Zimmer ihrer fünfzehnjährigen Tochter Sophie befand sich im ersten Stock. Wäre ihre Tochter für das Poltern verantwortlich, hätte sie sofort einen lautstarken Fluch hinterhergeschickt, wie sie es immer machte, wenn ihr ein Missgeschick passierte. Weil sich sonst niemand im Haus aufhielt, konnte nur sie es gewesen sein. Absichtlich oder ungewollt, das ließ sich klären.

Am Vorabend war alles in Ordnung gewesen. Sie hatte ihrer Tochter eine gute Nacht gewünscht und Sophie versprach ihr, bald ins Bett zu gehen, weil sie am nächsten Morgen zur Schule musste. Alles war wie immer. Nun, nicht ganz wie immer. Seit der Trennung von Ulrich, ihrem (mittlerweile Ex-)

Mann, war nichts mehr so, wie es vorher gewesen war. Ein Erdbeben der Stärke sieben hatte sie erschüttert, als sie das Alter der neuen Frau an Ulrichs Seite erfahren hatte. Augenblicklich hatte diese Nachricht den Glauben an Glück und Beständigkeit zerstört, sie erniedrigt und klein gemacht. Niemals würde sie diese Schmach überwinden können, dachte sie damals. Einundzwanzig, ein Altersunterschied von achtundzwanzig Jahren. So ein Klischee.

Jetzt, um vier Uhr morgens, wollte sie jedoch wissen, was es mit dem Knall auf sich hatte. Je schneller sich das Problem aufklärte, desto schneller kam sie wieder zur Ruhe. Klara setzte sich mit nackten Füßen in Bewegung. Ihr Herz raste wieder, als sie auf der ersten Treppenstufe stand und nach oben blickte. Hoffentlich klärte sich gleich alles auf. Gut, es war etwas herabgefallen und niemand hatte es wieder aufgehoben – davon ging sie jedenfalls aus. Das hätte sie mitbekommen, weil das nicht ohne weitere Geräusche abgelaufen wäre. Übertrieb sie nicht wieder einmal? Machte sie ein unnötiges Theater um einen harmlosen Knall? Um nichts? Musste sie sich immer wieder in die Angst hineinsteigern? Überall Gespenster vermuten, so übertrieben oft, dass sie sich ihrem eigenen Haus nicht mehr sicher fühlte? Stopp! Klara rief sich streng zur Ordnung. Es half nichts, sich selbst mit negativen Gedanken fertigzumachen, zumal diese Stimme, die sie da beschimpfte, eindeutig nicht die ihre war. Wie oft hatte Ulrich ihr genau diese Dinge vorgeworfen? Zu oft. Höchste Zeit damit aufzuhören sie andauernd in Gedanken zu wiederholen und sich zusammenzureißen. Sie musste dem Geräusch auf den Grund gehen, und zwar jetzt. *Also beweg dich endlich und sieh nach!*

Oben angekommen, stolperte Klara über einen Gegenstand. Sie spürte augenblicklich einen heftigen Schmerz. Etwas Spitzes hatte sich in ihren Fuß gebohrt. In was war sie da nur hineingetreten? In dem diffusen Flurlicht kein Wunder! Seit Wochen hatte sie die Glühbirne austauschen wollen. Das hatte sie nun von ihrer Nachlässigkeit. Klara bückte sich, um nachzusehen, wie schlimm der Fuß verletzt worden war, doch so sehr sie sich auch verrenkte, ohne Spiegel war das unmöglich. Sie musste sich sofort einen besorgen und den Fuß provisorisch umwickeln.

Bevor sie sich erhob, nahm sie eine Scherbe in die Hand und sofort war ihr klar, dass sie zu ihrem Porzellanengel, ihrem Glücksbringer gehörte, den ihr Ex-Mann ihr vor vielen Jahren zum Geburtstag schenkte. *„Damit er über dich wacht und das Glück dich nie verlässt"*, sagte er damals und überreichte ihr ein besonders liebevoll dekoriertes Päckchen, mit einer dicken Schleife umwickelt. Überschwänglich vor Freude hatte sie es entgegengenommen. Es war damals das schönste Geschenk, das sie je bekommen hatte.

Seit Ewigkeiten stand der Engel auf dem Flurregal, weit hinten in der Ecke. Er hätte keinesfalls von alleine herabfallen können. Darum ging sie davon aus, dass Sophie dafür verantwortlich war. Jetzt lag er vor ihr, zerstört, in viele Einzelteile auseinandergebrochen und sie wunderte sich nicht darüber, dass sie statt tiefer Traurigkeit, ein angenehmes Gefühl der Erleichterung empfand.

Nachdem Klara ihren Fuß zunächst notdürftig verbunden hatte, öffnete sie leise Sophies Zimmertür. Das Licht wollte sie nicht anmachen, um sie nicht grob aus dem Schlaf zu reißen. Aber irgendetwas stimmte nicht. Es war nur so ein Gefühl. Klara konnte es nicht genau benennen, allerdings war es hartnäckig und brachte ihre Beine dazu, sie in das Zimmer zu führen. Ein Kloß drückte in ihrer Kehle, noch bevor sie neben das Bett ihrer Tochter trat und feststellte, dass es unbenutzt war. Augenblicklich stockte ihr der Atem. Wo war sie? War sie auf der Couch eingeschlafen und hatte sich nicht mehr dazu aufraffen können, ins Bett zu gehen? Sie musste unbedingt nachsehen. An andere mögliche Erklärungen wollte sie im Moment gar nicht denken. Den Schmerz im Fuß unterdrückte Klara, Sophie war wichtiger. Sie hielt sich am Treppengeländer fest, humpelte auf Zehenspitzen nach unten. Im Wohnzimmer war sie nicht. Sie sah auch in den anderen Zimmern nach. Vergeblich. Eine schreckliche Ahnung durchfuhr sie. Hatte sie jemand aus dem Haus gelockt und sie schwebte in akuter Gefahr? Oder war sie aus freien Stücken verschwunden? War das von vornherein so geplant? Sie war doch erst fünfzehn und normalerweise nicht gerade der aufsässige Typ. Sofort waren da Horrorvorstellungen in Klaras Kopf, eine schlimmer als die andere. Überall lauerten heut zu Tage Gefahren, besonders für junge, leicht zu beeindruckende Mädchen. Man hörte und las doch immer wieder von so etwas. Klara wollte alle Hebel in Bewegung setzen, um ihre Tochter zu finden. Mit aller Kraft drängte sie die Panik zurück, verscheuchte die furchtbaren Gedanken und nahm sich eine Minute, um sich zu beruhigen.

Die Anspannung nahm zu. Klara beugte den Oberkörper ein wenig nach vorn und drückte die verschränkten Arme fest gegen den Bauch. Ein Versuch, das unangenehme Ziehen in der Magengegend zu mildern. Dabei atmete sie einige Male tief ein und aus. Was zuerst? Vor allem musste sie einen kühlen Kopf bewahren. Panik nützte ihr nichts. Und sofort handeln. Freunde anrufen, dann die Krankenhäuser. Zur Not auch die Polizei. Egal, wie spät es war. Sie konnte keinerlei Rücksicht nehmen, es ging um ihr Kind. Wo war ihr Handy? Klara blickte sich um. Hier lag es nicht. Dann hatte sie es wohl im Schlafzimmer liegen lassen. Bevor sie die Treppe erreichte, stolperte sie erneut über eine Scherbe und blieb ruckartig stehen. Der Kloß in ihrem Hals wurde größer. Wenn ihre Tochter den Engel nicht zerstört hatte, wer dann? Hielt sich doch jemand im Haus versteckt? Eigentlich unmöglich, sie hatte alle Zimmer gründlich durchsucht! Hing Sophies Verschwinden etwa mit dem zerbrochenen Engel zusammen und sie war vielleicht entführt worden? Nein, das käme zeitlich nicht hin. Sie hatte doch sofort auf den Knall reagiert und im Flur war niemand an ihr vorbei, nach draußen gelaufen. Gäbe es doch nur eine harmlose Erklärung dafür!

Klara entdeckte ihr Handy in ihrem Schlafzimmer auf dem Nachttisch. Es schaute unter einer Zeitung hervor. Es war eine ihrer Angewohnheiten, alles übereinanderzustapeln, wenn sie keinen freien Platz fand.

Die meisten Telefonnummern waren gespeichert. Sie begann mit Bryan, ihrem Stiefsohn. Es meldete sich nur die Mailbox. Sie sprach eine kurze Nachricht darauf. Klara überlegte kurz, wen sie als Nächsten anrufen sollte. Dann fiel ihr Emma, Sophies beste Freundin ein. Wenn jemand etwas wusste, dann sie. Dass sie Emma oder ihre Eltern aus dem Bett holen musste, war ihr sehr unangenehm. Wer mochte das schon mitten in der Nacht? Doch es war ein Notfall und der berechtigte sie dazu. Jetzt hoffte sie, dass auch jemand dran ging, während sich die Verbindung aufbaute.

Nach mehrmaligem Klingeln meldete sich Frau Fischer.

Klara legte gleich los. „Hier ist Frau Scheffler. Entschuldigen Sie die frühe Störung. Ich würde nicht anrufen, wenn es nicht wichtig wäre. Sophie ist verschwunden. Ihr Bett ist unbenutzt. Ich mache mir große Sorgen. Könnten Sie Emma fragen, ob Sophie ihr irgendetwas erzählt hat? Vielleicht hat sie einen Namen genannt, oder einen Ort. Irgendwas, das auf ihren derzeitigen Aufenthaltsort schließen lässt. Mir erzählt Sophie ja kaum noch was."

„Du lieber Himmel! Verschwunden? Wirklich? Was ist nur aus der Welt geworden? Man hört ja alles Mögliche heutzutage. Bleiben Sie dran, ich wecke Emma. Hoffentlich ist sie nicht auch verschwunden."

Frau Fischers Bemerkung hatte nicht gerade zu ihrer Beruhigung beigetragen. Jetzt war sie noch verstörter. Die Unruhe, die immer stärker in ihr wütete, ließ sie hin und her wandern und dabei auf das Handy starren. Ab und an meldete sich ihr Fuß, aber Klara konnte sich jetzt nicht setzen, auch wenn das klüger gewesen wäre. Sie atmete tief ein und stieß die Luft geräuschvoll wieder aus. Warum dauerte das denn so lange?

„Hören Sie, Frau Scheffler. Emma ist in ihrem Bett. Sie weiß von nichts. Ich merke, wenn sie lügt. Sie war zu sehr erschrocken über das Verschwinden ihrer Freundin. Sophie erzählt ihr auch nichts mehr. Ich wünschte, ich könnte Ihnen was anderes sagen."

„Moment, Frau Fischer. Jemand macht sich an der Haustüre zu schaffen, es könnte Sophie sein, ich sehe nach …"

Klara nahm das Handy vom Ohr, ging auf die Schlafzimmertür zu, die einen Spaltbreit offen stand, öffnete sie weit und stand vor ihrer Tochter. Sophie, die ihre Schuhe in den Händen hielt, zuckte so heftig zusammen, dass sie einen Schuh fallen ließ und ihre Mutter mit weit aufgerissenen Augen ansah. Gleich darauf kniff sie die Augen zusammen, neigte den Kopf und sah zu Boden.

„Mit mir hast du wohl um diese Zeit nicht gerechnet. Wo warst du? Wo kommst du jetzt her? Wie siehst du nur aus?" Klaras Stimme zitterte. Sophies Haare hatten sich teilweise aus

11

dem Pferdeschwanz gelöst, verdeckten Gesicht und zum Teil auch die Augen. Ein Ende ihres warmen Schals war einmal um den Hals geschlungen, das andere Ende hing herab, berührte den Boden, war feucht und schmutzig. Sie roch nach Zigarettenqualm. Normalerweise achtete Sophie sehr auf ihr Äußeres. Sie war in letzter Zeit übertrieben pingelig, wenn es um Körperpflege und Mode ging. Ihr Anblick jetzt war ein kleiner Schock für Klara. Wo mochte sie sich bloß herumgetrieben haben? Und mit wem?

Die eingetretene Stille machte die angespannte Situation unerträglich. Beide warteten darauf, dass die jeweils andere zuerst etwas sagte.

Schließlich war es Frau Fischer, die diese Spannung durchbrach, indem sie Klaras Namen rief. Diese hatte ihr Handy noch in der Hand. Schnell führte sie es zum Ohr zurück.

„Entschuldigen Sie, dass ich Sie warten ließ. Sophie ist zurück. Ich hoffe, dass sich gleich alles aufklärt."

„Wir telefonieren später, in Ordnung?"

„Danke für Ihr Verständnis. Bis später."

Dann wandte sie sich wieder ihrer Tochter zu. „Willst du mir nicht endlich sagen, wo du um diese Zeit gewesen bist? Ich nehme mal an, du hast dich mit jemandem getroffen."

Klara trat dichter an ihre Tochter heran, um ihr Kinn anzuheben, damit sie ihr in die Augen sah, doch Sophie wich zurück.

„Schau mich an, wenn ich mit dir rede. Weißt du, was ich mir für Sorgen um dich gemacht habe?! Antworte mir gefälligst."

Wieder folgte nur Stille auf ihre Worte. Gut, dann versuchte sie es eben anders. Mit einem Gespräch auf Augenhöhe hatte sie vielleicht mehr Erfolg.

„Du weißt doch, dass du mir alles sagen kannst. Sieh mal! Weil ich nicht wusste, wo du mitten in der Nacht warst, bin ich vor Sorge fast durchgedreht. Kannst du das denn nicht verstehen?"

Endlich blickte Sophie auf. Trotz lag in ihrem Blick und ihre Stimme hatte einen vorwurfsvollen Unterton.

„Ich habe mich mit meiner Freundin Emma getroffen. Sie hat mich angerufen. Ihr Freund hat schlussgemacht. Sie brauchte jemanden zum Reden."

„Ach, wirklich? Emma? Seltsam, noch vor wenigen Minuten, als ich bei ihren Eltern anrief, schlief deine Freundin tief und friedlich in ihrem Bett. Es war Frau Fischer, gerade am Telefon. Also, warum lügst du mich an? Sag mir, wo du wirklich gewesen bist."

„Ich bin alt genug, um auszugehen! Ich bin kein blödes Baby mehr! Alle meine Freundinnen dürfen viel mehr als ich. Sie dürfen einen Freund haben und länger raus."

„Weich mir nicht aus. Natürlich darfst du auch einen Freund haben. Aber ich kann doch nicht zulassen, dass du dich nachts aus dem Haus schleichst. Das ist zu gefährlich."

„Lass mich doch in Ruhe. Ich bin müde. Es ist ganz allein meine Sache, mit wem ich mich wann und wo treffe."

„Was ist los mit dir? Ich habe dir eine ganz normale Frage gestellt und darf erwarten, dass du mir ebenso normal darauf antwortest. Aber warte mal! Machst du das öfter? Wartest, bis ich eingeschlafen bin, und verlässt das Haus?"

„Ich hab nichts Schlimmes gemacht. Ständig meckerst du an mir herum. Lass mich doch endlich zufrieden."

Sophie zwängte sich an ihrer Mutter vorbei, rannte die Treppe hinauf.

„Vor deiner Tür liegen Scherben!", rief ihr Klara noch hinterher.

Doch ihre Worte wurden von der zugeschlagenen Tür verschluckt. Fassungslos starrte Klara weiterhin die Treppe hinauf. Warum hatte ihre Tochter so übertrieben schnippisch reagiert? Was verbarg sie vor ihr? Sie war ja in letzter Zeit schon einiges von Sophie gewohnt. Widerworte, knappe oder gar keine Antworten. Doch so etwas wie diesen Auftritt, hatte sie noch nie hingelegt. Sophie war ein gutes Kind, ein Teenager, ja und deswegen per se launisch, aber sie hatte sich immer an die Regeln gehalten – zumindest soweit Klara wusste. Was, wenn sie sich schon länger jeden Abend rausschlich? Kannte sie ihre Tochter überhaupt noch?

Da sie vorerst in dieser Sache nichts mehr erreichen würde, konzentrierte sich Klara seufzend wieder auf die Scherben. Mittlerweile pochte ihr verletzter Fuß ziemlich ungehalten, und da das Adrenalin aufgebraucht war, konnte sie den Schmerz auch nicht mehr einfach so ignorieren. Also humpelte sie los, holte Schaufel samt Handfeger, damit Sophie nicht das gleiche passierte wie ihr, und quälte sich die Treppen hinauf.

Nachdem das erledigt war, ging sie in die Küche, legte ein Pad in die Kaffeemaschine und sah dabei zu, wie sich langsam die Tasse füllte. An Schlaf war nicht mehr zu denken, vor allem, weil sie sowieso bald wieder aufstehen müsste. Klara brauchte einen starken Kaffee, um sich im Bad für den Tag zurechtzu-machen. Am Tisch stützte sie mit der einen Hand ihren Kopf, mit der anderen Hand trank sie ihren Kaffee und fixierte eine Stelle auf der Tischplatte. Was hatte Sophie nur so verändert? Warum rückte sie immer weiter von ihr ab und näher zu ihrem Vater hin? Sophie telefonierte ihm ständig hinterher, obwohl er sich nur noch selten bei ihr meldete. War sie zu streng mit ihr? Dass sich Sophie nachts aus dem Haus schlich, konnte sie nicht dulden. Da blieb sie hart. Sie tat sich schwer damit, anzu-nehmen, dass etwas Harmloses hinter Sophies Verschwinden stecken könnte. Wäre es so, hätte Sophie ihr das bestimmt erzählt. Gut, ihre Tochter war fünfzehn. Da waren die Kinder in der heutigen Zeit schon sehr weit in ihrer Entwicklung. Aber trotzdem musste es Grenzen geben. Klara konnte die Sorge um ihr Kind nicht einfach abstellen und so erwachsen sich Sophie auch fühlte, ihre Handlungen sprachen eine ganz andere Sprache.

Klara sah auf die Uhr und fuhr erschrocken zusammen. Schon bald musste Sophie zur Schule und sie kurz danach zur Arbeit. Ihre Tochter würde dazu gar nicht in der Lage sein. Auch sie fühlte sich matt und übernächtigt, als hätte sie in den Tag hineingefeiert. Eines war sicher: Die Sache mit Sophies Ausflug war noch nicht geklärt und Klara würde das auch nicht einfach auf sich beruhen lassen.

2

MITTWOCH, 19.10.

GEMEINSCHAFTSPRAXIS

Eine lange Menschenreihe hatte sich vor der Absperrung in der Hausarzt-Gemeinschaftspraxis gebildet, als Klara leicht verspätet zur Arbeit kam. Das gewohnte Bild. Ungeduldig traten die Wartenden von einem Fuß auf den anderen oder stützten sich an der Wand ab. Einige beschwerten sich mit vorgehaltener Hand.

Es war Oktober, Erkältungszeit. Ein Husten und Niesen war aus allen Ecken zu hören. Dazu rote Nasen und vermummte Hälse.

Ihre Kollegin Olga hatte ihre Arbeit bereits aufgenommen und bat die Patienten der Reihe nach zu sich. Sie rief gerade ihre Daten im Computer auf, als Klara abgehetzt, humpelnd an ihr vorbeieilte. Klara hatte Olga freundlich zugenickt, Olga jedoch schnell weggeschaut, ohne den Gruß erwidert zu haben. Dann eben nicht, dachte sie. Sie hatte sich vorgenommen, sich über die Launen ihrer Kollegin nicht mehr aufzuregen. Es gelang ihr heute allerdings nicht. Während sie sich von Mantel und Handtasche befreite, stieg Wut in ihr auf. „Dumme Kuh", murmelte sie leise. Dieses Mal würde sie den Ärger nicht unterdrücken. Sie atmete noch einmal kräftig durch und eilte zu ihrem Arbeitsplatz – so schnell es eben mit ihrem schmerzenden Fuß ging. Natürlich tat es Klara leid, dass sie zu spät war, aber das hatte sie ja nicht mit Absicht getan und Olga hatte immer ein Problem mit ihr, auch wenn sie pünktlich war.

Nicht alle Patienten hatten einen Termin. Einige hofften, noch dazwischen geschoben zu werden, weil sie über Nacht irgendwelche Schmerzen peinigten oder sie ganz einfach der Langeweile entfliehen wollten. In der Praxis traf man immer jemanden zum Reden. Zwei Ärzte, Dr. med. Friedrich Winkler, der kurz vor der Rente stand, und sein jüngerer Kollege, Dr. med. Pascal Schubert sowie vier Arzthelferinnen bildeten das Team dieser Praxis. Es war eine eingespielte Truppe. Die Routine der langen Zusammenarbeit zahlte sich aus. Wenn auch manchmal einer von ihnen ungehalten auf Stress reagierte, vertrugen sie sich im großen Ganzen gut. Kleine Reibereien kamen überall vor, wo Menschen auf engem Raum zusammenarbeiteten. Immer öfter war ihr Tagespensum kaum zu schaffen. Zu viele Patienten, zu wenig Zeit.

Klara änderte alle paar Minuten ihre Sitzposition, weil die Schmerzen in ihrem Fuß langsam, aber sicher unerträglich wurden. Er pochte beharrlich und schwoll auch noch an. Erst nachdem sie den rechten Schuh ausgezogen hatte, ließen die Schmerzen ein wenig nach. Ihre Freundin Charlotte, die aus dem Labor gekommen war, hatte das mitbekommen. Sie ging zu Klara hinüber.

„Was ist mit deinem Fuß?"

„Ich bin in eine Scherbe getreten und kann nicht mehr richtig auftreten. Ich weiß nicht, wie ich ohne Schuhe nach Hause kommen soll."

„Du kannst mit uns fahren. Frank holt mich ab. Wir wollen nach Dienstschluss eine neue Couch kaufen, die alte ist durchgesessen, aber das weißt du ja. Wir können dich vorher absetzen. Ich würde den Fuß Dr. Schubert zeigen. Nicht, dass du noch eine Blutvergiftung bekommst oder so."

„An so was hab ich noch gar nicht gedacht. Das würde mir gerade noch fehlen. Wenn der nächste Patient aus seinem Sprechzimmer kommt, frage ich ihn, wann ich ihm den Fuß zeigen darf."

„Ja, mach es so. Sag mal, ist es nur der Fuß oder ist da noch mehr? Du bist so blass, und hass mich nicht, aber deine Augenringe sehen gefährlich aus. Hängt das mit den Schmerzen zusammen oder hast du wieder einmal schlecht geschlafen?"

Klaras Handy begann zu klingeln. Mist. Sie hatte den Ton doch auf leise stellen wollen. Sie ärgerte sich, weil sie andauernd etwas vergaß, abgelenkt und unkonzentriert war. Sie meldete sich nur, weil sie annahm, dass es Sophie sein könnte. Klara sah zu Olga hinüber, die ihr einen grimmigen Blick zuwarf. Natürlich war ihr das nicht entgangen.

„Ich bin es, Bryan. Du hast mich heute früh angerufen? Ich habe letzte Nacht woanders geschlafen. Ist es wichtig?"

„Hat sich schon erledigt, Bryan. Ich rufe dich später an. Wenn ich beim Telefonieren erwischt werde, bekomme ich Ärger."

„Okay. Bis nachher."

„Bis nachher, Bryan."

„Was wollte der so früh am frühen Morgen von dir?"

„Ich hatte ihn angerufen, weil Sophie letzte Nacht verschwunden war und erst am Morgen zurückkkam."

„Oje, das klingt nicht gut. Wenn sie jetzt schon mit so was anfängt, kriegst du noch Spaß. Hat sie dir erzählt, wo sie gesteckt hat?"

„Nein. Sie hat auf stur geschaltet, nachdem sie zurück war. Ich habe absolut nichts aus ihr herausbekommen. Aber was meinst du damit, dass ich noch Spaß kriege? Glaubst du, es wird noch schlimmer mit ihr?"

„Ich habe zwar selbst keinen Teenager zu Hause, aber ich weiß noch genau, wie das damals bei meiner Schwester war, als es mit den Jungs losging. Sich rausschleichen ist da noch das harmloseste. Tut mir leid, jetzt muss ich aber. Ich muss Frau Maier Blut abnehmen. Sie braucht das Ergebnis für ihre Augenoperation nächste Woche. Wir reden nachher weiter." Und weg war sie.

Klara war froh, dass sie mit Charlotte über alles reden konnte. Sie vertrauten einander blind. Sie war die liebenswerteste Person, die sie kannte, aber auch die neugierigste.

Sie bat den nächsten Patienten zu sich. Hans Reuter kam hektisch und gestikulierend auf Klara zu. Oh nein, den konnte sie heute nun wirklich nicht ertragen. So ein schmieriger, ungehobelter Mann. Mit seiner ruppigen Art hatte er sie schon oft zur Weißglut gebracht. Im Dunkeln würde sie dem nicht begegnen wollen. Klara wappnete sich innerlich.

„Vor zehn Minuten habe ich Ihrer Kollegin einen Zettel gegeben, wo die Tabletten drauf standen, die meine Frau dringend braucht. Aber sie läuft in der Gegend rum, statt mir ein Rezept zu geben. Ich habe nicht vor, hier zu übernachten."

„Nun mal langsam, Herr Reuter. Ihre Frau, Margot, hat schon zum zweiten Mal ihren Termin verpasst. So geht das nicht. Sie will doch sicher auch wissen, wie ihre Werte sind. Sie hat es noch längst nicht überstanden. Die Nachuntersuchungen müssen regelmäßig wahrgenommen werden, damit man die künftige Behandlung anpassen kann. Wenn sie nicht in der Lage ist, hierherzukommen, muss sie in ein Krankenhaus. Dann werden dort die nötigen Untersuchungen gemacht. Sie sollten ihr gut zureden."

„Wenn meine Frau nicht zu ihnen in die Sprechstunde kommen will, dann zwinge ich sie auch nicht."

„Das muss ich aber von ihr hören. Sie ist doch so eine umgängliche Patientin und kommt gern her. Ich rufe sie gleich an und frage sie selbst."

„Das können Sie sich sparen, sie geht an kein Telefon. Aber ich sorge dafür, dass sie den nächsten Termin wahrnimmt, wenn es denn unbedingt sein muss. So viele Umstände, bloß für ein paar Pillen. Es geht echt bergab mit Deutschland."

Als er endlich weg war, konzentrierte sich Klara wieder auf ihre Arbeit, was ihr nicht leicht fiel. Ihre Gedanken glitten immer wieder ab. Wie sie befürchtet hatte, wollte Sophie am Morgen nicht aufstehen. Es war ein regelrechter Kampf gewesen, sie aus dem Bett zu kriegen. Klara hatte sich jedoch letztlich durchgesetzt. Am liebsten hätte sie ihre Tochter zur Schule begleitet, musste allerdings davon ausgehen, dass ihre Tochter dann völlig dichtgemacht hätte, und darauf hatte sie es nicht ankommen lassen wollen. Jetzt quälte sie sich mit dem Gedanken herum, ob Sophie vielleicht die Schule schwänzte. Das wollte ihr einfach nicht aus dem Kopf. Sie überlegte hin und her, ob sie in der Schule anrufen sollte. Nach der nächtlichen Aktion wäre das wohl gerechtfertigt, wenn nicht sogar ihre Pflicht. Wozu sie sich auch entschloss, beides barg ein Risiko. Und weil sie zu keinem Ergebnis kam, ließ sie es bleiben. Natürlich hoffte sie insgeheim, dass sie sich umsonst sorgte.

Der Schmerz in ihrem Fuß war inzwischen so stark geworden, dass sie ihn nicht mehr aushielt. Sie klopfte an die Sprechzimmertür von Dr. Schubert und ging hinein. Der Arzt drehte sich seiner Sprechstundenhilfe zu und sah sie humpelnd näher kommen.

„Nanu, was haben Sie denn gemacht?"

„Ich bin letzte Nacht – oder vielmehr war es heute früh – in eine Scherbe getreten und habe große Schmerzen. Mein Fuß pocht immer stärker. Ich kann nur noch auf Zehenspitzen laufen."

„Dann legen Sie sich mal auf die Liege, damit ich mir den Fuß anschauen kann."

Dr. Schubert suchte einiges zusammen und legte alles auf die Seite der Liege. Er entfernte Strumpf und Verband. „Es sieht ganz so aus, als ob sich die Stelle schon entzündet hat. Höchste Zeit, die Wunde zu behandeln. Ich fürchte, da sind auch noch Splitter drin, die dringend entfernt werden müssen. Wie ist das denn passiert?"

„Ich bin in der Nacht von einem Knall geweckt worden. Als ich nachgesehen habe – leider barfuß – bin mitten in die Scherben getreten. Eine Engelsfigur war zerbrochen."

„Hätte auch schlimmer ausgehen können", sagte der Arzt, nachdem er den Fuß gründlich untersucht hatte. So tief ist die Wunde zum Glück nicht."

Mit einer Pinzette zog er die kleinen Splitter heraus, die Klara übersehen hatte. Trug eine Salbe auf und verband den Fuß.

„Sie müssen den Fuß schonen. Ich schreibe Ihnen eine Salbe und Schmerztabletten auf. Wie kommen Sie denn jetzt nach Hause?"

„Charlotte nimmt mich mit. Zu Hause ziehe ich Pantoffel an, damit komme ich zurecht."

„Wenn nicht, schreibe ich Sie krank. Melden Sie sich, wenn es mit dem Laufen nicht geht."

Dr. Schubert blieb noch eine Weile sitzen und schaute sie so seltsam an. Klara hatte das Gefühl, als ob er noch was sagen wollte, doch zu ihrer Enttäuschung blieb er stumm. Er stand auf und ging an seinen Schreibtisch zurück. Schade! Sie fühlte sich wohl in seiner Nähe und hätte die Behandlung gern noch hinausgezögert, den Blickkontakt gehalten und einige Worte mit ihm gewechselt. Es sollte wohl nicht sein. Sie hatte sich wieder einmal etwas eingebildet. Sie bedankte sich und verließ enttäuscht den Raum.

Nach Feierabend stieg sie in Charlottes und Franks Auto. „Stell dir vor Klara! Charlotte will unbedingt eine neue Couch. So ne moderne, an der man das Kopfteil verstellen kann. Mir ist die Alte noch gut genug."

„Eine neue Couch ist fällig, basta! Ich traue mich ja kaum noch, jemand einzuladen, mit dem alten Schrottding." Sie zog eine Grimasse.

„Der Klügere gibt nach", sagte Frank in gedämpften Ton. Schielte kurz zu Klara rüber, die wegen des verletzten Fußes vorne saß. Er zwinkerte ihr zu. Dann wurde er lauter:

„Drück mir die Daumen, Klara, dass Charlotte keine Couch gefällt."

„Das hättest du wohl gern", erwiderte Charlotte. „Ohne eine Couch gekauft zu haben, fahren wir nicht nach Hause. Selbst wenn wir sämtliche Möbelhäuser im Umkreis von 100 km abklappern müssen. Also, freu dich nicht zu früh."

Bald darauf hielt Frank vor Klaras Haus. Vorsichtig stieg sie aus und versuchte dabei, möglichst wenig Gewicht auf den verletzten Fuß zu verlagern. Klara bedankte sich bei ihren beiden Freunden, wünschte ihnen viel Glück beim Couchaussuchen und ging ins Haus hinein. Kaum, dass sie den Flur betrat, klingelte das Festnetztelefon. Klara meldete sich und wurde direkt mit Vorwürfen überhäuft. Ihr Ex-Mann, Ulrich, nahm sich nicht einmal die Zeit für ein „Hallo." Genau das, was Klara heute noch gefehlt hatte …

„Warum gehst du nicht an dein Handy? Was ist los bei euch? Sophie rief mich an. Sie will zu mir ziehen. Wie stellt ihr euch das vor? Ich habe wenig Zeit. Bin manchmal Tage unterwegs und Lydia hat auch ihre Verpflichtungen."

„Ulrich halt die Klappe!", donnerte Klara schließlich, als ihr endgültig der Geduldsfaden riss. Was hatte sich Sophie nur dabei gedacht? Egal, das würde sie später mit ihr klären, jetzt musste sie erst mit Ulrich fertig werden. „Erstens musst du nicht so schreien, ich bin nicht schwerhörig. Zweitens wirst du nicht in diesem Ton mit mir reden und drittens, ich weiß nichts davon, dass sie zu dir ziehen will. Oder wirfst du mir jetzt auch noch vor, sie dazu angestiftet zu haben, weil ich sie loswerden will? Es klingt ganz danach."

„Es muss doch bei euch was vorgefallen sein, ohne Grund will sie bestimmt nicht von dir weg."

„Wenn du dich um sie kümmern würdest, wüstest du, dass es mit ihr zurzeit sehr schwierig ist. Sie ist ein Teenager! Sie will sich nichts mehr sagen lassen, sich an keine Regeln mehr halten, ist der Meinung, sie sei ja sooo erwachsen. Und weil ich ihr Grenzen setze, im Gegensatz zu dir, bin ich die Böse. So einfach ist das."

„Sei doch nicht wieder so hysterisch. Du hast schon immer mächtig übertrieben. Bist wohl mal wieder überfordert mit allem."

„Spinnst du?! Du bist doch derjenige, der bei jedem Gespräch gehetzt wirkt. Sich nicht mal Zeit für seine Tochter nimmt und ausgerechnet du, wirfst mir Überforderung vor? Weißt du was? Mir reichts! Ich bin gerade erst von der Arbeit gekommen und hab jetzt wirklich nicht den Nerv, mir deine Vorwürfe anzuhören. Ruf mich wieder an, wenn du dich abgeregt hast."

„Warte! Dann sprich wenigstens mit Sophie. Bring ihr schonend bei, dass ich im Moment viel zu tun habe und sie mich demnächst mal, an einem Wochenende, besuchen darf."

„Das ist jetzt nicht dein Ernst! Hätte ich mir ja denken können, dass du mir mal wieder den schwarzen Peter zuschiebst. Das kannst du ihr gefälligst selber sagen."

Klara ließ ihr Handy kurz sinken, schloss für einen Moment die Augen. Sie atmete tief durch und besann sich darauf, was wichtig war und sich einen Schlagabtausch mit ihrem Ex-Mann zu liefern, war es definitiv nicht. Nachdem sie noch ein weiteres Mal tief Luft geholt hatte, öffnete Klara ihre Augen wieder und schlug versöhnliche Töne an.

„Ich mach dir einen Vorschlag zur Güte, Ulrich, damit wir das Gespräch zu Ende bringen. Warte, ich schau mal auf den Kalender. Heute ist Mittwoch. Wie sieht es Freitag aus? Komm Freitag vorbei, dann reden wir mit Sophie darüber. Ein Gespräch zu dritt, hatte ich dir schon längst vorschlagen wollen. Was meinst du dazu?"

„Du kannst doch nicht einfach über meinen Kopf hinweg bestimmen! Freitag habe ich bestimmt schon was anderes vor. Es reicht doch, wenn wir das telefonisch klären."

„Ich möchte aber, dass du zu uns kommst. Wir müssen persönlich miteinander reden. Überlegen, wie wir sie zur Vernunft bringen können. Auf dich hört sie zurzeit eher, als auf mich. Ich kann von dir erwarten, dass du dich auch mal einbringst. Dann können wir ihr in einem beibringen, dass sie nicht zu dir ziehen kann. Ich würde das sowieso nicht zulassen. Nenn mir wenigstens einen anderen Termin, aber zeitnah."

„Das kann ich nicht, das müssen wir kurzfristig machen."

„Verdammt noch mal, jetzt reicht es aber! Du sagst doch immer, dass du keine Zeit hast, egal, ob ich etwas mit dir besprechen will oder Sophie dich anruft. So geht das nicht weiter! Wenn du nicht kommst, stehe ich mit Sophie Freitag Nachmittag vor deiner Tür. Und wenn du uns nicht die Tür aufmachst, werden sich die Nachbarn freuen. Dann wird es laut. Und glaub bloß nicht, dass ich das nicht ernst meine. Also überleg es dir."

Klara legte auf, ohne Ulrich die Gelegenheit zu einer Erwiderung zu geben. Dieses Mal hatte sie nicht klein bei gegeben. Jetzt hoffte sie, dass er sie ernst nahm. Es brauchte deutliche Worte, um zu ihm durchzudringen. Er machte normalerweise nur dann Zugeständnisse, wenn er jemand für seine Zwecke gewinnen wollte im geschäftlichen Umfeld oder bei jungen Frauen. Aber darüber wollte sie jetzt nicht nachdenken. Sie hatte sich durchgesetzt, hatte ihm klare Ansagen gemacht und war deswegen stolz auf sich.

Klara hatte noch immer ihren Mantel an und nur einen Schuh. Die Fliesen im Flur waren kalt. Sie spürte das durch den dicken Verband. Jetzt wollte sie zuerst einmal ihre

Pantoffeln anziehen und richtig zu Hause ankommen, sich einen Kaffee kochen, durchatmen und für ein paar Minuten zur Ruhe kommen. Das Essen musste sie auch noch vorbereiten. Die Wohnung würde sie aber erst morgen aufräumen, falls es ihrem Fuß etwas besser ging. Sie zog ihren Mantel aus und hängte ihn an die Garderobe. Dann klingelte es an der Haustüre. Wer konnte das sein? Hoffentlich Sophie. Irgendwie spürte sie Erleichterung. Sie öffnete die Tür und stand Bryan gegenüber.

„Hallo Klara. Entschuldige den Überfall, aber vorhin am Telefon klangst du etwas … ich weiß nicht, als wäre was passiert. Ich kenne dich. Irgendetwas stimmt nicht. Außerdem habe ich dich schon viel zu lange nicht mehr besucht. Und jetzt sag bitte, was los ist."

„Komm erst mal rein, Bryan. Geh schon mal vor in die Küche. Ich koche uns gleich einen starken Kaffee. Ich zieh mir nur schnell Pantoffel an."

„Danke, den kann ich gut gebrauchen. Du humpelst ja, warum?"

„Ich bin in eine Scherbe getreten, halb so schlimm." Innerlich seufzte Klara, obwohl sie sich sehr über den Besuch freute. Sophie würde gleich nach Hause kommen. Sie würde bestimmt annehmen, dass sie Bryan um Hilfe gebeten hatte. In letzter Zeit war sie nicht gut auf ihn zu sprechen. Warum das so war, hatte sie bisher noch nicht herausgefunden. Eigentlich waren die beiden immer gut miteinander ausgekommen. Wenn sie es sich recht überlegte, war ihre Tochter momentan auf niemand gut zu sprechen. Lag das nur daran, dass Sophie ein Teenager war oder steckte da noch mehr dahinter?

Bryan war anders als Sophie. Pflegeleicht, manchmal zwar in sich gekehrt, abwesend, doch meistens gut gelaunt. Wenn sie Hilfe brauchte, kam er immer gleich vorbei. Er war so begabt, wenn es um handwerkliche Tätigkeiten ging. Ob tropfender Wasserhahn, streikender Staubsauger oder launischer Computer, er reparierte einfach alles. Sie wunderte sich oft, wie unterschiedlich Verwandte sein konnten. Ulrich wusste nicht mal, wie man eine Zange hielt, geschweige, wie man sie benutzte. Sie mochte Bryan von dem Tag an, als er in ihre Familie kam. Damals war er neun.

„Ich weiß nicht mehr weiter", begann Klara. Dabei hielt sie ihre Kaffeetasse mit beiden Händen umschlungen, als wollte sie sich daran festhalten. Sie trank einen Schluck, stellte sie zurück auf den Tisch. Ließ sie aber nicht los, sondern drehte sie leicht hin und her.

„Ein Knall hatte mich in der Nacht geweckt. Ich entdeckte meinen zerbrochenen Engel vor Sophies Tür. Als ich nach Sophie schaute, weil ich dachte, ihr wäre das passiert, war ihr Bett unbenutzt. Sie musste sich irgendwann aus dem Haus geschlichen haben. Du kannst dir ja vorstellen, dass ich kurz vor dem Durchdrehen war. Ich rief dich und Frau Fischer an und während ich mit ihr telefonierte, kam sie zurück."

„Ich war nicht zu Hause, hätte dir aber gern beigestanden. Ich weiß leider auch nicht, wo sie gewesen sein könnte. Weißt du es denn inzwischen?"

„Nein, sie hat es mir nicht verraten. Sie dachte wohl, dass sie unbemerkt an mir vorbeischleichen könnte. Ich habe sie konfrontiert, aber sie log mich an, fühlte sich im Recht und dementsprechend trotzig, fiel ihre Antwort aus. Natürlich spreche ich sie noch mal darauf an. So kann ich das nicht stehen lassen. Ich vermute, dass sie sich mit einem Jungen getroffen hat. Nicht mit irgendeinem, sondern mit einem, den man verschweigen muss, den man den Eltern nicht vorstellen kann. Man hört doch so viel!"

„Wie meinst du das, einen Jungen, den man nicht vorstellen kann?"

„Ich weiß doch auch nicht. Dass er die Schule schwänzt oder die Lehre geschmissen hat. So was in der Art, aber dafür könnte man ja noch irgendwie, wenn man es großzügig auslegt, Verständnis aufbringen. Was wäre aber, wenn er Drogen nimmt, oder sie in irgendwas mit reinzieht? So was hört man doch tagtäglich."

„Jetzt verstehe ich, warum du so von der Rolle bist. Kein Wunder, wenn du dir so etwas einredest. Du musst nicht gleich vom Schlimmsten ausgehen, Klara. Damit machst du dich nur verrückt. Und ehrlich gesagt, ich finde deine Vermutung sehr weit hergeholt. Du musst lockerer werden, wenn es um Sophie geht."

„Mir ist auch klar, dass nicht immer der schlimmste Fall eintreten muss. Aber so hat sich Sophie noch nie aufgeführt. Ich mache mir einfach Sorgen. Ich weiß, ich muss die Zügel lockern und ihr mehr vertrauen. Nur wie soll ich das tun, wenn sie sich rausschleicht und mich anlügt?"

„Sieh es doch mal aus ihrer Sicht. Sie war wütend, weil sie sich ertappt fühlte. Sie wird sich bestimmt wieder beruhigen. Mir weicht sie doch auch aus. Ich habe das Gefühl, dass sie mir aus dem Weg geht. Wenn ich sie treffen will, hat sie nie Zeit. Beim Telefonieren fällt ihr regelmäßig ein, dass sie noch was erledigen muss, weshalb das Gespräch schnell beenden wird. Aber so sind halt Teenager. Lehnen sich gegen alles auf. Zum Glück ist das bei den meisten kein Dauerzustand."

„Du hast recht. Nachher werde ich versuchen, noch mal in aller Ruhe mit ihr zu reden. Ich weiß ja, dass Sophie dabei ist, erwachsen zu werden. Es ist utopisch zu glauben, dass sie mir weiterhin alles erzählen wird. Sie nabelt sich von mir ab. Trotzdem, irgendwas stimmt nicht, eine Mutter spürt das."

Bryan legte beruhigend eine Hand auf Klaras Arm.

„Mach dich nicht verrückt. Vielleicht war das nur eine einmalige Sache, letzte Nacht?

Ich rege mich manchmal auch schrecklich über irgendwas auf, glaube die Welt geht unter und dann stellt sich der vermeintlich schlimme Grund für meine Überreaktion, als völlig harmlos heraus. Dann ärgere ich mich darüber, dass ich wegen nichts, mich derart hinreißen ließ. Aber ich glaube, das geht jedem Mal so."

„Umso besser, wenn Sophie eine harmlose Erklärung für ihr Verschwinden hat. Aber warum besucht sie dann niemand mehr? Nicht mal ihre beste Freundin Emma, die früher täglich hier war. Das wird mir erst jetzt so richtig bewusst. Ob sie ihre Freundinnen auch so abweisend behandelt? Das wäre eine Erklärung dafür."

In diesem Moment knallte die Haustür ins Schloss. Klara hatte sich so erschrocken, dass ihre Hände zu zittern begannen, ihr Kaffee überschwappte. Sophie war zurück. Das war beiden sofort klar. Bryan erhob sich, blieb aber in der Küchentür stehen, an der Sophie vorbei musste. Als Sophie ihren Halbbruder entdeckte, blieb auch sie stehen. Beide erkannten, wie ihre Gefühle in ihr hochkochte, bereit, sich in einem Wutanfall zu entladen. Diese Teenager-Jahre waren wirklich alles andere als ein Spaß. Ablehnung blitzte in Sophies Augen auf, während Bryan die Situation aufzulockern versuchte.

„Tag Sophie, wie geht es dir? Ich wollte mich mal wieder sehen lassen, habe dich vermisst."

„Ja, klar. Hat Mama dich hierher bestellt, um dir von letzter Nacht zu erzählen? Komm nur nicht auf die Idee, mir einen Vortrag zu halten."

„Sie hat mich nicht hierher bestellt. Ich bin spontan vorbeigekommen. Ich bin dein Bruder, nicht dein Vater. Das ist eine Sache zwischen euch beiden. Da halte ich mich raus. Natürlich hat sie mir davon erzählt. Aber nicht, weil sie Verstärkung braucht, oder über dich herziehen wollte. Deine Mutter ist immer noch ziemlich fertig, nach der ganzen Aufregung."

„Ich geh in mein Zimmer. Sag ihr, dass ich für heute meine Ruhe haben will."

Sophie ließ ihren Bruder einfach stehen, ging an ihm vorbei und eilte die Treppe hinauf. Wenige Minuten später knallte auch die Tür ihres Zimmers hinter ihr zu.

Klara wartete bis zum Abend. Sie wollte gerade nach ihrer Tochter rufen, da hörte sie Sophie die Treppe hinunterkommen.

„Das Essen ist fertig", sagte Klara.

Sophie nickte, was Klara für ein „Ja" auf teenagerisch hielt. Sie ging voraus und Sophie folgte ihr in die Küche. Wie kam es wohl zu dem plötzlichen Sinneswandel? Es erstaunte sie, dass ihre Tochter ihr bereitwillig folgte. Bröckelte etwa ihr Widerstand? Entweder wollte sie wirklich einlenken, oder sie hatte einen Wahnsinnshunger. Früher war Sophie nie nachtragend gewesen. Erst recht nicht, wenn durch ihre Schuld eine gedrückte Stimmung herrschte. Dann war sie normalerweise kleinlaut und entschuldigte sich. Jetzt war sie wieder übers Ziel hinausgeschossen, mehr als jemals zuvor, doch dieses Mal weigerte sie sich strikt, das einzusehen. Klara hoffte inständig, dass sie das würden klären können, ohne dass das Gespräch wieder mit Türenknallen endete.

Sie saßen einander gegenüber und während sie aßen, sagte keine von ihnen ein Wort. In der anhaltenden Stille war nur das Klappern von Geschirr und Besteck zu hören. Die Uhr tickte lauter als sonst. Beide richteten den Blick stur auf ihren Teller. Einer musste doch diese unerträgliche Spannung durchbrechen. Klara war bereit dazu.

„Wie kommt es, dass du morgen, am Donnerstag, schon schulfrei hast? Die Herbstferien beginnen doch erst am Freitag."

Sophie hatte das vor einigen Tagen erwähnt. Klara war nicht näher darauf eingegangen, weil sie telefonierte. Danach hatte sie es ganz einfach vergessen. Jetzt nutzte sie diese Information zur Einleitung. Irgendwie musste sie ja das Gespräch in Gang bringen.

„Die Schule wird renoviert. Deshalb ist es ein Brückentag."

„Da hätte man ja noch einen Tag mit warten können, darauf wäre es doch bestimmt nicht angekommen." Dann sprang Klara über ihren eigenen Schatten. Sie beugte sich vor.

„Stumm vor sich hinzustarren ist keine Lösung für unser Problem. Ich möchte, dass wir wieder normal miteinander reden. Das ist mir sehr wichtig. Komm, Sophie, lass uns doch den dummen Zoff vergessen." Sophie blickte auf.

„Über was willst du mit mir reden?"

„Zum Beispiel über letzte Nacht. Sei ehrlich zu mir Sophie. Hast du dich mit jemand getroffen? Wenn du mir jetzt die Wahrheit sagst, halte ich dir das nicht vor und fange auch nicht mehr davon an."

„Du glaubst mir ja doch nicht. Gut, ich konnte nicht schlafen und bin etwas herumgelaufen. Mehr war da nicht. Zufrieden?"

„Du hast recht. Ich glaube dir das nicht. Wie wäre es denn zur Abwechslung mal mit der Wahrheit? Bitte Sophie, ich will dich doch nur vor einer Dummheit bewahren."

Sie versuchte es ja im Guten, doch ihre Tochter log weiter. Wenn Sophie so weiter machte, musste sie deutlicher werden und wenn es gar nicht anders ging, auch mal auf den Tisch hauen. Das ewige Rumgezicke wurde ihr langsam zu viel.

„Was ist dein Problem mit mir, Sophie? Warum reagierst du schroff? Ich möchte vernünftig mit dir reden. Sag mir, was dich stört. Wenn ich nicht weiß, was ich in deinen Augen falsch mache, kann ich das auch nicht ändern."

„Du engst mich ein. Ich will auch mal weggehen und zurückkommen, ohne dass du schon im Flur stehst, mich abpasst und mir sofort eine Ansage machst. Darauf habe ich keine Lust mehr. Das nervt."

„Ich habe ganz einfach Angst um dich, wenn du nachts unterwegs bist. Das kann mir doch nicht egal sein! Ich habe nichts dagegen, wenn du mit deinen Freundinnen auf eine Party gehst. Ich möchte nur, dass du mir Bescheid sagst und um elf wieder zurück bist. Du musst verstehen, dass ich dir in deinem Alter nicht erlauben kann, die ganze Nacht wegzubleiben. Noch muss ich dir Grenzen setzen. Das ist doch nur zu deinem Besten."

„Dann bleibt ja alles, wie es ist. Du kriegst wie immer deinen Willen. Ich muss ganz genau aufzählen, wo ich hingehe und mit wem. Muss nach Hause, wenn es auf der Party so richtig losgeht und es ertragen, wie die andern über mich lästern, weil ich die einzige bin, die so früh Sperrstunde hat. Weißt du, wie schlimm das für mich ist?"

„Du bist erst fünfzehn! Vergiss das bitte nicht. Was wäre ich für eine Mutter, wenn ich dich einfach so herumziehen ließe? Ich mache mir Sorgen um dich, Sophie, weil du mir wichtig bist. Ich liebe dich. Ich habe weiß Gott nichts dagegen, wenn du mal einen Jungen mit nach Hause bringst, aus deiner Schule zum Beispiel."

Sophie ließ sie nicht ausreden.

„Igitt, die sind so doof. Ich suche mir meine Freunde woanders."

„Es war ja nur ein Beispiel. Sei doch nicht gleich wieder so gereizt. Darf ich überhaupt noch was sagen, ohne dass du gleich an die Decke gehst?"

„Ich hab keine Lust mit dir über Jungs zu reden. Ich geh in mein Zimmer."

„Na gut, wie du willst."

So langsam verlor sie die Geduld. Sophie trieb es zu weit. Mit diesem Gespräch wollte sie sich eigentlich ihrer Tochter wieder annähern. Was war so falsch daran? Sie glaubte inzwischen, dass sie aus Sophies Sicht überhaupt gar nichts richtig machen konnte. Jedes ihrer Worte verdrehte sie ins Gegenteil und dann noch diese abfälligen Bemerkungen. Sie drang nicht zu ihr durch. Deshalb hatte sie keine andere Wahl, als es für heute aufzugeben. Sicher war es besser so. Eines musste sie jedoch noch loswerden.

„Morgen ist mein langer Tag, wie jeden Donnerstag. Es lohnt sich nicht, in der Mittagspause nach Hause zu kommen. Du kannst dir eine Pizza machen, wir haben noch einige im Gefrierschrank."

Sophie blieb in der offenen Tür stehen und drehte sich zu ihrer Mutter hin.

„Wann kommst du denn morgen nach Hause?"

„Wie immer donnerstags, um vier"

„Ich geh dann mal, gute Nacht."

„Gute Nacht", erwiderte Klara. Wenigstens das. Aber warum das plötzliche Interesse? Klara ging zu der geöffneten Tür und sah ihrer Tochter noch eine Weile hinterher.

Was hatte sie erwartet? Etwa eine 180-Grad-Wendung?

Klara ging ins Bad, um sich für die Nacht zurechtzumachen. Sie fühlte sich plötzlich so schlapp, als bahne sich da was an. Wäre ja auch kein Wunder, bei den vielen Erkältungskranken, die heute in der Praxis waren. Sie wollte sich beeilen, zog ihren Pulli aus und brachte ihn zum Wäschekorb. Da erstarrte Klara. Was war denn das? Sie ließ den Pullover fallen, starrte in den Wäschekorb und zog ein Handtuch heraus. Es lagen weitere Handtücher darin, insgesamt vier. Eines nach dem anderen nahm sie in die Hand. Es waren doch genau die vier, die sie vor der Arbeit aus dem Trockner geholt, zusammengelegt und in den Schrank geräumt hatte. Da jeweils nur zwei der Handtücher das gleiche

Muster hatten, war eine Verwechslung ausgeschlossen. Jetzt waren sie zerknautscht und dreckig. Das hatte jemand mit voller Absicht gemacht! Nur wer? Jetzt reichte es ihr, ein für alle Mal. Erst der Engel und jetzt das. Irgendetwas stimmte hier doch nicht.

Sophie konnte sie als Täterin mit gutem Gewissen streichen. Sie war heute Morgen nur kurz unten im Bad, bevor sie zur Schule aufbrach. Klara hatte die Handtücher erst danach in den Schrank geräumt. Sie stützte sich auf dem Waschbeckenrand ab, weil ihr Herz wieder zu rasen begann. Sie beugte sich nach vorn und versuchte, ihren Atem zu kontrollieren. Reflexartig fasste sie sich an die Stirn, die ungewöhnlich heiß war. *Oh nein, bitte kein Fieber!* dachte sie. Während sie stocksteif vor sich hinstarrte, erinnerte sie sich plötzlich an die Gemeinheiten, die Ulrich ihr gegen Ende ihrer Ehe ständig an den Kopf geworfen hatte.

Vor ein paar Jahren hatte es angefangen. Es verschwanden Gegenstände, die nicht mehr auftauchten. Ulrich hatte ihr eingeredet, sie wäre selbst dafür verantwortlich, indem sie vergesslich und nachlässig wäre, sicher hätte sie das Vermisste woanders hin geräumt. Manchmal verdächtigte er sie, sich das nur eingebildet zu haben. Er beschuldigte sie so oft der Schusseligkeit, dass sie an sich selbst zu zweifeln begann. Es lag auch nicht am Schlafmangel oder Überforderung, wie Ulrich immer wieder behauptet hatte. Wie hatte sie sich seine Unverschämtheiten nur so lange gefallen lassen können? Nun, diese Zeiten waren vorbei. Sie würde sich von ihm nicht mehr so runtermachen lassen.

Wenn sie sich doch nur trauen würde, mit Dr. Schubert darüber zu reden. Nein, das wäre ihr zu peinlich. Denn seit dem Reinfall bei der Polizei hatte sie sich nur noch Sophie, Bryan und Charlotte anvertraut.

Nachdem Ulrich ausgezogen war und die Vorkommnisse weitergingen, hatte sie sich an die Polizei gewandt. Dort hatte man sie angehört, eine Anzeige aufgenommen, ihr viele Fragen gestellt. Es war auch jemand zu ihr nach Hause gekommen, hatte sich das Haus angesehen und das war's. Irgendwann war dann ein Brief gekommen. Das Verfahren war wegen Mangel an Beweisen eingestellt worden. Seitdem hatte sie wohl oder übel selbst damit fertig werden müssen. Verdrängen war auf Dauer keine Lösung.

Über einen längeren Zeitraum hatte sie Ulrich verdächtigt. Inzwischen glaubte sie nicht mehr, dass er es war. Sie war ihm für diese Psychospielchen viel zu unwichtig.

Klara hielt sich noch immer am Beckenrand fest. Nachdem sie die trüben Gedanken abgeschüttelt hatte, wollte sie nur noch ins Bett. Über die Handtücher konnte sie sich morgen Gedanken machen. Im Moment fühlte sie sich so zerschlagen, dass sie keinen klaren Gedanken mehr fassen konnte. Es war ja auch ein wirklich langer und ereignisreicher Tag gewesen, aber nicht im positiven Sinne.

Im Schlafzimmer angekommen, ließ sie die Tür weit offen stehen. Sie hatte den Schock, den das nächtliche Herumtreiben ihrer Tochter ausgelöst hatte, noch nicht überwunden. Sophie könnte es wieder versuchen, sobald sie eingeschlafen war.

3

DONNERSTAG, 20.10.

Am nächsten Morgen wachte Klara mit Kopf und Glieder-
schmerzen auf. Sie konnte sich kaum rühren. Wenn sie den
Kopf hob, pochte es heftig hinter der Stirn. Trotzdem musste
sie sich aufraffen, auf der Arbeit verließ man sich auf sie. Eine
Kollegin war bereits krank, da konnte sie nicht auch noch fehlen. Es kostete Klara ungewöhnlich viel Kraft, den Arm auszustrecken und die Nachttischlampe anzuschalten. Kaum
brannte das Licht, kniff sie gepeinigt die Augen wieder
zusammen. Es schmerzte. Sie griff nach dem nächstbesten
Wäscheteil und hängte es über die Lampe. Das verschaffte ihr
ein wenig Linderung. Jetzt bemerkte sie auch, dass sie fror und
das nicht nur ein wenig, sondern so sehr, dass ihr die Zähne
klapperten. Klara schlang sich ihren Pullover über die Schulter
und humpelte ins Bad. Die Abgeschlagenheit, die sie deutlich
spüren konnte, ließ erahnen, dass es kein gemütlicher Tag werden würde. Ausgerechnet heute, an ihrem langen Tag, musste
sie krank werden.

Klara verschwieg ihren elenden Zustand auf der Arbeit. Doch er
ließ sich nicht lange verbergen. Sie konnte sich ja kaum auf den
Beinen halten. Obwohl sie fror, schwitze sie, sodass ihr der
Pullover am Körper festklebte. Immer wieder zog sie sich den
Rollkragen vom Hals weg, damit sie besser atmen konnte und
er nicht so unangenehm kratzte. Hätte sie doch bloß einen
anderen Pullover angezogen! Wie dumm von ihr, sich extra den
dicksten auszusuchen, weil sie gedacht hatte, die Wärme würde
das Fieber senken.

Klara hing halb über dem Tresen, den Kopf auf ihre Hände

gestützt. Eigentlich war sie auf der falschen Seite des Tresens. Wie gern hätte sie die Seite gewechselt, denn heute war sie wirklich nicht in der Lage dazu, zu arbeiten. Charlotte konnte sie nichts vormachen. Sie sah auf den ersten Blick, was mit ihrer Freundin los war. Ohne sich auf eine Diskussion mit Klara einzulassen, die, das musste sie ehrlich zugeben, doch nur behauptet hätte, es ginge ihr gut, obwohl es nicht der Wahrheit entsprach, wandte sich ihre beste Freundin an Dr. Pascal Schubert. Der bat Klara daraufhin in sein Sprechzimmer.

„Sie sehen aus, als hätten Sie Fieber. Ihr Gesicht glüht ja regelrecht. "

„Ja, ich habe, bevor ich aus dem Haus ging, noch schnell gemessen. 39 Grad."

„Damit können Sie doch nicht arbeiten. Wie sieht es mit Halsschmerzen und Husten aus? Das macht ja zurzeit die Runde."

„Ich spür nur so ein Kratzen im Hals. Aber das ist noch auszuhalten, die Kopfschmerzen sind schlimmer. Letzte Nacht hatte ich auch noch Schüttelfrost."

„In diesem Zustand hätten Sie erst gar nicht zur Arbeit erscheinen dürfen. Sie gehören ins Bett."

„Ich weiß. Ich dachte nur, dass ich es schon irgendwie hinbekomme. Aber jetzt merke ich, dass es doch nicht geht."

„Ich schreibe Ihnen was gegen das Fieber und die Kopfschmerzen auf und schreibe Sie für heute und morgen krank. Wenn es Ihnen am Montag nicht besser geht, verlängern wir das. Bevor ich Sie gehen lasse, möchte ich Ihnen noch den Blutdruck messen."

Klara streckte dem Arzt den Arm hin. Er kam näher, legte die Manschette um ihren Oberarm und nachdem er sie mit dem Klettverschluss befestigt hatte, sah er sie an. Sofort spürte Klara wieder dieses Kribbeln, diese Unruhe in sich, die sie immer spürte, wenn er sie so ansah. Ach, würden bei ihm doch nur die gleichen Gefühle hochkommen, wie bei ihr! Soll sie ihn einfach darauf ansprechen? Wenn sie sich doch nur trauen würde! Mein Gott wäre das peinlich, wenn er ihr einen Korb geben würde. Nie wieder würde sie einen Schritt in die Praxis setzen können.

„Ihr Blutdruck ist ein wenig erhöht, das kann an der ganzen Aufregung liegen. Meistens haben Sie doch normale Werte. Vermeiden Sie in den nächsten Tagen alle Anstrengungen."

Natürlich kommt das von der Aufregung, dachte Klara. *Der Grund lieber Dr. Schubert ist aber nicht diese Erkältung, sondern Sie.*

Nachdem Klara den Mantel angezogen und die Tasche über die Schulter gehangen hatte, verabschiedete sie sich von den Kolleginnen und verließ die Praxis. Nichts wie ins Bett, Augen zu und erst nach drei Tagen wieder aufwachen. Der Gedanke an ihr weiches, gemütliches Bett trieb sie an. Sie ging noch schnell in die Apotheke, neben der Praxis, besorgte sich ihre Medikamente und eilte geradewegs nach Hause – gut sie humpelte und bewegte sich wie eine altersschwache Schildkröte, aber das war nicht weiter wichtig.

Im Haus war alles ruhig. Sie zog den Mantel aus, nahm die Medikamente mit in die Küche und machte sich einen Tee. Der würde sie innerlich wärmen und mit ihm wollte sie die Tabletten hinunterspülen. Danach wollte sie ihrer Tochter mitteilen, dass sie aus Krankheitsgründen den Tag zu Hause verbringen würde. Wenn Sophie erfuhr, dass sie krank war, kam sie ihr vielleicht entgegen.

Langsam stieg sie die Treppen hinauf. Es strengte sie an. Immer wieder blieb sie stehen, weil Luftprobleme ihr zu schaffen machten. Die Krankheitserreger zwangen sie in die Knie. Mussten sie ihr gerade jetzt in die Quere kommen? Bevor ihr Ex bei ihr aufkreuzen würde, hätte sie gern noch die Probleme mit Sophie aus der Welt geschafft.

Sie klopfte an Sofies Tür und weil sie keine Antwort erhielt, öffnete sie diese einfach. Was sie dann sah, riss ihr den Boden unter den Füßen weg. Sie hielt sich am Türrahmen fest und erstarrte. Ein etwa dreißigjähriger Mann saß mit nacktem Oberkörper auf dem Bett ihrer Tochter. Sophie, nur in Unterwäsche. Sie hatten sich gerade geküsst und fuhren auseinander wie verschreckte Hühner, als sich die Tür öffnete. Klara fehlten die Worte. Das kam ihrem schlimmsten Albtraum schon verblüffend nahe. Sophie ging ihrerseits gleich in die Offensive.

„Ich hab dich nicht hereingebeten." Sie griff nach einer Decke und hielt sie sich vor. Nach einigen Sekunden gelang es Klara den Schock so weit abzuschütteln, dass sie die dringend benötigten Worte fand, um ihren Gefühlen Luft zu machen.

„Wie soll ich dir vertrauen, wenn du so etwas tust?!" Als sie sich dann dem Mann zuwandte, verlor sie völlig die Beherrschung. Mit vor Wut funkelnden Augen sah sie ihn an. Ihre Stimme überschlug sich.

„Wie können Sie es wagen, sich in ihrem Alter an meine minderjährige Tochter heranzumachen und das auch noch in meinem Haus! Meine Tochter ist fünfzehn. Das ist strafbar! Sie Perverser, ich rufe jetzt die Polizei. Viel Spaß im Knast."

Klara drehte sich ruckartig herum und während sie sich mit dem verletzten Fuß langsam Stufe für Stufe abwärts quälte, um ihr Handy zu holen, das sich leider noch in ihrer Handtasche befand, rannte der Verbrecher mit seinen wenigen Habseligkeiten unter dem Arm geklemmt, an ihr vorbei und flüchtete nach draußen.

Sophie kam ebenfalls die Treppe heruntergerannt, zog von hinten an der Jacke ihrer Mutter, um sie aufzuhalten, und flehte sie an: „Bitte Mama, lass es dir doch bitte erklären. Wir haben nur ein bisschen geknutscht. Das ist alles. Glaub mir doch bitte." Klara blieb stehen und wandte sich ihrer Tochter zu, die auf der Treppe stand.

„Ich habe genug gesehen, um mir ein eigenes Bild zu machen. Sag mir nicht, dass da nichts war. Ihr wart beide halb nackt, Sophie, ist das etwa nichts? Wo und wann hat sich dieser Mistkerl an dich herangemacht? Geht das schon länger?"

„Noch nicht so lange. Er hat mich mal von der Schule nach Hause gefahren. Einmal zum Eisessen eingeladen und wir waren mal im Kino. Das ist alles. Er ist nur ein guter Freund und heißt Jürgen."

„Wie oft war er schon hier? Warst du letzte Nacht mit ihm zusammen? Natürlich warst du das, warum frage ich überhaupt."

„Er war heute zum ersten Mal hier. Und ich war letzte Nacht nicht bei ihm. Ehrenwort.“

Aus Klaras Stimme wich die Heftigkeit, als sie in das verzweifelte Gesicht ihrer Tochter blickte. Sie senkte die Stimme, weil herumzuschreien, sicher das falsche Mittel war, sie zur Vernunft zu bringen.

„Sieh mal, Sophie. Dass ich dir den Umgang mit diesem Mann verbiete, ist doch nur zu deinem Besten. Ich mach das doch nicht aus reiner Boshaftigkeit. Er ist doppelt so alt wie du. In dem Alter hat man normalerweise andere Interessen. Es liegen Welten zwischen euch.“

„Das stimmt nicht. Jürgen ist erst 28, er hat die gleichen Interessen wie ich.“

„28 ist immer noch zu alt für dich, Sophie! Ich weiß, du fühlst dich erwachsen, aber du bist ein Teenager und er ein erwachsener Mann.“

„Wir sind nur gute Freunde. Glaub es mir doch endlich!“

Sie log. Klara war sich sicher, dass Sophie gerade so ziemlich alles sagen würde, um seine Haut zu retten. Oh Gott – ein 28-jähriger Mann, der mit ihrer Tochter rummachte! Wie konnte sie das nur übersehen? Wie konnte es sein, dass Sophie nicht sah, wie falsch das war? Aber nein, wenn Klara jetzt die Polizei rief, war natürlich wieder sie die Böse. Wie immer.

Die Aufregung war zu viel für sie. Von einer Sekunde zur anderen war ihre Kraft verbraucht. Jetzt rauschte ihr Kopf, der Flur drehte sich in rasender Geschwindigkeit, sie musste sich am Treppengeländer festhalten, um nicht umzufallen. Schnell schloss Klara die Augen und hoffte, das Karussell sei verschwunden, wenn sie die Augen wieder öffnete. Leider war es das jedoch nicht. Schwer atmend stand sie da, ihr Herzschlag beschleunigte sich und ihr Mund war trocken. Sie war nicht mehr imstande, die Diskussion fortzuführen. Aber sie konnte die Sache auch nicht einfach auf sich beruhen lassen! Sie musste dafür sorgen, dass dieser Perverse zur Verantwortung gezogen wurde. Sie musste Sophie beschützen. Aber jetzt gerade war sie dazu nicht im Stande. Klara brauchte dringend eine Pause. Ihr Kopf glühte und das Fieber stieg weiter an. Sobald es ihr wieder etwas besser ginge, würde sie sich darum kümmern, aber jetzt …

„Ist dir nicht gut?", fragte Sophie. Sie klang ehrlich erschrocken. Klara wusste, sie würde sich nicht mehr lange auf den Beinen halten können.

„Soll ich einen Arzt rufen?"

„Der hat mich schon auf der Arbeit behandelt. Warum glaubst du, bin ich hier? Was wäre noch alles geschehen, wenn ich erst um 16 Uhr nach Hause gekommen wäre? Er ist der Grund dafür, warum du dich so verändert hast. Warum du plötzlich lügst, dich rausschleichst und solche Dinge. Du wirst dich nicht mehr mit ihm treffen. Ich muss mich hinlegen. Mich kurz ausruhen. Versprich mir, dass du nicht das Haus verlässt, während ich mich ausruhe. Wenn ich ein paar Stunden geschlafen habe, setzen wir das Gespräch fort."

„Ich verspreche es dir. Ich bleibe in meinem Zimmer."

Sie wünschte, sie könnte ihr glauben. Da die Ereignisse der letzten Viertelstunde ihr aber ganz klar gezeigt hatten, dass sie das definitiv nicht konnte, rief sie Bryan an, damit er ein Auge auf seine Schwester hatte. Obwohl sie Bedenken hatte, weil Sophie auch mit ihm auf Kriegsfuß stand, rief sie ihn an. Sie hatte keine andere Wahl.

Nach dem Gespräch waren ihre letzten Kraftreserven aufgebraucht. Wie ein Stein fiel Klara aufs Bett und nur wenige Sekunden später war sie tief und fest eingeschlafen.

4

FREITAG, 21.10.

Das schrille Geräusch ihres Handys riss Klara aus dem Schlaf. Sie hatte die Lautstärke extra laut eingestellt, damit sie es auch hörte, wenn es wieder einmal unter irgendwelchen Dingen vergraben war.

Vollkommen orientierungslos schoss sie in die Höhe und sah sich um. Warum war sie im Bett? Es musste einen Grund geben, warum sie am helllichten Tag im Bett lag. Sie brauchte einige Sekunden, um die Erinnerung abzurufen. In der Gegenwart angekommen, verstummte das Handy, um gleich darauf wieder einzusetzen. Soll sie es ignorieren? Klara war noch immer nicht ganz da. Aber da das Klingeln nicht verstummte, würde derjenige, der sie so dringend sprechen wollte, ihr vermutlich weiterhin auf die Nerven gehen, bis sie den Anruf endlich annahm. Es könnte auch etwas Wichtiges sein. Leider hatte sie vergessen, auf den Namen im Display des Handys zu achten, und so bereute sie es umgehend, dem drängelnden Klingeln nachgegeben zu haben. Denn als Klara widerwillig das Gespräch annahm, erschallte sofort Ulrichs Stimme und das konnte sie in ihrem Zustand gerade nun wirklich nicht brauchen.

„Warum brauchst du so lange, um an dein blödes Handy zu gehen? Ich habe nicht ewig Zeit. Um 18 Uhr bin ich bei dir. Normalerweise lasse ich mich nicht unter Druck setzen, aber wenn es denn sein muss, dann komme ich eben vorbei. Ich frage mich allerdings, was du dir davon erwartest."

Klara fiel ein, dass sie ihn ja zu sich gebeten hatte, und wunderte sich, dass er überhaupt darauf reagierte. Das lag wohl daran, dass er genau wusste, dass die Drohung, bei ihm aufzukreuzen, ernst gemeint war. Klara schielte auf den Wecker.

„Du lieber Himmel, das kann doch nicht sein!" Die Zeiger auf dem Wecker behaupteten, es sei bereits 14 Uhr! War ihr Wecker stehen geblieben? 14 Uhr, das war einfach unmöglich! Ihr Blick fiel auf das Datum in dem kleinen Kästchen, unterhalb der Zeiger. 21.10. Sie stieß einen weiteren Schrei aus. „Ist es wirklich schon 14 Uhr? So lang kann ich doch gar nicht geschlafen haben!" Das wären fast 24 Stunden!

Prompt folgte Ulrichs Kommentar dazu.

„Ich hab mich wohl verhört! Kein Wunder, dass Sophie dir auf der Nase herumtanzt."

Klara antwortete nicht darauf, weil ihre Gedanken mit anderem beschäftigt waren. Sie überlegte, warum sie so lange geschlafen hatte. Das war doch nicht normal! War es möglich, dass sie zwischendurch mal aufgestanden war und sich nur nicht erinnern konnte? Dann fiel es ihr wieder ein: Sie hatte gestern hohes Fieber gehabt und sich so schrecklich schlapp und müde gefühlt. Kurz hatte sie sogar in Erwägung gezogen, den Notarzt zu rufen, es sich aber gleich darauf wieder anders überlegt, weil sie Sophie nach ihrer heftigen Auseinandersetzung nicht stundenlang allein lassen wollte. Es war ein großer Unterschied, ob sie weit weg im Krankenhaus, oder zu Hause im Bett lag. Währenddessen schimpfte Ulrich am Telefon munter weiter. Irgendwann zog sein Brüllen ihre Aufmerksamkeit wieder auf sich, es war einfach unmöglich, ihn länger zu ignorieren.

„Warum reagierst du nicht? Bist du überhaupt noch dran?"

„Ja, ich bin noch dran. Gibt es sonst noch was, außer, dass du um 18 Uhr vorbeikommst?"

„Was erwartest du von dem Gespräch? Glaubst du, ich kann innerhalb von ein, zwei Stunden das ausbügeln, was du monatelang hast schleifen lassen?"

Okay, jetzt war sie wütend.

„Es reicht jetzt, Ulrich! Mit welchem Recht behauptest du, dass ich irgendetwas schleifen lasse? Du hast doch gar keine Ahnung mehr davon, wie unser Leben aussieht! Aber dieser aus der Luft gegriffene Vorwurf passt mal wieder zu dir. Ich bin diejenige, die sich um alles kümmert und die sich mit einem pubertierenden Teenager herumschlagen muss, während du dich immer schön raushältst, außer natürlich, um mich bei jeder Gelegenheit mit Vorwürfen zu überschütten. Weißt du überhaupt, wie beleidigend du bist? Ich habe dich nur um ein ganz normales Gespräch, zusammen mit Sophie, gebeten. Damit wir gemeinsam mal in Ruhe mit ihr reden können. Als Team, als ihre Eltern! Und was machst du? Machst im Vorfeld schon ein Drama draus. Soll das heute Abend etwa so weitergehen? Wenn du keine Lust hast, hierher zu kommen, dann sag es einfach. Aber soll ich dir mal einen Tipp geben: Vater sein bedeutet auch, für sein Kind da zu sein und in der Hinsicht versagst du gerade vollkommen. Mir reicht es jetzt. Ich muss ins Bad. Alles Weitere nachher."

Puh – länger hätte sie das nicht mehr durchgestanden. Es ging ihr schon schlecht genug und dann auch noch die haltlosen Vorwürfe ihres Ex-Mannes.

Klara drückte sich zurück in die weichen, angewärmten Kissen. Jetzt würde Ulrich bestimmt auf stur schalten. Auch gut. Wenn er beleidigt war und nicht vorbeikam, dann war das halt so. Am liebsten würde sie ihm zuvorkommen und den Termin für heute Abend absagen, nur Sophie zuliebe, hielt sie daran fest. Wenn er jedoch so weiter machte, würde er bald sein blaues Wunder erleben. Sie war nicht mehr bereit, seine beleidigenden Vorwürfe einfach über sich ergehen zu lassen. Notfalls würde sie den Kontakt zu ihm abbrechen. Es würde sowieso keinen großen Unterschied machen. Sie war so oder so eine alleinerziehende Mutter, Ulrich tat ja alles, um der Verantwortung aus dem Weg zu gehen und Sophie. Nur wäre sie dann natürlich wieder die Böse in den Augen ihrer Tochter. Aber das war ein Problem für einen späteren Zeitpunkt. Erst musste sie wieder gesund werden.

Klara gähnte. Sie hatte noch keine Lust, aufzustehen. Darum drehte sie sich auf die Seite und brachte sich in eine bequeme Position. Doch plötzlich schreckte sie hoch. Sophie. Ging es ihr gut? War sie in ihrem Zimmer? Augenblicklich stieg sie aus dem Bett, stürzte die Treppe hinauf und klopfte an Sophies Zimmertür. Weil Sophie nicht antwortete, machte sie sich auf das Schlimmste gefasst. Panisch öffnete sie die Tür und entdeckte Sophie an ihrem Schreibtisch, wo sie Musik hörte. Sie trug Kopfhörer, wippte mit Kopf und Füßen. Friedlich saß sie da, als hätte ihr Konflikt nie stattgefunden. Ob Bryan bei ihr geblieben war? Erleichtert ging sie zu Sophie und tippte ihr leicht auf die Schulter.

Sophie zuckte zusammen, nahm den Kopfhörer ab und wandte sich ihr zu.

„Ich dachte, du wachst nie mehr auf Mama. Wie geht es dir denn? Ich habe immer wieder nach dir gesehen, aber du bist nicht aufgewacht. Ich wusste nicht, was ich machen sollte."

„Da hast du alles richtig gemacht. Wahrscheinlich habe ich einfach den Schlaf gebraucht. Ich bin noch nicht ganz wieder fit, aber es geht mir deutlich besser. Noch ein, zwei Tage hoffe ich, dann ist bestimmt wieder alles gut."

Klara war ja so froh darüber, dass ihr eine weitere böse Überraschung erspart geblieben war. Andererseits hätte Sophie ausreichend Zeit gehabt, ihren Freund zu kontaktieren. Und umgekehrt auch. Nach allem, was sie zuletzt mit Sophie erlebt hatte, war das durchaus vorstellbar. Denn Bryan hätte nicht rund um die Uhr bei ihr bleiben können.

„War Bryan hier?"

Statt mit einer patzigen Antwort, mit der sie gerechnet hatte, antwortete Sophie ruhig.

„Ja, er war hier und hat mir gut zugeredet. Mama, es tut mir leid, dass ich mich so daneben benommen habe. Ich habe eingesehen, dass es falsch war. Jürgen ist zu alt für mich. Ich habe ihm telefonisch gesagt, dass ich ihn nicht mehr treffen will, Bryan hat mitgehört."

Seltsam. Das passte nicht zu der Art, wie Sophie gestern – nein, vorgestern! – reagiert hatte. Irgendetwas stimmte da nicht. Sophie hätte niemals einfach so eingelenkt. Doch Klara war klar, wenn sie Sophie jetzt ihre Zweifel mitteilte, ging alles bloß von vorne los. Sie würde sich von ihr abwenden und einen riesigen Wutanfall hinlegen. Klara brauchte Zeit zum Nachdenken. Sollte Sophie inzwischen ruhig glauben, dass sie ihr das abnahm.

„Dann bin ich ja beruhigt. Wenn du möchtest, reden wir später noch mal darüber. Ich muss jetzt nach unten, ich hätte meine Tabletten schon längst nehmen müssen."

Klara ging in Richtung Tür. Blieb auf halber Strecke stehen und wandte sich wieder Sophie zu.

„Ach ja, das hätte ich fast vergessen, es gibt noch etwas, worüber ich mit dir reden wollte. Dein Vater kommt um 18 Uhr vorbei. Du hast ihn ja angerufen, weil du zu ihm ziehen willst?"

Sophie war das sichtlich unangenehm. Sie neigte den Kopf und vermied es, ihrer Mutter ins Gesicht zu sehen. Sie nuschelte etwas, das kaum zu verstehen war.

„Ja, das stimmt, ich wollte es dir noch sagen. Ich will auch mal bei Papa wohnen. Alle meine Freunde, deren Eltern geschieden sind, wechseln sich ab. Darf ich vorübergehend zu Papa ziehen?"

„Du weißt doch, dass dein Vater ständig unterwegs ist und nie Zeit hat. Auf Dauer wäre es dir dort bestimmt zu langweilig. Ich hab mir was anderes überlegt. Du darfst gern, wenn es dir und deinem Vater recht ist, in den Herbstferien zu ihm. Mehr ist vorerst nicht drin. Überleg es dir bis heute Abend."

„Aber so habe ich mir …" Sophie brach mitten im Satz ab und wirkte sichtlich nervös. Sie spielte an ihrem Handy herum und vermied es, Klara anzusehen.

Ein „na gut", folgte schließlich noch hinterher.

„Da ist noch etwas, dass ich dir sagen möchte, bevor dein Vater kommt", fuhr Klara fort. „Ich muss offen mit ihm reden, falls du die Ferien dort verbringst. Er muss es wissen."

„Was muss er wissen?"

„Das mit dir und diesem Mann. Ich hätte ein schlechtes Gewissen, wenn ich ihm das verschweige. Er ist dein Vater."

„Ich treffe ihn doch nicht mehr."

„Das sagen wir ihm natürlich auch. Wenn er von jemand anderem davon erfährt, was glaubst du, was er mir dann für Vorwürfe macht?"

Der Hauptgrund, warum sie mit Ulrich darüber reden wollte, war der, weil nur eine kurze Entfernung zwischen Bonn und Bad-Godesberg lag. Es wäre also ein Leichtes für die beiden, sich weiterhin heimlich zu treffen. Ulrich musste darauf vorbereitet sein.

„Ich geh dann mal nach unten", sagte Klara. „Ich muss auch noch ein bisschen aufräumen, bevor dein Vater vorbei kommt. Wir sehen uns ja gleich."

Klara sorgte sich, ob sie mit ihrem spontanen Angebot nicht vorschnell gehandelt hatte. Sie hatte das aus dem Bauch heraus entschieden. Sich hinreißen lassen aus Erleichterung darüber, dass Sophie in ihrem Zimmer gewesen war und leisere Töne angeschlagen hatte. Andererseits: Hätte sie wirklich ihrer Tochter verbieten dürfen, Zeit mit ihrem Vater zu verbringen? Nein, natürlich nicht. Doch sie sah auch die Gefahr, die daraus entstehen könnte, wenn Sophie praktisch gar keiner elterlichen Aufsicht mehr unterstellt war – wie es bei Ulrich höchst wahrscheinlich der Fall wäre.

Sie hatte keine Zeit, sich jetzt damit auseinanderzusetzen. Sie ging ins Wohnzimmer und trug die herumliegenden Kleidungsstücke in den Abstellraum, so sah es direkt viel aufgeräumter aus. Sie schob die Esszimmerstühle ordentlich an den Tisch, räumte alles Unnötige, das auf dem Couchtisch stand, weg und schüttelte die Couchkissen auf. Dann ging sie zurück in die Küche, um endlich ihre Tabletten einzunehmen. Sie brauchten eine gewisse Zeit, bis sie wirkten. Nur mit ihnen würde sie den Abend einigermaßen überstehen können, denn harmonisch verlief ein Gespräch mit Ulrich nie. Bei jedem Treffen zu hoffen, dass er sich dieses Mal zusammenreißen würde, hatte sie längst aufgegeben. Länger als eine Stunde dauerten die Treffen ja zum Glück meistens auch nicht. Das war das absolute Maximum, was sie ertragen konnte.

Nachdem sie die Tabletten genommen hatte, wollte sie duschen. Sie stand schon vor der Badezimmertür, als sie es sich kurz entschlossen anders überlegte. Was sprach dagegen, wenn sie sich noch ein paar Minuten hinlegte? Es reichte, wenn sie um 18 Uhr fertig war. Sie konnte diese Pause gerade wirklich gebrauchen.

Es klingelte Sturm. Klara lag auf dem Bett, zerknittert und zerzaust. Sofort war sie hellwach. Verdammter Mist! Sie hatte verschlafen. Jetzt schaffte sie es zeitlich nicht einmal mehr, sich umzuziehen. Sie fühlte sich nicht wohl, weil sie seit zwei Tagen die gleichen Sachen trug. Ulrich legte immer größten Wert auf Äußerlichkeiten, vor allem bei den Frauen in seinem Leben.

Die mussten immer perfekt aussehen, gestylt von Kopf bis Fuß. Möglichst auch bei der Hausarbeit. Warum verschwendete sie überhaupt einen Gedanken darauf, sich seinetwegen zu stylen? Die Zeiten waren vorbei. Sie würde sich von ihm zu nichts mehr zwingen oder drängen lassen! Sollte er doch die Augenbrauen hochziehen und blöde Bemerkungen machen, ihr konnte das egal sein. Ab heute gab es keine Extrawurst mehr. Entweder akzeptierte er sie so, wie sie war, oder ließ es bleiben. Seine Meinung bedeutete ihr nichts mehr. Das würde sie sich von nun an immer wieder in Erinnerungen rufen, bis sie es verinnerlicht hatte.

Klara stand mitten in ihrem Schlafzimmer, angeschlagen, wütend auf sich, weil sie verschlafen hatte und sich jetzt hetzen musste, wütend auf die Klingel, weil sie keine Ruhe gab, aber auch ein klitzekleines bisschen stolz auf sich, weil sie diese Erleuchtung gehabt hatte. Sie atmete tief ein, verließ ihr Schlafzimmer, durchquerte den Hausflur und öffnete die Tür.

Wie sie bereits vermutet, musterte Ulrich sie von oben bis unten. Sein Blick verriet ihr, was er dachte: ‚Wie kann man sich nur so gehen lassen!‘

Es ist mir egal, besinnte sich Klara auf ihre Eingebung von eben. Seine Meinung konnte ihr absolut egal sein.

Ulrich hatte seine Frau Lydia dabei. Klara war alles andere als begeistert deswegen. Es ging um was Persönliches, dass nur sie, Sophie und Ulrich betraf. Lydia störte da nur, zumal sie bislang null Interesse an Sophie oder ihrer Rolle als Stiefmutter gezeigt hatte.

Jetzt, da sie dabei war, machte es keinen Sinn mehr, über Sophies verändertes Verhalten und Benehmen zu reden. Das würde sie ein anderes Mal ansprechen müssen. Nach den Ferien könnte sie das leidige Thema noch mal aufgreifen.

Ulrich wartete nicht darauf, hineingebeten zu werden, sondern marschierte einfach an Klara vorbei ins Haus. Seine Frau watschelte hinter ihm her, bei dem engen Kleid samt Bleistiftrock und Stöckelschuhen kein Wunder. Er war kein Gentleman der vergangenen Zeiten, Ulrich war ein Ich-Mensch – mit großem Ego und wenig Empathie. Klara musste leider zugeben, dass er mit seinem Auftreten beeindruckte und als Macher rüberkam, als Autoritätsperson, allerdings klappte das nur bei denjenigen, die ihn nicht näher kannten. Klara sah in Ulrich die Mogelpackung, die er war. Ein Mann, der nichts von dem hielt, was er versprach. Er war nichts als heiße Luft.

Ulrich ging voraus ins Wohnzimmer. Sophie kam die Treppe heruntergerannt. Auch sie hatte die Klingel gehört und hoffte offensichtlich, dass ihr Vater sie abholen wollte. Sie fiel ihm gleich um den Hals. Das war für Klara kaum auszuhalten. Sophie provozierte sie absichtlich. Es fiel ihr nicht leicht, so zu tun, als mache es ihr nichts aus.

Klaras Ex-Mann setzte sich auf die Couch. Nahm die frisch aufgeschüttelten Kissen in die Hand, zerknautschte sie hinter seinem Rücken und lehnte sich dagegen. Wie ein Mafioso saß er da, aufrecht, selbstbewusst, alles im Blick, bereit für seinen großen Auftritt.

Lydia, die sich in den angebotenen Sessel gesetzt hatte, kramte ihren Taschenspiegel hervor und zog ihre Lippen nach. Rieb sie übereinander. Verschränkte die Beine und zog an ihrem Kleid, das sich immer wieder nach oben schob.

„Ulrich wollte mich dabeihaben", verkündete sie stolz.

Ich aber nicht, dachte Klara insgeheim.

Lydia hatte eine leise Piepsstimme, von der sie zum Glück nur selten Gebrauch machte. Sie war eine von den Frauen, die sich ihrem Mann bedingungslos unterordneten. Egal, was Ulrich auch sagte, und zu wem er etwas sagte, sie nickte in einem fort und lächelte dabei breit. Sie schenkte ihm genau die Art Bewunderung, die ihr Ex-Mann zu brauchen schien, wie die Luft zum Atmen. Nur wenn sie Klara ansah, erstarb das Lächeln und wurde durch den finsteren Ausdruck der Ablehnung ersetzt. Wenn sie sich wieder Ulrich zuwandte, entspannte sie sich. Nicht auszuhalten, wie sie sich bei ihm anbiederte.

„Hier scheint ja alles drunter und drüber zu gehen." Ulrich sah seine geschiedene Frau vorwurfsvoll an. „Es muss ja einen Grund dafür geben, dass Sophie zu mir ziehen will."

„Du wiederholst dich", sagte Klara und eine gewisse Schärfe lag in ihrer Stimme, als sie weitersprach.

„Ausgerechnet du behauptest, dass es hier drunter und drüber geht? Wie kannst du das denn beurteilen? Du hast doch gar keine Ahnung mehr von unserem Leben. Nimm endlich mal deine Pflicht als Vater wahr. Dass Sophie dich sehen will, deine Nähe sucht und Zeit mit dir verbringen möchte, ist doch wohl nachvollziehbar, wenn du sie so auf Abstand hältst."

Klara sah ihre Tochter an. „Das muss jetzt sein, Sophie."

Sie hätte ihrem Ex das lieber unter vier Augen und schonender beigebracht. Doch in diesem Fall war es wichtig, dass auch Lydia Bescheid wusste. Das Risiko, dass Sophie den Aufenthalt bei ihrem Vater dazu nutzte, ihren Freund zu treffen, war zu groß. Sie musste mit offenen Karten spielen, um sich später nichts vorwerfen zu müssen und die beiden nicht ahnungslos in die Falle tappen zu lassen.

„Wovon redest du?!"

Ungeduldig wie immer, dachte Klara. „Also gut. Ich habe Sophie vorgestern in ihrem Zimmer mit einem doppelt so alten Mann erwischt."

„Es ist doch längst vorbei. Wir sehen uns nicht mehr. Das müsst ihr mir glauben", rechtfertigte sich Sophie.

Statt bei ihr nachzuhaken, wandte sich ihr Ex-Mann ausnahmsweise an ihre gemeinsame Tochter.

„Stimmt das etwa, Sophie?"

Diese Worte wirkten wie eine kalte Dusche auf Klara. Das war ja wieder typisch. „Willst du etwa behaupten, dass ich lüge?"

„Ich habe lediglich unsere Tochter etwas gefragt. Man braucht sich ja nicht zu wundern, dass Sophie vor dir wegwill, wenn du immer im Mittelpunkt stehen musst."

„Das sagt der Richtige! Wer lässt denn keine andere Meinung gelten? Wer wird denn stinksauer, wenn ein anderer den Beifall bekommt, den du dir erhofft hast? Also komm mir nicht mit so was."

Das, was Klara sonst noch auf der Zunge lag, schluckte sie aus Rücksicht auf Sophie hinunter. Es half nicht, wenn sie beide sich an die Kehle gingen.

Ulrich bekam rote Flecken im Gesicht. Seine Miene wurde starr. Lydia rutschte immer tiefer in den Sessel hinein, als wolle sie darin verschwinden. Sie würde niemals so mit Ulrich reden – und das war einer der Gründe, wenn nicht der Grund, warum er sie geheiratet hatte.

„Jedes Mal das gleiche, wenn ihr euch seht. Das hängt mir langsam zum Hals raus! Hört auf euch zu streiten! Könnt ihr nicht mal in Ruhe miteinander reden? Ich dachte, es geht um mich, um die Ferien bei Papa?"

Klara hoffte, dass niemand das Zittern ihrer Hände bemerkte und sie hoffte, dass wenigstens ihre Stimme wieder fest und selbstsicher klang, als sie Sophie antwortete. Auf keinen Fall würde sie sich von Ulrich wieder einreden lassen, dass sie übertrieb oder gar unzurechnungsfähig wäre.

„Du hast ja recht", sagte Klara zu Sophie. „Dabei hatte ich mir fest vorgenommen, ruhig zu bleiben. Ich reiße mich ab sofort zusammen."

Sie sah Ulrich fest in die Augen, ihre Selbstsicherheit war zurück.

„Wir müssen uns beide zusammenreißen. Wir bekommen schon gar nicht mehr mit, dass Sophie darunter leidet. Willst du nicht endlich deiner Tochter ihre Frage beantworten, ob sie künftig bei dir und Lydia leben darf?"

So, diese Retourkutsche geschah ihm recht. Jetzt *musste* er sich ja äußern. Es war Absicht von ihr, ihm einen gehörigen Schrecken einzujagen und ihn gleichzeitig in die Defensive zu drängen. Das bereitete ihr ein wahres Vergnügen. Natürlich hatte sie ihre Meinung nicht geändert. Niemals würde sie das zulassen, dass ihre Tochter für immer zu ihrem Vater zog. Sobald sich Ulrichs Schockstarre langsam löste, schnappte die Falle zu. Sophie half ihr ungewollt dabei.

„Bitte Papa, sag ja."

Ulrich versuchte, sich herauszureden, wie es Klara vorausgesehen hatte.

„Du weißt doch Liebes, dass ich viele Termine habe. Du hättest zudem einen viel zu langen Schulweg. Das wäre äußerst umständlich für dich. Du bräuchtest ein eigenes Zimmer, das ich nicht zur Verfügung habe. Auf das Gästezimmer kann ich nicht verzichten, weil oft Geschäftspartner bei mir übernachten, wenn die Hotels ausgebucht sind."

„Ich kann doch auf der Couch schlafen, das macht mir bestimmt nichts aus. Bitte Papa, ich mache euch auch keine Umstände. Lass es uns doch wenigstens versuchen."

Lydia verdrehte die Augen. Sie war wohl verärgert über die Hartnäckigkeit, mit der Sophie nicht locker ließ. Sie befürchtete sicherlich, dass Sophie ihr Ziel erreichen würde, wenn sie Ulrich nur lange genug bearbeitete.

Klara ergriff schnell die Initiative, weil sie es nicht auf die Spitze treiben wollte.

„Ich dachte mir fürs erste Folgendes: Sophie hat Herbstferien. Da wäre doch die Gelegenheit günstig, das Zusammenleben erst einmal zu testen."

Klaras Blick ruhte noch immer auf Ulrich.

„Es wäre schön, wenn du dir Urlaub nehmen könntest, um etwas mit ihr zu unternehmen. Ihr habt viel nachzuholen."

Ulrich fühlte sich in die Enge getrieben. Er wollte widersprechen, doch Sophie kam ihm zuvor.

„Bitte Papa, sag endlich ja."

Sie schmiegte sich an ihn und Ulrich legte den Arm um seine Tochter. Klara beobachtete Lydia. Mit einem finsteren Blick fixierte sie Sophie regelrecht. Was sie wohl gerade dachte? Dass ich ihr nur Probleme auflud? Ihnen meine verwöhnte Tochter aufdrängte und Ulrich darauf hereinfiel? Fehlte nur noch, dass sie anfing zu glauben, ich wollte Ulrich zurück. Zutrauen würde sie ihr das. Inzwischen konnte Klara Lydias Miene und Haltung ganz gut einschätzen, sie war sehr leicht zu lesen.

Klara blieb dran. Sie dachte nicht daran, jetzt aufzugeben.

„Sophie könnte doch schon mal ein paar Sachen zusammenpacken. Dann nehmt ihr sie gleich mit und braucht nicht unnötig hin und her zu fahren. Ihr vergeudet besser keine Zeit, denn zwei Wochen sind schnell vorbei."

„Einverstanden, Papa? Bitte sag ja." Sophie gab keine Ruhe und drückte ihrem Vater jetzt auch noch einen Kuss auf die Wange.

Bei Ulrich sammelte sich der Schweiß auf der Stirn und Lydia hüstelte verlegen. Klara bot Sprudelwasser an. Sie füllte die Gläser. Lydia griff gleich danach, nippte daran und hielt das Glas fest. Sophie sprang auf und rannte aus dem Wohnzimmer, um ihre Sachen zu packen. Kaum, dass sie es verlassen hatte, wandte sich Klara abermals an Ulrich und kam sofort zur Sache.

Sie hatte nicht vor, ihrem Ex-Mann eine Gelegenheit zu geben, seinen Ärger an ihr auszulassen, während Sophie ihren Koffer packte. Also legte sie direkt nach.

„Ich entdeckte diesen Mann, den ich bereits erwähnte, und Sophie, halb nackt, knutschend auf dem Bett. Sophie nur in Unterwäsche. Bevor ich die Polizei rufen konnte, ist er abgehauen. Sein Name ist, Sophie zufolge, Jürgen, mehr weiß ich nicht. Ich bin mir nicht sicher, ob sie sich wirklich getrennt haben, mein Gefühl sagt mir, das nicht. Ich muss alles über ihn wissen; wo er arbeitet, wohnt, ob er vorbestraft ist und sich vielleicht schon einmal an eine Teenagerin herangemacht hat. Sophie hält sich bedeckt. Auf dich hört sie eher. Du musst sie dazu bringen, dir Einzelheiten mitzuteilen. Dann zeigen wir ihn an. Denk immer daran! Er hat deine Tochter verführt, eine Minderjährige. Es ist deine Pflicht, etwas zu unternehmen."

Ulrich sprang auf, blieb vor ihr stehen und sah auf sie herab.

„Du hast nicht auf sie aufgepasst. Es ist deine Aufgabe, dich darum zu kümmern." Dann setzte er sich in Bewegung und lief im Wohnzimmer auf und ab.

„Hast du mir nicht zugehört? Es geht um deine Tochter! Sie ist gerade mal fünfzehn und wenn ich dich daran erinnern darf, dieser Mann ist doppelt so alt. Ich hätte nicht gedacht, dass dir das vollkommen egal ist. Was bist du nur für ein Vater!"

Ulrich gestikulierte mit den Armen. Die kleinen roten Flecken hatten sich zu einem einzigen großen Fleck ausgebreitet. Sein Gesicht war inzwischen feuerrot. Schweißperlen tropften herab. Mit einem Taschentuch versuchte er sie einzufangen.

„So war das nicht gemeint. Natürlich ist mir das nicht egal. Vielleicht habe ich mich ein wenig unglücklich ausgedrückt. Ich meinte lediglich damit, dass du von morgens bis abends mit ihr zusammen bist, dir hätte schon längst etwas auffallen müssen. Und darum hättest du auch die Gelegenheit gehabt, das zu unterbinden."

„Lebst du hinter dem Mond? Wie hätte ich davon etwas mitbekommen sollen? Wäre ich nicht früher nach Hause geschickt worden, wüssten wir immer noch nichts davon! Mädchen in Sophies Alter sind nicht blöd. Aber lassen wir das Thema."

Was er ihr da vorwarf, war nichts anderes als eine missglückte Entschuldigung, die ordentlich daneben ging. Mein Gott! War es für diesen Mann wirklich so schwer, zuzugeben, wenn er einen Fehler gemacht hatte?!

Lydia hielt das nicht mehr aus. „Schaaatz!" – wie sehr Klara doch ihre Art, das Wort in die Länge zu ziehen, auf die Nerven ging. Keine Reaktion. Sie versuchte es noch einmal: „Schaaatz!"

Ulrich blieb direkt vor ihr stehen. *Mal sehen, was jetzt passiert,* dachte sich Klara und es amüsierte sie, obwohl sie wusste, dass es nicht gut für ihr Karma-Konto war, aber sie brauchte ein wenig Aufmunterung.

„Was redest du denn dauernd dazwischen?! Dann sag endlich, was du willst. Geh mir nicht auch noch auf die Nerven."

Lydia schluckte sichtbar. „Ich weiß nicht, ob ich damit klarkomme."

„Was meinst du? Mit was sollst du nicht klarkommen? Ich hasse es, wenn man nur blöde Andeutungen macht."

„Ich meine die Probleme mit dem Mann und Sophie. Ich kann mir auch von heute auf morgen keinen Urlaub nehmen und das Geschäft einfach schließen. Wer bleibt dann bei dem Mädchen?"

„Wir werden schon eine Lösung finden. Das müssen wir ja wohl nicht jetzt besprechen. Das hat Zeit, bis wir zu Hause sind."

Sophie war zurück. Sie stellte ihren Koffer neben sich ab und strahlte ihren Vater an.

„Ich bin so weit. Meinetwegen können wir."

5

Klara räumte den Teller und das Besteck vom Abendessen in die Spülmaschine. Danach setzte sie sich wieder an den Tisch und machte sich die größten Vorwürfe. Sie wusste ja, dass Ulrich nicht begeistert war, er hasste es, wenn sich etwas an seinem gewohnten Alltag änderte – und noch mehr hasste es, wenn er nicht seinen Willen bekam. Sie hatte nicht einmal versucht, Sophie den Aufenthalt bei ihrem Vater auszureden, weil sie wütend auf ihn war. Er hatte ihr am Telefon vorgeworfen, bei der Erziehung ihrer Tochter zu versagen. Sollte er doch erst einmal beweisen, dass er es besser konnte. Zudem sah sie gar nicht ein, Sophie einen Aufenthalt bei ihrem Vater zu verbieten. Ihre Tochter hatte ein Recht darauf, sich bei ihrem Vater aufhalten zu dürfen, er war als Erziehungsberechtigter genauso in der Pflicht wie sie. Da passten die Herbstferien ganz gut in ihren Plan. Es wäre, weiß Gott, nicht schlecht, wenn zwischen den beiden ein regelmäßiger Kontakt zustande käme. Gerade jetzt brauchte Sophie ihren Vater dringender denn je. Wer weiß, vielleicht würde ein ordentliches männliches Vorbild dafür sorgen, dass Sophie diesen Jürgen wirklich abservierte.

Klara wusste, dass Ulrich, trotz all seiner Fehler, seine Tochter liebte und es nur nicht so offen zeigen konnte. Sonst hätte sie sich niemals auf diesen Deal eingelassen. Als Sophie und Ulrich am Abend nebeneinandergesessen hatten, hatte sich sofort sein sonst so verkniffenes Gesicht entspannt. Seine weiche Seite war zum Vorschein gekommen, als Sophie sich an ihn drückte. Diesen Blick hatte er immer, wenn Sophie in seiner Nähe war. Der Wohnungswechsel kam ihr zunächst sehr gelegen. Sie hoffte, dass die Entfernung zwischen Bonn und Bad-Godesberg vielleicht für eine endgültige Trennung reichte.

Doch nun tauchten bei ihr Zweifel auf. Zwischen den beiden Städten lagen nur wenige Kilometer. Sie würden sich ungehindert dort weiter treffen können, wenn sie es darauf anlegten. Hatte sie einen großen Fehler gemacht und übereilt nachgegeben? Was konnte sie tun, damit Sophie die Ferien bei ihrem Vater unbeschadet überstand? Einen Detektiv beauftragen, der sie im Auge behielt? So, dass Ulrich das nicht mitbekam? War das verrückt? Oder die rettende Idee? Ein Profi würde vielleicht etwas über diesen Jürgen herausfinden können, falls dieser wirklich bei Sophie auftauchen sollte. Dann hätte sie etwas für die Polizei in der Hand. Irgendwie war es seltsam, über so etwas nachzudenken, aber andererseits, warum eigentlich nicht? Sie könnte ja schon mal ganz unverbindlich im Internet recherchieren.

Klara fand gleich drei für die engere Auswahl. Die Bewertungen waren hervorragend. Schwieriger war, sich für einen der drei zu entscheiden. Sie überlegte hin und her. Schließlich entschied sie nach Gefühl. Am Montag wollte sie ihn anrufen. Ihn fragen, falls er den Auftrag annahm, was er alles für die Observierung brauchte, außer Foto und einer genauen Beschreibung der Zielpersonen. Sie kam sich vor, wie in einem Film oder Roman. Ein Privatdetektiv, so etwas fand man sonst doch immer nur in fiktiven Geschichten. Klara kannte niemanden im wahren Leben, der schon einmal einen Detektiv beauftragt hatte. Aber etwas anderes fiel ihr einfach nicht ein und sie musste Sophie beschützen. Sie hatte auch keine Ahnung, wie viel so ein Detektiv kostete und wie sie das bezahlen sollte. Musste sie halt an anderer Stelle sparen. Drei Tage, das würde sie schon irgendwie hinbekommen. Oder? Sollte sie das wirklich machen? Ja, ihr Entschluss stand fest, jetzt blieb sie auch dabei. Zufrieden klappte Klara den Laptop wieder zu. Blieb aber noch einen Moment sitzen, um den Abend ohne Hektik ausklingen zu lassen. Hektik hatte sie in den letzten Tagen wirklich im Übermaß gehabt.

Seit Sophie, Ulrich und Lydia das Haus verlassen hatten, war es so angenehm friedlich und still um sie herum. Es war niemand mehr da, der sie mit einem giftigen Blick durchbohren wollte, keiner, der darauf bestand, dass seine Sicht der Dinge die einzig richtige wäre. Sie fragte sich, wie sie einst einen so tyrannischen Mann hatte lieben können. Wenn sie an die ersten Jahre dachte, musste sie zugeben, dass er geschickt verborgen hatte, dass er schon immer ein hoffnungsloser Egoist gewesen war. Sie war damals so unerfahren gewesen mit Beziehungen und Männern im Allgemeinen. Das erste Jahr mit Ulrich war das Beste. Da war er noch nicht so erfolgreich in seinem Beruf. Sie konnten zwar keine großen Sprünge machen, kamen aber über die Runden. Sie schmiedeten Zukunftspläne, trafen gleichberechtigt alle Entscheidungen.

Als sie beim Arzt von ihrer Schwangerschaft erfuhr, jubelte sie innerlich vor Glück. Sie hatte es sofort mit jemandem teilen müssen. Da Ulrich nicht erreichbar war, fuhr sie zu Charlotte und zeigte ihr das Ultraschallbild. Die Frauen umarmten einander und tanzten durch die Küche. Klara war wie im Rausch. Am liebsten hätte sie das Fenster aufgerissen und jedem zugerufen, der dort vorbeiging: Seht her, ich bekomme ein Kind!

Die gute Stimmung nahm sie mit nach Hause. Sie konnte nicht still sitzen, trat alle fünf Minuten in den Flur, hoffte, dass sich endlich der Schlüssel im Schloss drehen würde. Als Ulrich dann vor ihr stand, fiel sie ihm gleich um den Hals. Sie hatte es kaum erwarten können, ihr überschwängliches Glück mit ihm zu teilen. Doch Ulrich zeigte keine Emotionen. Er fragte nur: „Ist das auch sicher?" Dann ließ er sie einfach stehen und ging in sein Büro. Betroffen hatte sie ihm hinterher gestarrt und war wenig später in Tränen ausgebrochen. Klara hatte sich im Schlafzimmer eingeschlossen und es erst am nächsten Morgen wieder verlassen.

Ulrich hatte sich beim Frühstück entschuldigt. Es wäre nicht so gemeint gewesen. Sie hätte ihn mit dieser Nachricht überrumpelt. Er hätte erst einmal damit klar kommen müssen.

Aber von da an veränderte er sich, sprach immer öfter von Ansehen, Reichtum und Erfolg. Er hatte schon ein paar gute Aufträge an Land gezogen, doch er wollte noch höher hinaus. Um so richtig durchzustarten, bat er sie, ihn auf einen sehr wichtigen Empfang bei einem Börsenmakler zu begleiten. Finanzkräftige Kunden wären dort anzutreffen, die besten in seiner Branche. In einer solch lockeren Atmosphäre käme man leichter mit ihnen ins Gespräch. *Warum auch nicht?* hatte sich Klara gedacht. Es wäre eine willkommene Abwechslung zum Kindergeschrei und Windelwechseln. Ein Babysitter sollte solange auf die damals dreijährige Sophie aufpassen. Extra für diesen Abend kaufte sich Klara ein neues Kleid, auf ihre roten, langen Haare, farblich abgestimmt. Doch anders als gedacht war gleich der erste Abend ein Desaster für sie. Ein lockeres Gespräch war nicht möglich. Es ging nur um die Finanzen und darum, welche Aktien sich lohnten. Sie prahlten damit, welch unglaublich hohe Summen sie an der Börse erzielt hätten. Nachdem dann die dritte leere Wodkaflasche im Müll gelandet war, vermischten sich die Pärchen und Klara bekam anzügliche Angebote von widerlichen alten Männern, was sie absolut eklig fand. Nur weil sie einen tieferen Ausschnitt trug, war sie noch lange kein Freiwild für geile Typen. Ulrich bemerkte ihre Not nicht. Vielleicht interessierte es ihn auch überhaupt nicht. Für ihn zählte nur das Geschäft. Er knüpfte dort ganz ungeniert Kontakte, während Klara sich zwingen musste, einen kaum zu ertragenden Abend durchzustehen.

Bald darauf stieg Ulrich sein Erfolg dann endgültig zu Kopf. Er nahm auf nichts und niemanden mehr Rücksicht, kam immer später nach Hause, dann blieb er über Nacht weg und roch nach anderen Frauen. Nachdem sie ihm das vorwarf, gab er ohne Umschweife mehrere Seitensprünge zu und dass es dieses Mal mit Lydia, was Ernstes sei. Eiskalt und ohne jegliche Regung hatte er ihr das ins Gesicht geschleudert.

„Raus! Mach, dass du rauskommst! Ich will dich nie wiedersehen!", schrie sie ihn daraufhin an, und während er auf die Tür zuging, warf sie ihm in ihrer Rage die Frühstücksteller hinterher. Sie hätte von Ulrich erwartet, dass er ihr zumindest mit schlechtem Gewissen seine Untreue gestand – oder ihr das schlechte Gewissen wenigstens anstandshalber vortäuschte. Es war die respektlose Gefühlskälte, die sie so sehr gekränkt und verletzt hatte. Er hatte sie auf die übelste Weise gedemütigt. Längere Zeit hatten sie kein Wort mehr miteinander gesprochen, doch mit einigem Abstand hatte sie Sophies zuliebe nachgegeben und einen lockeren Kontakt wieder aufgenommen. Mit Lydia blieb sie dagegen bis heute auf Distanz. Sie konnte sie nicht leiden und je weniger sie von ihr sah, desto besser. Der Geschmack ihres Mannes hatte sie zutiefst enttäuscht. Das lag wohl hauptsächlich daran, dass er dieses junge Ding ihr vorgezogen hatte. Das war einfach so ein Klischee und hatte sie zudem in ihrer Eitelkeit gekränkt. Mittlerweile war ihr jedoch auch klar geworden, was Lydia, abgesehen von ihrer Jugend, für Ulrich so interessant machte: die bedingungslose Bewunderung, die er von ihr bekam. Lydia ordnete sich ihm in allem unter und betete ihn geradezu an – etwas, was Klaras Charakter einfach nicht entsprach.

Klara war erleichtert gewesen, als die Scheidung endlich durch war. Jahrelang hatte sie während ihrer Ehe praktisch als Single gelebt – oder eher als alleinerziehende Mutter –, weil Ulrich so selten zu Hause war. Allerdings war sie nicht von heute auf morgen über die Verletzungen seiner giftigen Pfeilspitzen, die er regelmäßig abgeschossen hatte, hinweggekommen. Sie wirkten bis heute nach. Aber sie war auf einem guten Weg. Ja, sie war zufrieden mit ihrem Leben. Trotzdem … manchmal, besonders abends, wenn sie zur Ruhe kam, spürte sie eine Leere in sich, die sie alleine nicht füllen konnte, dann sehnte sie sich nach Nähe und Zweisamkeit.

Sie schreckte auf und schubste dabei ihr Glas mit einer fahrigen Bewegung fast vom Tisch. Wie spät war es? Klara war komplett in ihren Gedanken versunken gewesen. Sie sah auf die Uhr. 21 Uhr. Sollte sie noch fernsehen, oder gleich ins Bett gehen? Da sie noch immer hellwach und von dem hitzigen Wortwechsel mit Ulrich innerlich aufgewühlt war, entschied sie sich fürs Fernsehen. Morgen, am Samstag, konnte sie ausschlafen, so lange sie wollte. Vielleicht würde sie etwas unternehmen. Einen Spaziergang machen, ins Kino gehen, oder etwas ganz anderes. Das wollte sie morgen spontan entscheiden.

Im Wohnzimmer angekommen nahm Klara die Fernsehzeitung in die Hand, überflog die Programme. Als sie sich für einen Film entschieden hatte, schaltete sie den Fernseher ein. Das Display wurde hell und es ertönten Stimmen, schnell stellte

Klara das richtige Programm ein und lehnte sich bequem auf der Couch zurück. Dann stutzte sie. Das war doch nicht der Film, den sie ausgesucht hatte!

Irritiert schaute sie sich das Datum an. Die Zeitung war drei Wochen alt. Dabei hatte sie sich doch erst vor zwei Tagen eine neue besorgt und in den Zeitungsständer gesteckt. Die Frau auf dem Titelblatt der Aktuellen hatte dunkle Haare, diese hier war blond. Um auf Nummer sicherzugehen, durchwühlte sie den Zeitungsständer, doch leider ohne Erfolg. Das konnte kein Zufall mehr sein. Das war jetzt schon das dritte Mal, dass die Zeitung ausgetauscht worden war. Wer dachte sich denn so etwas Bescheuertes aus? Eine Gänsehaut überzog Klaras Arme. Das war wirklich nicht mehr lustig. Irgendjemand spielte sein Spielchen mit ihr. Spielte mit ihrem Verstand. Doch wer würde ihr so etwas antun? Wer würde sich solch eine Mühe geben? Wer hatte die Gelegenheit dazu?

Der Krimi, der gerade im Fernsehen lief, interessierte sie nicht. Zu viel Gewalt. Ein maskierter Mann erdrosselte gerade eine Frau. Sie zappelte herum, kämpfte um ihr Leben, hatte aber keine Chance gegen ihren stämmigen Angreifer. Schnell schaltete sie den Fernseher wieder aus und fasste sich unbewusst an den Hals. Sie schluckte mehrmals und war froh, nicht das Opfer zu sein.

Draußen tobte ein Sturm. Regen prasselte gegen den Rollladen. Bei jedem Windstoß schlug er klappernd gegen das Fenster. Dann fuhr auch noch die Feuerwehr am Haus vorbei. An das schrille Sirenengeräusch würde sie sich nie gewöhnen. Zu wissen, dass jemand ungehindert in ihr Haus gelangen konnte, ließ ein beklemmendes Gefühl in ihr aufsteigen. Jetzt war sie auch noch allein. Ein Schauer lief Klara über den Rücken und erneut überzog eine Gänsehaut ihren Körper. Sie starrte auf die Tür. Im Garten polterten Gegenstände. Sie flogen durch die Luft. Das trug nicht gerade zu ihrer Beruhigung bei. Dann fiel ihr ein, dass die Fenster im ganzen Haus noch kontrolliert werden mussten. Nein, bei aller Liebe! In den ersten Stock ging sie in ihrer jetzigen Gemütsverfassung ganz bestimmt nicht mehr. Wäre sie doch nur gleich ins Bett gegangen! Sie wusste nicht, woran es lag, dass ausgerechnet die blöde Fernsehzeitung diese Angst in ihr ausgelöst hatte. Natürlich mischten da noch andere Überlegungen mit hinein. Der Gedanke, jemand könnte die Tür öffnen und einfach hier hereinspazieren, war nicht gerade beruhigend. So sehr sie sich auch dagegen sträubte, das Wohnzimmer zu verlassen … blieb ihr eine Wahl?

6

SAMSTAG, 22.10.

Kein Fieber mehr, stellte Klara am nächsten Morgen zu ihrer Zufriedenheit fest, als sie die Zahlen auf dem Fiebermesser überprüfte, und obwohl sie noch immer wacklig auf den Beinen war, spürte sie eine erhebliche Verbesserung im Vergleich zu den letzten Tagen. Erleichtert ging sie ins Bad, duschte und als sie es wieder verließ, freute sie sich auf ein vitaminreiches Frühstück. Endlich war der Appetit zurück. Klar, dass sie sich noch schonen, alles langsamer angehen musste. Klara wollte keinen Rückfall riskieren, zumal ihr die Angst der letzten Nacht noch in den Knochen steckte. Bis gegen Mitternacht hatte sie es nicht geschafft, einzuschlafen. Immer wieder hatten sie Geräusche zusammenzucken und nach potenziellen Einbrechern lauschen lassen. Die Angst hatte sie fest im Würgegriff. Jetzt sträubte sie sich mit aller Macht dagegen, die Gedanken dieser Nacht noch einmal aufleben zu lassen. Sie war viel zu froh, dass sie vorbei war.

Da das Schlimmste überstanden war und sie Abstand zu den gestrigen Ereignissen brauchte, sah sie nicht ein, den Tag abgeschottet im Haus zu verbringen. Ja, das Haus! Was hatte sie nicht schon alles in ihm erlebt! Es gab schöne Zeiten, die sie nicht missen wollte. Sophie war hier aufgewachsen, hatte es mit Lachen erfüllt, besonders in den ersten Jahren. Es gab aber auch die andere Seite und Tränen stiegen Klara plötzlich in die Augen. Ulrich trat in jener Zeit regelmäßig in ihren Albträumen auf. In einem, der immer wiederkehrte, sah sie Ulrich in Gestalt eines Riesen über sich gebeugt und während er auf sie herabsah, begann sie zu schrumpfen. In ihrer Not versuchte sie sich an seinen Beinen festzukrallen, doch sie fand keinen Halt und irgendwas Schweres zog sie unaufhaltsam nach unten. Bevor sie ins Nirgendwo verschwand, wachte sie auf. Ein Albtraum, wie man ihn sich schlimmer kaum vorstellen konnte.

Das Haus hatte Klara von ihrer Oma geerbt. Ulrich und sie hatten es renovieren lassen. Optimistisch hatte sie damals in die Zukunft geblickt. Dann waren sie eingezogen. Bryan war dreizehn, Sophie drei. Zuvor hatten sie in einer Mietwohnung gelebt. Am liebsten würde sie wieder dorthin zurückzukehren. Dort waren sie glücklich gewesen und Ulrich noch nicht so maßlos überspannt. Aber wollte sie die Zeit damals und Ulrich wirklich wieder zurück? Nein, wurde ihr klar. Eigentlich nicht. Nur dieses Gefühl, das man hat, wenn man jung ist und verliebt und die Zukunft noch vor einem liegt und voller wundervoller Möglichkeiten steckt. Seufzend ermahnte Klara sich, nach vorne zu schauen und sich von diesen Erinnerungen nicht den Tag verderben zu lassen. Sie wurde nur melancholisch, wenn sie sich zu lange in der Vergangenheit aufhielt. Sie ging ins Schlafzimmer und stand vor dem Kleiderschrank. Klara konnte sich nicht entscheiden. Heute wollte sie sich besonders hübsch machen, alles aufeinander abstimmen, sich so oft umziehen, bis sie zufrieden war. Wenn sie auch durchgehend ihren Mantel trug und niemand sie würde bewundern können, sie machte das nur für sich. Sie musste sich mehr um ihr eigenes Leben kümmern und nicht immer nur zurückstecken zugunsten anderer. Auch wenn sie sich an manchen Tagen fühle, als wäre sie hundert Jahre alt, noch war sie jung, hatte Wünsche und Träume und irgendwann wäre es zu spät. Sie hatte ein Recht auf ein eigenes Leben. Motiviert griff sie in den Kleiderschrank und probierte das erste Outfit an.

Klara sah an sich herab und war zufrieden mit ihrer Wahl. Sie hatte sich für Jeans und einen bunt gemusterten Pullover entschieden, weil sie bequeme Kleidung am liebsten trug. Was für eine verrückte Idee, Seidenbluse und eleganten Hosenanzug für einen Stadtbummel in Betracht zu ziehen! Wie hatte sie nur annehmen können, dass elegante Kleidung ihr zu einem Stimmungswechsel verhelfen könnten? Bequeme Sachen sorgten eigentlich immer dafür, dass man sich wohlfühlte.

Sie entschloss sich, nach Bonn in die Stadt zu fahren. Einfach nur durch die Straßen zu laufen, die Schaufenster zu betrachten, in die Geschäfte hineinzugehen. Sie könnte sich von der Stimmung im Metropol verzaubern lassen, während sie durch die Bücher stöberte und sich in die 20er-Jahre zurückversetzt fühlen, oder in ein paar Klamottenläden schauen, einfach etwas bummeln und wenn ihr etwas gefiel, es sich kaufen, ohne zu denken: Muss das wirklich sein? Ja, der heutige Tag war nur für sie und sie würde sich etwas Gutes tun.

Gerüstet für den Ausflug trat Klara auf die Straße und zog die Schultern hoch. Ein kräftiger Windstoß hatte sie begrüßt und ließ sie schaudern. Sie verdeckte mit dem Schal, den sie mehrmals um den Hals geschlungen hatte, die Hälfte ihres Gesichts, denn die Kälte biss in die unbedeckte Haut. Wenigstens stürmte es nicht mehr so doll. Die Blumen in ihren Blumenkästen, die am Tag zuvor noch aufrecht gestanden hatten, waren umgeknickt oder samt Wurzeln aus der Erde gerissen, dabei hatte sie doch extra robuste, winterharte Sorten ausgesucht. Trostlos dieser Anblick. Auf den Steinen vor ihrem Haus türmte sich Grünzeug, leere Schachteln, Zigarettenkippen und auch vieles andere, das der Sturm bis vor ihre Haustüre herübergeweht hatte. Sie wandte sich von dem traurigen Anblick ab. Später würde sie alles zusammenkehren, wenn der Wind endgültig abgezogen war.

Zwanzig Minuten bis zur Straßenbahn. Sie wohnte verkehrsgünstig. Ihre Arbeit und der Supermarkt lagen in der Nähe, nur das Gymnasium, das ihre Tochter besuchte, lag außerhalb, war jedoch mit Bus und Bahn gut zu erreichen.

Es war Samstag, 10 Uhr. An der Straßenbahnhaltestelle standen nur wenige Leute. Viele waren schon in der Früh zur Arbeit aufgebrochen. Wenn man zu verkehrsreichen Zeiten mit der Straßenbahn fuhr, musste man ein ziemliches Gedränge in Kauf nehmen, ein Sitzplatz war dann nicht garantiert und an manchen Tagen ein unerreichbarer Luxus.

Jetzt war das anders. Viele Sitzplätze waren leer und Klara setzte sich auf einen Fensterplatz und streckte die Beine aus. Noch saß ihr niemand direkt gegenüber. Sie sah aus dem Fenster und die Häuser rauschten an ihr vorbei. Menschen liefen kreuz und quer durch die Straßen, manche schoben Kinderwägen, andere führten den Hund aus. Eine Frau blickte sich lächelnd nach allen Seiten um. Sie trug ihre Tüte mit Stolz. Auf ihr stand ein bekannter Markenname.

Ihr gegenüber, zur Mitte hin, saß eine Frau mittleren Alters. Sie durchsuchte hektisch ihre Handtasche. „Ich habe mein Portemonnaie vergessen!", rief sie hysterisch. Sie musste deshalb an der nächsten Haltestelle wieder aussteigen. Sie tat ihr leid. Umgehend kontrollierte Klara ihre eigene Tasche, um nachzusehen, ob sie ihres dabeihatte. Erleichtert stellte sie fest, dass sie es nicht vergessen hatte und sofort entspannte sie sich wieder. Einem älteren Herrn, der vor ihr zum Gang hinsaß, fiel sein Spazierstock aus der Hand. Er beugte sich zur Seite, streckte die linke Hand nach ihm aus, erreichte ihn aber nicht. Klara stand auf und kam ihm zur Hilfe. Der Mann bedankte sich höflich bei ihr und Klara setzte sich wieder auf ihren Platz. Weil sie abgelenkt gewesen war, wäre sie fast an der richtigen Haltestelle vorbeigefahren. Im letzten Moment bemerkte sie das. Sie sprang auf, eilte zur Tür, verließ die Straßenbahn. Gerade noch rechtzeitig, denn sofort, nachdem sie draußen war, schloss sich hinter ihr laut krachend die Tür. Das ist ja noch mal gut gegangen, dachte sie erleichtert. Sie blieb unschlüssig stehen, überlegte, in welche Richtung sie gehen sollte. Am besten war es, einfach drauf loszulaufen und in die nächstliegende Straße einzubiegen. Sie verbot sich strikt, über die vergangenen Tage nachzudenken. Damit ihr das besser gelang, beobachtete sie die Menschen um sich herum. Ein Pärchen stritt sich lautstark. Ein kleiner Junge weinte und zappelte an der Hand seiner Mutter, weil er wohl seinen Willen nicht bekam. Eine ältere Frau schob einen Rollator vor sich her, der immer wieder stecken blieb, sie fluchte und rüttelte an den Griffen. Klara half ihr, die Räder, die zwischen dem Kopfsteinpflaster steckten, herauszuziehen. Die Frau bedankte sich überschwänglich bei ihr. Im Vorbeigehen warf Klara einen Blick in einen Kinderwagen. Es rührte sie sehr, von dem kleinen Würmchen angelächelt zu werden.

Sie spürte, wie sie innerlich auftaute und ihren Ausflug zu genießen begann. Auf einmal sah alles viel freundlicher aus. Die Farben wirkten heller, intensiver, die Kälte wurde erträglicher und einige Menschen nickten ihr freundlich zu. Sie wusste sofort, dass es an ihr lag, an ihrer entspannten Miene, ihrer geraden Haltung, ihrem beschwingten Gang, dem Lächeln auf ihrem Gesicht. Als sie sich in einem Schaufenster betrachtete, fand sie sich viel hübscher als noch am Morgen. Wie abhängig man doch von der Psyche war!

Ehe sie sich versah, stand Klara auf dem Münsterplatz vor der Galerie Kaufhof. Sie ging hinein, verschaffte sich einen Überblick, indem sie ihren Blick schweifen ließ. Was sie am meisten interessierte, waren die Damenabteilung, Handtaschen und Parfüms. Sie entdeckte die richtige Verkaufsecke für Parfüms, und freute sich über das große Angebot verschiedener Waren. Unter zahlreichen bekannten Marken wählte sie eine aus, nahm eine Probeflasche und sprühte sich etwas auf die Rückhand, roch daran, aber es war nicht ihr Geschmack. Sie schraubte die Flasche wieder zu, stellte sie zurück und probierte die nächste aus. Sie war so intensiv damit beschäftigt, dass sie heftig zusammenfuhr, als jemand hinter ihrem Rücken ihren Namen sagte. Sie drehte sich herum und stand vor Dr. Schubert.

„Sie hätte ich hier nicht erwartet", stotterte sie. Die Röte stieg ihr ins Gesicht und sie merkte, wie heiß es ihr wurde. Verdammt war das unangenehm!

„Das ist ja eine Überraschung, Sie hier zu treffen. Wie geht es Ihnen denn?", fragte er.

Sie musste sich gehörig zusammenreißen, so sehr brachte sie das unerwartete Zusammentreffen durcheinander. Er sollte nicht merken, wie verunsichert sie war.

„Viel besser, die Tabletten und ausreichende Bettruhe haben mir geholfen."

Sie musste ihm glaubwürdig erklären, warum sie, trotz Krankheit, durch die Gegend lief, schließlich war er ihr Chef.

„Meine Tochter verbringt die Ferien bei meinem geschiedenen Mann. Ich hatte Lust, spontan etwas zu unternehmen. Einfach ein wenig bummeln und wenn es mir zu viel wird, fahre ich wieder nach Hause. Und was machen Sie hier?"

Oder war diese Frage zu indiskret? Als sie es bemerkte, war sie auch schon ausgesprochen. Es könnte ja sein, dass er eine

Verabredung hatte, und nicht darüber sprechen wollte. Doch er entkräftete ihre Bedenken.

„Ich musste mal raus, abschalten vom Alltagsstress. Ich wollte irgendwo einen Kaffee trinken, aber etwas Bestimmtes habe ich nicht vor."

Als Dr. Schubert so vor ihr stand und sie eine Weile schweigend ansah, kribbelte es wieder in ihrem Bauch. Gegen dieses starke Gefühl kam sie nicht an, wollte sie auch gar nicht.

„Darf ich Sie zu einem Kaffee einladen", hörte Klara ihn sagen. Bedeutete das, dass ihm auch etwas an ihr lag? Natürlich wünschte sie sich mehr, als nur ein Zeitvertreib für ihn zu sein. Durfte sie hoffen? Oder interpretierte sie in seine Nettigkeit zu viel hinein? Er war nun mal ein höflicher Mann.

„Danke, sehr gern", antwortete sie ihm und jubelte still. Was für ein wunderbarer Tag!

Klara fühlte sich wie auf Wolken getragen, störende Gedanken lösten sich auf. Nur der Augenblick zählte. Hier hatte sie ihn schließlich mal ganz für sich allein. So schnell würde sich keine weitere Gelegenheit dazu bieten. Das ließ sie sich sicherlich nicht entgehen! Vielleicht waren ihre Gefühle doch nicht einseitig und diese Einladung der Anfang von etwas Großartigem.

Sie stellte die Parfümflasche, die sie noch immer in der Hand gehalten hatte, wieder zurück.

„Ich kenne ein nettes Café", meinte Dr. Schubert. „Oder wollen Sie einen Vorschlag machen?"

„Nein. Ich lasse mich gern überraschen, sollen wir?"

Klara war sprachlos, als sie das Café betraten, von dem ihr Dr. Schubert unterwegs in den höchsten Tönen vorgeschwärmt hatte, und er hatte nicht übertrieben. Das Ambiente war bezaubernd. Stühle mit rotem Samt bezogen, Malereien an der Decke, zimmerhohe Pflanzen in weißen Blumenkübeln. Buntgemusterte Kaffeetassen standen in einer Vitrine zum Verkauf. Jede hatte ein anderes Muster und eine andere Farbe. Sie konnte sich nicht satt daran sehen. Und erst das Kuchenangebot! Eine künstlerisch verzierte Torte neben der anderen – wie sollte man sich da nur entscheiden! Dann saßen sie einander gegenüber und bestellten Kaffee und Kuchen. Während sie auf ihre Bestellung warteten, begann Dr. Schubert ein Gespräch.

„Sie erwähnten vorhin, dass Ihre Tochter die Ferien bei Ihrem geschiedenen Mann verbringt. Fühlen Sie sich nicht sehr allein?"

„Schon. Andererseits tut es mir ganz gut, endlich auch einmal Zeit für mich zu haben. Sie müssen wissen, dass es mit ihr zurzeit sehr schwierig ist. Sie ist fünfzehn, rebellisch und testet ihre Grenzen aus. Ein typischer Teenager eben. Darum auch dieser Ausflug heute. Ulrich, mein geschiedener Mann, steht schließlich auch in der Verantwortung, obwohl er sich meistens davor drückt."

„Wie lange sind Sie schon geschieden?"

„Offiziell etwas über ein Jahr. Also noch gar nicht so lange und doch kommt es mir wie eine Ewigkeit vor. Für nichts in der Welt würde ich ihn zurücknehmen. Unsere Ehe war schon lange vor der Trennung zerrüttet. Während wir verheiratet waren, lernte er eine sehr junge Frau kennen. Sie war allerdings nicht die Einzige. Es gab noch andere vor ihr."

„So ein Idiot." Klara starrte ihn mit großen Augen an und Dr. Schubert verzog die Mundwinkel zu einem leicht schiefen, fast schon jungenhaften Grinsen. „Tut mir leid, aber er ist ein Idiot, eine andere Frau Ihnen vorzuziehen. Ich bin seit zwei Jahren geschieden. Der Grund ist der gleiche wie bei Ihnen; meine Frau betrog mich ein Jahr lang mit ihrem heimlichen Liebhaber. Als ich dahinterkam, reichte ich sofort die Scheidung ein. Mein Sohn war zuvor schon mit seiner Freundin zusammengezogen. Da bekam er wenigstens die Streitereien nicht so mit. Meine damalige Frau wollte keine Scheidung. Als das Trennungs-jahr vorbei war, musste sie das allerdings akzeptieren. Ich bin darüber hinweg. Ich schaue nach vorn."

Der Arzt machte eine Pause und schaute verlegen zur Seite. Dann wandte er sich wieder Klara zu und fuhr fort: „Ich bin auch bereit für …", er atmete noch einmal tief durch, „… eine neue Beziehung. Das macht mir ehrlich gesagt ein wenig Angst – ich will nicht noch einmal so enttäuscht und verletzt werden. Aber das ist eigentlich nicht der Hauptgrund, warum es bislang noch nicht geklappt hat." Dann gab er sich einen Ruck. „Der eigentliche Grund sind Sie Klara." Dr. Schubert beugte sich nach vorn, näher zu Klara hin.

„Wir sehen uns täglich in der Praxis. Und jedes Mal nehme ich mir vor, Ihnen – *dir* – meine Gefühle zu gestehen. Und jedes Mal verpasse ich den richtigen Moment, weil ich zu lange überlege, ob ich es dir sagen soll. Über Gefühle zu reden, fällt mir verdammt schwer. Und wenn ich es dann wieder mal vermasselt hatte, ärgerte ich mich schwarz. Hier herrscht eine andere Atmosphäre als in der Praxis. Entspannter und wir sind allein. Da fällt es mir leichter, mit dir darüber zu reden."

Kurz zögerte er, dann fuhr er fort:

„Ich fühle mich in deiner Nähe sehr wohl, Klara. Ich würde dich gern näher kennenlernen und Zeit mit dir verbringen – außerhalb der Arbeit. Ich hoffe, du empfindest das nicht als übergriffig oder aufdringlich. Aber ich dachte mir, jetzt oder nie, weißt du?" Wieder dieses leicht schüchterne Lächeln. Klara drehte sich der Kopf. Und dann sorgte er dafür, dass sie endgültig keinen klaren Gedanken mehr fassen konnte. „Falls du das auch möchtest, würde ich dich zum Essen einladen. Zum Abendessen, morgen, also falls du willst." Er griff über den Tisch und umfasste Klaras Hände mit den seinen. Dr. Schubert drückte sie leicht, hielt sie fest und sah sie erwartungsvoll an. Klaras Herz raste vor Freude. Heute war ihr absoluter Glückstag! Fand dieses Gespräch gerade wirklich statt, oder spielte ihr ihre Fantasie gerade einen Streich? Bevor er es sich wieder anders überlegen konnte, antwortete sie schnell:

„Mir geht es doch genauso, ich mag Sie – *dich* – auch, sehr sogar. Ich würde sehr gern mit dir zu Abend essen."

7

MONTAG, 24.10.

Wie üblich, kamen auch an diesem Montag viele nur deswegen in die Praxis, weil sie ein Attest für die Arbeit brauchten. Die häufigsten Ausreden, die sie fürs Schwänzen erfanden, waren Magen- oder Rückenbeschwerden. Natürlich gab es auch Patienten, die wirklich Beschwerden hatten – man konnte sie normalerweise daran unterscheiden, wie oft sie auf die Uhr sahen. Je öfter, desto wahrscheinlich handelte es sich um jemanden, der sich über jede Minute ärgerte, die ihm durch die Warterei an Freizeit entging. Die, die wirklich krank waren, interessierten sich eher weniger dafür, wie lange sie warteten, oder fragten höflich nach. Weder die einen noch die anderen hatten allerdings einen Termin, was für das Personal Überstunden bedeutete. Weil Klaras Pause ausfiel, informierte sie Charlotte zwischen Tür und Angel, über die zufällige Begegnung mit Dr. Schubert. Natürlich wollte Charlotte mehr wissen und da es bei der Arbeit so nicht möglich war, ihre Freundin auszuquetschen, entschied sich spontan, am Abend bei Klara vorbeizukommen.

Für Klara war es enttäuschend, nicht eine Minute mit Dr. Schubert allein verbringen zu können. Sie sah ihn nur kurz, wenn er aus seinem Zimmer kam, um nachfragen, welchen Patienten er als Nächsten aufrufen musste.

Klara wusste, dass sie vorsichtig sein mussten. Wenn ihren Kolleginnen etwas auffiele, hätten sie deren Blicke ständig im Nacken, jede, ihrer Bewegungen, würden kommentiert werden. Trotzdem hätte sie sich zumindest ein kleines Lächeln in ihre Richtung gewünscht.

Nach der Arbeit fasste sich Klara ein Herz und rief den Detektiv an, für den sie sich entschieden hatte. Sie kam sich deswegen immer noch komisch vor, aber nichts zu tun war auch keine Option. Es tutete eine Weile, dann ging die Mailbox dran. Anstatt eine Nachricht zu hinterlassen, probierte sie es beim Nächsten. Der war zu beschäftigt, konnte deshalb keine weiteren Aufträge mehr annehmen. Beim Dritten klappte es dann endlich. Sie verabredeten sich für den nächsten Tag, bei ihr zu Hause. Über die Gründe für die Observation hatte sie ihn bereits in Kenntnis gesetzt.

Sophie hatte ihr eine WhatsApp-Nachricht geschickt, kurz und inhaltslos, wie sie es immer machte. Das war ihre Art der Kommunikation. Nur kein Wort zu viel.

„Hallo Mama, mir geht's gut, melde mich wieder." Sie war vor zwei Stunden abgeschickt worden. Dafür, dass sie mit keiner Nachricht gerechnet hatte, war Klara freudig überrascht. Durfte sie das als etwas Positives werten? War Sophie vielleicht dabei ihr unmögliches Verhalten einzusehen? Oder wollte sie ihre Mutter nur ruhig stellen, damit sie nicht unverhofft vor der Tür ihres Vaters aufkreuzte? Beides gut möglich.

～～ ～～

Als sie endlich Feierabend hatte und zu Hause ankam, ging Klara nach dem Umziehen ins Wohnzimmer und setzte sich auf die Couch. Während sie auf Charlotte wartete, schwelgte sie in Erinnerungen und lächelte dabei. Pascal hatte sie am Vorabend zum Essen eingeladen, in ein schickes Restaurant. Es war ein romantischer Abend gewesen, der immer noch nachwirkte, mit allen Gefühlen und Eindrücken. Leise Musik, gedämpftes Licht, zärtliche Berührungen, es war so wunderschön gewesen. Auf ihren Wunsch hin, brachte er sie um Mitternacht nach Hause und nachdem sie sich verabschiedet hatten, hatte er sie einfach angelächelt, ohne mehr zu erwarten. Und Klara war so glücklich gewesen, wie schon lange nicht mehr.

～～ ～～

Charlotte parkte ihr Auto vor dem Haus. Klara, die schon nach ihr Ausschau gehalten hatte, empfing sie an der Haustüre. Die beiden Freundinnen umarmten einander, anschließend gingen sie ins Wohnzimmer. Charlotte hängte ihre Jacke über die Sessellehne und ließ sich in den Sessel fallen.

„Das, mit dir und Dr. Schubert, hat mich echt aus den Socken gehauen. Na gut, du hast – wie wir alle in der Praxis unter sechzig – für ihn geschwärmt aber, dass sich da was Ernstes zusammenbraut … ich bin irgendwie schockiert, aber freue mich gleichzeitig für dich – weißt du, was ich meine?"

Klara lächelte ihre Freundin an – sie verstand genauso, was sie meinte. Ihr ging es da genauso. Es war alles irgendwie so schnell passiert und irgendwie auch nicht.

„Sobald das in der Praxis die Runde macht, werden sich jedenfalls alle das Maul zerreißen, allen voran die Nerkewitz. Oh! Du musst mir unbedingt Bescheid sagen, wenn du es ihr erzählst, ich will zusehen, wie viele unterschiedliche Rottöne du auf ihr Gesicht zauberst, bevor sie vor Neid explodiert."

Bei dem Eifer auf dem Gesicht ihrer Freundin platzte ein lautes Lachen aus Klara heraus.

„Versprochen", erwiderte sie und fragte sich selbst, wie viele Rottöne es wohl sein würden.

„Weißt du, dass du ein echtes Glückskind bist? Andere warten ein Leben lang vergebens auf ihren Traummann und du schaffst das mal eben so im Vorbeigehen. Ich freue mich so sehr für dich! Dr. Schubert passt auch viel besser zu dir, als dein keifender alter Stinkstiefel von Ex. Und wie schnuckelig unser Doktor erst aussieht! Gepflegt, wie aus dem Ei gepellt, die großen, braunen Augen, auch Bart und Schnauzer passen zu ihm. Ich mag das nicht bei jedem. Wie alt ist er eigentlich?"

„42. Vier Jahre älter als ich. Ich mag an ihm, dass er sich nicht bei jeder Gelegenheit, in den Vordergrund drängt, wie Ulrich. Er ist umgänglicher und strahlt Ruhe aus."

„Für wann habt ihr euch denn wieder verabredet?"

„Für kommenden Samstag. Es hat mich richtig erwischt Charlotte. Ich bin verliebt mit allem Drum und Dran. Das habe ich so, zuvor noch nicht erlebt. Die Gefühle, die ich für ihn habe, sind so stark und einmalig schön, es ist wie schweben, tanzen, ein Glücksgefühl, das sich durch den ganzen Körper zieht. Da vergisst man glatt alles andere um einen herum."

„Wow, dich hat es echt total erwischt! Die große Liebe, ist das schön! Ich würde mich am liebsten auch noch mal verlieben, wenn ich das so höre. Frank ist ein richtiger Liebesmuffel geworden. Der sitzt abends auf der Couch und schaut sich Sportprogramme an. Dann darf ich ihn bloß nicht stören. Ich komme erst an zweiter Stelle. Vielleicht sollte ich ihn mal dran erinnern, was er eigentlich an mir hat. Wie kam ich eigentlich auf Frank? Ich will jetzt nicht über ihn reden, schließlich bin ich wegen deiner wunderbaren Neuigkeiten hier. Über die nicht so tollen Neuigkeiten, wollte ich eigentlich heute nicht mit dir reden, aber da ich schon mal hier bin, vielleicht helfen deine aktuellen Glücksgefühle ja dabei, mit all dem klarzukommen. Was ist eigentlich mit Sophie und ihrem neuen Freund? Hast du da schon was unternommen? Vielleicht ist er ja bei der Polizei schon längst bekannt und sie haben ein Foto von seiner Visage, in der Verbrecherkartei."

„Ja, ich hab was unternommen. Stell dir vor Charlotte, ich hab es einfach gemacht. Nicht lange überlegt wie sonst."

„Was hast du gemacht? Sag schon, spann mich nicht auf die Folter."

„Ich habe einen Detektiv beauftragt. Irgendwie komme ich mir dabei echt komisch vor – als wäre ich in einem Krimi gelandet oder so, aber ich wusste mir nicht mehr anders zu helfen. Morgen kommt er vorbei, dann besprechen wir alles. Auf Ulrich kann ich mich nicht verlassen, dem ist doch alles egal."

„Wow! Alle Achtung. Aber hey, so komisch das auch ist, wenn er helfen kann, dann hast du alles gewonnen. Du, sag mal, ich bin neugierig: Was kostet denn so was? Und hast du den einfach über Google gefunden?"

„Ja. Das macht es ja gerade so seltsam. Ich meine, google mal Privatdetektiv – da kommt man sich echt irgendwie komisch vor. Aber du hast recht, wenn er Ergebnisse liefert, war es das wert. Ich habe unterschiedliche Angebote verglichen, normal nehmen sie wohl zwischen 60 € und 100 € die Stunde. Mein Detektiv nimmt 65 €"

„Was! So viel? Rechne dir das mal aus, das ist echt eine Menge Kohle. Kannst du dir das überhaupt leisten?"

„Eigentlich nicht. Du weißt ja, ich hatte vor die Haustür austauschen zu lassen, aber das muss jetzt eben noch bis nächstes oder übernächstes Jahr warten. Was soll ich auch sonst machen? Ich brauche nun mal Informationen. Die erhoffe ich mir von dem Detektiv. Wenn ich was Konkretes in der Hand habe, muss die Polizei handeln. Sophie wird alles abstreiten und behaupten, dass nichts war. Dann schicken die mich zum zweiten Mal wieder nach Hause. Immer wenn ich an den Kerl denke, sehe ich rot. Am liebsten hätte ich den Widerling an den langen Zottelhaaren gepackt und nach draußen befördert. Dieser Mistkerl nutzt sie aus, das weiß ich einfach. Aber glaub mir, ich lasse nicht locker, den zeig ich an. Die Szene auf dem Bett hat sich mir eingebrannt. Ich hätte nie gedacht, dass ich mich mal mit einem solchen Problem herumschlagen muss. Warum sucht sich Sophie keinen Jungen in ihrem Alter aus, wie die meisten anderen jungen Mädchen?"

„Sie ist ein Teenager. Sie fühlt sich viel erwachsener als sie ist. Zudem entwickeln sich manche Mädchen schneller als andere und suchen sich deswegen ältere Jungs oder gar Männer. Gerade heute mit dem Internet überall, Social Media und Gott weiß, was noch allem, ist es so einfach wie nie. Es wäre schön, wenn immer alles glatt liefe, aber das tut es normalerweise eben nicht. Bei den einen sind es Jungs, bei den anderen kein Bock auf Schule oder Ausbildung, wieder andere greifen zu Alkohol oder gar Drogen. Aber ich versteh dich, du willst nur das Beste für Sophie und kämpfst gefühlt allein gegen Windmühlen. Mensch Klara, bei dir gibt es zurzeit so viele Baustellen, wie hältst du das nur aus?"

„Ganz ehrlich: keine Ahnung. Es ist wie du sagst, ich kämpfe gegen Windmühlen. Wenn mich doch wenigstens Ulrich in dieser Angelegenheit unterstützen würde. Schließlich ist Sophie auch seine Tochter. Doch statt mir zu helfen, macht er nur Stress. Freitagabend zum Beispiel. Da bin ich schon wieder mal mit ihm aneinandergeraten. Dass Sophie zu ihm ziehen will, habe ich dir doch gesagt. Wenn er mich provoziert, muss ich zurückschlagen. Das kommt so über mich. Dabei will ich das gar nicht, wenn Sophie dabei ist. Sie hat sich mit recht darüber beschwert."

„Ich könnte mich bei dem, was der so von sich gibt, auch nicht zurückhalten. Es ist mir schleierhaft, wie du das noch immer aushältst. Den hätte ich schon längst abgeschossen. Aber lass uns nicht weiter über Ulrich reden. Das verdirbt uns nur den Abend. Wie ging es mit der anderen Sache weiter? Ist noch mal was passiert?"

„Ja, gestern Abend. Zumindest ist es mir da aufgefallen. Meine Fernsehzeitung ist schon wieder vertauscht worden. Das macht mich echt fertig, Charlotte, ich muss was unternehmen. Ich hab diese Psychospielchen so satt. Ich weiß ja nicht mal, ob ein harmloser Irrer oder ein gefährlicher Psychopath, dahintersteckt. Was soll das alles? Und was hat er noch vor? Ich habe Angst, Charlotte."

„Hätte ich auch. Ein Fremder in der Wohnung, nein, ein absoluter Albtraum! Allein schon bei dem Gedanken, bekomme ich Migräne. Ganz dicht kann der, der all das veranstaltet, jedenfalls nicht sein. Was hat der davon? Das frage ich mich schon die ganze Zeit. Auch eine sexuelle Komponente lässt sich nicht ausschließen. Irgendeine Motivation muss er ja schließlich haben. Ganz schön krank der Typ. Komm Klara, lass uns noch mal überlegen. Ulrichs Handschrift ist das jedenfalls nicht. Er ist ein humorloser, sturer, fauler Bock. Was hätte er für einen Grund, dir das Leben noch zusätzlich schwer zu machen? Das macht er schon mit seiner ewig schlechten Laune. Der ist weder eifersüchtig, noch will er dich zurück. Er hat alles, was er für sein Ego braucht. Was ist mit Lydia, dieser falschen Schlange? Grund hätte die genug, wenn sie nicht so dämlich wäre. Erst spannt sie dir den Mann aus, dann will sie ihm den Kontakt mit dir und Sophie verbieten. Sie hat Sophie praktisch mitgeheiratet, sie wird sie niemals los. Und weil sie das weiß, würde sie viel zu gern, ihren Ärger an dir auslassen."

Klara überlegte. Lydia? Wäre das möglich? Da brach im nächsten Moment Charlotte plötzlich in Gelächter aus.

„Ich stelle mir gerade vor, wie sie nachts durch dein Haus schleicht, Gegenstände verrückt, Zeitungen vertauscht und mit deinen Handtüchern im Dreck herumwühlt. Entschuldige, dass ich lachen muss, aber die Vorstellung ist echt der Knaller. Ich will das echt nicht ins Lächerliche ziehen, aber stell sie dir mal vor: perfekt geschminkt und herausgeputzt wie immer, während sie all diese Dinge tut."

Wirklich darüber lachen konnte Klara nicht, doch ein bisschen schmunzeln bei dem Bild, das Charlotte da gerade gemalt hatte.

„Ich habs!", rief Charlotte, die nach ihrem Lachanfall ganz krumm im Sessel hing, aus und setzte sich wieder gerade hin. „Dass ich nicht viel früher drauf gekommen bin! Mein Gott, manchmal fällt einem das Nächstliegende, erst zum Schluss ein. Also ganz einfach: Du rufst einfach Bryan an, er soll Kameras installieren. Oben und hier unten im Flur. Zur Polizei willst du ja nicht noch mal. Aber so könntest du ihn drankriegen. Irgendwann muss er auf den Aufnahmen auftauchen. Das ist die Lösung, bald haben wir ihn!"

„Das ist eine supertolle Idee! Und so einfach. Warum bin ich nicht selbst drauf gekommen?"

„Das ist immer so. Man ist selbst zu nah dran und sieht die einfachsten Lösungen nicht mehr. Aber dafür hast du ja immer noch mich. Am besten, du rufst du Bryan gleich heute noch an."

„Ja, das mache ich gleich als Allererstes. Ich frage Bryan, ob er Zeit hat. Einen Riegel hat er mir ja schon an der Haustüre angebracht."

„Du sagtest doch, das geht schon seit ungefähr vier Jahren so. Es müsste doch mit dem Teufel zugehen, wenn sich keiner finden lässt, zu dem das passt. Überleg mal Klara, wer kam damals schon alles ins Haus?"

„Erst mal die Üblichen: Ulrich, Sophie, viele ihrer Freundinnen, Bryan, dann noch welche wie: Stromableser, Schornsteinfeger, die von der Versicherung und du."

„Wieso ich? Mich streichst du mal ganz schnell von der Liste."

„Warum sollte ich? Alle sind erst einmal verdächtig. Das sagen sie doch immer in all den Krimis, die du so gerne schaust."

Dann lachten beide laut, bis ihnen die Tränen die Wangen hinunterliefen.

„Ach Charlotte! Du bist ein Schatz. Was würde ich nur ohne dich tun? Aber viel weiter sind wir noch immer nicht."

„Heute schaffen wir es nicht mehr, alle unter die Lupe zu nehmen. Aber wenigstens hatte ich die Idee mit den Kameras. Glaub mir, das muss einfach helfen. Falls es dich tröstet: Frank und ich haben auch ein Problem. In Franks Autofirma ist die Arbeit knapp. Er darf keine Überstunden mehr machen. Hoffentlich zahlen sie ihm noch das Weihnachtsgeld aus. Ich hab es schon verplant. Die Küche muss tapeziert werden und unser Auto braucht neue Winterreifen. Die Felgen, sind schweineteuer. Mir fielen fast die Augen raus, als ich den Preis sah. Nächstes Jahr wird es auch nicht besser. Die haben schon etliche Sparmaßnahmen angekündigt." Voller Mitgefühl legte ihr Klara eine Hand auf den Arm. Sie wusste, dass Frank und Charlotte so schon gerade mal über die Runden kamen. Wenn er jetzt wirklich keine Überstunden mehr machen durfte, würde sie das finanziell hart treffen.

Einen Augenblick später blickte Klara auf die Uhr und zuckte zusammen. „Charlotte es ist schon nach sechs." Diese riss erschrocken die Augen auf, fluchte recht kräftig und sprang auf die Füße.

„So ein blöder Mist. Frank wartet, er hat bestimmt noch nichts gegessen. Am liebsten würde ich dableiben, damit du heute Nacht wenigstens nicht allein bist."

Klara winkte ab. „Ich komm schon klar, versprochen."

„Bist du ganz sicher? Frank kann sich notfalls auch was bestellen."

„Ganz sicher. Geh heim und am besten nimmst du euch unterwegs irgendwo was zu Essen mit. Ich weiß es zu schätzen, dass du vorbei gekommen bist und ich werde mich um die Kameras kümmern."

„Na gut. Aber hör zu Klara: Wenn ich gleich weg bin, klemmst du einen Stuhl unter die Haustürklinke und achte darauf, dass du dein Handy bei dir trägst. Wenn dir irgendwas verdächtig vorkommst, ruf mich an, ich komme sofort mit Frank vorbei. Ich such gleich heut Abend nach dem Hockey-Schläger den Frank mal unbedingt haben wollte und dann nie angefasst hat. Wenn was passiert, hau ich dem Typ damit eins über den Schädel! Bitte, sei vorsichtig und pass auf dich auf."

„Danke Charlotte, das mache ich. Du bist die Beste."

8

Um sich abzulenken, wollte sich Klara um den Papierkram kümmern, den sie, statt ihn gleich in die richtigen Ordner einzuheften, erst einmal in einer Schublade verstaut hatte. Diese Arbeit schob sie schon ziemlich lange vor sich her. Wenn sie sich nicht bald daran machte, würde sie endgültig den Überblick verlieren. Sie zog die Schublade auf, nahm die Unterlagen heraus und breitete sie auf dem Küchentisch aus. So richtig war sie allerdings nicht bei der Sache. Sie dachte an den Detektiv, der sich schon um zwanzig Minuten verspätet hatte. Schließlich gab sie es auf, schob ihren Stuhl zurück und stand auf. Später wollte sie mit den Papieren weiter machen. Sie ließ alles so liegen, wanderte in der Küche umher und schielte ständig auf die Uhr. Vermutlich war es für einen Privatdetektiv nicht immer ganz einfach, sich an Termine zu halten, immerhin saß der Mann ja nicht die ganze Zeit hinter dem Schreibtisch.

Dann endlich klingelte es an der Tür! Klara verließ die Küche, schloss hinter sich die Tür und ließ den Mann ins Haus. Der Detektiv gab ihr die Hand. „Friedrich Eulenbach. Sie baten um einen Termin. Was kann ich für Sie tun?"

„Ich bin Frau Scheffler. Es geht um meine Tochter. Aber gehen wir doch erst mal ins Wohnzimmer, dort ist es warm und gemütlich. Folgen Sie mir."

Der Detektiv hängte seine Jacke über die Sessellehne.

„Ich kann die Jacke auch nach draußen bringen, dann haben Sie mehr Platz."

„Danke, nicht nötig."

„Darf ich Ihnen einen Kaffee oder Mineralwasser anbieten?"

„Ja gern. Ein Wasser bitte."

Gläser und Wasserflasche standen schon bereit. Klara goss ein.

„Entschuldigen Sie die Verspätung. Ich hatte noch einen Klienten in meinem Büro. Man kann nie abschätzen, wie lange so ein Gespräch dauert."

„Sie brauchen sich nicht zu entschuldigen. Ich bin ja so froh, dass Sie meinen Auftrag angenommen haben."

„Schön warm hier. Das ist ja wieder ein Sauwetter draußen. Es regnet in einer Tour. Leider hat unsereins keinen Einfluss darauf. Aber nun, Frau Scheffler, Sie sahen den Mann, um den es geht, nur kurz, sagten Sie am Telefon?" Er zog einen Block und Stift aus seiner Aktentasche, legte beides vor sich auf den Tisch.

Klara betrachtete ihn, während er beschäftigt war. Ein unauffälliger Mann. Klein, dünn. Seine Kleidung war durchweg dunkel. Er trug einen Hut. Als er ihn abnahm, sah sie seine dünnen, blonden Haare, die sich sofort aufrichteten.

„Sollen wir lieber in die Küche gehen? Der Couchtisch ist viel zu niedrig zum Schreiben."

„Es passt schon."

„Zurück zu Ihrer Frage: Ja, ich habe ihn nur kurz gesehen, kann ihn aber trotzdem beschreiben. Es ging alles so schnell, aber nach dem Anblick glaube ich, werde ich sein Gesicht nie vergessen. Seine Haare waren lang, reichten bis auf den Rücken. Einen Teil der vorderen Haare hatte er streng nach hinten gekämmt und zu einem Knoten gebunden. Er war schlank und ungefähr 1,75 Meter groß."

„Das hilft mir schon und jetzt zu Ihrer Tochter."

„Ja, ich habe ein neueres Foto herausgesucht. Das ist Sophie."

Klara reichte dem Detektiv das Bild.

Er besah sich das Foto eine Weile. „Hübsches Mädchen, ist Ihnen wie aus dem Gesicht geschnitten. Verblüffend, diese Ähnlichkeit." Er legte das Foto neben seinen Block.

„Ich kann einfach nicht verstehen, warum sie sich mit einem so viel älteren Mann abgibt", sagte Klara. „Was sie wohl in ihm sieht? Warum habe nichts bemerkt? Ich hätte irgendetwas mitbekommen müssen. Es ist meine Aufgabe, sie zu beschützen."

„Bitte, machen Sie sich nicht selbst fertig. Das passiert öfter, als man gemeinhin denkt. In meinem vorletzten Fall ging es um das gleiche Problem. Das Mädchen war sogar erst vierzehn. Sie hatte geplant mit ihrem deutlich älteren Freund abzuhauen. Wer weiß, was aus ihr geworden wäre, wenn ich sie nicht rechtzeitig aufgespürt hätte. Bei den meisten Aufträgen handelt es sich jedoch um Eifersucht, Diebstähle, kleinere Delikte."

„Wie lange arbeiten Sie schon in diesem Beruf?"

„Seit etwa zwölf Jahren. Vorher war ich beim Finanzamt. Da war es auch nicht viel besser. Männer, aber auch Frauen, die das Gefühl haben, ungerecht behandelt zu werden, können sehr unangenehm werden. Einer griff sich meinen Brieföffner und rammte ihn in den Schreibtisch hinein. Ich kann Ihnen sagen, wenn so ein Verrückter vor Ihnen steht, bleibt Ihnen die Spucke weg. Ich kündigte und kam vom Regen in die Traufe, aber wenigstens weiß ich jetzt bei jedem Auftrag, worauf ich mich einlasse."

„Unglaublich!", sagte Klara. „Ist es denn in Ihrem jetzigen Beruf nicht viel gefährlicher?"

„Es hält sich die Waage. Ich bin schon einige Male verprügelt worden. Mit dem Risiko muss ich leben. Andere Berufe sind auch gefährlich."

Der Detektiv beugte sich wieder über seine Unterlagen.

Wenn er seine Notizen direkt in einen Laptop oder ein Tablet eintippen würde, würde er sich einiges an unnötiger Arbeit sparen, dachte Klara. Doch wie er seine Arbeit erledigte, war seine Sache. Für sie war nur wichtig, dass er sehr gute Kritiken hatte und auf sie einen sympathischen Eindruck machte.

„Dann legen Sie mal los."

„Meine Tochter ist 1,62 Meter groß, wiegt so um die fünfzig Kilo und hat langes rotes Haar, etwas dunkler als meins. Ihr rundes, kindliches Gesicht, macht sie jünger. Deshalb kann sich dieser Jürgen auch nicht damit herausreden, dass er sie für älter gehalten hätte. Wie ich von Sophie erfuhr, ist er 28 Jahre alt. Das ist aber auch schon alles, was ich weiß, falls es denn überhaupt stimmt. Auf mich wirkte er jedenfalls älter."

„Ja, das reicht mir, was die Personen angeht. Jetzt brauche ich noch die Anschrift von Ihrem geschiedenen Mann und wenn es möglich ist, noch ein paar zusätzliche Informationen, die sein Umfeld und seinen Alltag betreffen. Ob er von zu Hause aus, oder auswärts arbeitet, so etwas."

Klara gab ihm alles an Informationen, was ihr einfiel und als er alles beisammen hatte, erhob er sich.

„Also Frau Scheffler, dann mache ich mich mal auf den Weg. Sie hören wie besprochen am Donnerstag von mir. Wenn es äußerst wichtig ist, melde ich mich natürlich früher. Einen schönen Abend wünsche ich Ihnen."

„Den wünsche ich Ihnen auch und vielen Dank."

Klara begleitete ihn noch zur Tür. Sie blieb nachdenklich zurück. Vielleicht war es dumm von ihr, so viel Hoffnung in diesen Mann zu setzen. Aber was blieb ihr auch anderes übrig? Er war der Einzige, der ihr glaubte und die Sache ernst nahm. Außerdem war das sein Beruf, Leute zu finden und dergleichen. Zu Anfang hatte sie sich gefragt, ob er wohl der richtige, für diese schwierige Aufgabe wäre, doch sie änderte Ihre Meinung im Laufe des Gespräches. Bei einer Schlägerei hätte er wohl kaum eine Chance, doch Leute zu beobachten, alles in den richtigen Zusammenhang bringen, dazu hatte er bestimmt die nötige Berufserfahrung und Ausdauer. Zudem war sein durchschnittliches Aussehen bei einer Überwachung bestimmt von Vorteil.

Klara ging zurück ins Wohnzimmer. Um die Papiere auf dem Küchentisch wollte sie sich morgen kümmern. Sie lehnte sich gemütlich auf der Couch zurück. Sie dachte an Sophie. Was war nur mit ihr passiert? Kaum merklich hatte sie sich langsam aber sicher zu ihrem Nachteil verändert. Sophie war nie wirklich angepasst gewesen, sie fiel schon im Kleinkindalter aus der Norm. Verweigerte, was für andere Kinder, selbstverständlich war. Sie gab keinem die Hand, grüßte nicht, sprang vom Essen auf, weil sie keine Lust darauf hatte, die langweiligen Tischgespräche, über sich ergehen zu lassen. Natürlich versuchte sie, ihrer Tochter mit viel Geduld, anständiges Benehmen beizubringen. Ulrich hielt sich grundsätzlich aus der Erziehung raus, sparte aber nicht mit Kritik an Klara, wenn er irgendein Verhalten bemerkte, das ihm nicht gefiel. Das war dann natürlich ihre Schuld. Statt sich also wirklich mit seiner Tochter zu beschäftigen, brachte er ihr lieber kistenweise Spielzeug mit. Wenn er gut drauf war, alberte er schon mal mit ihr herum, aber nur kurz, er war immer auf dem Sprung. Wenn sie Ulrich bat, mit ihr und Sophie auf den Spielplatz, oder in den Zoo zu gehen, schob er wichtige Termine vor. Er sagte zu Sophie, dass er traurig wäre, weil er nicht mitkommen könne. In Wirklichkeit hatte er ganz einfach keine Lust.

Sophie war im Grunde immer ein liebes Mädchen gewesen. Sie ließ sich gern von ihr umarmen, teilte ihren Kummer mit ihrer Mutter und hatte nie so launisch und respektlos reagiert wie zuletzt. Sie kam mit ihren Problemen ohne zu zögern zu Klara, um einen gut gemeinten Rat einzuholen. Ihre Meinung war ihr wichtig gewesen. Jetzt war das anders. Sophie hatte das innere Band der engen Bindung zwischen ihnen, durchtrennt und entfernte sich immer weiter von ihr.

DONNERSTAG, 27.10.

NACHRICHT VON EULENBACH

Klara war erleichtert, als sie von Eulenbach erfuhr, dass Lydia mit ihrer Tochter in vier Boutiquen gegangen war, danach mit ihr in einem Café gesessen hatte. Sie hätte nicht gedacht, dass Lydia mit Sophie zum Shoppen gehen würde. Lydia mochte ihre Tochter nicht. Die Blicke, die sie ihr zuwarf, wenn sie sich unbeobachtet fühlte, sprachen für sich. Umgekehrt galt das gleiche. Sophie beschwerte sich immer öfter über die neue Frau ihres Vaters. Sagte Dinge, wie, dass ‚die Zicke zum Kotzen blöd‘ wäre. Sie hatte wohl inzwischen ihre Meinung geändert. Dass Lydia ihre Tochter plötzlich sympathisch fand, bezweifelte sie stark. Sicher hatte Ulrich ihr aufgetragen, sich um Sophie zu kümmern. Sie ließ sich wohl nur deshalb dazu überreden, weil Shoppen ihre Lieblingsbeschäftigung war.

Nun egal, warum sie es tat, Klara freute sich darüber – für Sophie und für sich selbst. Eine Sorge weniger.

FREITAG, 28.10.

KURZURLAUB

Eulenbach meldete sich am Nachmittag. „Ihre Tochter lud mit ihrem Vater Gepäck ins Auto. Dann fuhren sie davon. War wohl eine Reise geplant. Dem Gepäck nach zu urteilen, bleiben sie übers Wochenende. Melde mich wieder."

Klara ärgerte sich über Ulrich, weil er sie nicht informiert hatte. Kein Anruf, keine WhatsApp-Nachricht. Bevor sie sich jedoch weiter darüber aufregte, rief sie Ulrich an. Sie musste wissen, wohin sie fuhren und wie lange sie blieben. Je länger, desto besser. Wenn das Ausflugsziel weit genug entfernt war, wäre Sophie aus der Gefahrenzone heraus und Eulenbach könnte während ihrer Abwesenheit, die Beschattung aussetzen. Sie wählte Ulrichs Nummer und er meldete sich sofort.

„Was willst du?", fragte er in seinem üblichen barschen Ton. Dass ihr Anruf ihm ungelegen kam, war nichts Neues. Sie konnte sich nicht daran erinnern, dass ein Anruf von ihr, ihm überhaupt jemals gelegen gekommen wäre. Und da sie ja nichts von dem Ausflug wissen durfte, fragte sie ganz heuchlerisch: „Wie geht es euch? Ich wollte mal hören, was ihr so macht?"

„Wir sind übers Wochenende in München." Dann wurde er lauter. „Es war nicht abgemacht, dass wir über jede Minute Tagebuch führen müssen. Du sollst dich, solange Sophie bei uns ist, um deinen eigenen Kram kümmern." Sprachs und legte einfach auf.

Wow. Klara fehlten die Worte. Dass er ihren Aufenthaltsort verriet, schob sie auf ein Versehen. Es war ihm nur herausgerutscht. Ulrich hatte offensichtlich den Grund für ihren Anruf missverstanden und war sauer, weil er dachte, dass es ein Kontrollanruf wäre. Wenn er von Eulenbach wüsste, würde er bestimmt vollends ausrasten.

~~~~~

Samstagmorgen machte sich Klara auf dem Weg zu Bryan. Sie hatte schon länger nichts mehr von ihm gehört und wollte sich erkundigen, wie es ihm ging. Abgesehen davon, wollte sie ihn wegen der Kameras ansprechen. Wahrscheinlich arbeitete er mal wieder bis zum Umfallen. Die Werkstatt lief gut und ihr Stiefsohn lebte für sie.

Es war erstaunlich, dass sich Bryan nach allem, was er in seiner Kindheit erlebt hatte, zu so einem wirklich wunderbaren Menschen entwickelte. Als Kind war er still, in sich gekehrt. Und in der Schule ein Außenseiter gewesen. In der Gruppe fühlte er sich nicht wohl. Seine Leistungen litten zum Glück nicht darunter. Er war ein mittelguter Schüler, blieb aber während der ganzen Schulzeit konstant. Später waren die Mädchen ziemlich hinter ihm her. Sie hatte des Öfteren beobachtet, wie sie ihn anhimmelten. Kein Wunder! Er war ja auch ein gut aussehender junger Mann, der regelmäßig in ein Fitnessstudio ging. Dieses Thema war immer eins der wichtigsten für ihn gewesen, wenn er verschwitzt, ein Handtuch unter den Arm geklemmt, vor ihr saß und voller Enthusiasmus über Ernährung und Muskeln sprach. Inzwischen musste sie nachbohren, wenn sie etwas darüber wissen wollte. Er klammerte das Thema ganz einfach aus. Sie hatte sich noch nie gefragt, warum.

Bryan war fünf, als sich Ulrich, von seiner Mutter trennte. Ein Schock für jedes Kind. Er zog mit seiner Mutter in eine eigene Wohnung. Sie litt unter Depressionen, erzählte Bryan ihr einmal. Normalerweise war er verschlossen, wenn es um seine frühe Kindheit ging. Er war neun, als seine Mutter sich das Leben nahm.

Erst zu diesem Zeitpunkt erfuhr Klara von der Existenz des Jungen, weil sich das Jugendamt an Ulrich gewandt hatte. Andere Verwandte gab es nicht. Klara war geschockt, weil Ulrich ihn nie erwähnt hatte. Für sie war es selbstverständlich, dass sie den Jungen zu sich nahmen, doch Ulrich hatte sich vehement dagegen gestemmt. Klara hatte jedoch nicht nachgegeben. Weil Ulrich sich nie um ihn gekümmert hatte, war er ein Fremder für das Kind. Klara hatte versucht, geduldig etwas von dem wieder gutzumachen, was Ulrich versäumt hatte. Doch verletzte Kinderseelen heilen langsam. Mittlerweile schien er jedoch, dieses Trauma überwunden zu haben. Obwohl sie mittlerweile von seinem Vater geschieden war, war Bryan immer noch ihr Stiefsohn und gehörte für sie zur Familie.

Als Klara bei der Werkstatt ankam, sah sie sich ein wenig um. Viele Gebrauchtwagen standen auf dem Vorhof. Es waren mehr als bei ihrem letzten Besuch. Sie vernahm ratternde Motorengeräusche und Benzingeruch kitzelte ihre Nase. Einer der beiden Mitarbeiter lag unter einem Auto, nur seine Beine schauten hervor. Rechts von ihm schraubte sein Kollege an einem weiteren Auto herum, ein drittes stand neben einer Hebebühne.

Sie grüßte den zweiten Mann. Er entdeckte sie und nickte ihr zu.

„Ist Bryan im Büro?", rief sie ihm zu. Dabei war sie sich nicht sicher, ob er sie verstanden hatte. Das hatte er wohl, denn er rief ihr in einer anderen Sprache etwas zu, das nicht gerade freundlich klang und obwohl sie die Bedeutung seiner Worte nicht verstand, hatte sie sich einige eingeprägt. Kaum, dass sie außer Sichtweite war, googelte sie.

Büro – hockt – tut nix – immer. Merkwürdig! Was hatte er ihr damit sagen wollen? Falsch! Er wollte ihr gar nichts sagen. Er ging davon aus, dass sie ihn nicht verstand und deshalb hatte er seinem Ärger Luft gemacht. Bryan und faul! Sie ließ sich doch nicht von Bryans unzufriedenem Mitarbeiter verunsichern. Wenn er schlecht gelaunt war, soll er sich an was anderem abreagieren, doch nicht an seinem Chef! Klara schüttelte die Gedanken ab und ging zu Bryan.

Bryan saß vor dem Computer. Er stöhnte, als er sie sah. „Ich hasse Papierkram! Zum Teufel mit der deutschen Bürokratie!"

Dann stand er auf und gab ihr die Hand.

„Wie geht es dir? Ich wollte mich schon längst bei dir melden, aber du siehst ja selbst, was hier los ist. Komm, lass uns einen Kaffee trinken, so viel Zeit muss sein. Dann erzählst du mir, was du auf dem Herzen hast, denn, dass du was mit dir herumschleppst, sehe ich dir doch an."

So oft hatte Klara schon hier, in diesem kleinen Büroraum gesessen. An einer Wand waren durchgehend Regale angebracht, auf denen hauptsächlich Ordner standen, aber auch Prospekte, Kopierpapier, Lehrbücher und anderes.

Bryan stellte den Kaffee ab und setzte sich. „Also, spuck es aus."

„Ja, stimmt, es geht mir nicht so gut. Es geht um die Vorkommnisse in meinem Haus. Weißt du, das macht mich echt fertig, dauernd passiert was Neues. Ich fühle mich in meinem eigenen Haus nicht mehr sicher."

„Ach – richtig, du hattest ja Kameras erwähnt, die ich bei euch im Flur anbringen soll."

„Ja. Um in die Zimmer zu gelangen, muss man ja zuerst durch den Flur. Die Kameras sind doch heute so winzig, dass sie nicht auffallen. Es ist mir wirklich unangenehm, dich schon wieder um was zu …"

„Bevor du weiter sprichst: natürlich helfe ich dir. Habe ich dich schon jemals im Stich gelassen, wenn du mich gebraucht hast? Ich werde mich in einem Laden beraten lassen. Ich weiß, dass man die Fotos auf sein Handy bekommen kann. Und es Geräte gibt, die über WLAN laufen. Ich bekomme das schon hin."

„Seit du den Riegel angebracht hast, fühle ich mich viel sicherer und wenn du erst mal die Kameras installiert hast, werde ich bestimmt wieder ruhig schlafen können." Klara lächelte ihren Stiefsohn dankbar an. „Warte, das hätte ich beinah vergessen, ich wollte mich doch noch bei dir bedanken. Du hast dich so rührend um Sophie gekümmert, als ich krank war. Du weißt schon, die Geschichte mit Sophies seltsamen Freund."

„Ach das meinst du. Ich war überrascht, wie friedlich sie war, total verändert. Mitten im Gespräch rief sie diesen … ach wie hieß er noch?"

„Jürgen."

„Ach ja, Jürgen. Sie hat ihn einfach so angerufen und sich von ihm getrennt. Ich weiß nicht, ob sie mir nur etwas vorgemacht hat, oder ob das ernst gemeint war. Ich wunderte mich schon, warum sie in letzter Zeit so abweisend und an dem Abend plötzlich wieder so freundlich zu mir war. Ehrlich gesagt, ich traue dem Frieden nicht."

„Ich auch nicht. Es wäre schön, wenn es so wäre. Vorsichtshalber habe ich aber – und ja, ich weiß selbst, dass das wie aus einem Krimi klingt – einen Detektiv beauftragt. Einen Herrn Friedrich Eulenbach. Ach – das weißt du ja noch gar nicht! Sophie verbringt die Ferien bei eurem Vater. Ich habe kein gutes Gefühl dabei. Ich gehe davon aus, dass er sich nicht genug um sie kümmern wird. Sie nicht genau genug im Auge behalten wird. Darum habe ich beschlossen den Detektiv anzuheuern."

„Eine sehr gute Entscheidung. Friedrich Eulenbach heißt er, sagtest du?" Bryan überlegte angestrengt. „Eulenbach … nein, doch nicht. Hätte ja sein können, bei der vielen Kundschaft, die ich habe. Allgemein kenne ich viele Leute. Das entwickelt sich so im Laufe der Zeit. Dabei fallen viele Namen. Und ein Auto hat fast jeder. Ist aber auch nicht so wichtig. Und wie läufts bei dir auf der Arbeit?"

„Ich kann mich nicht über zu wenig Arbeit beklagen. Da geht es mir wie dir. So schnell werde ich nicht arbeitslos, Kranke wird es immer geben, genau wie Autos. Und privat, das weißt du doch."

„Stimmt, dumme Frage."

Klara erhob sich. „Wann kann ich mit dir rechnen?"

„Anfang nächster Woche. Ich sag dir noch Bescheid."

„Das Geld kann ich dir schon mal hierlassen."

„Das machen wir später. Ich strecke es vor. Ich muss ja erst mal sehen, was infrage kommt. Das Angebot ist groß. Die Preisspanne auch. Ich bleibe in der Mitte. Ist dir das recht?"

„Ja, danke. So halte ich es auch immer. Da kann man nichts falsch machen. Danke Bryan. Du bist ein Schatz. Wir sehen uns dann nächste Woche."

Da sie sich überzeugt hatte, dass es ihm, abgesehen vom Arbeitsstress, gut ging, war sie beruhigt. Die Auftragslage war, ihm zufolge, hervorragend und damit die nächsten Monate gesichert. Das beruhigte sie sehr. Gut, dass wenigstens bei ihm alles in gewohnten Bahnen verlief. So brauchte sie sich um ihn nicht auch noch zu sorgen.

Bryan trat ans Fenster und blickte Klara hinterher. Er dachte an seinen Vater, an seine Rücksichtslosigkeit. Dass Klara noch

Schlimmeres bevorstand. Er seufzte und setzte sich wieder vor seinen Computer. Es gab Leute, die vor ihrem Schicksal nicht davonlaufen können, sie werden immer wieder von ihm eingeholt. Klara hätte sich niemals auf einen Mann, wie sein Vater, einlassen dürfen.

Nachdem Klara wieder zu Hause war, dachte sie an das Treffen mit Pascal am Abend. Ulrich hatte ihr unbewusst, einen Dienst erwiesen, indem er mit Sophie nach München gefahren war. So musste sie auf niemand Rücksicht nehmen und konnte den Abend unbeschwert genießen. Um 18 Uhr wollte Pascal sie abholen. Er hatte sie in seine Wohung eingeladen und für 19 Uhr ein Essen zu sich nach Hause bestellt. Sie freute sich so sehr auf ihn, war gespannt und neugierig darauf, wie er wohl wohnte. Gleichzeitig fragte sie sich, ob er vielleicht bestimmte Erwartungen an diese Verabredung knüpfte. War es ein gutes oder ein schlechtes Zeichen, dass sie sich in seiner Wohnung trafen, anstatt in irgendeinem Restaurant?

Klara und Pascal waren in seinem Auto unterwegs zu seiner Wohnung. Klara war ziemlich zufrieden mit seiner Reaktion auf ihr Outfit gewesen. Seine Augen hatten so schön geglitzert, während sie an ihrem Körper hinab- und wieder hinaufgefahren waren. Und auch das Gespräch hielten sie geradezu mühelos in Gang.

„War deine Wohnung vor der Scheidung eure gemeinsame Wohnung?", fragte Klara. Sie wusste noch nicht allzu viel über ihn und das wolle sie ändern.

„Nein, wir machten beide einen radikalen Neuanfang. Unser altes Leben ließen wir in unserem Haus zurück. Es war 200 Quadratmeter groß. Für eine Person wäre das viel zu groß gewesen. Auch zu kostspielig, denn der Kredit war noch nicht abbezahlt, das hätte einen von uns ruiniert, wenn er den anderen hätte ausbezahlen müssen. Wir suchten uns jeder eine eigene Wohnung. Meine damalige Frau zog nach Bamberg, in die Nähe ihrer Eltern. Ich blieb, der Arbeit wegen. Eine wirklich gute Entscheidung, wie ich heute weiß. Sonst säßen wir jetzt nicht zusammen in diesem Auto."

Klara lächelte verlegen. Es schmeichelte ihr, wenn er ihr deutlich zu verstehen gab, dass er sie mochte.

Sie hielten auf einem Parkplatz vor dem Haus, in dem sechs Parteien wohnten. Klara betrachtete es, nachdem sie ausgestiegen waren. Es kam ihr so wuchtig vor, im Vergleich zu ihrem. Es machte jedoch einen sehr gepflegten Eindruck. Die Giebel waren in zwei verschiedenen Grautönen gestrichen – da hätte man auch etwas einfallsreicher sein können. Die Blumenbeete und die Rasenfläche vor dem Haus, lenkten ihren Blick auf sich. Vermittelten den Eindruck von Frühling, in ihrer bunten Vielfalt von winterharten Blumen. Dazu dieser herrliche Herbsttag. Die Sonne schaute immer wieder mal zwischen den Wolken hervor. Es stimmte einfach alles.

„Ich wohnte auch mal zur Miete. Das war eine glückliche Zeit. Sophie kam dort auf die Welt. Wir zogen um, als ich das Haus von meiner Oma erbte."

„Ich habe den Eindruck, dass du dich in deinem Haus nicht wohlfühlst. Für mich ist das ungewöhnlich, dass man eine Mietwohnung dem eigenen Haus vorzieht. Bei mir ist das anders."

„Das stimmt. Ich habe meine Gründe dafür."

„Erzählst du sie mir?"

„Ja, später."

Pascal wohnte im ersten Stock, links. Als sie die Wohnung betraten, spürte Klara die besondere Atmosphäre. Sie war hell und gemütlich. Das Wohnzimmer war in einem warmen Ockerton gestrichen. Darin standen eine Vitrine, eine beige Couch und zwei Sessel. Der Fernseher war an der Wand angebracht. Ebenso eine Wanduhr, zwei Lampen, wie auch mehrere, moderne Bilder, bei denen man nicht wusste, was sie darstellen sollten. Am eindrucksvollsten waren die bodentiefen Fenster. An den Seiten hingen weiße Vorhänge. Weil die Gardinen fehlten, ließen die Scheiben sehr viel Licht herein und boten einen herrlichen Panoramablick in die Natur.

Pascal spürte, was in Klara vorging. Er trat neben sie und legte den Arm um sie. „Weißt du, ich habe absichtlich keine Gardinen angebracht. Es wäre viel zu schade, sich den Blick nach draußen zu verbauen. Bei gutem Wetter kann man Kilometer weit schauen."

Dann führte er Klara herum.

„Alles an der Wohnung gefällt mir. Nicht nur der tolle Ausblick. Die glänzende, weiße Küche, ist allein für sich schon ein Highlight. Und alles so ordentlich!"

„Darf ich dir was verraten?"

„Sag es ruhig. Ich kann mir schon denken, was jetzt kommt."

„So ordentlich bin ich eigentlich nicht. Es sieht nicht immer so aus wie jetzt. Ich habe mich extra für dich so ins Zeug gelegt. Einmal die Woche kommt eine Reinigungsfrau für viereinhalb Stunden vorbei und sorgt dafür, dass meine Wohnung nicht wie eine typische verlotterte Junggesellenbude aussieht. Ich möchte mich nicht mit fremden Federn schmücken. Ich hatte sie gebeten heute zusätzlich vorbeizuschauen und sie hat mich die ganze Zeit mit meiner ‚großen Verabredung' aufgezogen."

Klara lächelte, weil Pascal wieder so herrlich schüchtern aussah.

„So, und jetzt machen wir es uns erst einmal gemütlich. Ich würde gern mit dir auf unsere Zukunft anstoßen. Geh doch schon mal vor ins Wohnzimmer, ich komme gleich nach."

Pascal holte eine Flasche Sekt aus dem Kühlschrank, öffnete sie und setzte sich neben Klara auf die Couch. Dann goss er ein. Sie prosteten sich zu und nachdem sie einen Schluck getrunken hatten, stellten sie die Gläser zurück auf den Tisch.

„Es ist so schön, dass du hier bist Klara. Ich habe die ganze Woche an nichts anderes denken können, als an das Treffen mit dir."

„Ich habe mich wahnsinnig über deine Einladung gefreut, kann es aber irgendwie noch immer nicht glauben, dass ich hier bin, neben dir sitze und Sekt trinke. Dass das mit uns wirklich passiert."

„Dass du was für mich übrig hast, hast du aber gut verbergen können. Hättest du doch nur ein Wort gesagt."

„Ich will ganz offen zu dir sein", begann Klara. „Wenn ich in deinem Patientenzimmer war, habe ich oft gedacht: Sollst du es drauf ankommen lassen und ihm einfach sagen, was du fühlst? Glaub mir Pascal, ich war kurz davor, aber dann doch leider immer zu feige. Und als ich mir den Fuß verletzt habe und du mich bei der Behandlung berührt hast, konnte ich meine Gefühle kaum im Zaun halten. Ich dachte: Das war Absicht. Er mag dich, gleich sagt er es dir. Doch als du zurück zu deinem Schreibtisch gingst, war ich bitter enttäuscht, weil ich glaubte, mir das nur eingebildet zu haben. Wir sind schon zwei, was?" Klara kicherte leise.

„Wenn ich das nur geahnt hätte! Was für eine Zeitverschwendung. Da fühlen zwei Menschen, die sich täglich in der Praxis sehen das gleiche und leiden lieber Höllenqualen, als sich gegenseitig ihre Gefühle einzugestehen. Das wäre bestimmt noch ewig so weitergegangen, hätte uns der Zufall nicht zusammengeführt."

Klara drehte sich leicht, sah Pascal direkt in die Augen und er hielt ihrem Blick stand. Es dauerte nur Sekunden, bis sie noch näher zueinander rückten, sich nicht mehr zurückhalten konnten und sich leidenschaftlich küssten. Sie gaben sich ganz ihren Gefühlen hin und blendeten alles Störende aus. Eines jedoch konnten sie nicht ausblenden: die schrille Wohnungsklingel. Am liebsten hätte Klara sie ignoriert, doch der Zauber war vorbei.

„Ach, das Essen", rief Pascal aus. Als er sich erhob und zur Tür ging, sah auch er ein bisschen enttäuscht aus, was Klara direkt wieder fröhlich stimmte.

Klara hörte, wie er mit jemanden sprach. Währenddessen rasten ihre Gedanken geradezu durch ihren Kopf. War das zu früh? War sie zu forsch? Machte sie hier einen Fehler? Wenn die Klingel nicht gewesen wäre, was wäre dann passiert? Wäre es nur beim Küssen geblieben oder hätten sie …? Während ihr Gehirn immer mehr in den Panikmodus verfiel, wurde Klara klar, dass sie eigentlich recht dankbar für die Störung war. Das alles ging ihr ein bisschen zu schnell. Sie wollte sich erst über ihre und Pascals Gefühle ganz sicher sein und Pascal noch ein bisschen besser kennenlernen. Dann hätte sie auch die Möglichkeit, mit Sophie darüber zu reden, bevor mehr aus ihnen wurde.

9

DIENSTAG, 01.11.

DETEKTIV EULENBACH

Auf dem Weg zur Arbeit, dachte Klara an Bryan, der gestern die Kameras bei ihr angebracht hatte. Sie hatte in der Nacht zum ersten Mal wieder durchgeschlafen und jetzt fühlte sie sich top fit, wie schon lange nicht mehr. Sie war ja so erleichtert darüber, dass sie sich in ihrem Haus wieder sicher fühlen konnte. Sollte der Unbekannte wieder etwas versuchen, würde sie ihn jetzt endlich auf frischer Tat ertappen können und einen Beweis dafür haben, dass sie sich das alles eben nicht bloß einbildete oder überreagierte. Hoffentlich passierte es bald. Obwohl es Klara am liebsten wäre, sie könnte das Kapitel endlich abhaken und mit ihrem normalen, langweiligen Leben weitermachen. Nur eben ein bisschen weniger langweilig, jetzt, da sie Pascal nähergekommen war.

Um acht klingelte Klaras Handy. Sie schaute aufs Display: Herr Eulenbach. Komisch. Sie hatte gerade ihre Arbeit aufgenommen und wunderte sich, dass der Privatdetektiv zu so einer ungewöhnlichen Zeit anrief.

„Ich muss mal kurz drangehen", sagte sie zu Olga, ihrer Kollegin. „Es ist sehr wichtig."

Sie zeigte auf ihr Handy.

„In letzter Zeit hast du aber andauend was. Ich habe keine Lust, ständig für dich mitzuarbeiten. Ich hoffe, es ist das letzte Mal."

Klara hätte sich auch gewundert, wenn Olga nicht gemeckert hätte. Manchmal kam es ihr so vor, als täte ihre Kollegin nichts anderes mehr.

„Es ist ein Notfall, ich erklär dir das später." Innerlich seufzte Klara. Irgendwann würde es zwischen ihr und Olga richtig krachen. Nur ... hier vor allen Leuten? Besser mal unter vier Augen. Klara verschwand im Aufenthaltsraum, dort war sie am ungestörtesten.

„Guten Morgen Herr Eulenbach. Was gibt es? Ich habe kein gutes Gefühl."

„Es ist spät geworden gestern Nacht, darum rufe ich erst jetzt an. Es ist noch nichts Dramatisches passiert, wenn ich das so sagen darf. Doch da bahnt sich was an. Aber besser der Reihe nach. Um 22 Uhr verließ ihre Tochter das Haus. Sie ging zu einem Auto, das mehrere Meter vom Haus entfernt, geparkt war und stieg ein. Darin saß ein Mann, von dem ich nicht viel erkennen konnte. Als sie losfuhren, folgte ich ihnen mit dem nötigen Abstand. Vor einer einschlägigen Bar, dem „Casa Neutral" stiegen sie aus und gingen hinein. Beim Aussteigen konnte ich den Mann gut sehen, er passte auf Ihre Beschreibung. Ich schaute durch ein Fenster und schoss ein Foto, das ich Ihnen gleich auf Ihr Handy schicken werde. Der Mann und Ihre Tochter setzten sich zu vier anderen Personen an den Tisch. Alle tranken Alkohol, auch Ihre Tochter. Nachts um eins verließen sie die Bar wieder. Der Mann brachte Ihre Tochter nach Hause zurück. Danach folgte ich ihm. Er fuhr zurück in die Bar und verschwand durch eine hintere Tür. Leider war es nicht möglich, ihm zu folgen, aber ich bleibe dran. Sie hören morgen wieder von mir."

„Danke, dass Sie sich die Nächte um die Ohren schlagen. Ich werde mich mit meinem geschiedenen Mann in Verbindung setzen. Bis morgen!"

Klara war wie erstarrt. Obwohl sie mit dieser Nachricht gerechnet hatte, war es trotzdem ein Schock. Es war also nicht vorbei. Ein kleiner Teil von ihr hatte gehofft, dass Sophie wirklich die Wahrheit gesagt und mit diesem Kerl Schluss gemacht hatte. Dass sie bei ihrem Vater in Sicherheit wäre. Doch obwohl Ulrich wusste, was auf dem Spiel stand, kümmerte er sich nicht wirklich um Sophie. Sicher war er unterwegs und wälzte die Verantwortung auf Lydia ab – ausgerechnet.

Weil Ulrich nicht an sein Handy ging, schickte sie ihm eine Nachricht: „Melde dich unbedingt, es ist wichtig! Es geht um Sophie." Doch sie wartete vergeblich auf seinen Rückruf. Wenn sich ihr Ex-Mann bis morgen nicht meldete, würde sie nach Bad-Godesberg fahren und Sophie zurückholen. Sie würde nicht einfach tatenlos hier herumsitzen und sehenden Auges auf eine Katastrophe warten.

MITTWOCH, 02.11.

DETEKTIV EULENBACH

Am nächsten Morgen rief Eulenbach erneut an. „Ich rufe an, weil ich wichtige Neuigkeiten habe. Ich war in der Bar. Jetzt weiß ich, dass die männliche Zielperson mit Familiennamen ‚Peters' heißt. Ich habe noch mehr herausgefunden: Er ist regelmäßig in der Bar, öfter mit jungen Mädchen. Er hat Vorstrafen, darunter Erpressung, Diebstahl, Körperverletzung. Drei Jahre saß er deswegen im Gefängnis. Harter Bursche. Gar nicht gut. Bis morgen."

Klara hatte doch gleich so eine Ahnung gehabt, dass mit dem, was nicht stimmte. Eulenbachs Nachricht bestätigte das. Der Mann war definitiv gefährlich und gewaltbereit – das allein sorgte schon dafür, dass Klara fast durchdrehte vor Sorge, aber die Information über die anderen jungen Mädchen, die war es, die ihr wirklich die Magensäure die Kehle hochsteigen ließ. Sie traute ihm durchaus zu, diese Mädchen zu benutzen, sie von sich abhängig zu machen, um sie dann auf den Strich zu schicken. Warum sollte er sich sonst, mit ihnen treffen? Es sprach alles dafür. Sollte sie noch länger warten? Nein. Sie musste Sophie beschützen. Kurzentschlossen rief sie Ulrich an, um ihm die ganze Wahrheit zu sagen. Sie war geladen, weil er ihre Nachricht vom Vortag ignoriert hatte. Er wusste doch, um was es ging. Jetzt würde sie keine Rücksicht mehr nehmen. Wenn er nicht augenblicklich ans Telefon ginge, würde sie sich freinehmen und zu ihm fahren und dann konnte er sich auf was gefasst machen! Mürrisch wie immer meldete er sich schließlich.

„Mach's kurz, ich bin mitten in einem wichtigen Gespräch."

„Ich pfeife auf dein wichtiges Gespräch! Es wäre besser für dich, mich ernst zu nehmen, Sophie ist in Gefahr. Es geht nicht mehr nur um Vermutungen, ich habe handfeste Beweise. Der Kerl, ihr Freund, ist gefährlich also hör mir verdammt noch mal wenigstens dieses eine Mal, aufmerksam zu." Klara erzählte ihm alles, was Eulenbach herausgefunden hatte. Am anderen Ende herrschte für einen Moment Schweigen.

„Ich rufe dich in fünf Minuten zurück." Jetzt hatte Ulrich anders geklungen, besorgter. Hatte nicht mal einen Kommentar zu dem Detektiv abgegeben. Das würde sicher später kommen. Jetzt nahm er sie jedenfalls ernst. Gott sei Dank! Sie war auf Ulrichs Einsicht angewiesen, zu zweit, würden sie mehr bei Sophie erreichen. Wenn sie jetzt nach Bad-Godesberg fuhr, um Sophie abzuholen, würde sie nicht mitkommen wollen. Gewalt war das falsche Mittel, sie zur Vernunft zu bringen, dann erreichte sie das genaue Gegenteil von dem, was sie eigentlich beabsichtigte. Dieser verantwortungslose Mistkerl hatte sie bereits Einfluss auf sie, wer weiß, wie groß der war. Sie mussten Sophie von ihm fernhalten. Ulrich meldete sich wieder.

„Hör zu. Ich habe Lydia angerufen. Ich bin noch in Köln, aber in einer Stunde zu Hause. Ich rede mit ihr. Gib mir Zeit bis morgen. Dann kann sie mir erklären, warum sie sich auf einen schrägen Typen, wie ihn, eingelassen hat. Ich glaube nicht, dass sie von seinem kriminellen Hintergrund wusste. Ich lass sie nicht aus den Augen, versprochen. Wann kannst du hier sein?"

„Meinetwegen schon um sechs."

„Sagen wir acht."

~~~ ~~~

Weil Klara nicht schlafen konnte, rief sie Bryan an. Wenn sie jemand beruhigen konnte, dann er. Zum Glück ging er direkt ran.

„Hallo Klara, rufst du wegen der Kameras an? Ist etwas damit nicht in Ordnung?"

„Hallo Bryan, nein darum geht es nicht. Mit den Kameras ist alles in Ordnung. Ich werfe immer wieder einen Blick auf mein Handy und bis jetzt ist alles ruhig. Es geht um was viel Wichtigeres. Es hat sich was ergeben und ich mache mir große Sorgen um Sophie. Selbst dein Vater hat eingesehen, dass wir was unternehmen müssen. Wir gehen morgen zur Polizei. Ulrich hat das vorgeschlagen. Zuerst will er aber noch mit ihr reden. Ich fand seinen Vorschlag auch vernünftig, doch inzwischen überlege ich, ob es nicht doch besser ist, sofort zur Polizei zu gehen."

„Soviel ich weiß, hört sie auf unseren Vater. Es ist gar nicht so schlecht, dass er sich auch mal damit auseinandersetzt. Er wälzt ja sonst immer alles auf dich ab. Wird Zeit, dass er ihr Mal ordentlich ins Gewissen redet. Vielleicht bringt er sie ja zum Nachdenken. Gib ihm die Zeit bis morgen. Dann könnt ihr noch immer zur Polizei gehen. Ich würde euch auch so gern helfen und mir den Kerl mal richtig zur Brust nehmen. Aber ich wüsste gar nicht, wie ich den finden soll, ich kenne ja auch gar nicht seinen richtigen Namen."

„Den weiß ich aber inzwischen. Er heißt Peters. Ich erzählte dir doch von dem Privatdetektiv. Er hat etwas herausgefunden. Dieser Jürgen – er heißt wirklich so – saß drei Jahre im Gefängnis, verkehrt regelmäßig in der „Casa Neutral", einer Bar, und hat Sophie dorthin mitgenommen. Allein der Gedanke, dass sie mit einem Kriminellen in dieser Bar war und mit ihm Alkohol getrunken hat, macht mich rasend. Warte mal, ich habe ein Foto von dem Peters. Ich schicke es dir auf dein Handy, vielleicht kommt er dir ja doch bekannt vor."

„Nein, den kenne ich nicht. In der Bar war ich mal mit ein paar Freunden. Aber auf eines kannst du dich verlassen: Der wird mich kennenlernen, wenn er nicht seine Drecksfinger von meiner kleinen Schwester lässt."

„Mach bitte mach keine Dummheiten. Die Polizei wird sich drum kümmern, jetzt, da ich Beweise habe. Es bringt nichts, wenn du dir am Ende auch noch Ärger einhandelst. Aber es ist lieb von dir, dass du Sophie beschützen willst. Ich versteh sie einfach nicht mehr. Sie ist doch sonst nicht so leichtgläubig. Wie konnte er nur ihr Vertrauen gewinnen?"

„Die wissen, wie sie die Mädchen rumkriegen. Sie treten als die großen Retter auf und befreien sie aus der Elternhölle. Es wäre besser für ihn gewesen, wenn er Sophie, niemals begegnet wäre."

„Bitte, Bryan, es ist mir lieber, du hältst dich daraus. Dieser Mann ist sehr gefährlich. Überlasse das dem Detektiv und der Polizei. Die haben andere Mittel und Wege, um ihm das Handwerk zu legen. Es ist besser so. Ich möchte nicht, dass dir was passiert."

„Gut, ich warte einige Tage ab. Wenn die Polizei bis dahin nichts herausgefunden hat, nehme ich das in die Hand. Hältst du mich inzwischen auf dem Laufenden?"

„Versprochen, Bryan."

FREITAG, 04.11.

1 UHR NACHTS, IN DER NÄHE VON ULRICHS HAUS.

„Los steig ein. Wir müssen schnell von hier verschwinden, bevor sie aufwachen und dich vermissen", drängte Jürgen Sophie zur Eile.

„Ja, ich weiß. Aber – ich glaube, wir haben das Fenster offengelassen, dann merken die das doch sofort."

„Ist doch egal. Wenn die aufwachen, sind wir längst über alle Berge."

„Was wird Papa denken, wenn ich fort bin? Das verzeiht er mir nie!"

Jürgen stöhnte auf.

„Wenn du jetzt schon so anfängst, dann geh lieber zurück. Noch hat keiner was gemerkt."

„So habe ich das doch nicht gemeint. Papa hat auch so angefangen wie Mama, und ständig an mir rumgemeckert. Die sollen mich doch beide in Ruhe lassen. Ich bleib lieber bei dir. Fahren wir in deine Wohnung?"

„Das geht nicht. Wenn deine Eltern zur Polizei gehen, suchen sie dort zuerst. Und sie werden zur Polizei gehen. Willst du, dass sie mich einsperren? Wäre deine Mutter nicht so verbohrt, hätten wir das nicht nötig. Was ich dich noch fragen wollte: Wie hat eigentlich deine Mutter reagiert? Als du ihr gesagt hast, dass du dich von mir trennen willst. Hat sie dir das abgenommen?"

„Ich glaube, sie hat es geschluckt. Ganz sicher bin ich mir nicht. Jedenfalls hat sie nicht mehr davon angefangen. Ich habe es genauso zu ihr gesagt, wie du es mir geraten hast. Sie wollte ja belogen werden! Ich lasse mir von ihr nicht alles kaputtmachen. Ich bin glücklich mit dir. Mama ist selber schuld, wenn sie mir das nicht gönnt. Sie behandelt mich wie ein kleines Kind."

„Das hast du richtig gemacht. Ärger mit der Polizei, kann ich nicht gebrauchen. Außerdem werde ich dich bestimmt nicht wie ein Kleinkind behandeln."

„Die Polizei macht dir bestimmt keinen Ärger. Wenn wir sagen, dass nichts war, lassen die uns doch sicher in Ruhe."

„Das denkst aber nur du. Da war mal ne kleine Sache, aber die haben ein Drama daraus gemacht."

„Was hast du denn gemacht?"

„Ich hab mal jemandem, der's verdient hatte, aufs Maul gehauen. Und jetzt hör auf mit der dummen Fragerei."

„Wo bringst du mich hin? Wo schlafen wir denn sonst, wenn nicht bei dir?"

„Bei einem Freund. Für eine Nacht geht das. Morgen früh brechen wir auf, dann habe ich eine Überraschung für dich."

„Wirklich? Was für eine?"

„Wäre es eine Überraschung, wenn ich dir das sofort verrate? Ein bisschen Geduld! Tu mir den Gefallen und sei jetzt still. Ich muss mich aufs Fahren konzentrieren. Alles, was du wissen musst, erfährst du morgen früh. Stell den Sitz ein bisschen zurück, dann kannst du die Fahrt über schlafen."

Sophie antwortete nicht. Und obwohl sie sich sicher war, garantiert nicht einschlafen zu können, dauerte es nicht lange und sie befand sich im Reich der Träume. Jürgen weckte sie am Ziel sanft auf. Er half ihr, auszusteigen und gemeinsam gingen sie in ein Haus. Sophie ließ sich von Jürgen halb schlafend ins Haus bringen. Er hielt sie fest und sie lehnte sich an ihn.

„Was riecht denn hier so komisch?", fragte sie, als sie endlich stehen blieben. Aber sie war viel zu müde, um näher darauf einzugehen. Sie hatte noch immer die Augen halb geschlossen.

„Du kannst auf der Couch schlafen", sagte Jürgen und Sophie war ihm dankbar dafür. Sie schlief auch gleich wieder ein.

Jürgen hatte unterwegs seinen Freund angerufen und ihn gebeten, ihm die Wohnung für eine Nacht zu überlassen. Er war ihm noch was schuldig und es war ihm lieber, wenn Sophie nicht schon vor dem eigentlichen Ziel Verdacht schöpfte, sondern weiterhin brav das tat, was er von ihr verlangte.

FREITAG, 04.11.

MORGENS 5 UHR

„Los, steh auf, wir sind spät dran." Jürgen rüttelte Sophie. Noch ganz verschlafen öffnete sie die Augen, setzte sich auf, gähnte und sah sich dabei um. Vor ihr auf dem Tisch standen überlaufende Aschenbecher, leere Bierflaschen, Pizzareste. Es roch nach Qualm und altem Essen. In der Nacht hatte sie das nicht bemerkt.

„Das ist ja ekelig", sagte Sophie. „Ich will schnell von hier weg."

„Gut, wir müssen eh los."

„Warte, ich will wenigstens meine Zähne putzen. Ich habe so einen komischen Geschmack im Mund."

„Dafür ist jetzt keine Zeit. Das kannst du später machen. Komm jetzt, beeil dich."

„Wo ist die Toilette?"

„Ich zeig sie dir. Aber mach schnell."

Wenig später scheuchte Jürgen sie ins Auto. „Na, freust du dich, auf die Überraschung? Ich muss dir aber die Augen verbinden, das gehört dazu."

„Das will ich aber nicht."

„Jetzt sei keine Spielverderberin und stell dich nicht so an. Willst du dann nicht wissen, was ich vorbereitet habe?"

„Na gut, wenn es zur Überraschung gehört … aber nur nicht so lange, okay? Wo fahren wir denn hin?"

„Stell jetzt keine Fragen mehr. Wenn wir angekommen sind, erfährst du alles."

„Wie weit ist es denn?"

„Ich sagte doch, keine Fragen mehr."

Soweit das möglich war, rutschte Sophie auf ihrem Sitz hin und her. Jürgen hatte noch nie so barsch mit ihr gesprochen. Es ärgerte sie und sie beschloss zu schmollen. Das musste er erst mal wieder gut machen. Hoffentlich war seine Überraschung den Aufstand wert. Sie hasste die Dunkelheit.

Sophie fragte sich, wo sie wohl hinfuhren. So früh hatte noch nichts auf, wo man schön essen oder frühstücken konnte. Fuhr er vielleicht zum Flughafen? So gern hätte sie sich ein bisschen zurechtgemacht. Ihre Kleider stanken nach Qualm aus der schrecklich versifften Wohnung seines Freundes. Das würde sie auf jeden Fall nachholen. Sie hatte ja ihre Tasche mit Kleidung dabei. Was das wohl für eine Überraschung war? Ganz sicher was Besonderes, mit dem er ihr eine Freude machen wollte. Etwa Kalifornien? Jürgen hatte ihr so oft von Amerika vorgeschwärmt. Von der schönen Landschaft und das man dort ganz viel Geld verdienen konnte. Sie hat das Wichtigste im Internet herausgesucht. Sie liebte Amerika schon jetzt. Warum sonst sollte sie ihre Pässe mitnehmen, wenn nicht für eine Reise? Dreizehn Stunden Flug bis nach Los Angeles, das war eine ganze Menge, aber dann lag auch fast das gesamte Land zwischen ihr und ihren Eltern. Vielleicht würden sie dann ja einsehen, dass sie kein Kind mehr war, sondern erwachsen. Sophie ärgerte sich, dass sie nur so wenig hatte einpacken dürfen. Sie musste so viele neue Sachen zurücklassen, weil sie nicht mehr in den Koffer passten. Wollte Jürgen ihr vielleicht neue Sachen kaufen? Wenn er ihr doch wenigstens einen klitzekleinen Tipp geben würde. Sie war ja so schrecklich aufgeregt! Nicht einen Gedanken verschwendete sie daran, sich zu sorgen, ob es vielleicht naiv war, Jürgen dermaßen zu vertrauen. Ihre Eltern hatten ja keine Ahnung. Die waren bloß eifersüchtig, weil Sophie einen tollen Mann kennengelernt hatte und sie jetzt nicht mehr so brauchte, wie früher als Kind. Ja, es war schon merkwürdig, dass Jürgen aus allem so ein großes Geheimnis machte, aber Sophie wollte keine Spielverderbin sein. Es war wichtig spontan zu sein, das stand auf vielen Beziehungswebseiten. Spontan sein, mutig sein, fröhlich sein – das rieten sie da immer. Also würde sie genau das tun.

Eigentlich hatte Sophie nicht vorgehabt, abzuhauen, aber ihre Eltern ließen ihr keine Wahl. Sie wollten einfach nicht einsehen, dass sie mit Jürgen glücklich war und kein verdammtes Kleinkind mehr. Sie war fünfzehn! Sie wusste genau, was sie wollte. Jürgen war der Einzige, der verstand, dass sie bereits erwachsen war. Sie würden für immer zusammenbleiben. In einigen Staaten in Amerika durfte man schon mit sechzehn heiraten, das würden sie bestimmt machen und dann konnten ihre Eltern gar nichts mehr tun. Sie würden ihren Irrtum schon irgendwann einsehen und dann wäre alles wieder gut.

Sie würde jedenfalls nicht zulassen, dass ihre Eltern Jürgen die Polizei auf den Hals hetzten, bloß weil er sie liebte und sie so verbohrt waren. Doch ein kleines bisschen hatte sie auch ein schlechtes Gewissen. Sie wusste, dass ihre Eltern sich bestimmt Sorgen machten, sobald ihr Verschwinden aufflog. Das wollte sie nicht. Aber das hier war ihre ganz große Chance. Sie musste sie einfach nutzen. Jetzt konnte sie sowieso nicht mehr zurück. Aber was, wenn es ihr in Amerika nicht gefiel? Was, wenn ihre Drei plus in Englisch nicht gut genug war? Was, wenn sie Heimweh bekäme, wie bei der Klassenfahrt, damals in der Sechsten? Warum hatte sie jetzt plötzlich Zweifel? Warum dachte sie erst jetzt so richtig über alle Konsequenzen nach? Falls sie sich umentschied, hätte sie definitiv kein Geld für die Rückreise und Jürgen würde ihr bestimmt keins geben. Sollte sie am Flughafen umkehren? Noch ging das. Klar, dass Jürgen sauer werden und ihr Vorwürfe machen würde, bestimmt würde er sogar direkt mit ihr Schluss machen und das wollte sie nun auch wieder nicht. Aber sie würde ihre Eltern anrufen, wenn sie am Ziel waren. Ja, das klang nach einer guten Idee. Sie würde ihnen nur sagen, dass sie sich keine Sorgen machen sollten, dass es ihr gut ging. Das würde sie dann hoffentlich beruhigen und ihr schlechtes Gewissen auch.

Sie ließen den Straßenlärm hinter sich und andere Geräusche waren auf einmal zu hören. Vogelgezwitscher, Knistern und Rauschen. Sophie wurde neugierig, legte den Kopf weit zurück und spinkste durch den Spalt unter dem Tuch hervor. Sie waren im Wald. Warum nicht mehr auf der Autobahn? Fuhren sie doch nicht zum Flughafen? Aber warum? Was wollten sie denn im Wald? Doch Sophie behielt ihre Fragen für sich. Sie wollte kein nerviges Kind sein, das „Sind wir bald da?" fragte.

Nach einer halben Ewigkeit hielt Jürgen endlich an und befreite Sophie von der Augenbinde. Dann stiegen sie aus und standen vor einer Holzhütte. Sophie sah sich um und war maßlos enttäuscht. Hier waren sie ja am Ende der Welt! Was sollte das?

„Ist das die Überraschung?", fragte Sophie, weil sie plötzlich eine schreckliche Ahnung überkam. Er wollte doch nicht etwa … dann stockte sie … oh Gott, hoffentlich hielt er das nicht für romantisch! Auf gar keinen Fall würde sie längere Zeit mit ihm hierbleiben oder mit ihm schlafen! Klar wollte Sophie es endlich tun und natürlich mit Jürgen, sie liebte ihn ja, aber nicht hier! In dieser Hütte gab es bestimmt Riesenspinnen und anderes Krabbelviechzeug!

„Was tun wir hier? Musst du was abholen? Fahren wir gleich wieder? Hier gefällt es mir nicht. Bring mich bitte zu meiner Überraschung."

„Das ist die Überraschung, komm, wir gehen rein."

„Aber ich dachte …"

„Was dachtest du?"

„Ach nichts."

Jürgen holte eine Tüte aus dem Auto, und schloss die Tür der Hütte auf.

Es roch modrig im Inneren. Sophie rümpfte die Nase. Das war mindestens so schlimm, wie die verqualmte Wohnung von gestern. Die Einrichtung war alt und morsch. Eine Liege, ein Schrank, ein Tisch und zwei Stühle standen darin. Viele Haken waren an der Wand befestigt. Es hingen Ketten, Arbeitskleidung, Schläuche und vieles andere daran. Auf dem Boden waren zahlreiche Dinge abgestellt, in Kisten und Eimern verstaut. Es war staubig und ölige Flecken reihten sich aneinander. Es roch nach Motorenöl. Nach einer Überraschung sah das alles echt nicht aus. Warum sagte er denn nichts?

„Wenn du brav bist, wird es dir bei mir gut gehen."

„Wie meinst du das?" So langsam begriff Sophie, dass etwas hier absolut nicht stimmte. Seine Worte klangen zwar freundlich, doch er schaute sie plötzlich so anders an. Sein Blick passte absolut nicht zu den freundlichen Worten. Hoffentlich bildete sie sich das nur ein. So musste es sein, sie war übermüdet und deswegen bildete sie sich irgendwelche Dinge ein, richtig?

„So wie ich es sage. Als Erstes ziehst du andere Sachen an. Ich habe sie auf den Tisch gelegt. Vielleicht kommt noch jemand vorbei."

Jetzt hatte seine Stimme so einen merkwürdigen Klang und sie begann sich zu fürchten. Sie sah zur Tür und überlegte, ob sie schnell genug war, um in einem unbeobachteten Moment zu entkommen. Aber Jürgen stand ungünstig, blockierte die Tür. Es blieb ihr nichts anderes übrig, als zum Tisch zu gehen, sich die Kleidung wenigstens mal anzusehen. Sie nahm Rock und Bluse in die Hand, sah sie sich an und sofort regte sich ihr Widerstand.

Entrüstet warf sie die Kleidung auf den Tisch zurück.

„Niemals ziehe ich diese komischen Fetzen an. Der Rock reicht mir doch höchstens bis zum Po. Und bei dem Ausschnitt fällt ja alles raus. Was soll das Jürgen? Du willst doch nicht dass ich … ich will hier weg!"

„Du machst jetzt, was ich dir sage! Zieh die Klamotten an!"

„Nein!"

„Ich wiederhole mich nicht gern. Entweder machst du jetzt, was ich von dir verlange, oder …"

„Oder was? Du kannst mich nicht dazu zwingen."

„Du willst es ja nicht anders."

Im nächsten Moment schlug er ihr so heftig ins Gesicht, dass sie rückwärts taumelte. Beinahe wäre Sophie hingefallen, schaffte es aber, sich wieder zu fangen. Sie war absolut fassungslos. Niemals hätte sie ihm das zugetraut. Sie spürte, wie ihr das Blut am Gesicht herablief und ihr ein Auge zuschwoll. Ihr Gesicht brannte wie Feuer. Kurzentschlossen rannte Sophie zur Tür, riss sie auf und stürmte nach draußen. Sie hatte begriffen, dass er nicht der war, für den er sich ausgegeben hatte. Er war immer so fürsorglich gewesen. Hat sie getröstet und liebe Worte gesagt. Sie hatte sich zu ihm hingezogen gefühlt und geglaubt, dass sie ihn liebte und er sie auch. Aber er war ein ganz gemeiner Lügner! Und ein Arschloch! Er hatte sie geschlagen!

Sophie kam nicht weit. Jürgen war so viel schneller und stärker als sie und hatte sie im Handumdrehen wieder eingefangen. Sie strampelte und trat nach ihm, doch er hob sie einfach hoch und trug sie zurück in die Hütte.

„Zum letzten Mal! Du ziehst dich jetzt sofort um."

„Lass mich los, du brutales Arschloch! Ich zieh diesen Scheiß nicht an! Warum sollte ich? Ich friere ja schon in meinen ganz normalen Sachen."

„Stell dich nicht so an. Wir beide haben noch viel vor. Und wenn du nicht mehr so zickig bist, wird es dir richtig gut bei mir gehen. Du bist ein hübsches Mädchen. Das, mit deinem Gesicht, tut mir leid. Aber ich mag es nicht, wenn man mir nicht gehorcht, obwohl ich es nur gut meine. Wenn du jetzt ganz lieb zu mir bist, kannst du bald ein schönes Leben haben. Dir alles kaufen, was dir gefällt. Ich werde dich verwöhnen. Wir werden verreisen und in der Sonne liegen. Aber natürlich musst du auch etwas dafür tun."

Jürgens Handy klingelte. Auf diesen Anruf hatte er gewartet. Zum Glück gab es in der Gegend Empfang.

„Wo bist du jetzt, ich komme zu dir."

Jürgen wandte sich wieder an Sophie.

„Setz dich auf die Liege."

Sophie machte, was er von ihr verlangte. Kraftmäßig war sie ihm weit unterlegen und alles, was sie versucht hatte, hatte nichts gebracht. Er hatte das alles von Anfang an so geplant, das hatte sie inzwischen begriffen, und blöd wie sie war, war sie auf ihn hereingefallen. Sie waren allein hier draußen im Wald. Niemand war da, der ihr helfen konnte. Was würde jetzt mit ihr passieren? Sie war erstarrt vor Angst. Ihr Herz raste. Sie formte die Hände zu Fäusten und bohrte die Nägel in die Haut. Sie brauchte den Schmerz, um die Angst ein wenig einzudämmen. Doch es funktionierte nicht, stattdessen wurde ihre Angst immer größer und größer. Was hatte Jürgen mit ihr vor? Sie war nicht dumm, sie konnte es sich schon denken. Aber sie wollte nicht zu genau darüber nachdenken. Sie musste einen Weg finden, zu entkommen.

Eine Bewegung zog ihre Aufmerksamkeit auf sich. Was machte Jürgen denn da? Er rührte in einem Glas herum, sah sie dabei an und lächelte. Dieses Lächeln machte ihr Angst. Sophie bekam eine Gänsehaut. Dann kam er näher und ihre Angst wurde zu Panik. Sie riss die Augen weit auf und starrte voller Entsetzen auf das Glas.

10

FREITAG, 04.11.

Klara wurde vom Klingelton ihres Handys geweckt. Sofort war sie hellwach. Und als sie die Uhrzeit auf dem Wecker sah, wusste sie, dass dieser Anruf nichts Gutes bedeuten konnte. Ulrich würde niemals um fünf Uhr morgens anrufen. Er würde überhaupt nicht freiwillig anrufen, wenn es nicht äußerst wichtig wäre. Sophie. Es musste etwas passiert sein! Klara zitterte so stark, dass ihr das Handy aus der Hand rutschte. Sie nahm es wieder auf und meldete sich.

Klappernd und dröhnend wie ein kaputter Auspuff, nahm Klara Ulrichs Stimme wahr, doch dieses Mal schnauzte er sie nicht an. Es gab keine Vorwürfe, keine Anschuldigungen, nur Wut auf sich selbst. Klara hörte wie erstarrt zu, während er ihr mitteilte, dass er es vermasselt hatte.

„Kannst du sofort kommen? Sophie ist mitsamt ihren Sachen verschwunden! Ich weiß nicht wohin oder wann. Verdammt, ich dachte, ich hätte an alles gedacht!"

Jeder einzelne Muskel spannte sich an und für einen Augenblick herrschte lähmende Stille auf beiden Seiten. Klara spürte, wie ihr der Atem stockte und für den Bruchteil einer Sekunde spürte sie das Bedürfnis, sich aufzulösen. Abwesend starrte sie vor sich hin. Dann nahm sie sich zusammen und stieg hastig aus dem Bett. Während sie Ulrich antwortete, öffnete sie den Kleiderschrank, zog Hose und Pullover vom Bügel.

„Wie konnte das passieren? Du wolltest doch die Tür abschließen."

„Hab ich ja auch. Sie ist durchs Fenster geklettert, es stand sperrangelweit auf. Ich hab sofort die Polizei informiert."

„Ich ziehe mir nur schnell was an, dann fahre ich los." Gesagt, getan. Wenige Minuten, nachdem sie aufgelegt hatte, rannte Klara aus dem Haus zum Auto.

Vor Ullrichs Haus stand schon ein Wagen der Polizei. Sie hatte damit gerechnet. Schnell stieg sie aus, und als sie Ulrich entdeckte, musste sie sich zusammenreißen, um nicht in Tränen auszubrechen.

„Ich hab doch nicht wissen können, dass sie durch ein Fenster klettern würde!", rechtfertigte er sich abermals und sah ungewohnt schuldig aus, als Klara auf ihn zukam. Er lief auf und ab und das schlechte Gewissen, die Schuld, waren ihm deutlich anzusehen. Er hatte komplett versagt und war sich wahrscheinlich zum ersten Mal in seinem Leben dessen bewusst. So hatte sie Ulrich noch nie erlebt.

„Ich gebe dir nicht die Schuld", sagte Klara und es war ernst gemeint. Sie wusste selbst nur zu gut, dass es kaum möglich war, Sophie rund um die Uhr zu bewachen. Teenager fanden immer einen Weg. Hätte er an die Fenster denken sollen? Natürlich. Hätte sie daran gedacht? Wahrscheinlich nicht. So sehr sie auch die Sorge um Sophie plagte, Klara wollte auch nicht ungerecht sein, das half niemandem.

„Sophie ist ein Teenager, impulsiv, verliebt. Sie hat keine Ahnung, in was für eine gefährliche Lage sie sich gebracht hat."

Sie sah den Polizisten hilfesuchend an. Er wirkte etwas unbeholfen in dieser äußert angespannten Situation.

„Haben Sie Informationen für uns? Ich spüre, dass sie in Gefahr ist."

„Ja, ich kann gut verstehen, dass Ihnen das zusetzt. Oberkommissarin Hammerschmidt möchte, dass ich Sie beide zu ihr auf die Wache bringe. Sie wird alles in ihrer Macht Stehende unternehmen, um Ihre Tochter zu finden. Sie ist sehr kompetent. Besonders wenn es um Kinder geht, gibt sie alles. Fahren Sie doch bitte hinter mir her."

Klara fuhr in Ulrichs Auto mit. Sie sprachen kein Wort miteinander. Doch dann fiel Klara ein, dass sie etwas Dringendes zu erledigen hatte.

„Ich muss auf der Arbeit Bescheid geben, dass ich heute nicht kommen kann." Sie war froh, dass sie wieder die Kontrolle über sich hatte.

Sie rief ihre Freundin Charlotte an. Lieber hätte sie sich bei Pascal gemeldet. Aber das Risiko wollte sie nicht eingehen. Sie hatten genug mit Sophie zu tun, das letzte, was sie jetzt brauchte, waren Ulrichs beleidigende Äußerungen – und Klara zweifelte nicht eine Sekunde daran, dass ihm bestimmt viel zu dem Thema einfallen würde.

„Hallo Charlotte, ich bin es Klara. Hör mal, ich sitze gerade in Ulrichs Auto. Wir sind auf dem Weg zur Polizei. Sophie ist verschwunden. Abgehauen, wahrscheinlich mit diesem Jürgen." Ihre Stimme klang brüchig. Sie machte eine kurze Pause, um sich zu sammeln, dann sprach sie weiter.

„Es sieht nicht gut aus. Wir müssen sie unbedingt finden, bevor er ihr was antut, sagst du bitte in der Praxis Bescheid, dass ich heute nicht zur Arbeit kommen kann?"

Charlotte verstand den Wink mit dem Zaunpfahl.

„Natürlich, mach dir keine Sorgen um die Arbeit. Ruf mich an, sobald es möglich ist. Ich halte ganz fest die Daumen, dass Sophie schnell gefunden wird."

Nach dem Anruf saßen Klara und Ulrich weiterhin schweigend nebeneinander. Bestenfalls stimmte, was Sophie ihr erzählt hatte. Dass er sie nicht belästigt, sie zu nichts gezwungen hatte. Aber da war er auch noch damit beschäftigt gewesen, ihr Vertrauen zu gewinnen. Jetzt war sie ihm ausgeliefert.

Die Oberkommissarin Jossi Hammerschmidt bot der Familie Scheffler an, sich zu setzen. Dann wandte sie sich Herrn Scheffler zu.

„Sie informierten uns in aller Frühe über das Verschwinden ihrer Tochter. Ist früher schon mal vorgekommen, dass sie weggelaufen und über Tage weggeblieben ist? Oder zumindest über Nacht?"

Klara antwortete ihr: „Sie lebt bei mir, nur weil Herbstferien sind, ist sie bei ihrem Vater. Dass sie Tage wegblieb, ist noch nie vorgekommen. Alles war ja auch in bester Ordnung, bis ich kürzlich mal zu einer ungewöhnlichen Zeit durch ein Geräusch aufgewacht bin und ihr unbenutztes Bett vorfand. Sie hatte sich irgendwann in der Nacht aus dem Haus geschlichen, gegen morgen kam sie zurück. Sie hat mir bis heute nicht die Wahrheit darüber gesagt, wo sie gewesen ist. Bald darauf bin ich früher von der Arbeit nach Hause gekommen, weil es mir nicht gut ging, und erwischte sie mit einem doppelt so alten Mann in ihrem Zimmer. Sie trug nur Unterwäsche und er hatte kein Hemd an. Das war ein ziemlicher Schock. Ich dachte, wenn sie die Ferien bei ihrem Vater verbringt, sei die Gefahr, ihn wiederzutreffen, erst einmal gebannt."

„Das soll doch wohl hoffentlich kein Vorwurf sein?", sagte Ulrich etwas gedämpfter als üblich, aber trotzdem eindeutig sauer.

Klara verkniff sich einen Kommentar.

„Nein. Wie könnte ich dir einen Vorwurf machen? Sie war ja auch bei mir so eigensinnig, ich dachte nur, dass ihr eine andere Umgebung guttun würde, das ist alles."

„Sie gehen also davon aus, dass sie freiwillig mit ihm gegangen ist? Dass er sie nicht entführt hat?"

„Ganz ehrlich, für mich macht das kein Unterschied. Sie ist fünfzehn! Er hat sie mitten in der Nacht Gott weiß wohin gebracht und kann mit ihr machen, was er will. Was, wenn sie es sich anders überlegt und nicht mehr mitspielt? Was, wenn er sie gegen ihren Willen irgendwo festhält. Bisher war dieser Peters meiner Tochter gegenüber wohl zurückhaltend, das behauptete Sophie jedenfalls mir gegenüber. Doch wer sagt mir, dass er sich auch weiterhin so verhält? Ich habe einfach so ein verdammt schlechtes Gefühl."

„Sagten Sie Peters? *Jürgen* Peters?", fragte die Kommissarin zur Sicherheit nach.

„Ja, stimmt, so heißt er. Friedrich Eulenbach, ein Detektiv, hat seinen Nachnamen herausgefunden und von ihm weiß ich auch, dass er im Gefängnis war. Er hat Sophie vor ihrem Verschwinden beobachtet. Für mich gibt es keinen Zweifel, sie kann nur bei ihm sein. Darum mache ich mir ja auch so große Sorgen." Da kam Klara ein Gedanke. „Ihre Reaktion, als ich seinen Namen nannte … kennen Sie ihn?"

„Ja, der Name Peters ist mir leider bekannt. Ich hatte schon einmal mit ihm zu tun – um junge Mädchen ging es dabei allerdings nicht."

Die Kommissarin bot beiden ein Glas Wasser an.

„Trinken Sie erst mal einen Schluck. Sicher werden Sie sich dann etwas besser fühlen."

Klara setzte ihr Glas wieder ab und antwortete ruhig, mehr in sich gekehrt.

„Besser? Wie könnte ich mich besser fühlen? Ich kann mich erst wieder beruhigen, wenn meine Tochter gefunden wurde."

„Die Polizei tut doch was sie kann", sagte Ulrich vorwurfsvoll. „Auch ich kann die Situation nur sehr schwer ertragen und trotzdem musste es möglich sein, sich am Riemen zu reißen."

Wie schon so oft biss Klara die Zähne zusammen. Sie wollte hier bei der Polizei keinen Aufstand machen und am Ende noch wegen Körperverletzung selbst in einer Zelle landen, wenn die Sache eskalierte. Ulrich war nun mal ein unverbesserlicher, notorischer Mistkerl. Also schwieg sie.

Ulrich wollte aufstehen, um einige Runden zu drehen, besann sich im letzten Moment, lehnte sich wieder zurück und begann eine seiner üblichen Tiraden.

„Einmal kriminell, immer kriminell. So einer wie dieser Peters macht sein Leben lang so weiter. Solche Menschen ändern sich nie."

Die Ermittlerin griff ein. Fehlte noch, dass seine Unbeherrschtheit in Aggression umschlug. Sie kannte das Verhalten von Nörglern, wenn man sie ließ, machten sie stundenlang so weiter. Da er aber auch ein Opfer war, wollte sie ihn nicht in die Schranken weisen. Noch nicht. Es reichte, wenn sie erst einmal das Thema wechselte.

„Ich kenne Friedrich Eulenbach, ein tüchtiger Mann, er arbeitet manchmal mit uns zusammen. Der Tipp mit der „Casa Neutral"-Bar liefert uns einen wichtigen Anhaltspunkt. Peters ist seit seiner Entlassung aus dem Gefängnis untergetaucht. Wegen einer anderen Sache läuft derzeit eine Suche nach ihm. Darum glaubten wir auch, dass er sich ins Ausland abgesetzt hatte. Offensichtlich war das ein Irrtum. Bei der Sache mit Ihrer Tochter ist Eile geboten. Mein Kollege, Polizeihauptmeister Walter Prodendorf, wird sich in der Bar mal umsehen."

Hammerschmidt sah Klara an, weil das vermisste Mädchen normalerweise bei ihr lebte. „Haben Sie ein Foto von ihrer Tochter dabei, das Sie entbehren können?"

„Ich habe eins auf meinem Handy. Ich kann es Ihnen schicken."

Klara reichte der Kommissarin ihr Handy. Sie besah sich das Foto.

„Diese Ähnlichkeit … nur ein paar Jahre jünger."

„Dann würde ich gern noch wissen, was sie an dem Tag vor ihrem Verschwinden gemacht hat."

„Das müssen sie ihn fragen." Klara zeigte auf ihren geschiedenen Mann.

Die Kommissarin wandte sich an Herrn Scheffler.

Ulrich musste zugeben, dass er es nicht wusste. „Ich war in Köln, hatte dort einen wichtigen Termin. Aber meine Frau war zu Hause. Die kann Ihnen sicher weiter helfen."

„Mein Kollege kommt ja noch bei Ihnen vorbei, dann kann er sie direkt befragen."

Bei der nächsten Frage sprach sie wieder Klara an.

„Ich möchte gern so gegen 15 Uhr bei Ihnen, Frau Scheffler, vorbeikommen, um mir das Zimmer Ihrer Tochter anzusehen. Ich gehe mal davon aus, dass sie auch einen Laptop hat, den würde ich gern mitnehmen."

„Der Laptop war bei mir. Er ist weg, sie muss ihn mitgenommen haben", warf Ulrich ein.

„Hätte ich mir denken können. Da kann man nichts machen. Ich sagte ja schon Herr Scheffler, dass mein Kollege bei Ihnen vorbeikommt. Er wird sich in dem Zimmer umsehen, in dem Ihre Tochter durchs Fenster geklettert ist und Ihrer Frau noch einige Fragen stellen. Es kommt auch jemand von der Spurensicherung vorbei. Vielleicht sind am Fenster Spuren zu finden, die von Peters stammen. Bisher wissen wir ja nur von Ihnen, dass sie mit ihm gegangen ist. Wenn sie etwas finden, was von ihm stammt, hätten wir Beweise. Wir nehmen das sehr ernst, das versichere ich Ihnen, auch, wenn sie freiwillig mit ihm gegangen ist." Sie sah auf ihre Armbanduhr.

„Ich habe gleich eine Besprechung. Sobald sich etwas ergibt, melde ich mich bei Ihnen. Wir sehen uns ja nachher Frau Scheffler."

Zu Hause dachte Klara über das nach, was sie über Sophies Alltag wusste. Das war nicht allzu viel. Sophie redete schon länger nicht mehr so offen mit ihr wie früher.

Von den vielen Kindern, mit denen ihre Tochter früher Zeit verbracht hatte, blieb Sophie nur noch eine Freundin erhalten: Emma. Das hatte viele verschiedene Gründe, aber jetzt, in dieser Situation fragte sie sich, ob es Sophie vielleicht angreifbarer, sie zu einem leichteren Ziel für diesen Mann gemacht hatte. Seit einigen Wochen war auch Emma nicht mehr vorbeigekommen. Woran lag das? Hatte Sophie nur noch Augen für diesen Jürgen Peters gehabt und ihre Freundin darüber vernachlässigt, oder war diese neue Distanz Emmas Wunsch gewesen? Rückblickend wurde ihr klar, dass ihre Tochter schon länger unglücklich gewirkt hatte. Warum hatte sie das nicht bemerkt?

Kurz nach 15 Uhr betrat die Kommissarin Klaras Wohnzimmer. Sie schaute sich um und nahm alle Details in sich auf. Alles konnte für einen Fall wichtig sein. Wie waren die genauen Lebensumstände? Wie sahen Wohnung oder Haus aus? Hatte man nur flüchtig ihretwegen aufgeräumt oder waren die Bewohner sonst auch ordentlich? Das machte oft einen gewaltigen Unterschied. Eine schlampige Wohnung sprach dafür, dass sie Bewohner lustlos und gleichgültig waren, alles laufen ließen oder sich aufgegeben hatten. Ein überwiegend ordentliches Zuhause bewies dagegen, dass man sich kümmerte – um die Wohnung und einander. Bei übertriebener Ordnung und pingeliger Sauberkeit läuteten allerdings ihre Alarmglocken, das wies auf übertriebene, unrealistische Erwartungen hin, Kälte und Druck.

Das Wohnzimmer war klein, aber gemütlich eingerichtet.

„Ich habe mir neue Möbel gegönnt, nach der Scheidung. Ich wollte einen Neuanfang."

„Das kann ich gut verstehen. Ich würde es genauso machen."

Hammerschmidt sah sich weiter um.

Drei Bilder an der Wand interessierten sie. Sie warf einen Blick darauf, und an einem blieb sie hängen. Am oberen und unteren Rand lagen aneinandergereiht dicke, runde Steine. Ein Baumstamm diagonal durch das Bild gezogen, darüber drei grüne Stangen, die sie an Porree erinnerten. Zwei übergroße weiße Blüten in der Mitte. Einfach und doch beeindruckend. Es hatte was. Der Raum war geschmackvoll dekoriert, kein unnötiger Kitsch.

„Hübsch haben Sie es hier, wirklich", sagte die Kommissarin, bevor sie sich setzte. „Was ich Sie noch fragen wollte, hat sich inzwischen Eulenbach bei Ihnen gemeldet?"

„Nein und ehrlich gesagt, verstehe ich das nicht. Er hat sich sonst regelmäßig bei mir gemeldet und jetzt erreiche ich ihn nicht mehr. Ich mache mir Sorgen um ihn. Was, wenn er aufgeflogen ist und Peters ihm etwas angetan hat?"

„So weit würde ich nicht gehen. Vielleicht ist er an etwas dran und meldet sich nicht, weil er noch nichts Konkretes sagen kann. Allerdings muss ich zugeben, dass ich auch ein wenig beunruhigt bin, ich kenne Eulenbach als sehr zuverlässig. Es kann jedoch durchaus manchmal vorkommen, dass er verprügelt wird. Ich klappere mal die Krankenhäuser ab, vielleicht wurde er eingeliefert."

Klara lächelte die Beamtin dankbar an. Sie hatte mit Schuldgefühlen zu kämpfen, weil sich herausgestellt hatte, dass Peters wohl doch gefährlicher war als gedacht. Was, wenn er Eulenbach wirklich etwas angetan hatte? Das wäre dann ihre Schuld, immerhin hatte sie den Detektiv auf ihn angesetzt.

„Jetzt würde ich mir gern das Zimmer Ihrer Tochter ansehen. Zeigen Sie es mir?"

Es war ein ganz normales Jugendzimmer. Über dem Kopfende des Bettes waren Regale angebracht. Viele kleine Körbe mit Kleinkram standen darauf. Poster von Musikern hingen an den Wänden. Klara zeigte auf den Schreibtisch, auf dem sich Sophie eine Ecke für Make-up und andere Utensilien eingerichtet hatte. Wimperntusche, Lidschatten, Tuben, Fläschchen, Stifte.

„Seit einigen Wochen kauft sie ständig dieses Zeug und dazu teure Markenkleidung. Dafür hat sie sich früher nie interessiert."

Klara nahm eine Tüte vom Stuhl. Zog drei knappe Oberteile heraus. „Von ihrer letzten Shoppingtour, bevor sie für die Ferien zu ihrem Vater gezogen ist, die Preisschilder sind noch dran. Mein Ex-Mann hat ihr ein Konto eingerichtet und überweist ihr regelmäßiges Taschengeld. Die Summe geht aber weit über das übliche Maß hinaus. Geld statt Zuneigung. Kein Wunder, dass er auf Sophies Sympathieliste ganz oben steht. Er lässt sie machen, setzt ihr keine Grenzen. Ich dagegen muss immer die Böse sein."

„Vielleicht liegt es aber auch daran, dass er unerreichbar ist. Wenn etwas nicht so läuft, wie sie es gern hätte, richtet Ihre Tochter ihren Groll gegen Sie, weil sie verfügbar sind. Sie will und braucht die Zuneigung ihres Vaters, weil sie die aber nicht so einfach bekommen kann, stellt sie ihn auf ein Podest, indem sie es sich schön denkt. *Papa würde anders entscheiden, er wäre meiner Meinung.* Es ist nicht ihr Ex-Mann, den sie lieber mag, sondern ihre Fantasie-Version von ihm."

„Ja, da ist was dran. Ich mache mir solche Vorwürfe, weil wir kurz bevor sie zu ihrem Vater fuhr, so oft aneinandergeraten sind."

Klara drehte sich von der Oberkommissarin weg, weil ihr die Stimme versagte. Sie verließ das Zimmer und lehnte sich im Flur an die Wand. Sie atmete einige Male tief durch, um die Fassung zurückzugewinnen, und das war angesichts der Umstände nicht einfach. Wo war ihre Tochter? Ging es ihr gut? Lachte oder weinte sie gerade? Dass sie jetzt Sophies privates Reich durchsuchten, fühlte sich wie Verrat an. Ihrer Tochter war ihre Privatsphäre so wichtig geworden. Doch blieb ihr eine Wahl? Nein, denn wenn es irgendwo einen Hinweis auf ihren Aufenthaltsort gab, dann höchst wahrscheinlich in ihrem Zimmer. Die Sorge ließ ihr keine Ruhe. Sophies Leben war womöglich in Gefahr. Wie gerne würde sie jetzt ihre Tochter in den Arm nehmen und ihr sagen, wie lieb sie sie hat. Sie würde alles dafür tun. Klara löste sich von der Wand, bemühte sich um Haltung und ging zurück zur Kommissarin.

„Entschuldigen Sie. Ich gehe schon mal nach unten und warte im Wohnzimmer auf Sie." Ohne eine Antwort abzuwarten, verließ Klara den Raum.

„Haben Sie was gefunden?", frage Klara hoffnungsvoll, als Jossi Hammerschmidt das Wohnzimmer betrat. „Eine große Anzahl Infomaterial über Kalifornien. Haben Sie vor zu verreisen?"

„Nein. Ich hatte Sophie auch bereits darauf angesprochen. Sie behauptete, dass sie in der Schule gerade etwas darüber durchnähmen. Ich habe ihr nicht geglaubt und tue das bis heute nicht. Könnte das etwas mit ihrem Verschwinden zu tun haben?"

„Wer weiß. Vielleicht? Das ist schon verdächtig. Es ist aber auch nicht auszuschließen, dass sie sich wirklich einfach dafür interessiert. Wir versuchen, es herauszufinden. Ich habe allerdings noch etwas in ihrem Zimmer entdeckt. Einen Schlüsselanhänger mit dem Namen der Bar, in der sie sich mit Peters aufgehalten hat. Das beweist, dass sie wohl schon öfter dort war, wahrscheinlich zusammen mit Peters."

„Oh Gott", stöhnte Klara. „Wie lange ging das schon so und ich habe nichts bemerkt? Das macht mich noch verrückt."

„Ich kann Sie gut verstehen, aber Ihre Tochter braucht Sie, wenn wir sie gefunden haben. Sie müssen auf sich achten. Vertrauen Sie mir, ich tue alles, was in meiner Macht steht, um Sophie zu finden. Können Sie mir einen Gefallen tun? Das heute war ein Schock. Haben Sie jemand, bei dem sie die Nacht verbringen können? Oder jemanden, der herkommen kann? Sie sollten in dieser Verfassung nicht allein sein."

„Ehrlich gesagt, ich könnte es jetzt nicht ertragen, wenn jemand die ganze Zeit auf mich einreden würde, auch wenn es gut gemeint ist. Ich rufe gleich meine Freundin Charlotte an."

„Versprechen Sie mir das?"

„Ja. Danke."

11

Während Jossi Hammerschmidt bei Klara war, fuhr Prodendorf zu ihrem geschiedenen Mann. Er war spät dran. Ihm ging die arme Familie einfach nicht mehr aus dem Kopf. Es muss ein Schock für sie sein, einen solchen Albtraum erleben zu müssen. Und das verschwundene Mädchen erst! Er hoffte von Herzen, dass sie sie fanden, bevor ihr etwas angetan wurde, über das sie nie hinwegkommen würde.

Immer wenn es um Kinder ging, sah er seine beiden Jungs vor sich. Sie waren 17 und 18 Jahre alt. Aber auch in diesem Alter konnte viel passieren. Alkohol, Drogen, Mädchen, falsche Entscheidungen und noch einiges mehr. Ihm waren in seinem Job schon so viele junge Menschen begegnet, die ihr Leben wegen einer blöden Entscheidung versaut hatten. Denen es nur noch um den nächsten Schuss ging, die andere ins Koma prügelten, wegen Eifersucht oder eines blöden Kommentars oder weil sie einfach betrunken und dumm waren. Jetzt ging es um ein junges Mädchen. Auch sie war in Gefahr, hoffentlich konnten sie ihr Leben retten.

Herr Scheffler ließ ihn ins Haus. Seine Frau saß auf der Couch. Sie nickte ihm kurz zu, sah aber gleich wieder weg. Sie sagte kein Wort. Er dachte schon, das Verschwinden des Mädchens hätte sie so mitgenommen, doch er merkte schnell, dass es einen anderen Grund dafür gab.

„Willst du dem Oberkommissar nichts zu trinken anbieten?"

„Nur Polizeihauptwachtmeister", verbesserte er den Mann. Danke, ich brauche nichts." Prodendorf musste sich zusammennehmen, nichts Unangemessenes zu sagen. Scheffler stand direkt vor dem Sideboard. Er hätte nur den Arm auszustrecken brauchen, um die Flasche und das Glas zu erreichen, während es für seine Frau viel umständlicher gewesen wäre, hinter dem Tisch hervorzukommen und den halben Raum zu durchqueren. Aber es ging gerade nicht um die zweite Frau Scheffler, sondern um die verschwundene Tochter. Dennoch, er machte sich mental eine Notiz.

„Ich würde mir gern das Zimmer ansehen, in dem Ihre Tochter während ihres Aufenthaltes bei Ihnen geschlafen hat. Keine Sorge, ich werde nichts anfassen, bevor die Spurensicherung da war. Frau Scheffler, sollte es klingeln lassen Sie doch bitte meine Kollegen herein.“

„Kommen Sie mit. Und du tu, was der Herr *Polizeihauptwachtmeister* gesagt hat.“

Scheffler wirkte angespannt und gereizt. Nachdem er den oberen Knopf seines Hemdes geöffnet hatte, traten Adern hervor und er holte tief Luft. Es war nachvollziehbar, dass er sich um seine Tochter sorgte, es an seiner Frau auszulassen war allerdings kein feiner Zug.

Prodendorf warf einen Blick in das Zimmer, in dem die Tochter ihre Ferien verbracht hatte. Es war modern eingerichtet, wenn auch unpersönlich und recht spartanisch. Es fehlte die persönliche Note. Es waren keine Poster an den Wänden, es lagen keine Sachen herum, alles war einen Tick zu ordentlich. Als hätte sich das Mädchen nicht getraut, Unordnung zu machen. Das in Kombination mit dem Verhalten ihres Vaters gegenüber seiner Frau deutete auf zwei sehr unterschiedliche Möglichkeiten hin, beide nicht sehr schmeichelhaft für Herrn Scheffler. Prodendorf würde das mit seiner Kollegin besprechen. Er machte sich eine Notiz. Das Bett sah unbenutzt aus. Hieß das, das Mädchen hatte gar nicht darin geschlafen letzte Nacht, oder hatte jemand das Bett gemacht? Wenn das der Fall war, wäre es genauso gut möglich, dass Beweismittel verschwunden waren. Auch das würde er ansprechen.

Nachdem er alles gesehen hatte, was es ohne eine richtige Durchsuchung zu sehen gab – und eine solche kam nicht infrage, bevor die Spurensicherung ihm grünes Licht gab –, wandte sich Prodendorf an Herrn Scheffler: „Ich muss auch noch mit ihrer Frau sprechen, es geht um den gestrigen Tag. Meine Kollegin deutete das vorhin auf dem Revier ja schon an.“

„Ja, ja, ich weiß."

Sie gingen ins Wohnzimmer zurück.

„Haben Sie heute an dem Zimmer etwas verändert, oder sogar die Fenster geputzt?", fragte er Frau Scheffler.

„Nein, mein Mann wollte das nicht."

„Das war gut so. Vielleicht findet die Spurensicherung etwas Brauchbares. Frau Scheffler. Sie waren gestern allein mit der Tochter Ihres Mannes, bevor er nach Hause kam, richtig? Was haben Sie tagsüber gemacht? War das Mädchen zwischendurch mal allein, oder gingen Sie irgendwo gemeinsam hin?"

Sie sah zu ihrem Mann.

„Jetzt spuck's schon aus und antworte dem Oberkommissar." Prodendorf beschloss, Herrn Scheffler nicht noch einmal zu korrigieren.

Anstelle seiner Frau antwortete er auf die Frage: „Sie sollte auf meine Tochter aufpassen und was machte sie! Sie arbeitete von 7 Uhr bis 11 Uhr außer Haus. Sie hätte auch den ganzen Tag über dort gearbeitet, wenn ich sie nicht angerufen hätte. Unverantwortlich. Ich hatte ihr aufgetragen, auf meine Tochter aufzupassen und was macht sie? Pfeift einfach drauf."

„Nun, ihre Tochter ist kein Kleinkind mehr, Herr Scheffler. Sie muss nicht rund um die Uhr beaufsichtigt werden. Ihre Frau hätte nicht ahnen können, was passieren würde." Ihm tat die Frau leid. „Jetzt ist es wichtig, das Mädchen zu finden. Sie sollten zusammenhalten in dieser schweren Zeit. Sie werden einander brauchen."

Er hatte sich nicht verkneifen können, das zu sagen, und wunderte sich, dass Scheffler die Kritik stumm hinnahm.

Es läutete. Das Spurensicherungsteam stand vor der Tür. Als sich niemand bewegte, übernahm es Prodendorf, die Tür zu öffnen und wenige Minuten später nahm das Team seine Arbeit auf.

~~~ ~~~ ~~~

Sophie

Als Sophie langsam zu sich kam, war nichts, wie es sein sollte. Einfach alles war falsch. Es roch falsch, das Bett, auf dem sie lag, fühlte sich falsch an und hart. Sie konnte sich nicht bewegen. *Warum?*, fragte sie sich. Aber die höllischen Kopfschmerzen lenkten sie umgehend von dieser Frage ab. Warum fühlte sich ihr Kopf an, als wäre er in zwei Teile gespalten worden? So schlimme Kopfschmerzen hatte sie noch nie gehabt! Keuchend versuchte Sophie den Schmerz wegzuatmen, so wie es ihr ihre Mutter beigebracht hatte, wenn sie Krämpfe hatte. *Atmen, einfach atmen, Sophie, du kannst das.*

Als der Schmerz endlich ein wenig nachließ, wollte sich Sophie umsehen, aber es ging nicht. Sie konnte ihre Augen nicht öffnen. Sofort machte sich Panik in ihr breit. Warum konnte sie ihre Augen nicht öffnen? Oder waren sie offen und sie plötzlich blind? Sophie wollte sich ins Gesicht fassen, um herauszufinden, ob ihr vielleicht eine Augenbinde angelegt worden war, aber ihre Bewegung wurde mit einem heftigen Ruck gestoppt. Noch einmal versuchte sie, ihre Arme zu bewegen, aber wieder ging es nicht. *Gefesselt*, schoss es ihr durch den Kopf. Sie war gefesselt worden. Aber warum? Und von wem? Da fiel es ihr wieder ein: Jürgen, die Hütte. Er hatte sie geschlagen. Er war kein guter Mann. Was hatte er mit ihr vor? Wo war er überhaupt? Befanden sie sich noch in der Hütte? Wie lange war sie bewusstlos gewesen? Immer mehr Fragen jagten durch ihren schmerzenden Kopf, aber Sophie wusste, dass sie keine Antwort bekommen würde.

„Jürgen? Bist du da? Warum machst du das? Jürgen! Jürgen, bitte, bitte lass mich raus! Jürgen!"

War es Tag oder Nacht? Langsam wurde ihre Sicht etwas besser. Also war sie doch nicht blind und hatte auch keine Augenbinde auf. Aber warum sah sie nur verschwommene Umrisse? Alles sah so bedrohlich aus. Wie Geister. Dunkle Gestalten. Oder bildete sie sich das nur ein? Die Panik ergriff wieder Besitz von Sophie. *Ich will nicht hier sein, ich will hier weg! Hier findet mich doch keiner!* Ihr wurde schlecht. *Oh Gott, wenn ich mich jetzt übergebe ... ich kann den Kopf nicht weit genug zur Seite drehen, dann läuft es mir in den Mund zurück und ich ersticke daran!* Sophie erinnerte sich daran, wie sie das in der Aktionswoche zum Thema Alkohol und Drogen gelernt hatten. Tränen rannen ihr über die Wangen. *Lieber Gott, hilf mir, lass nicht zu, dass ich verhungere oder verdurste.* Abwechselnd weinte und schrie Sophie, bis ihr Hals ganz rau war und ihre Stimme heiser.

Sophie bereute es, Jürgen getroffen zu haben. Sie bereute es, je mit ihm gesprochen zu haben. Dass sie ihm vertraut hatte. Gott, sie war so dumm. Warum hatte sie nicht auf ihre Mutter gehört? Oh nein, ihre Mutter! Sie war bestimmt ganz krank vor Sorge! Und das war alles ihre Schuld. *Mama, es tut mir leid!*

Sie hatte Jürgen vor ihrer Schule kennengelernt. Sie war spät dran gewesen, weil sie ihren Turnbeutel hatte liegen lassen. Mama schimpfte immer, wenn ihr das passierte. Aber Sophie machte das ja nicht mit Absicht! Jeder vergaß mal was. Das war normal.

Sophie war die letzte in der Schule gewesen und Jürgen hatte draußen gestanden und offensichtlich auf jemanden gewartet. Sie wusste, dass sie nicht mit ihm hätte sprechen dürfen, aber er sah so gut aus, also hatte sie sich getraut. Er hatte sie gefragt, ob noch jemand in der Schule wäre, er wollte seinen Neffen abholen, der in die 5. Klasse ging. *Hatte er überhaupt einen Neffen*, fragte sich Sophie jetzt, *oder war das alles von Anfang an geplant gewesen? Hatte er sie von diesem Moment an belogen?* Er war so freundlich gewesen. Sophie hatte den Bus verpasst und er ihr angeboten, sie nach Hause zu fahren, damit sie nicht bei dem Mistwetter laufen oder auf den nächsten warten musste. ‚Jemand, der sich Zeit nahm, seinen Neffen abzuholen, konnte kein schlechter Mensch sein', hatte sie damals gedacht. *Wäre ich doch bloß nicht in sein Auto gestiegen! Gott, ich war so bescheuert!*

Ein Geräusch riss Sophie in die Gegenwart zurück. Jemand war da draußen und macht sich an der Tür zu schaffen. War er das? *Lieber Gott, mach, dass er es ist!* Sie hörte Stimmen. Von einem Mann und einer Frau. Das war nicht Jürgen. Hatte er jemand geschickt, um sie zu befreien?

Die Tür ging auf und Sophie hielt die Luft an. Helligkeit strömte in den Raum.

„Du wartest draußen und rührst dich nicht vom Fleck."

Der Mann, der noch immer in der Tür stand, richtete diese Worte an eine Frau, die Sophie nicht sehen konnte. Er hatte eine kräftige, laute Stimme, die ihr Angst machte. Die Frau antwortete so leise, dass sie sie nicht verstehen konnte. Die Tatsache, dass eine Frau in der Nähe war, machte Sophie irgendwie Hoffnung darauf, dass doch noch alles gut werden würde. Kurze Zeit später schnauzte der Mann die Frau an, dass sie draußen zu bleiben hatte und schloss die Tür hinter sich. Er ging direkt zum Fenster und schob den Rollo hoch. Der Mann tat so, als wäre Sophie nicht da. Sophie wusste nicht, ob ihr das mehr oder weniger Angst vor ihm machte. Er war hässlich und hatte einen bösen Blick. Der Mann war alt, dick wie ein Fass, trug einen zerzausten Bart und sein Anblick allein verpasste ihr eine Gänsehaut. Seine Jacke war schmuddelig, voller Flecken. Er drehte sich zu ihr um.

„Hast du gut geschlafen? Freust du dich, mich zu sehen?"

Er grinste und machte sich über sie lustig. Ihr war sofort klar, dass der Mann es alles andere als gut mit ihr meinte. Aber warum war er hier?

„Ich muss dringend auf die Toilette und habe solchen Durst. Bitte machen Sie mich los, ich muss echt dringend."

Der Mann kam näher und beugt sich über Sophie. Sie sah dieses hässliche Lächeln, als er den Mund aufmacht. Noch schlimmer waren die vorstehenden gelben Zähne mit den Lücken. Einfach alles an diesem Mann widerte sie an. Sein Mundgeruch ließ sie beinahe würgen. Er fummelte an den Fesseln herum und kam ihr dabei immer näher. Sophie presste die Lippen aufeinander und versuchte, nicht zu atmen. Endlich wich er ein Stück zurück. Sie setzte sich mit einiger Mühe auf und bewegte vorsichtig ihre Muskeln. Eine Bewegung zog ihre Aufmerksamkeit wieder auf den Mann. Er schüttete etwas auf den Boden und kam mit einem Eimer zurück, den er mitten in der Hütte auf den Boden stellte.

„Mach schon!"

Sophie wurde jetzt richtig schlecht. Oh Gott, er wollte, dass sie vor ihm in diesen Eimer pinkelte! War er irgendein Perverser? So einer, vor denen sie ihre Mutter immer warnte? Sein böser Blick blieb auf sie gerichtet und da fiel Sophie wieder ein, was sie trug: diese viel zu knappen Klamotten. Ja, eindeutig, der Mann war ein Perverser, kein normaler Mensch würde einem anderen beim Pinkeln zusehen wollen und schon gar nicht unter diesen Umständen. Der Mann war böse und Sophie hoffte inständig, dass er ihr nichts tat.

Sie erhob sich. Ihre Arme und Beine waren taub. Vorsichtig bewegte sie sich in Richtung des Eimers. Ein kleiner Teil von ihr hoffte, dass der Mann sich umdrehen oder wenigstens aufhören würde, so gruselig zu grinsen. Aber er blieb stur stehen und grinst die ganze Zeit. Es machte ihm Spaß, sie so hilflos zu sehen.

„Bitte, drehen Sie sich doch wenigstens herum."

„Wozu? Entweder du machst jetzt, oder ich bring den Eimer wieder weg."

Sophie konnte nicht mehr warten. Kurzentschlossen drehte sie ihm den Rücken zu und setzte sich auf den Eimer. Die ganze Zeit hatte sie panische Angst, dass er sie von hinten packen könnte oder Schlimmeres. Sie beeilte sich und stand schnell wieder auf. Der Mann nahm den Eimer und brachte ihn nach draußen. Er sprach mit der Frau. Warum ließ er sie nicht rein? Sophie würde sich mit ihr so viel wohler fühlen. Dumpf hörte sie Stimmen, dann schrie der Mann wieder los und drohte der Frau sogar.

Sie beschloss nicht zuzuhören, sie hatte schließlich schon genug Angst. Sophie bemühte sich, ihre Muskeln zu lockern und die Taubheit zu vertreiben. Sie machte eine Bestandsaufnahme ihres Körpers, versuchte herauszufinden, ob ihr, während sie bewusstlos gewesen war, vielleicht etwas angetan worden war. Sophie tastete ihr Gesicht ab. Es fühlte sich geschwollen an und wenn sie leicht drückte, tat es weh.

Je länger sie sich bewegte, desto deutlicher wurde ein anderes Bedürfnis ihres Körpers.

„Wasser, bitte geben Sie mir Wasser, ich habe so schrecklichen Durst!"

Sophie hatte ihren ganzen Mut zusammengenommen, um die Worte laut zu rufen. Zwar wollte sie auf keinen Fall, dass der Mann zurückkam, aber ihr war auch klar, dass er der Einzige war, der ihr Wasser geben konnte. Ihr Mund war furchtbar trocken und ihr Hals brannte schon richtig. Wie lange konnte ein Mensch noch mal ohne Wasser überleben? Verdammt, hätte sie doch nur besser in der Schule aufgepasst, dann wüsste sie das jetzt. Aber andererseits, was würde ihr dieses Wissen bringen, abgesehen davon, die Panik zu verstärken?

Sophie hatte Angst, hatte Schmerzen und wollte einfach nur nach Hause zu ihrer Mutter. Sie würde nie, nie, nie wieder so etwas Dummes tun. *Bitte Gott, ich habe meine Lektion gelernt, jetzt lass mich bitte von jemandem gerettet werden!*

Sie hörte die Schritte des Mannes – er kam zurück! Kaum ist er im Raum, schon knallt er die Tür zu. Was hatte er vor? Würde er ihr wehtun? Sophie zitterte vor Angst wie verrückt. Sie eilte zurück zur Liege, dort fühlte sie sich ein klein wenig sicherer, auch wenn sie selbst nicht wusste, weshalb.

Der Mann nahm eine Wasserflasche aus seinem Rucksack und stellte sie vor Sophie auf den Boden. Sofort schnellte ihr Arm nach vorne und schnappte sich die Flasche. Nach mehreren Versuchen bekam sie sie auf und dann endlich … Wasser floss in ihren ausgetrockneten Mund und obwohl es weder kalt noch irgendwie besonders war, schmeckte es besser als je zuvor. So einen Durst hatte Sophie noch nie gehabt. Gierig trank sie und trank und trank. Dann schließlich stellte sie die Flasche auf den Tisch zurück, sie war fast leer. Das Wasser gluckert in ihrem Bauch. Der Mann packt die Flasche und steckt sie in den Rucksack zurück. Hätte Sophie das gewusst, hätte sie sie nicht aus der Hand gegeben. Wie lange würde es wohl dauern, bis er sie ihr zurückgab? Da legte der Mann ein in eine Serviette eingewickeltes Etwas auf den Tisch. Ein Brötchen schaute heraus. Die Serviette war zerknautscht. Bestimmt war sie öfter benutzt worden. Wie ekelig!

„Iss endlich, ich habe nicht ewig Zeit. Wenn du dich nicht beeilst, musst du eben hungern."

Wenn sie das Brötchen jetzt essen würde, käme es gleich wieder raus. Wenn sie es aber nicht tat, wusste Sophie nicht, wann sie das nächste Mal etwas bekommen würde. Wenigstens wusste sie jetzt, dass er es eilig hatte und sie nicht anfassen würde.

„Hat Jürgen Sie hierher geschickt? Was soll das hier? Bitte sagen Sie es mir."

„Ich soll dir nur was zu essen bringen. Ich kenne keinen Jürgen."

„Aber wenn Sie mir was zu essen bringen sollen, dann haben Sie doch mit ihm gesprochen?"

„Wer mir was gesagt hat, geht dich gar nix an."

„Wann kann ich wieder nach Hause?" Der Mann redete nicht mehr mit ihr, dabei hätte Sophie noch so viele Fragen.

Ich muss hier raus. Ich will nach Hause! Ich muss es einfach versuchen. Sophie setzte alles auf eine Karte und rannte los. Leider dauerte es nicht lange, bis sie den Mann hinter sich keuchen hörte und wenig später packte seine Hand ihren Arm und schleifte sie zurück zur Liege.

„Du undankbares Miststück!"

Während er schimpfte, schubste er Sophie unsanft auf die Liege und band sie wieder fest.

„Nein, nein, nein!", bettelte Sophie. Doch der Mann war eiskalt. Er ließ den Rollo herunter und marschierte zur Tür.

„Ihr scheiß Weiber seid alle gleich", spuckte er aus, bevor er die Tür zuknallte und abschloss.

„Bitte nicht! Lassen Sie mich gehen! Ich will nach Hause!", brüllte sie verzweifelt, aber sie wusste, dass es nichts brachte. Der Mann würde ihr nicht helfen.

12

Klara schrak auf, als ihr Handy klingelte. Sie hielt es in der Hand und als sie sah, wer sie anrief, nahm sie den Anruf sofort an. „Endlich erreiche ich dich", sagte Pascal. „Ich weiß es von Charlotte. Das muss ein Albtraum für dich sein. Kann ich irgendetwas tun?"

„Es tut so gut, deine Stimme zu hören. Die ganze Sache überfordert mich total. Die zuständige Kommissarin war hier und hat sich Sophies Zimmer angesehen, aber sie hat nichts gefunden, was groß weiterhelfen würde. Pascal, es macht mich fertig, dass sie bei diesem gestörten Typen ist. Ich mache mir so schreckliche Sorgen um sie."

„Hat der Detektiv nichts mitbekommen? Hat er sie aus den Augen verloren? Oder was ist da los?"

„Das ist es ja gerade. Er ist auch verschwunden." Während Pascal scharf einatmete, erklang die Türglocke. „Warte Pascal, es klingelt an der Haustüre, vielleicht ist das ja die Polizei. Bleib bitte kurz dran."

Aber es war nicht die Polizei, sondern Charlotte. Diese fiel ihr gleich um den Hals und drückte ihre Freundin fest an sich. „Es tut mir so leid. Wir sind alle entsetzt. Darf ich reinkommen?"

„Charlotte ist hier. Warte kurz", sagte sie zu Pascal.

„Natürlich darfst du das. Geh schon mal ins Wohnzimmer, ich komme gleich nach."

„Da bin ich wieder Pascal."

„Gut, dass Charlotte bei dir ist. Du solltest jetzt nicht allein sein. Aber sag mal, was war das mit dem Detektiv – verschwunden, sagtest du?"

„Ja, er meldet sich nicht mehr. Niemand weiß, wo er steckt. Die Polizei sucht jetzt auch nach ihm. Ich komme mir vor wie in einem Krimi."

„Ich will dir keine Angst machen, aber das gefällt mir nicht. Wenn es dir recht ist, komm ich nachher zu dir und bleibe über Nacht."

„Das wäre wahnsinnig lieb von dir. Aber bist du dir sicher? Ich will dir keine Umstände machen."

„Das sind keine Umstände. Ich würde hier eh nur verrückt werden vor Sorge um dich und Sophie. Dann kann ich genauso gut zu dir fahren und sicherstellen, dass wenigstens du in Sicherheit bist."

Klara stiegen die Tränen in die Augen. „Danke. Das weiß ich wirklich zu schätzen, du hast keine Ahnung wie sehr. Ich melde mich, sobald sich Charlotte verabschiedet hat." Und mit diesen Worten legte sie auf,

Dass sich ein Mann ihretwegen solche Umstände machte, war sie nicht gewohnt. Überhaupt war sie es nicht gewohnt, dass sich jemand um sie kümmerte oder sorgte. Das war ein schönes Gefühl und Klara merkte, wie sie ein klitzekleines bisschen ruhiger wurde. Ein Teil von ihr hatte sich Sorgen gemacht, dass ihr Drama Pascal zu viel werden könnte. Aber anstatt überfordert abzuhauen, bot er ihr sogar noch seine Hilfe an. Sie konnte nicht in Worte fassen, wie viel ihr das bedeutete.

Apropos Männer. Von Ulrich hätte sie erwartet, dass er zumindest mal bei ihr vorbeikam, oder sich wenigstens telefonisch meldete. Doch den ganzen Tag über hatte sie kein einziges Wort von ihm gehört. Dabei ging es doch um ihre gemeinsame Tochter! Wenigstens in so einer Notlage sollten sie zusammenhalten!

Klara ging zu Charlotte ins Wohnzimmer. Sie zog ein Papiertaschentuch aus der Packung und tupfte sich damit die Augen ab. Seit gestern hatte sie ziemlich viele Taschentücher verbraucht.

„War er es?", fragte Charlotte.

„Ja, er kommt später noch vorbei und bleibt über Nacht."

„Da bin ich erleichtert. Pascal war total schockiert, als ich ihm heute Morgen von Sophies Verschwinden erzählt habe. Er ist ein anständiger Kerl, und obwohl das Timing echt blöd ist, freue ich mich für dich, dass du ihn jetzt in deinem Leben hast. Die Polizei wird diesen Dreckskerl schon finden und Sophie ist bestimmt bald wieder zu Hause. Was sagt denn dein Detektiv dazu? Oder sind die beiden ihm entwischt? Wundern würd's mich nicht."

„Seit unserem letzten Gespräch hat keiner mehr etwas von ihm gehört."

„Ehrlich? Vielleicht hatte er einen Unfall und liegt im Krankenhaus, oder …"

„Ja, das ist genau das, was mir Angst macht. Die Kommissarin meinte, sie würde die Krankenhäuser abtelefonieren. Er ist so ein netter Mann. Schlägt sich für uns die Nacht um die Ohren. Wenn ich daran denke, dass ihm etwas passiert ist, nur weil ich ihn um Hilfe gebeten habe … ich fühle mich schuldig. Hoffentlich meldet er sich bald."

„Wenn ihm etwas passiert ist, und ich sage nicht, dass es so ist, dann ist das nicht deine Schuld. Es ist sein Job, nach Leuten zu suchen, sie zu beschatten. Wer weiß, es könnte auch sein, dass es um einen anderen Fall geht, oder dass es eine ganz harmlose Erklärung gibt."

Typisch Charlotte, dachte Klara.

Klara wurde die Sorgen und Schuldgefühle einfach nicht los. Immer wieder schaute sie auf ihr Handy. „Ich drehe noch durch, wenn sich die Polizei nicht bald meldet. Wenn ich bis morgen nichts höre, komme ich arbeiten. Ich muss hier raus! Der Gedanke, dass Sophie ganz allein ist mit diesem Mistkerl und er ihr Gott weiß, was antut …"

„Das weißt du nicht. Vielleicht ist alles nicht so schlimm, wie du denkst. Vielleicht hält er Sophie nicht fest und sie hat ihn bald satt und taucht von allein wieder auf."

„Er hat Vorstrafen, Charlotte."

Charlotte stand auf und umarmte Klara ein zweites Mal. „Glaub mir, sie werden sie finden. Jetzt kommt ihr zugute, dass sie sich nie etwas gefallen ließ. Sophie ist nicht auf den Mund gefallen und mutig. Und die Polizei hat doch immer wieder mit solchen Fällen zu tun. Denkst du wirklich dieser Jürgen ist so ein kriminelles Superhirn, dass die ihn nicht finden?"

Obwohl Klara ihre Zweifel nicht ganz abschütteln konnte, musste sie doch zugeben, dass Charlotte nicht ganz unrecht hatte. Sie musste der Polizei vertrauen, sie musste daran glauben, dass sie ihre Tochter finden würden. Ach Charlotte, sie war ein unersetzlicher Schatz. Sie kannten sich schon so lange und waren noch immer beste Freundinnen. Wen Charlotte einmal ins Herz geschlossen hatte, der blieb für immer da drin.

13

SAMSTAG, 05.11.

Polizeihauptmeister Walter Prodendorf war unterwegs zur „Casa Neutral"-Bar. Seit Stunden regnete es ununterbrochen. Sein Scheibenwischer war auf die höchste Stufe gestellt, und trotzdem kam er kaum gegen die Wassermassen an und Prodendorf hatte Mühe, etwas durch die Scheibe zu erkennen. Einzelne Autofahrer rauschten rücksichtslos an ihm vorbei, mitten durch die Wasserpfütze, die dann an sein Auto klatschten und die Sicht noch weiter beeinträchtigten.

Drei Fotos steckten in seiner Jackentasche. Eines von Peters, eines von Eulenbach und eines von Sophie. Er machte sich wirklich Sorgen um das Mädchen und Eulenbach. Zu Hause war der Detektiv nicht anzutreffen gewesen. Seine Haushälterin hatte ihn hereingelassen. Sie war sehr verzweifelt, weil Eulenbach sich seit zwei Tagen nicht gemeldet hatte. Ihrer Aussage nach war das noch nie vorgekommen. Auf die Frage, ob er sich in seinem Büro kurz umschauen dürfte, hatte sie zunächst zögerlich reagiert, es schließlich jedoch erlaubt. Da er noch nicht lange verschwunden war, waren ihnen teilweise die Hände gebunden. Sie durften nicht in das Grundrecht der Privatsphäre eingreifen, solange ihn niemand als vermisst gemeldet hatte und nicht bewiesen war, dass der Vermisste sich in einer Notlage befand. Er könnte bei Verwandten sein oder kurz entschlossen ein paar Tage Urlaub machen. Unrealistisch natürlich, aber so waren eben die Vorschriften.

Prodendorf hatte sich die Adressen dem Detektiv nahestehender Menschen notiert sowie die Adressen derer, die Eulenbach zuletzt bedroht hatten. Natürlich würden sie die Ermittlungen ausdehnen, sobald ihn seine Haushälterin offiziell als vermisst gemeldet hatte. Er legte es der aufgelösten Frau nahe, sich noch heute darum zu kümmern. Wenn der Detektiv nicht bis morgen wieder aufgetaucht war, würden sie sich an die Presse wenden, immerhin bestand die Möglichkeit, dass sein Verschwinden etwas mit dem Fall Sophie zu tun hatte. Ihm war klar, dass sich die Presse auf diese Story stürzen würde und ausnahmsweise war es genau das, was er wollte.

Der Polizist parkte vor der Bar. Er musste einige Meter durch den Regen rennen, bis er unter dem Vordach des Gebäudes stand und dort etwas Schutz fand. Stimmengemurmel und Musik schallten ihm entgegen. Bevor Prodendorf die Hand nach der Tür ausstrecken konnte, flog diese auf und ein Mann wurde mit einem kräftigen Stoß nach draußen befördert. Er landete mit einem dumpfen „Uff" in einer der vielen Pfützen.

„Lass dich nie wieder hier blicken!", drohte ihm ein Muskelpaket von Mann, begleitet von einer eindeutigen Geste.

Mental machte sich der Polizist eine Notiz, dass er hier wohl noch vorsichtiger würde vorgehen müssen, als gedacht.

„Willste rein oder warteste auf jemand?", fragte ihn der stämmige Mann. Er klang noch immer verärgert und bewegte sich langsam auf ihn zu.

„Ich bin von der Polizei.", sagte Prodendorf schnell. Er zeigte seinen Ausweis. „Was ist Ihre Aufgabe hier?" Er konnte sich schon denken, dass dieser Riese der Türsteher Schrägstrich Rausschmeißer war.

„Ich bin hier für Recht und Ordnung zuständig. Aber warum willste das wissen? Darfste mich das überhaupt fragn?"

„Ich bin sogar berechtigt, Sie mit zur Wache zu nehmen, damit Sie dort meine Fragen beantworten, sollten Sie sich weigern zu kooperieren. Das liegt ganz bei Ihnen."

„Is ja schon gut! Zu wem willste überhaupt? Sicher nich zu mir."

„Zuerst will ich mit Ihrem Chef sprechen. Später dann mit Ihnen. Bringen Sie mich jetzt aber bitte erst einmal zu Ihrem Chef."

„Der is im Büro. Komm mit."

Die Bar war gut besucht. Abgedunkeltes Licht, leicht bekleidete Mädchen versorgten die Gäste mit Getränken. Kleine Gläschen mit Hochprozentigem standen auf ihren Tabletts. Sie flirteten ungeniert mit den Gästen. Wenn er sich vorstellte, dass sich hier ein fünfzehnjähriges Mädchen aufgehalten hatte, stieg Zorn in ihm auf. Ein Kind hatte zwischen Alkohol und abenteuerbereiten Männern nichts zu suchen. Sie grapschten alles an, was an ihnen vorbeiging. Die Frauen, die hier arbeiteten, ließen das mehr oder weniger freiwillig über sich ergehen. Vermutlich sollten sie die Männer mit ihren kurzen Outfits zum Trinken animieren. Mental machte er sich eine Notiz, um mit einem Kollegen darüber zu sprechen. So wie manch eine der Frauen schaute, wäre sie überall lieber als hier. Eventuell waren sie nicht ganz so freiwillig hier, wie es wirken sollte.

Prodendorf war stehen geblieben und seine Augen glitten durch den Raum. Eine Stimme hinter ihm schreckte ihn auf.

„Komm. Chef wartet nich gern."

Clausen, der Barbesitzer kam ihm entgegen. „Folgen Sie mir. Was gibt's denn so Dringendes?"

Prodendorf holte die Fotos aus seiner Tasche und zeigte sie ihm.

„Kommt ihnen einer von den dreien bekannt vor? Alle drei hielten sich in Ihrer Bar auf, das ist bewiesen."

Clausen blickte zunächst nur oberflächlich auf die Fotos. Doch als der Polizist ihn aufforderte, genauer hinzusehen, betrachtete er sie eine Weile schweigend.

„Ja, der ist öfter hier, und sie war mal mit dabei. Aber nur ein, zwei Mal."

„Sie ist erst fünfzehn und noch ein Kind. Sie war bis halb eins hier und es gibt Zeugen, die sie Alkohol trinken sahen – dass das illegal ist, muss ich Ihnen, glaube ich, nicht extra erklären."

„Wissen Sie, was hier manchmal los ist? Ich kann ja wohl schlecht jeden einzelnen hier im Auge behalten. Normalerweise lässt mein Türsteher keine Jugendlichen rein. Er muss sie übersehen haben."

„Das wird rechtliche Konsequenzen für Sie haben. Kennen Sie ihren Begleiter Jürgen Peters näher? Er wurde beim Betreten Ihrer Privaträume gesehen."

„Das kann nicht sein. Und wenn, hat er sich verlaufen. Ich kenne den Mann nicht. Und will meine Gäste auch nicht näher kennenlernen. Dafür hab ich keine Zeit."

„Klar, diese Antwort habe ich erwartet. Jetzt hören Sie mir mal gut zu: Das Mädchen ist minderjährig und die beiden sind verschwunden. Möglich, dass er sie entführt hat. Wenn Sie uns nicht die Wahrheit sagen und dem Mädchen was passiert, sind Sie mitverantwortlich. Übrigens: Uns wurde gesteckt, dass sich hier öfter junge Mädchen aufhalten."

„Wer behauptet das?"

„Zuverlässige Zeugen. Irgendwann fliegt so was immer auf. Ab sofort wird die Polizei ihren Laden genau im Auge behalten. Wir wissen, dass dieser Mann ebenfalls zuletzt in Ihrer Bar gesehen wurde, auch er ist verschwunden. Ich gehe davon aus, dass sie auch dieses Mal keine Ahnung haben?"

Der Polizeihauptmeister hielt ihm das Foto von Eulenbach vor die Nase.

„Sie irren sich nicht. Ja, der war mal hier und stellte Fragen. So was mögen meine Gäste nicht, also hab ich ihm Hausverbot verpasst."

„Ach, wie rücksichtsvoll. Dafür nehmen Sie sich also Zeit. Doch sich um junge Mädchen zu kümmern und sie von ihren Eltern abholen zu lassen, würde zu viel Arbeit machen. Sie können in den nächsten Tagen mit Besuch meiner Kollegen rechnen."

„Hören Sie, was mit dem Mann passiert ist, nachdem wir ihn hinausgeworfen haben, weiß ich wirklich nicht. Ich musste mich um meine Gäste kümmern. Und das Mädchen und ihren Begleiter habe ich auch nicht mehr gesehen."

„Sie werden von mir hören."

14

MONTAG, 07.11.

„Ich halte es hier nicht aus", sagte Klara beim Frühstück zu Pascal. Kann ich mit dir in die Praxis fahren? Bei der Arbeit müsste ich nicht ununterbrochen an Sophie denken."

„Bist du dir sicher?"

„Ja, die Arbeit lenkt mich ab. Hier zu Hause drehe ich durch. Dieses sinnlose Warten macht mich verrückt."

„Na gut, ich nehme dich mit, aber bitte, wenn es dir zu viel wird, sag es mir. Du kannst jederzeit gehen."

„Ich verspreche es dir. Wenn es mir zu viel wird, gehe ich nach Hause."

Als Klara und Pascal an der Praxis ankamen, sahen sie ein Stück abseits Herr und Frau Reuter stehen. Als er sie entdeckte, packte er seine Frau am Arm und zog sie mit sich. Dabei redete er ohne Unterbrechung auf sie ein. Für Klara sah es so aus, als ob er verhindern wollte, dass jemand das Gespräch zwischen ihm und seiner Frau belauschte. Frau Reuter war der Widerwillen anzusehen, dennoch fügte sie sich. Sofort bekam Klara eine Gänsehaut.

„Ich kann mir nicht helfen, mir ist er einfach unheimlich", sagte Klara. „Irgendetwas stimmt da nicht."

„Ich kenne ihn nicht so gut. Er ist ein Patient von Friedrich, ich habe ihn nur zwei Mal gesehen, als ich ihn vertreten habe. Aber ich gebe zu, mir ist er auch unangenehm aufgefallen."

Sie gingen in die Praxis und das Ehepaar Reuter folgte ihnen mit einigem Abstand. Reuter hatte seine Frau immer noch am Arm gepackt. Sie hatte Mühe, ihm zu folgen.

„Lass mich los, du tust mir weh. Das gibt noch mehr blaue Flecken."

„Ach halt die Klappe, seit zwei Wochen habe ich dich nicht mehr angefasst. Und hör mit dem Gejammer auf, das hält ja keiner aus."

Sie waren im Wartezimmer angekommen. Doch einen freien Stuhl suchte Reuter vergebens. Das allein sorgte schon dafür, dass er das Gesicht verzog und ein paar ausländerfeindliche Kommentare losließ. Und je mehr Patienten vor ihm aufgerufen wurden, desto lauter und unflätiger wurden die Kommentare.

„Die lassen uns absichtlich warten! Typisch Deutschland, einfach zum Kotzen. Als normaler Bürger ist man einfach nix mehr wert. Aber nicht mit mir! Ärzte gibt es wie Sand am Meer. Wir warten noch zehn Minuten, wenn wir dann nicht dran kommen, gehen wir."

Während Reuter seinen Unmut lautstark zum Besten gab, verstummten die wartenden Patienten, blickten diskret zu dem Störenfried hinüber, doch statt seine Lautstärke zu drosseln, hob er sie an. Er schien gezielt nach Unterstützern zu suchen und gleichzeitig auf der Suche nach Sündenböcken zu sein. Frau Reuter war das Benehmen ihres Mannes sichtlich peinlich. Sie schaute beschämt zu Boden, und als sie kurz darauf aufgerufen wurde, war sie froh, der Situation entfliehen zu können.

„Frau Reuter, bitte!"

Sie erhob sich. Es bereitete ihr Schmerzen, das war ihr deutlich anzusehen. Vorsichtig schleppte sie sich durch das Wartezimmer zur Tür.

„Denk dran, keine Mätzchen. Ich bin hinter dir."

Frau Reuter stand vor der Theke. Sie presste ihre Hände feste gegen die Kante, damit sie nicht mehr so zitterten und der Mut sie nicht verließ. Du schaffst das, redete sie sich selbst gedanklich gut zu.

Klara sprach sie an.

„Da sind Sie ja, Frau Reuter. Gut, dass Sie sich endlich entschlossen haben, herzukommen. Sind Sie nüchtern?"

„Ja, wie immer bei einer Blutuntersuchung."

„Ich darf doch sicher meine Frau ins Untersuchungszimmer begleiten? Sie braucht meine Unterstützung."

Er stand so dicht hinter ihr, dass Klara dachte, seine Frau müsse seinen Atem im Nacken spüren. Frau Reuter sah Klara hilfesuchend an. Ihre Miene war ein einziger Hilfeschrei.

Klara erinnerte sich an die anderen Male, als Frau Reuter hier gewesen war. Immer hatte sich ihr Mann ähnlich verhalten. War ihr Mann bloß besorgt oder ein Kontrollfreak? Doch der Blick seiner Frau sagte alles. Sie sah verängstigt, fast schon panisch aus. Irgendetwas stimmte nicht und heute würde Klara der Sache auf den Grund gehen. Wenn Frau Reuter wirklich Hilfe brauchte, würde sie dafür sorgen, dass sie sie bekam.

„Ihre Frau muss zunächst ins Labor, zur Blutabnahme. Dorthin können Sie Ihre Frau leider nicht begleiten. Sie müssen so lange im Aufenthaltsraum warten."

„So ein Schwachsinn! Ich begleite meine Frau überall hin. Sie will es so und das war früher auch nie ein Problem."

„Es tut mir leid, aber wegen Corona, Sie verstehen … die Regeln für uns wurden deutlich verschärft. Die paar Minuten wird ihre Frau schon ohne Sie überstehen. Nehmen Sie bitte so lange bitte im Wartezimmer Platz."

Klara wandte sich wieder Frau Reuter zu. Doch so schnell gab ihr Mann nicht auf.

„Was sind denn das für neue Vorschriften. Ich durfte sonst immer mit ihr ins Labor."

Olga wurde schon aufmerksam. Schielte immer wieder zu ihr rüber. Bevor sie sich auf seine Seite stellte und ihm Recht gab, musste sie dem Mann gegenüber deutlicher werden.

„Herr Reuter! Wenn Sie nicht sofort ins Wartezimmer gehen und aufhören, den Ablauf zu stören, rufe ich meinen Chef."

Herr Reuter starrte Klara mit einem furchterregenden Blick an. Er murmelte einige Beschimpfungen in ihre Richtung. Dann flüsterte er seiner Frau ein paar Worte ins Ohr, bevor er sich schließlich umdrehte und im Wartezimmer verschwand.

Frau Reuter nickte Klara dankend zu und Klara wusste, dass sie richtig entschieden hatte. „Den Weg ins Labor kennen Sie ja."

Kaum dass sich die Tür des Labors hinter ihr geschlossen hatte, stürmte Frau Reuter auf Charlotte zu. Sie gestikulierte mit den Armen vor ihr herum.

„Sie müssen mir unbedingt helfen, Frau Kraus! Mein Mann darf nicht wissen, dass ich mit Ihnen rede. Er sitzt im Wartezimmer. Mir bleibt nicht viel Zeit. Hans hält im Wald ein junges Mädchen gefangen. Sie ist gefesselt und kann sich nicht selbst befreien. Er bringt mich um, wenn er erfährt, dass ich Ihnen das verraten habe. Schnell geben Sie mir Zettel und Stift. Ich schreibe Ihnen auf, wo sie ist. Sie müssen sie retten."

Für einen Moment dachte Charlotte, dass sie wohl im falschen Film war, aber die Panik von Frau Reuter und die eindeutige Angst vor ihrem Mann, waren nicht gespielt. Das hier war kein Scherz, es war ernst. *Sekunde*, dachte Charlotte, deren Kopf endlich die Worte von Frau Reuter verarbeitet hatte, *ein junges Mädchen! Könnte das … nein, so viel Zufall gab es nicht. Aber was, wenn doch?* Charlotte hielt sich am Schrank fest. Ihre Knie schlotterten.

„Frau Reuter, können Sie das Mädchen beschreiben?" Und während sie auf die Antwort wartete, hielt sie den Atem an.

„Sie ist schlank und hat langes, rotes Haar."

Das klang eindeutig nach Sophie! Für einen Moment fühlte sich Charlotte wieder überfordert, aber dann übernahm das Adrenalin und klärte ihre Gedanken.

„Hören Sie zu, Frau Reuter. Ich muss sofort Dr. Schubert informieren. Sie bleiben hier drin. Hier sind Sie sicher. Ich hole schnell Hilfe, bin gleich zurück."

Charlotte faltete den Zettel zusammen und verließ das Labor. Als Klara in Sicht kam, zögerte sie kurz. Am liebsten würde sie ihr sofort erzählen, was sie gerade erfahren hatte, aber ihr war klar, dass sie zuerst sicherstellen musste, dass Sophie gerettet wurde. Sobald das erledigt war, würde sie Klara informieren. Stumm entschuldigte sie sich bei ihrer Freundin. Aber sie musste erst etwas anderes tun.

Als sie Klara erreicht hatte, beugte sie sich vor und flüsterte ihr zu: „Behalt Herrn Reuter im Auge. Lass ihn auf keinen Fall ins Labor. Ich erkläre es dir später."

Kaum war Charlotte außer Sichtweite, stand Reuter wieder vor Klara.

„Warum dauert das so lange? Ich möchte sofort zu meiner Frau!"

Klara war irritiert wegen Charlottes Verhalten. Sie war auffallend blass und hatte irgendwie panisch gewirkt. Was mochte Frau Reuter ihr nur erzählt haben? Nichts Gutes, so viel war sicher. Sie hatte ja selbst bereits den Verdacht gehegt, dass Herr Reuter seine Frau schlecht behandelte. Egal wie, sie würde seine Frau vor ihm beschützen! Sie sagte das erst beste, dass ihr gerade einfiel.

„Es müssen noch einige Tests gemacht werden. Meine Kollegin hat mir das gerade mitgeteilt. Ihre Frau war schon länger nicht mehr hier und jetzt müssen wir gründlich vorgehen. Gedulden Sie sich noch ein wenig. Bitte gehen Sie zurück ins Wartezimmer. Ihre Frau hat es sicher gleich hinter sich."

Nach einigem Hin und Her kam er ihrer Aufforderung schließlich doch nach. Die Frage war nur, wie lange er noch warten würde, bevor die Sache endgültig eskalierte.

Klara wusste zwar nicht, um was es ging, doch sie ging davon aus, dass es sich um häusliche Gewalt handelte. Alles an ihrem Verhalten sprach dafür. Charlotte war geradewegs in das Sprechzimmer von Pascal geeilt. Vermutlich rief er gerade die Polizei, in der Hoffnung, Herrn Reuter aus der Praxis zu bekommen, ohne dass er erneut ausrastete und am Ende vielleicht sogar noch die anderen Patienten körperlich angriff. Sie musste nicht nur seine Frau, sondern auch die anderen Patienten beschützen, das wurde ihr erst jetzt richtig klar. Das alles könnte ziemlich übel enden.

Charlotte verließ in diesem Moment Pascals Büro, nickte Klara zu, als sie an ihr vorbeieilte und ging schnurstracks ins Labor zurück. Klara fing den Blick von Herrn Reuter auf und gab sich die größte Mühe, ihr „Alles gut, bald sind Sie dran"-Lächeln aufzusetzen – sie hoffte, dass ihnen das ein paar zusätzliche Minuten verschaffen würde. Wäre sie doch bloß zu Hause geblieben! Sie hatte sich mit der Arbeit ablenken wollen und jetzt das. War denn die ganze Welt verrückt geworden?

Wieder zurück im Labor, wandte sich Charlotte an Frau Reuter.

„Die Polizei ist auf dem Weg", beruhigte sie ihre Patientin. „Können Sie mir in der Zwischenzeit vielleicht noch ein paar weitere Informationen geben? Wie lange hält er das Mädchen schon gefangen?«

„Zwei Nächte. Er hat mich mitgenommen, weil ihn das anmacht. Er weiß, dass ich Gewalt verabscheue. Ich musste von außen durchs Fenster zuschauen und in der Kälte warten. Ich versuchte ja, ihn davon abzubringen, aber er hat mich nur ausgelacht und gesagt, dass er jetzt alles haben könnte, Geld und sein Vergnügen. Mein Mann ist ein böser Mensch, Frau Kraus. Er weidet sich am Elend anderer, ihrem Schmerz, ihrer Angst. Er hat einfach Spaß daran, andere zu quälen. Ich habe mitbekommen, wie er telefoniert hat. Es ging um versteckte Mädchen. Aber da glaubte ich ja noch, mich verhört zu haben. Aber jetzt weiß ich, dass es noch andere Mädchen geben muss."

„Hatten Sie denn gar keine Möglichkeit, Hilfe zu holen, in einem unbeobachteten Moment?"

„Er folgt mir auf Schritt und Tritt. Seit Monaten darf ich mit niemanden reden. Wenn er mich mal allein gelassen hat, hat er mich eingeschlossen. Hans war schon immer schwierig. Ich hätte ihn nie heiraten dürfen. Oder ihn wenigstens schon vor Jahren verlassen sollen. Aber jetzt – diese Mädchen – da musste ich doch etwas tun!"

Klara ging wie gewohnt ihrer Arbeit nach, ließ sich äußerlich nichts anmerken und vereinbarte Termine, ging ans Telefon, druckte Rezepte aus und betete, dass die Polizei bald käme. Als eine Patientin unaufgefordert aus dem Wartezimmer kam, ahnte sie schon, dass das nichts Gutes bedeuten konnte.

„Ich bin ja wirklich niemand, der schnell einen Aufstand macht, wissen Sie, aber ich warte jetzt schon eine halbe Stunde! Wann geht es hier endlich mal weiter? Gleich holt mich mein Mann ab und ich war immer noch nicht dran."

„Tut mir leid, Frau Heinzbach, aber ein Notfall kam dazwischen. Haben Sie bitte nur noch ein bisschen Geduld."

„Ich sehe keinen Notfall", schnauzte die Frau und dann tauchte natürlich Herr Reuter hinter ihr auf. Mist.

„Ich bestehe darauf, zu meiner Frau gebracht zu werden! So lasse ich mich nicht behandeln." Sein Blick verpasste Klara eine

Gänsehaut. Das Herz schlug ihr bis zum Hals, während sie fieberhaft nach einer Ausrede suchte.

Da betraten zwei Polizisten die Praxis. Der eine blieb an der Tür stehen, der andere fragte nach Pascals Büro.

Schlagartig veränderte sich Reuters Haltung. Auch der überhebliche Gesichtsausdruck war verschwunden. Er ließ Klara einfach stehen und eilte in Richtung Tür. Dort versuchte er sich seitlich an dem Polizisten vorbei zu drängen. Doch der Mann versperrte ihm den Weg.

„Tut mir leid, Sie müssen sich noch einen Moment gedulden."

Genau im richtigen Moment kam ihm sein Kollege zur Hilfe. Reuter versuchte den Polizisten mit Gewalt zur Seite zu rammen. Dessen Kollege packte seine Arme und zog sie nach hinten, um ihm Handschellen anzulegen. Doch das ging nicht ohne entsprechende Gegenwehr ab. Obwohl Reuter kugelrund war und einen absolut unsportlichen Eindruck machte, war er stark und schnell. Nach einigem Ringen landete er schließlich auf dem Boden und endlich gelang es den Polizisten, ihn zu fixieren. Gemeinsam stellten sie ihn wieder auf die Füße.

Klara machte große Augen, auch die Patientin hatte die Geschehnisse schockiert beobachtet. Bevor sie länger darüber nachdenken konnte, was das bedeuten mochte, kamen zwei Sanitäter durch die Tür. Sie hatten eine Trage dabei und fragten nach dem Labor. Das konnte nur bedeuten, dass sie Frau Reuter ins Krankenhaus bringen würden. Es musste ihr also wirklich schlecht gehen. Die arme Frau.

Klara wies den Sanitätern den Weg und atmete einen Moment lang tief durch. Einen solchen Aufruhr hatte sie in der Praxis noch nie erlebt. Sanitäter ja, klar, die kamen ab und an mal vorbei, um einen Patienten mit Herzinfarkt abzuholen, aber Polizei, eine Verhaftung und Sanitäter alles zusammen – das war schon ziemlich aufwühlend für Klara, zumal sie wegen der Sache mit Sophie gerade sowieso nicht sonderlich belastbar war.

„Ich kläre Sie über Ihre Rechte auf", hörte Klara einen der Polizeibeamten sagen. Mein Gott, was für ein aufregender Morgen! Die Patienten im Wartezimmer waren verstummt. Ihre Blicke verfolgten teils neugierig, teils voller Entsetzen, was am Empfang geschah. Die Patientin, die sich eben noch bei Klara beschwert hatte, entschuldigte sich. Doch diese winkte ab. Sie konnte sie verstehen. Jeder, der schon mal Patient gewesen war, konnte das. Die Frau hatte nicht wissen können, was los war, nicht einmal Klara war sich sicher, ob sie das alles verstand.

Klara sah Pascal aus seinem Büro kommen. Er deutete ihr, mit einem Handzeichen, zu ihm zu kommen. Kaum hatte Klara ihren Platz verlassen, stürmten einige Patienten auf Olga zu und bedrängten sie mit Fragen. Jetzt war das Chaos perfekt, dachte Klara, bevor sie in Pascals Büro verschwand.

„Was hat das alles zu bedeuten?", fragte Klara.

„Komm, setz dich", sagte Pascal und Klara kam dieser Bitte nach. Er wirkte angespannt, sein Blick verriet ihr, dass es um was sehr Ernstes ging und er sich schwertat, die richtigen Worte zu finden.

„Ich muss dir etwas sagen. Es geht um Sophie."

„Sophie? Was hat sie mit Reuter zu schaffen? Hat er ihr etwas angetan? Hat er …" Panik stieg in ihr auf, sie kämpfte vergeblich dagegen an. „Weiß Reuter, wo sie ist? Hat er sie gesehen? Bitte, ich muss es wissen. Was hat Charlotte zu dir gesagt? Was ist hier los?"

Klara war weiß wie die Wand. Sie zitterte noch stärker als zuvor Frau Reuter. Ihr brach der Schweiß aus, ihr Herz raste und sie war kurz davor, in Tränen auszubrechen. „Wieso hat die Polizei Reuter verhaftet? Was hat das mit Sophie zu tun? Pascal, bitte, wenn du etwas weißt, sag es mir."

„Frau Reuters hat Charlotte mitgeteilt, dass ihr Mann Sophie in einer Waldhütte festhält. Er hat sie nicht entführt, aber ist wohl für ihre Bewachung und Versorgung zuständig. Peters hat sie nicht gesehen."

Klara stieß ein Keuchen aus und war im Begriff aufzuspringen, doch Pascal legte ihr sanft eine Hand auf die Schulter. „Ich habe sofort Oberkommissarin Hammerschmidt informiert. Du hattest mir die Durchwahl gegeben, weißt du noch? Sie hat versprochen, sofort loszufahren, bittet dich aber zu warten. Sobald sie sie haben, wirst du verständigt."

„Ich will sofort zu Sophie! Pascal, sie braucht mich doch!" Klara schob ihren Stuhl ruckartig nach hinten, lief um den

Schreibtisch herum. Pascal folgte ihr, packte sie von hinten an der Schulter und drehte sie zu sich herum.

„Ich weiß, dass das schwer für dich ist. Ich kann nicht einmal erahnen wie schwer. Aber du kannst da nicht einfach auftauchen. Was, wenn Peters dort ist und dich in Panik erschießt? Sie wissen, wo Sophie ist, das ist mehr, als wir uns erhoffen konnten. Es wird nicht mehr lange dauern, dann hast du sie wieder."

Pascal nahm Klara in den Arm. Nach einer Weile löste sich Klara von ihm, sah ihn an. „Ich möchte hier weg und zu Hause auf den Anruf warten. Ich nehme mir dann ein Taxi zum Krankenhaus. Hoffentlich hat Peters sie nicht verletzt. In einer Hütte eingesperrt zu sein, ist schlimm genug." Da fiel Klara etwas ein. „Hör zu Pascal. Es sind noch immer viele Patienten da. Du musst dich um sie kümmern. Was für ein Tag. Ich werde Frau Reuter ewig dankbar sein. Sie hat alles für mein Mädchen riskiert. Gott, das ergibt doch alles keinen Sinn."

Pascal nickte. Für ihn ergab das alles auch noch keinen Sinn. „Am liebsten würde ich dich begleiten. Aber du hast Recht, die Patienten warten. Ich werde versuchen, so schnell wie nur möglich zu dir ins Krankenhaus zu kommen. Schick mir bitte eine Nachricht, sobald du weißt, in welches man sie bringen wird."

Klara tigerte ungeduldig in der Wohnung auf und ab. Nicht zu wissen, was geschah, machte sie ganz hibbelig. Sie war einfach nicht für diese Warterei geschaffen. Sie musste sich eine Beschäftigung suchen, damit die Zeit schneller verging. Im Abstellraum klappte sie das Bügelbrett auseinander, griff sich das erste Teil aus dem Wäschekorb mit der gewaschenen Wäsche – eine ihrer Blusen – und legte sie über das Bügelbrett. Dann stand sie unschlüssig davor und starrte sie eine Weile an. Ausgerechnet bügeln! Wie war sie nur darauf gekommen? Bügeln war für sie stets ein notwendiges Übel, und wenn sie sich davor drücken konnte, tat sie es. Sie wandte sich von dem Bügelbrett ab und ging ins Wohnzimmer. Dort holte aus dem Schrank ein Fotoalbum und sah sich Kinderfotos von Sophie an. Das war keine gute Idee, denn nach dem dritten Foto liefen ihr die Tränen übers Gesicht und sie brauchte ziemlich lange, um sich wieder zu beruhigen. Während sie erneut im Haus umherwanderte und ihren Blick schweifen ließ, sah sie ihre Handtasche im Flur am Garderobenhaken hängen. Sie sollte nachsehen, ob ihr Ausweis und genügend Geld für das Taxi in der Tasche waren. Wenn der Anruf aus dem Krankenhaus kam, musste es schnell gehen. Sie nahm die Tasche mit in die Küche und kippte den Inhalt auf dem Küchentisch aus. Es war peinlich, wie viel unnützen Kram sie in ihrer Tasche mit sich herumschleppte. Sie hätte schon längst mal Ordnung darin schaffen sollen. Ihr Blick wanderte zwischen Tascheninhalt und Handy hin und her. Sie war so unkonzentriert bei der Sache, dass sie das meiste doch wieder in die Tasche steckte. Im Geldbeutel waren sowohl Ausweis als auch die Versichertenkarten von ihr und Sophie genau dort, wo sie sein sollten. Also brachte Klara die Tasche zurück in den Flur. Sie versuchte weiterhin sich abzulenken, ihr nächstes Opfer: die Betten. Sie zog sie ab und stopfte alles in die Waschmaschine. Anschließend überzog sie die Betten mit der zweiten Garnitur Bettwäsche und stürzte sich danach auf die Schränke. Erfolglos. In Gedanken war sie über die vielen Stunden, nur bei Sophie. Dann endlich, um 15 Uhr, kam der erlösende Anruf!

Man hatte Sophie in ein Bonner Krankenhaus gebracht. Mehr, als dass sie lebte, sagte man ihr nicht. Sie bestellte sich ein Taxi und schrieb, wie versprochen, Pascal eine Nachricht mit dem Namen des Krankenhauses. Dann rannte sie aus dem Haus, um draußen auf ihr Taxi zu warten.

An der Rezeption des Krankenhauses erkundigte sich Klara nach ihrer Tochter.

„Meine Tochter, Sophie Scheffler, wurde vor Kurzem hier eingeliefert. Kann ich zu ihr?"

„Ich versuche, den behandelnden Arzt zu erreichen. Warten Sie bitte einen Moment."

Nach dreimaligem Klingeln hatte die Rezeptionistin den Arzt am Telefon. Sie unterhielten sich kurz, dann wandte sie sich wieder an Klara. „Dr. Brand erwartet Sie in seinem Sprechzimmer, zweiten Stock, Zimmer 214." Klara bedankte sich und fragte nach dem Aufzug.

Nachdem sie das Sprechzimmer des Arztes betreten hatte, nannte sie ihren Namen.

„Bitte setzen Sie sich."

Kaum dass sie saß, ließ Klara eine Reihe von Fragen auf den Arzt niederregnen, angefangen mit „Wie geht es meiner Tochter, ist sie verletzt?" und gefolgt von einigen weiteren, ohne dem Mann eine Chance zu geben, zu antworten. Das wurde Klara allerdings erst klar, als er sie höflich unterbrach.

„Frau Scheffler, bitte, lassen Sie mich antworten. Ihre Tochter wurde stark unterkühlt, dehydriert und erschöpft hier eingeliefert. Wir nehmen an, dass man sie länger nicht mit Flüssigkeit oder Nahrung versorgt hat. Wir versuchen alles, um sie in einen stabilen Zustand zu bringen. Sie bekommt Infusionen und wird langsam erwärmt. Deswegen haben wir sie auf die Intensivstation gelegt und auch, weil wir dort Einzelzimmer haben, was ihrer Tochter im Moment wahrscheinlich guttun wird."

„Ohne Flüssigkeit und Nahrung? Wieso denn das? Hat sie irgendwelche Verletzungen?"

„Was sich dort abspielte, weiß ich nicht. Wir konnten bis auf ein paar blaue Flecken und Schürfwunden keine Verletzungen feststellen."

Klara starrte vor sich hin. Für einen Augenblick war sie weit weg, weil sich grausame Gedanken in ihr Bewusstsein drängten. Die Stimme des Arztes holte sie zurück.

„Ich kann mir schon denken, was Sie beschäftigt und was Ihnen Angst macht, sobald die Untersuchungen abgeschlossen sind, werde ich sie über die Ergebnisse aufklären. Allerdings deutet im Moment nichts darauf hin, dass Sophie weitere Verletzungen erlitten hat."

„Warum? Ich frage mich die ganze Zeit, warum? Warum hat man sie dort alleine gelassen? Was hatten sie mit ihr vor?"

„Diese Fragen kann Ihnen nur die Polizei beantworten."

„Bitte, ich möchte jetzt zu meiner Tochter."

„In Ordnung. Zwei Stunden. Sie wird Sie heute noch nicht wahrnehmen. Wir haben sie mit Medikamenten ruhiggestellt.

Sie schläft jetzt. Morgen dürfen Sie Ihre Tochter wieder besuchen, dann sollte sie auch in der Lage sein, mit Ihnen zu sprechen."

Klara sackte in sich zusammen, blieb eine Weile regungslos sitzen. Dann, als wäre neue Kraft in sie hineingefahren, richtete sie sich auf.

„Danke, Dr. Brand. Könnte mich jemand bitte zu Sophies Zimmer bringen?"

„Natürlich. Ich begleite Sie hin."

Als Klara Sophie in diesem Krankenhausbett liegen sah, erschrak sie. Sie sah so anders aus. So mitgenommen. Sie war schrecklich blass, ihre Lippen aufgesprungen, ihr Gesicht geschwollen und sie atmete angestrengt. Die Infusionsflüssigkeit tropfte langsam in ihre Vene hinein. Apparate gaben verschiedene Laute von sich, von Brummen über Piepsen bis hin zu seltsamen Zisch-Lauten. „Der Sauerstoffgehalt im Blut wird überwacht", erklärt ihr eine Schwester. Klara wusste nicht, was schlimmer war, die Ungewissheit von zuvor oder das hier? Ihr armes Kind. Wie musste sie gelitten haben? Hungrig, durstig und dazu noch die Kälte. Und natürlich die Angst. Eine Welle der zutiefst empfundenen Dankbarkeit Frau Reuter gegenüber durchflutete Klara. Sie hatte ihrer Tochter das Leben gerettet und das würde Klara ihr nie vergessen.

In diesem Moment, am Krankenbett ihrer Tochter, schwor sie sich, einen Neuanfang mit ihr zu machen. Sophie war ihre Priorität. Sie würde dafür sorgen, dass sie die Hilfe bekam, die sie brauchte und dass sie das Gefühl hatte, sich wieder mit allem an sie, ihre Mutter wenden zu können. Hoffentlich kam ihr kleines Mädchen bald darüber hinweg!

„Es stehen jetzt einige Untersuchungen an", sagte ein Arzt zu Klara.

Sie zuckte zusammen, als sie den Mann im weißen Kittel vor sich sah.

„Ich muss sie bitten zu gehen. Wir informieren Sie, sollte sich etwas an ihrem Zustand ändern. Sie können morgen wiederkommen."

„Sind die zwei Stunden denn schon vorbei, die mir Ihr Kollege bewilligt hat? Ich kann sie doch nicht einfach hier zurücklassen." Klaras Augen füllten sich mit Tränen.

„Frau Scheffler, ich versichere Ihnen, dass wir uns alle um Sophie kümmern werden. Im Moment bekommt sie es nicht mit, ob Sie da sind oder nicht. Wir möchten sie gründlich untersuchen und das möglichst, solange sie davon nichts mitbekommt. Wir wollen es für sie nicht noch schlimmer machen."

Widerwillig musste Klara sich geschlagen geben. Aber sie sah ein, dass der Arzt Recht hatte. Als sie auf den Flur trat, saß Ulrich auf einer Bank vor der Tür zur Intensivstation. Als er sie entdeckte, stand er auf. Klara eilte ihm entgegen und kaum trat sie durch die Tür, schon erkundigte er sich nach Sophie: „Wie geht es ihr?"

Klara war froh, dass er da war und sich um ihre Tochter sorgte. Sie setzten sich nebeneinander auf die Bank.

„Sie wird gleich wieder untersucht. Der Arzt sagte mir, dass sie unterkühlt und dehydriert war, als sie eingeliefert wurde. Das hätte bei den Temperaturen auch ganz anders ausgehen können."

„Heißt das, man hat sie absichtlich sich selbst überlassen? Sie erst dort eingesperrt und sich dann nicht mehr um sie gekümmert? Und die Polizei, was sagt die? Haben sie den Kerl erwischt? Mit solchen Typen sollte man kurzen Prozess machen, statt sie in den Knast zu stecken, in dem sie alles in den Hintern geschoben bekommen, wofür sich unsereins tagtäglich abrackern muss."

Klara unterbrach ihn. Obwohl er nicht ganz unrecht hatte. Auch sie war in diesem Fall voreingenommen, hoffte, dass Peters und Reuter harte Strafen bekämen, wenn es so weit war. Allerdings war hier nicht der richtige Ort, um herumzupöbeln. Klara musste ihren Ex-Mann stoppen, bevor sich noch jemand beschwerte. Er hatte bereits einige Blicke auf sie gezogen.

„Das Wichtigste ist unsere Tochter. Es sollte sich jetzt alles um sie drehen. Über die Arbeit der Polizei können wir uns später auslassen. Wie lange wartest du eigentlich schon hier?"

„Viel zu lange. Ich soll warten, bis sie mich hereinrufen. Aber sie lassen sich Zeit. Geht alles vor die Hunde in unserem Land."

Würde es jetzt die ganze Zeit so weitergehen?, fragte sich Klara. Sie sehnte sich weit weg von hier an einen ruhigen Ort. Sie versuchte einfach nicht hinzuhören, doch Ulrichs Gemecker entkam man nicht.

„Die Polizei hat mich einfach abgewimmelt. Statt mir eine vernünftige Auskunft zu geben. Wenn ein ehrlicher Bürger ihnen eine Frage stellt, haben die sie verdammt noch mal zu beantworten. Was machen die den ganzen Tag? Sitzen sich den Hintern wund und halten sich an der Kaffeetasse fest. So gut möchte ich es auch mal haben."

Um Ulrich von Verbrechern und der Polizei abzulenken, sprach sie etwas Persönliches an, denn schweigsam vor sich hinzustarren, vertrug sie ebenso wenig wie Ulrichs anmaßende Äußerungen. „Ich hätte dich in den letzten Tagen gebraucht, warum hast du dich kein einziges Mal bei mir gemeldet?"

„Du hast doch auch ein Handy. Du hättest doch genauso gut anrufen können. Was hätte ich dir auch schon sagen können?"

Klara gab endgültig auf. Sie sah ein, dass es nicht der richtige Zeitpunkt war, vernünftig mit ihm zu reden. Sie bereute ihm diese Frage überhaupt gestellt zu haben. Sie wusste doch, wie empfindlich er auf alles reagierte, dass er als Kritik an seiner Person auslegen konnte. Dabei hatte sie ihm nur sagen wollen, wie sehr sie sich über ein paar nette, tröstende Worte von ihm gefreut hätte. Warum pickte er immer nur das Negative aus ihren Worten heraus? Drückte sie sich etwa so unklar aus? Dazu noch die schlechte Angewohnheit, unangenehmen Fragen auszuweichen und gleich zum nächsten Thema überzugehen. Klara seufzte.

„Bist du mit dem Auto hier?", fragte er prompt. Er bezweckte mit dieser Frage bestimmt noch etwas anderes. Sie konnte das an seiner Haltung und Miene erkennen. Sie waren lange genug verheiratet gewesen. Auch wenn ihr dieser Mann in vielen Bereichen immer noch ein Rätsel war, seine Miene deuten konnte sie nach all der Zeit. Er hatte seine festgefahrenen Verhaltensmuster niemals abgelegt.

„Nein, ich bin mit dem Taxi hergefahren. Ich werde gleich abgeholt. Zum Autofahren war ich zu aufgewühlt."

Klara blieb nicht verborgen, dass Ulrich erleichtert aufgeatmet hatte. Typisch! Hatte er befürchtet, dass sie ihn bitten würde, sie nach Hause zu fahren? Selbst diese kleine Gefälligkeit, wäre ihm zu viel gewesen. Unglaublich.

„Wer holt dich denn ab?", fragte Ulrich weiter.

Klara wollte ihm gerade antworten, als Pascal um die Ecke bog, sie entdeckte und auf sie zukam.

Sie erhob sich und ging ihm einige Schritte entgegen.

„Wie geht es Sophie?", fragte Pascal, kaum hatte er sie erreicht und umarmte Klara lange.

„Sie wird wieder. Gott sei Dank. Aber sie ist ziemlich mitgenommen", antwortete sie an Pascal geschmiegt. Als sie sich von ihm löste, gab er ihr einen sanften Kuss und schon fühlte sich Klara so viel ruhiger als noch vor wenigen Minuten. Dann bemerkte sie Ulrichs Miene, der irritiert die Szene beobachtet hatte. Klara drehte sich zur Seite, deutete auf Ulrich und zog dabei Pascal mit zu ihm rüber.

„Das ist mein geschiedener Mann, Ulrich. Ulrich, das ist Pascal, mein Chef, wir sind ein Paar."

„Angenehm", sagte Pascal und streckte Ulrich die Hand hin.

Dieser schüttelte sie und murmelte nur „So, so". Ulrich wirkte überrascht.

„Seit wann seid ihr zusammen?", fragte Ulrich und Klara wunderte sich nicht über sein Interesse.

„Noch nicht sehr lange", antwortete sie ihm. „Pascal ist Arzt in der Praxis, in der ich arbeite."

Sein Blick veränderte sich schlagartig und Klara wusste auch, warum.

Dass ihr Freund ein Arzt war, dürfte ihm gehörig missfallen. Sie kannte seine Einstellung. Er lebte gedanklich noch in den 1950er-Jahren, wenn nicht 1850ern. Seiner Meinung nach waren es die Männer, die den Frauen ein gewisses Ansehen verschafften. Das traf aber nur auf gewisse Berufsgruppen zu. Und Pascals Beruf gehörte mit Sicherheit dazu. Sie wunderte sich immer wieder darüber, dass Ulrich dieses alte Denkschema nicht endlich aufgab, aber dass die Frauen sich im Laufe der

Jahrzehnte emanzipiert und sich die Gleichberechtigung mühsam erstritten hatten, war bei ihm wohl noch nicht angekommen. Klara wandte sich augenrollend an Pascal.

„Ich bin ziemlich geschafft. Kannst du mich nach Hause bringen?"

Eine bleierne Müdigkeit hatte sie plötzlich überfallen. Sie musste hier weg. Die Luft war stickig und abgestanden. Könnte man doch wenigstens ein Fenster öffnen! Doch die Scheiben waren als Lichtspender in der Wand fest verankert. Sie brauchte dringend Abstand von Ulrich und dem hektischen Herumrennen der vielen Menschen hier, dem ständigen Schlagen der Türen und der andauernden Geräuschkulisse. Klara fühlte sich überfordert, zudem spürte sie eine Panikattacke nahen und das war wirklich das Letzte, was sie gerade gebrauchen konnte – noch dazu vor Ulrich, der sie schon immer deswegen verspottet hatte.

„Pascal, ich muss an die frische Luft", sagte Klara deshalb zu Pascal, als sie ihn mit sich zog. Das Atmen fiel ihr schwer.

Pascal hatte Klaras Zustand mit Sorge bemerkt. Zum Glück kamen sie an einer Ecke vorbei, in der ein Tisch und drei Stühle standen und sogar das Fenster war offen. „Komm, setz dich. Atme gleichmäßig ein und aus", sagte Pascal. Gib mir deinen Schal, dann bekommst du noch besser Luft. Inzwischen suche ich eine Schwester und frage sie nach einem Glas Wasser. Denk dran, tief ein- und ausatmen. Ich bin gleich zurück", dann war er verschwunden. Klara lehnte den Kopf aus dem Fenster und ließ die kühle Luft in ihre Lungen strömen. Schon bald stellte sich ein Gefühl der Erleichterung ein und noch bevor ihr Freund zurückkehrte, war der Anfall vorbei.

Später im Auto zog Klara ihr Handy aus der Tasche. Dabei bemerkte sie, dass es noch ausgeschaltet war. Sie hatte schlicht vergessen, es wieder an zu machen.

„Darum konntest du mich nicht erreichen. Ich hab es einfach vergessen, entschuldige."

Kaum war das Smartphone hochgefahren, klingelte es auch schon.

„Ich bins, Bryan. Ich versuche, dich schon den ganzen Nachmittag zu erreichen. Stimmt es, was du mir geschrieben hast? Sie haben Sophie wirklich gefunden? Geht es ihr gut? Ich warte bei dir zu Hause auf dich."

„Entschuldige, ich hatte mein Handy aus. Das Wichtigste zuerst: Ja, Sophie wurde gefunden und es geht ihr so weit gut. Ich bin gleich da. Dann erzähle ich dir, was du wissen willst."

„Wer war denn das?", fragte Pascal.

„Bryan, mein Stiefsohn. Er wartet bei mir zu Hause auf mich. Ich hatte ihm eine Nachricht geschickt."

„Weiß er von uns?"

„Nein, es hat sich bei all dem, was los war, noch nicht ergeben."

„Ich setze dich gleich zu Hause ab, dann könnt ihr in Ruhe über alles reden."

„Willst du ihn nicht kennenlernen?"

„Heute nicht. Du hattest schon genug Aufregung für einen Tag. Das Kennenlernen läuft uns ja nicht weg."

„Schade."

„Wann immer du möchtest, komme ich gern vorbei und lerne ihn kennen, aber heute ist, denke ich, einfach nicht der richtige Tag dafür."

„Du hast ja recht, trotzdem schade."

Als sie das Haus erreicht hatten, blieb Klara noch eine Weile sitzen und ließ sich von Pascal umarmen.

„Sie sah so völlig anders aus im Krankenhaus", flüsterte Klara plötzlich, „so erschöpft und schwach und klein. Mein armes Mädchen."

Ihr liefen die Tränen über die Wangen, als sie Pascal in knappen Worten erzählte, was sie von dem Arzt und dem Pflegepersonal erfahren hatte.

„Wenn ich doch nur wüsste, wie ich dir helfen kann."

„Du hilfst mir allein schon damit, dass du da bist. Dass ich mich bei dir ausweinen darf. Ich bin dir so dankbar dafür. Wenn ich mir vorstelle, das alles ganz allein durchmachen zu müssen …"

„Du bist nicht mehr allein und du wirst auch nie wieder allein sein, wenn es nach mir geht. Aber das ist ein Thema für einen anderen Tag. Du bist eine wirklich gute Mutter. Sophie hat Glück, dich zu haben. Du wirst ihr helfen, das zu überstehen und ich helfe dir und gemeinsam stehen wir das durch."

„Das ist so lieb von dir." Klara lächelte Pascal dankbar an. Dann fiel ihr jedoch etwas ein: „Die Arbeit! Meinst du, ich kann mir die nächsten Tage freinehmen? Ich möchte bei Sophie sein, wenn sie …"

„Natürlich! Mach dir keine Sorgen. Bleib du bei deiner Tochter. Aber tu mir bitte einen Gefallen: Wenn du morgen aus dem Krankenhaus zurück bist, melde dich bitte bei mir. Einverstanden? Ich möchte wissen, wie es dir und Sophie geht."

„Ja, klar, das mache ich."

~~~ ~~~

Bryan saß im Wohnzimmer. Der Fernseher lief und als Klara ins Wohnzimmer trat, entschuldigte er sich sofort: „Ich musste mich irgendwie beschäftigen."

„Wartest du schon lange?"

„Nicht der Rede wert, eine knappe halbe Stunde etwa. Aber jetzt setz dich doch erst mal hin und erzähl mir von Sophie."

„Ich bin ehrlich vollkommen erledigt. Die Gedanken an das, was Sophie in ihrer Gefangenschaft durchgemacht hat … das macht mich einfach fertig. Sie wurde gerettet, Gott sei Dank, aber wenn du sie gesehen hättest, wie sie dalag, misshandelt, regungslos, so schwach und klein …"

„Entschuldige, dass ich davon angefangen habe. Ich fahre gleich morgen früh ins Krankenhaus und mache mir selbst ein Bild. Die Ärzte lassen mich doch zu ihr, oder? Immerhin bin ich ihr Bruder. Ich bin ja so froh, dass sie gefunden wurde. Ich hatte schon überlegt, meine Reise abzusagen, um bei der Suche helfen zu können. Aber das ist ja jetzt nicht mehr nötig. Sobald ich zurück bin, werde ich Sophie zu Hause besuchen."

„Von welcher Reise redest du?"

„Habe ich das nicht erwähnt? Ich dachte, das hätte ich. Es geht um die Werkstatt und auch um was Privates. Mehr möchte ich jetzt noch nicht sagen. Erst wenn das Ganze abgeschlossen ist, erfährst du alles. Es wird auch für dich eine Überraschung sein."

„Du machst es aber spannend. Ist da etwa eine heimliche Freundin im Spiel, die du mir bald vorstellen willst? Darüber würde ich mich wirklich sehr freuen. Und was die Werkstatt betrifft: Hoffentlich lädst du dir nicht noch mehr Arbeit auf, als du ohnehin schon hast. Ich möchte nur nicht, dass dein Privatleben zu kurz kommt. Ich finde, du solltest mal an was anderes als Arbeit denken. Ausgehen und Spaß haben. Wie lange bleibst du denn weg? Wer kümmert sich um die Werkstatt?"

„Ein Angestellter von mir. Auf den kann ich mich verlassen. Und wenn alles klappt, bin ich in einer Woche wieder zurück."

„Sag mal, in welchem Hotel kommst du unter? Kann ich dich dort erreichen?"

„Wahrscheinlich muss ich mein Handy ausschalten, wenn ich mich mit Kunden unterhalte, daher ist es wohl am besten, wenn ich mich bei dir melde."

„Das macht Sinn. Aber gönn dir auch ein wenig Zeit für dich, okay?"

„Da kannst du ganz beruhigt sein. Ich habe alles durchdacht und überlasse nie etwas dem Zufall."

Klaras Handy begann zu klingeln. Sie ging dran, ohne auf die Anrufer-ID zu schauen.

„Oberkommissarin Jossi Hammerschmidt. Sind Sie zu Hause?"

„Ja, bin ich."

„Ich würde gern kurz bei Ihnen vorbeikommen … wir können das aber auch auf morgen verschieben, wenn es jetzt nicht passt."

„Nein, nicht nötig."

„Gut, dann bis gleich."

„Bis gleich."

„Wer war denn das?", fragte Bryan.

„Die Kommissarin. Sie kommt gleich vorbei. Vielleicht hat sie Neuigkeiten. Willst du bleiben?"

„Geht leider nicht. Ich muss noch so viel vorbereiten. Wenn es Neuigkeiten gibt, kannst du dich ja bei mir melden. Vor Mitternacht komme ich sowieso nicht ins Bett."

„Schade, dass du es in letzter Zeit immer so eilig hast, wir sehen uns ja kaum noch."

„Ich weiß. Tut mir auch leid. Wenn ich zurück bin, reden wir in Ruhe über alles, versprochen. So, jetzt muss ich aber los."

An der Haustür verabschiedete sich Klara von Bryan.

„Tschüss Bryan, pass auf dich auf."

„Ich melde mich mal zwischendurch. Mach's gut und grüß Sophie von mir." Klara blieb noch so lange in der offenen Haustür stehen, bis Bryan verschwunden war. Nachdenklich ging sie ins Wohnzimmer zurück, grübelte über Bryans Pläne nach. Irgendetwas daran gefiel ihr nicht. Warum sprach er nicht offen darüber? Warum die Geheimniskrämerei? Sie hoffte von Herzen, dass er sich nicht in irgendetwas Illegales verstricken ließ. Aber nein, Bryan war viel zu klug und vernünftig dafür. Klara schüttelte den Kopf über sich selbst. Nein, Bryan würde das sicher alles aufklären und wer weiß, vielleicht hatte sie ja mit ihrer anderen Vermutung recht und sie bekäme bald eine Schwiegertochter?

15

Die Oberkommissarin wandte sich an Klara.

„Entschuldigen Sie, Frau Scheffler, dass ich Sie so einfach überfalle. Ich weiß, Sie hatten einen anstrengenden Tag. Ich bin ja so froh, dass wir Ihre Tochter rechtzeitig gefunden haben und es ihr den Umständen entsprechend gut geht. Jetzt allerdings müssen wir Peters aufspüren und nach eventuellen Komplizen suchen. Darf ich offen reden?"

„Selbstverständlich."

„Die Kollegen haben sich die Bar „Casa Neutral" mal genauer angesehen. Die Spurensicherung hat die Fingerabdrücke der Mitarbeiter genommen, einer davon war auch in der Hütte, in der Ihre Tochter gefangen gehalten wurde. Die Abdrücke stimmen überein. Auch die von Peters und Reuter konnten dort nachgewiesen werden. Letztere sind in unserer Datenbank gespeichert, Hofstetters nicht, was mich nach allem, was mir mein Kollege über ihn erzählt hat, wundert. Hofstetter ist der Türsteher der Bar."

„Ich kann das alles einfach nicht fassen. Ich komme mir immer noch vor wie im falschen Film. Wir sind doch ganz normale Leute, wie ist das alles nur möglich? Dieser Hofstetter hat also auch etwas mit Sophies Entführung zu tun. Gott, ich hoffe, dass sie ihr nichts angetan haben."

„Ich kann mir denken, was Ihnen Sorge bereitet. Was sagen die Ärzte dazu?"

„Ihr Arzt, Dr. Brand, kann mir erst morgen was Genaues sagen. Sie haben Sophie ruhiggestellt, damit sie all diese Untersuchungen durchführen können, ohne sie noch mehr zu traumatisieren. Aber diese Warterei macht mich verrückt."

„Absolut verständlich. Im Moment ergibt das alles noch wenig Sinn, aber am Ende werden wir verstehen, warum sich diese Gruppe ausgerechnet Sophie ausgesucht hat. Wir haben in der Hütte noch mehr Abdrücke gefunden. Wir gleichen sie auch mit vermissten Mädchen in Sophies Alter ab. Es sieht ganz danach aus, als wären wir da auf etwas Großes gestoßen. Immerhin können wir zwei der Verdächtigen bereits verhören, Reuter und Hofstetter. Reuter wird nicht leugnen können, beteiligt gewesen zu sein, seine Frau hat ihn zu stark belastet. Reuter ist spätestens dann überführt, wenn Ihre Tochter aussagen kann. Das weiß er auch. Hofstetter behauptet weiterhin, nach einem Spaziergang dort eingekehrt zu sein, um sich auszuruhen, weil die Tür offen stand. Er leugnet, an irgendeinem Verbrechen beteiligt zu sein, und sagt, er kenne Peters nicht. Leider haben wir gegen ihn nichts Handfestes, die Abdrücke können auch anders erklärt werden."

Klara lenkte das Gespräch in eine andere Richtung. Sie musste alles über diese Hütte und Sophies Zeit dort erfahren. Nur so würde sie ihrer Tochter helfen können, auch wenn es wehtat, nur darüber nachzudenken, wie das dort für sie gewesen sein musste.

„Wie waren die Zustände in der Hütte?"

„Es gab eine Liege, einen Tisch und einen Eimer. Wir haben Sophie festgebunden vorgefunden, es ist also davon auszugehen, dass sie sich auch die übrige Zeit nicht frei dort bewegen konnte."

Klara war kreidebleich.

Hammerschmidt wechselte schnell das Thema. Sie hielt es mit Neuigkeiten wie mit Pflastern, sie riss sie ab, ohne groß drum rum zu reden. „Übrigens", begann sie deshalb. „Morgen wird ein Foto von Friedrich Eulenbach in allen Tageszeitungen zu sehen sein. Wir können nicht mehr warten. Das ist mehr als ein Vermisstenfall, befürchte ich. Wir starten einen Aufruf an die Bevölkerung und bitten um Hinweise."

Eulenbach! Oh Gott, den hatte Klara ja komplett vergessen! Sofort schämte sie sich dafür. Der Mann hatte vielleicht sein Leben verloren und das nur, weil er ihr und Sophie helfen wollte.

„Glauben Sie, dass er ermordet wurde?"

„Ich fürchte ja. Wir müssen davon ausgehen, dass ihm zumindest etwas zugestoßen ist, aber da er so lange wie vom Erdboden verschluckt ist, stehen die Chancen, dass er noch lebt, praktisch bei null. Wir überprüften bereits Kontobewegung, Handyverbindungen, befragten Freunde, Auftraggeber. Nichts, keine einzige Spur. Wir haben es hier nicht nur mit einem Verbrechen zu tun, sondern mit mehreren, die alle irgendwie ineinandergreifen. Es wird nicht einfach sein, diesen Knoten zu entwirren. Aber, dessen können Sie sich sicher sein, wir werden es schaffen. Ich werde Sie jetzt verlassen, sollte ich etwas von Ihnen brauchen, auch wegen der Befragung von Sophie, melde ich mich."

„Befragung? Aber sie liegt doch im Krankenhaus! Kann das nicht warten?"

„Das kann es", nickte die Oberkommissarin, aber nicht unendlich lange. Wie gesagt, ich melde mich diesbezüglich und überhaupt, wenn es etwas Neues gibt. Gute Besserung an Sophie."

~~~ ~~~

Klara war schon früh auf den Beinen. Sie überlegte, ob sie das Krankenhaus erst einmal anrufen sollte, bevor sie in aller Frühe dorthin fuhr. Es gab nicht umsonst vorgeschriebene Besuchszeiten, an die sich alle halten mussten, auch sie. Also tat sie genau das und erkundigte sich, wann sie zu ihrer Tochter durfte. Die Dame am Telefon gestattete aufgrund der besonderen Umstände in Sophies Fall, dass Klara früher als üblich kommen durfte.

Sie musste sich also wieder einmal freinehmen. Pascal und Charlotte verstanden das. Doch sie befürchtete, dass der Rest der Belegschaft das anders sah. Klara wusste, dass sie nicht ewig so weitermachen konnte, dass sie ihre Arbeit bald wieder aufnehmen musste, denn die Fehlstunden wuchsen rasant. Wenn sie auch keine Miete bezahlen musste, war Eigentum trotzdem nicht umsonst. Die Instandhaltung, Grunderwerbsteuer usw. Dazu die Lebenserhaltungskosten. Aber darüber konnte sie ein anderes Mal nachdenken. Jetzt ging es um Sophie und sie würde für ihre Tochter da sein.

Auf dem Weg zum Krankenhaus kam Klara an einem Kiosk vorbei und Eulenbachs Foto blickte sie vorwurfsvoll an – zumindest redete sich Klara ein, dass er vorwurfsvoll schaute. Da sprachen die Schuldgefühle aus ihr, auch wenn sie versuchte, sie zu verdrängen. Sie kaufte sich eine Zeitung und steckte sie ein. Den Bericht dazu wollte sie später lesen. Sie wusste ja, dass die Polizei einen Aufruf starten wollte. Hoffentlich brachte das was. Sie ging zum Aufzug, stieg ein, drückte den Knopf zum zweiten Stock.

Wie schon am Vortag bat man sie, im Eingangsbereich der Intensivstation, einen Kittel anzuziehen und Plastiküberzieher über die Schuhe zu streifen sowie die Hände gründlich zu desinfizieren. Eine Schwester teilte ihr mit, dass ihre Tochter bei Bewusstsein wäre, sie aber nicht überfordert werden dürfe, indem sie ihr viele Fragen stellte. Sie riet Klara, Sophie die Entscheidung zu überlassen, ob und wenn ja worüber sie reden wollte.

Sophies Augen waren geschlossen, als Klara neben das Bett trat. Die Schwellung war leicht zurückgegangen und ihre Gesichtsfarbe nicht mehr ganz so fahl. Sophie öffnete die Augen und sah ihre Mutter neben dem Bett stehen.

„Mama!", rief sie, riss die Augen weit auf und streckte die Arme nach ihrer Mutter aus. Klara lehnte sich über das Bett und ließ sich umarmen. Dann schluchzte Sophie herzzerreißend.

„Mein armes Mädchen", sagte Klara. Ihre Stimme brach. Sie hielt ihre Tochter sanft umschlungen, Sophie dagegen klammerte sich richtiggehend an ihre Mutter.

„Es tut mir leid, Mama, dass ich so gemein zu dir war. Ich war so blöd! Bitte sei mir nicht mehr böse."

„Ich bin dir doch nicht böse, wie kannst du so was denken? Der dumme Streit ist doch längst vergessen, jeder streitet mal. Ich hab dich sehr, sehr lieb."

„Jürgen war so gemein zu mir. Warum hab ich nicht auf dich gehört? Ich hätte ihm nie vertrauen dürfen."

„Du konntest doch nicht wissen, dass er böse ist. Man spricht nicht umsonst von der rosaroten Brille, wenn man verliebt ist. Es tut mir so leid, dass du so eine Erfahrung machen musstest."

„Er hat mich geschlagen, wegen nichts, einfach so. Und da war so ein ekliger, dicker Mann, Mama, der war so widerlich!"

„Die Polizei hat ihn festgenommen. Er kann keinem mehr was antun. Man wird ihn bestrafen und Jürgen auch."

„Wurde er auch festgenommen?"

„Nein, noch nicht. Er ist untergetaucht. Aber es wird nach ihm gefahndet. Sophie, ich muss dich etwas fragen. Haben die Männer sonst noch was mit dir gemacht, dir wehgetan?"

„Du meinst, ob sie mich angefasst haben?"

„Ja."

„Nein, dazu kam es nicht. Davor hatte ich am meisten Angst."

Eine Schwester trat ans Bett. Sie tauschte die Infusionsflasche aus.

„Na, wie geht es dir heute Morgen?" Sie schaute auf das Blutdruckmessgerät. „Noch immer niedrig, aber nicht mehr besorgniserregend. Wenn du so weitermachst, verlegen wir dich schon bald auf die normale Station."

Dann wandte sie sich an Klara. „Wir haben bereits mit Ihrer Tochter gesprochen. Eine Psychotherapeutin wird sie betreuen. Sie ist einverstanden. Ich nehme an, Sie sind auch damit einverstanden? In dem Fall brauchen wir von Ihnen eine Unterschrift."

„Natürlich bin ich einverstanden. Ich wollte mich auch schon darum kümmern."

Dann sah die Krankenschwester Sophie an. „Darf ich dir einen Rat geben? Verdrängen hilft niemandem. Du musst es rauslassen, Mädchen. Du hast Menschen, die dich lieb haben und auf die du dich verlassen kannst."

Die Flüssigkeit tropfte wieder. Die Schwester hob Sophies Oberkörper an und schüttelte das Kissen auf. Dann verließ sie das Zimmer wieder, vermutlich auf dem Weg zum nächsten Patienten.

Sophie hielt die Hand ihrer Mutter fest umklammert. Darüber schlief sie ein.

„Totale Erschöpfung", hatte eine Schwester gesagt. „Sie schläft sich gesund. Zumindest, was das Körperliche betrifft, das Seelische wird langsamer heilen."

Um 17 Uhr verabschiedete sich Klara von ihrer Tochter. Das fiel beiden schwer. Am liebsten hätte sie in Sophies Zimmer übernachtet, aber das war nicht möglich.

Kaum hatte Klara das Krankenhaus verlassen, fuhren in kürzester Zeit mehrere Polizeiautos mit kreischenden Sirenen in hohem Tempo an ihr vorbei. Sie blieb stehen und sah ihnen so lange hinterher, bis sie verschwunden waren. Klara war unendlich froh, dass sie diese wie auch immer geartete Katastrophe nichts anging. Außer ... könnte es um Eulenbach gehen? Wahrscheinlich nicht, aber was wenn doch? *Unsinn, Klara, denk doch mal nach, die Wahrscheinlichkeit ist viel höher, dass es irgendwo einen schweren Unfall gegeben hatte. Mach dich nicht verrückt,* schimpfte sie mit sich selbst.

Noch immer in Gedanken schlug sie den Weg zum Parkplatz ein und lief Jossi Hammerschmidt direkt in die Arme.

„Wollen Sie zu mir und meiner Tochter?"

„Nein, zu Frau Reuter. Man hat mir erlaubt, kurz mit ihr zu reden. Wenn ich Glück habe, erfahre ich wichtige Details. Wie geht es Ihrer Tochter inzwischen?"

„Besser, zumindest körperlich. Sie gibt sich eine Mitschuld an dem, was passiert ist. Die Ärzte sagen, dass die Heilung der seelischen Verletzungen länger dauern wird."

„Das wird wohl noch ein langer Weg für Sie beide. Hoffen wir das Beste."

„Warten Sie, ich wollte Sie noch etwas fragen", sagte Klara. „Vor wenigen Minuten rasten mehrere Polizeiautos hier vorbei. Könnte es um Eulenbach gehen? Man hat ihn doch nicht ... Sie wissen schon."

„Nein, das wüsste ich. Die Kollegen hätten mich sofort informiert. Sicher geht es um was anderes. Vielleicht ein Unfall?"

„Daran hab ich auch schon gedacht. Danke. Wir hören dann von Ihnen, nehme ich an."

„Ja, Frau Scheffler, wir bleiben in Verbindung. Bis bald."

„Bis bald."

16

Oberkommissarin Jossi Hammerschmidt betrat das Krankenhaus. Wie jedes Krankenhaus, hatte auch dieses die immer gleiche deprimierende Wirkung auf sie. In ihren 48 Jahren hatte sie
erst zweimal in einem Krankenhaus gelegen und sie hoffte
inständig, dass ihr ein weiteres Mal erspart bliebe. An der
Rezeption fragte sie nach der Station und Zimmernummer von
Frau Reuter. Nachdem sie beides erfahren hatte, ging sie zum
Aufzug, fuhr auf den ersten Stock. Die Flure sahen alle gleich
aus und so brauchte sie eine Weile, bis sie das richtige Zimmer
fand. Dann stand sie endlich an Frau Reuters Bett und erschrak
über den Anblick der Frau. Sie bestand praktisch nur aus Haut
und Knochen, ihre Wangen waren eingefallen und die Augen
lagen tief in den Höhlen. Für einen Moment fragte sie sich, ob
die Frau überhaupt noch lebte. Doch dann schlug sie die Augen
auf und beantwortete damit die Frage. *Du darfst dich nie wieder
über Überstunden oder stressige Arbeitstage beschweren,* dachte die
Polizistin beim Anblick dieser geschundenen Frau. Sie wollte
am liebsten gar nicht wissen, was sie alles hatte durchmachen
müssen.

„Sie geben mir Morphium. Damit sind die Schmerzen auszuhalten", ergriff Frau Reuter das Wort. „Ich werde nicht mehr
lange leben. Aber das macht nichts. Ich bin bereit zu sterben.
Das Leben hat es eh nie gut mit mir gemeint."

Die Oberkommissarin hatte einige Mühe, sie zu verstehen.
Ihre Stimme war zittrig und leise. Nach jeder Silbe atmete sie
tief ein. Machte öfter eine Pause. Trotz allem war es ihr offensichtlich ein Bedürfnis, sich mitzuteilen.

Die Kommissarin musste die Tränen unterdrücken. Sie wurde in ihrem Beruf oft mit Grausamkeiten konfrontiert, doch das Schicksal dieser Frau ging ihr irgendwie besonders nah.

„Ich bin Oberkommissarin Jossi Hammerschmidt. Ich bearbeite den Fall des jungen Mädchens aus der Hütte", stellte sie sich vor. „Sind Sie in der Lage, mir einige Fragen zu beantworten? Ich mache es auch kurz."

„Ja, fragen Sie ruhig."

„Kennen Sie die Hintermänner ihres Mannes?"

„Ich habe nicht viel mitbekommen. Soviel ich weiß, hat er nur telefonisch Aufträge entgegengenommen. Das Geld wurde ihm in einem Briefumschlag in den Briefkasten gesteckt. Er war ja der Einzige, der die Post herausnehmen durfte. Mich hatte er schon lange nicht mehr aus dem Haus gelassen."

„Sind irgendwann mal Namen gefallen?"

„Nein, mein Mann sagte nie einen Namen am Telefon. Es war nur immer wieder von einem *Herrn X* die Rede. Wenn mein Mann mitbekommen hätte, dass ich lausche, hätte er mich windelweich geprügelt. Er hatte immer schon mit unseriösen Geschäften zu tun. Aber für diesen *Herrn X* arbeitete er erst seit einigen Wochen. Für mich war es in gewisser Weise eine Erleichterung, wenn er seine sadistische Neigung woanders ausleben konnte, doch glücklich war ich darüber nicht. Ich wusste ja, dass jetzt jemand anderes an meiner Stelle litt. Als ich erfuhr, dass es dabei um junge Mädchen ging … das machte es für mich noch viel schlimmer."

„Was waren denn seine Aufgaben?"

„Er musste einmal am Tag zu der Hütte fahren. Dem jeweiligen Mädchen zu essen und zu trinken bringen. Es ging ja meistens nur um einen Tag und eine Nacht. Zwischen jedem Mädchen war eine längere Pause. Nur bei der Letzten dauerte es länger. Ich hörte, wie mein Mann am Telefon zu jemandem sagte, dass sich *Herr X* nicht meldete. Er habe ihn auch noch nicht bezahlt. Mein Mann ging wohl davon aus, dass etwas schiefgelaufen war."

„*Herr X* tauchte also nicht wieder auf?"

„Soweit ich das mitbekommen habe, nein."

„Was machte er mit den Mädchen? Misshandelte er sie?"

„Er schlug sie nicht, wenn Sie das meinen. Er spielte seine kranken Spiele mit ihnen, demütigte sie und so. Aber da sich *Herr X* nicht mehr meldete, befürchtete ich das Schlimmste. Bevor wir zum Arzt fuhren, kündigte er an, dass er genug von getrocknetem Schweinsleder hätte – damit hatte er mich gemeint. Er beleidigte mich immer mit so ausfallenden gemeinen Bemerkungen, und das bei jeder Gelegenheit. Er prahlte damit, was er vorhatte, dem Mädchen anzutun und ich wusste, dass er es auch tun würde. Deswegen musste ich es versuchen, wissen Sie? Um Hilfe zu bitten in der Praxis. Wie geht es dem Mädchen inzwischen?"

„Sie liegt auf der Intensivstation. Man päppelt sie dort wieder auf." Die Polizistin bewunderte Frau Reuter, sie hatte ihr eigenes Leben für das Mädchen riskiert und auch jetzt, in ihrem Zustand, versuchte sie zu helfen. Sie hoffte sehr, dass Frau Reuter ihren Frieden finden würde. Es klopfte an die Tür, eine Schwester trat ein.

„Sie müssen jetzt gehen", teilte sie Jossi Hammerschmidt mit. „Frau Reuter braucht Ruhe."

Die Kommissarin nahm die zerbrechliche Hand der Frau und streichelte sie.

„Ich danke Ihnen für Ihre Mithilfe. Sie sind eine sehr tapfere Frau."

Bevor Hammerschmidt sich abwandte, sah sie Tränen in den Augen von Frau Reuter aufsteigen. Wie so viele Opfer häuslicher Gewalt fiel es ihr anscheinend schwer zu sehen, wie mutig das, was sie getan hatte, wirklich war. Aber Fakt ist, hätte sie sich nicht an das Praxispersonal gewandt, hätte Sophie Scheffler höchst wahrscheinlich nicht überlebt. Nach einem letzten freundlichen Lächeln drehte sich die Polizistin um und verließ den Raum.

Zurück auf dem Revier, erzählte sie ihrem Kollegen Prodendorf von dem Gespräch mit Frau Reuter. Dieser machte sich eifrig Notizen für die anstehende Vernehmung von Herrn Reuter. Obwohl er diesem lieber aus dem Weg gegangen wäre, wusste er, wie wichtig es war, dass er die Vernehmung fortführte.

„Ich geh dann mal rein. Reuter wartet. Wünsch mir Glück."

„So langsam verliere ich die Geduld", sagte Polizeihauptmeister Prodendorf zu Reuter. Dieser hatte sich ganz bequem auf seinem Stuhl zurückgelehnt und starrte an die Decke. Tippte mit den Fingern auf dem Schreibtisch herum. Er glaubte wohl noch immer, dass man ihm nichts anhaben könnte. Er benahm sich selbstgefällig und unkooperativ.

„Lassen Sie mich doch endlich in Ruhe! Sie können mir gar nichts. Ich bin unschuldig, habe das Mädchen nicht entführt. Ich habe nur auf sie aufgepasst und das ist kein Verbrechen. Im Gegenteil, ich habe mich um sie gekümmert, Sie sollten mir dafür danken."

„Sie sind echt krank. Lassen Sie mich Ihnen mal aufzählen, was wir Ihnen bis dato nachweisen können: Da wäre natürlich zu allererst Freiheitsberaubung, Nötigung, Körperverletzung, unterlassene Hilfeleistung und noch einiges mehr und das nur im Bezug auf dieses eine Mädchen. Von ihrer Frau und den anderen Mädchen habe ich noch gar nicht angefangen. Sie werden für eine lange Zeit im Knast sitzen, verlassen Sie sich drauf."

„Ich wurde dazu gezwungen."

„Ja, klar. Und wer hat Sie dazu gezwungen? Ihr *Herr X*? Ein Phantom. Dieser Unbekannte füllte Ihren Briefkasten also aus reiner Nächstenliebe mit Geldscheinen, obwohl er sie doch *gezwungen* hat, richtig? Wenn Sie sich schon herausreden wollen, dann versuchen Sie es bitte mit weniger Blödsinn. Wir haben die Aussage Ihrer Frau, sie belastet sie schwer."

„Sie ist doch nicht mehr ganz richtig im Kopf. Ihr kann man nichts glauben. Es steht Aussage gegen Aussage."

„Was glauben Sie, was sie uns das Mädchen – ihr Opfer! – wohl erzählen wird, wenn wir sie morgen befragen dürfen?"

„Ich habe sie nicht verletzt. Das war der Peters. Er hat sie geschlagen."

„Aus dieser Geschichte kommen Sie nicht mehr raus. Allein das, was Sie Ihrer eigenen Frau angetan haben, reicht bereits für mehrere Jahre hinter Gitter. Wenn ich Sie wäre, würde ich mich etwas kooperativer zeigen – vielleicht kommt man Ihnen bei der Staatsanwaltschaft dann etwas entgegen. Im Gefängnis werden Frauenschläger und jene, die sich an Kindern vergreifen, nicht besonders herzlich von ihren Mitinsassen aufgenommen."

„Meine Frau fantasiert doch nur. Sie ist krank, ihr Hirn ist vom Krebs zerfressen. Sie konnte das Haus nicht verlassen, weil sie zu schwach war. Ich hab ihr gar nix getan. Alles beschissene Lügner, diese Weiber!"

„Ich will jetzt endlich wissen, wer außer Ihnen, Peters und Hofstetter noch mit drin steckt. Wer ist *Herr X*?"

„Weiß ich nicht! Ich arbeite mit niemand zusammen, ich bin mein eigener Chef."

„Aber wer hat Sie dann gezwungen, wie Sie sagten? Ihre Geschichte stimmt hinten und vorne nicht, Herr Reuter. Und was ist mit dem Geld, das sich wie von Geisterhand gesteuert, in Ihren Briefkasten verirrte? Haben Sie sich selbst auf diese Weise bezahlt?"

„Ein Bekannter hatte Schulden bei mir. Die hat er zurückgezahlt und weil er mich nicht antraf, hat er es einfach in den Briefkasten gesteckt. Das haben Sie doch sicher auch von meiner Frau. Die soll einfach ihr vorlautes Maul halten, sonst sorge ich dafür, dass …"

„Na, was wollten Sie sagen? Dass sie es sonst nicht mehr aufbekommt? Dazu werden Sie wohl kaum noch Gelegenheit haben. Sie reden sich um Kopf und Kragen, ist Ihnen das nicht klar? Ein Geständnis wirkt sich positiv beim Strafmaß aus. Ich kann Ihnen dazu nur raten. Machen Sie reinen Tisch. Also: Wo steckt Peters? Wo hält er sich auf?"

„Ich kenne ihn wirklich nicht. Ich kenne keinen von denen persönlich. Das sagte ich doch schon. Und das stimmt."

„Sie hatten also doch Auftraggeber? Wie kamen Sie mit ihnen in Kontakt? Es müssen doch Gespräche stattgefunden haben. Die haben Ihren Namen bestimmt nicht aus dem Telefonbuch und haben Ihnen die Aufträge per Telepathie zugesandt. Wo haben Sie sich mit denen getroffen? In Ihrem Stammlokal? Zu Hause, während Sie andere krumme Dinger drehten? Ich brauche Namen."

„Ich bin früher mal in was reingerutscht, nichts Nennenswertes, eine Prügelei, ich hab auch schon mal was geklaut. Das gebe ich ja zu. Doch das ist schon lange her und längst verjährt. Ich saß noch nie im Gefängnis. Ich mach so was nicht mehr."

„Sie saßen zwar noch nicht im Gefängnis, was sich jetzt natürlich ändern wird, doch mehrere Bewährungsstrafen sprechen für sich. Aber gut, wenn Sie sich nicht selbst helfen wollen, bitte sehr. Wir kriegen das alles auch ohne Ihre Hilfe raus. Und jetzt lasse ich Sie zurück in Ihre Zelle bringen."

Es klopfte. Jossi Hammerschmidt drückte die Tür auf. „Hättest du mal einen Moment?"

„Komm ruhig rein, ich bin fertig mit der Vernehmung. Unser Kollege bringt Herrn Reuter wieder da hin, wo er hingehört."

Jossi Hammerschmidt ging an ihrem Kollegen vorbei und setzte sich auf den Stuhl, auf dem Reuter eben noch gesessen hatte. Prodendorf wurde sofort ernst, er konnte seiner Kollegin ansehen, dass sie zutiefst erschüttert war.

„Was ist passiert?"

„Eulenbach. Er ist tot. Ermordet."

„Verdammt!", fluchte der Polizist. Natürlich hatten sie beide schon geahnt, dass es darauf hinauslaufen würde, aber dennoch … es war einfach so sinnlos und ungerecht. „Weißt du schon Näheres?"

„Ein Spaziergänger hat den Fund gemeldet. Sein Hund war ihm entwischt, hatte plötzlich laut gebellt und als er nachgesehen hat … lag da Eulenbach, gut versteckt, wie ich gehört habe."

„Woher weißt du denn, dass es sich um Eulenbach handelt?"

„Noch ist es natürlich nicht offiziell, aber wer sollte es sonst sein?"

„Tut mir leid. Ich weiß, du mochtest ihn. Ich konnte ihn auch gut leiden."

„Danke. Rust hat unsere Leute schon an den Tatort geschickt. Ich muss leider auch sofort aufbrechen. Rust begleitet mich. Er will, dass du hier die Stellung hältst. Das soll ich dir übrigens ausrichten. Du glaubst ja nicht, wie gern ich mit dir tauschen würde."

„Wo ist denn der Fundort?"

„Nicht weit von der Hütte entfernt, in der wir das Mädchen

gefunden haben. Etwas tiefer in den Wald hinein. Der arme Spaziergänger ist wohl ziemlich fertig. Verständlich, das wäre wohl jeder. Ich melde mich, wenn ich mehr weiß."

Die Polizisten am Tatort hatten das Gebiet um den Leichenfundort herum großzügig abgeriegelt.

„Ich möchte gar nicht wissen, was unter dieser Plane zu sehen ist", sagte Hammerschmidt zu ihrem Kollegen Rust, als sie am Tatort ankamen. Die Spurensicherung war bereits fleißig bei der Arbeit. Die Pathologin hatte die Untersuchung der Leiche schon abgeschlossen. Sie stand neben ihr und begrüßte die Ankömmlinge.

„Da seid ihr ja, ich habe auf euch gewartet. Dann kommt mal näher."

Die Rechtsmedizinerin schlug die Plane ein wenig zurück, sodass der Kopf und ein Teil des Oberkörpers frei lagen. Hammerschmidt konnte einen überraschten Aufschrei nicht unterdrücken. Alle starrten sie verwirrt an. So eine Reaktion war äußerst ungewöhnlich, vor allem für eine erfahrene Polizistin, wie sie.

Auch ihr Kollege Rust war fassungslos und stammelte ein paar unzusammenhängende Worte.

Nun war er es, der angestarrt wurde. Beide hatten nicht mit dem gerechnet, was ihnen da so eben enthüllt worden war.

Jürgen Peters lag auf dem Rücken in einer Blutlache. Mehr war auf den ersten Blick nicht zu erkennen, aber das reichte, um die beiden gestandenen Polizisten sprachlos zu machen. Wie konnte das sein? *Wenn Peters hier lag, was bedeutete das dann für ihren Fall? Und für den Fall Sophie Scheffler? So ein Chaos!*, dachte Hammerschmidt.

„Ich werde eine Autopsie vernehmen", teilte ihnen die Pathologin mit. „Verdacht auf Gewalteinwirkung. Kennen Sie den Mann?", fragte sie, weil sie sich die betroffenen Gesichter nicht erklären konnte. „Normalerweise seid ihr nicht so zimperlich, wenn ihr vor einer Leiche steht."

„Wir sind nur überrascht. Wir glaubten, jemand anderen hier vorzufinden", sagte die Kommissarin, noch immer erschüttert.

Sie musste sich von der Leiche abwenden, ging ein Stück zur Seite und die Rechtsmedizinerin folgte ihr.

„Wir dachten, es wäre Herr Eulenbach, ein Detektiv, der seit Tagen vermisst wird."

„Aber meine Leiche kennt ihr auch, oder?"

Jossi Hammerschmidt brauchte einen Moment, um die Fassung zurückzugewinnen. Sie atmete tief ein und antwortete der Pathologin: „Ja, nach ihm wird gefahndet."

„Bei euch ist gerade wohl ziemlich viel los, was?", meinte die Rechtsmedizinerin.

Hammerschmidt nickte nur erschöpft. Oh ja, es war gerade wirklich viel los.

Zurück im Büro saßen sich Hammerschmidt und Rust gegenüber und wirkten noch immer angeschlagen. Dieser Fall wurde gefühlt mit jedem Tag komplizierter. Peters Ermordung ließ auch Eulenbachs Tod wahrscheinlicher werden. Trotzdem, es half alles nichts, sie konnten nicht hier rumsitzen und grübeln, sie hatten einen Fall zu lösen – nun jetzt eigentlich zwei Fälle, die miteinander in Verbindung standen.

„Lass uns das alles mal auseinander dröseln. Peters war eindeutig nicht erst seit Kurzem tot. Er wurde also ermordet, als das Mädchen noch in der Hütte festgehalten wurde", begann Hammerschmidt. „Doch der Mörder hätte sie nicht zurückgelassen, wenn sie für ihn interessant gewesen wäre. Was ist im Wald passiert? Irgendwie scheint es unlogisch, dass der Mord nichts mit dem Mädchen – oder den Mädchen zu tun hat, aber in dem Fall hätte derjenige Sophie Scheffler entweder mitgenommen oder freigelassen."

Rust wandte sich ihr zu. „Wir müssen den genauen Todeszeitpunkt abwarten, um sicher zu sein. Wenn er gleich, nachdem er das Mädchen dorthin brachte, ermordet wurde, würde das erklären, warum sich Peters nicht mehr bei Reuter gemeldet hat. Den Auftrag, nach ihr zu sehen, musste er Reuter demnach schon zu einem früheren Zeitpunkt erteilt haben. Das hat ihr wohl das Leben gerettet. Trotzdem stellt sich die Frage nach dem Warum. Warum hat derjenige, der Peters ermordet hat, das Mädchen nicht befreit oder einen anonymen

Tipp abgegeben? Ich denke, man muss schon ziemlich abgebrüht sein, um ein fünfzehnjähriges Kind einfach seinem Schicksal zu überlassen."

„Ja, das stimmt", nickte Hammerschmidt.

„Außerdem glaube ich nicht, dass eine unbeteiligte Person an diesem Tag, bei dem miesen Wetter, dort im Wald spazieren ging und sich plötzlich dazu entschied, Peters umzubringen. Das passt einfach nicht. Entweder er hatte einen Feind, der ihm gefolgt ist und die Gelegenheit genutzt hat oder … keine Ahnung. Ohne Frau Reuter … daran will ich gar nicht denken."

Jossi malte Männchen auf ein leeres Blatt. Dann sah sie auf.

„Normalerweise lässt sich ein abgebrühter Verbrecher eine solche Gelegenheit nicht entgehen. Sie war festgebunden, er hätte leichtes Spiel mit ihr gehabt. Andererseits hätte der Mord an Sophie Scheffler deutschlandweit für Schlagzeilen gesorgt, während ein Mord unter Kriminellen schnell wieder in Vergessenheit gerät. Ich weiß nicht, irgendetwas stimmt da nicht. Meinst du wirklich, es war ein großer Unbekannter? Was ist mit Hofstetter und Reuter?"

„Traust du ihnen wirklich einen so brutalen Mord zu? Ich nicht."

„Vielleicht hatten sie Streit", verteidigte Hammerschmidt ihre Theorie, „weil Peters zu gierig wurde und in die eigene Tasche wirtschaftete? Es wurden schon Morde für weniger begangen. Oder sie fühlten sich mit ihm nicht mehr sicher. Die Polizei suchte nach Peters. Er war zur Gefahr geworden und könnte den ganzen Laden auffliegen lassen. Vielleicht liege ich auch falsch und es ging gar nicht um Reuter und Hofstetter. Wer weiß, wen Peters sich noch zum Feind gemacht hat."

„Lassen wir die Spekulationen, wir haben genug Arbeit, konzentrieren wir uns erst mal auf die Fakten und dann sehen wir weiter. Bei einer Sache gebe ich dir allerdings recht: Irgendwas stimmt da nicht."

Rust wirkte auf einmal sichtlich genervt. Immer wenn er nicht weiter wusste, räumte er auf seinem Schreibtisch herum. Rückte einige Dinge zurecht, sortierte seine Stifte nach Farben oder ließ Akten in eingebauten Hängeablage seines Schreibtisches verschwinden. Jossi fand das Verhalten ihres Kollegen unmöglich.

Aber sie wusste aus Erfahrung, dass es nichts brachte, ihn zu drängen, wenn er eine seiner Phasen hatte. Da fuhr Rust auf einmal fort: „Irgendwie sagt mir mein Bauchgefühl, dass alles, was in letzter Zeit los war, irgendwie zusammenhängt. Keine Ahnung wie. Aber irgendwie … das kann kein Zufall sein. Oder?"

Jossi sparte sich eine Antwort. Wenn Rust anfing, das Wort „irgendwie" inflationär zu gebrauchen, bedeutete das normalerweise, dass er so tief in seinen Gedanken steckte, dass man ihn nur mit einem Bagger wieder rausbekam.

„Ich würde vorschlagen, wir fangen noch mal ganz von vorne an. Wir müssen alles, was passiert ist, in eine chronologische Reihenfolge bringen und schauen, ob und wenn ja, wo es Überschneidungspunkte gibt. Irgendwie glaube ich, dass wir welche finden werden. Das heißt: Ab morgen sammeln wir Überstunden."

„Das ist ja nichts Neues in letzter Zeit."

„Ich weiß, wer mag schon Überstunden? Aber was sollen wir sonst machen? Ich lasse die Verbindungsdaten von Peters Handy auslesen, vielleicht hilft uns das ja weiter. Ich verspreche mir einiges davon. Seine Kontobewegungen sind hoffentlich auch interessant für uns. Seine Wohnung müssen wir noch einmal gründlich durchsuchen. Und die Alibis verschiedener Personen überprüfen. Wir brauchen Erfolge, sonst zerreißt uns die Presse. Am besten werfen wir denen erst mal Reuter zum Fraß vor, ihn können wir festnageln. Ein erster Ermittlungserfolg – das ist doch schon mal etwas. Die Beweise, die wir haben, reichen aus, um ihn anzuklagen. Wenn der merkt, dass es ernst wird, packt er vielleicht aus. Um Hofstetter zu knacken, müssen wir uns was einfallen lassen. Jeder hinterlässt Spuren. Irgendwie steckt der in der Sache mit drin, wir müssen nur die Verbindung finden."

„Na toll! Ich sage nur: Nadel und Heuhaufen." Hammerschmidt dachte mit Grauen an die nächsten Tage und Wochen, aber ihr war ebenso klar, dass ihnen keine andere Wahl blieb.

17

MITTWOCH, 09.11.

Klara musste unbedingt wissen, was am Vortag passiert war. Die rasenden Polizeiwagen ließen ihr keine Ruhe. In den Nachrichten brachten sie nichts darüber. Die einzige Möglichkeit, etwas zu erfahren, war also, eine Tageszeitung zu kaufen. Klara hoffte weiterhin, dass lediglich ein Unfall passiert war. Den Gedanken an Eulenbach verdrängte sie, so gut sie konnte.

Ihre Grübelei wurde durch einen Anruf aus dem Krankenhaus unterbrochen: Man wollte Sophie schon heute im Laufe des Vormittags auf eine normale Station verlegen. Entlassen wollten sie sie allerdings noch nicht. Sophies Arzt erklärte ihr lang und breit, dass Sophies psychischer Zustand sehr labil sei und er dringend dazu riet, dass sie umgehend eine Therapie begann. Das ließ sich natürlich innerhalb des Krankenhauses deutlich leichter anleiern, außerhalb waren die Wartezeiten unglaublich lang – das hatte Klara bereits selbst recherchiert. Unfassbar, dass man in Deutschland Menschen mit psychischen Erkrankungen so lange warten ließ. Zudem, hatte der Arzt erklärt, musste man die Betten der Intensivstation für Patienten freimachen, die an Maschinen angeschlossen werden mussten. Sophie sei körperlich in einem guten Zustand, sodass man die Verlegung guten Gewissens verantworten könne. Sie solle aber noch mindestens zwei Tage zur Beobachtung im Krankenhaus bleiben, bevor sie nach Hause dürfe – vorzugsweise nachdem sie mindestens eine Sitzung mit einem Therapeuten gehabt hatte.

Als Klara im Krankenhaus ankam, hatte der Kiosk noch geschlossen. Die Zeitung würde sie also später kaufen müssen. Das war ihr auch ganz recht, erst einmal musste sie zu Sophie. Sie war ja so froh, dass man Sophie eine Therapeutin zur Seite stellte, angesichts dessen, was Sophie durchgemacht hatte. Wahrscheinlich fiel es ihr leichter, sich einer Frau zu öffnen.

An der Information erkundigte sie sich nach Sophies Zimmernummer und machte sich auf den Weg durch die labyrinthartigen Gänge zu ihrer Tochter. Klara war stolz auf sich, weil sie sich nur ein einziges Mal verlief. Am richtigen Zimmer angekommen, klopfte sie und ging hinein. Sophie erwartete sie bereits und nahm sofort die Kopfhörer ab. Wenn sich Klara daran erinnerte, wie oft sie ihre Tochter früher hatte ermahnen müssen, die Kopfhörer abzusetzen, damit sie sich unterhalten konnten … ein kleiner Teil von ihr sehnte sich nach dieser Normalität.

„Gut, dass du da bist, Mama."

Klara stellte ihre Tasche ab, trat neben Sophies Bett und umarmte sie vorsichtig. Danach setzte sie sich aufs Bett und nahm ihre Hand.

„Wie geht es dir denn heute?"

Sophie hatte das dringende Bedürfnis, sich ihrer Mutter anzuvertrauen. Sie sah an ihr vorbei und platzte einfach mit all dem heraus, was sie so dringend aussprechen musste: „Sie haben mir gestern Abend was gegeben, weil die Angst besonders schlimm war. Es war einfach alles zu still und so dunkel! Dort war es auch immer so still und dunkel. Und plötzlich war es irgendwie, als wäre ich wieder in der Hütte. Und mein Herz hat ganz furchtbar schnell geschlagen. Ich hab keine Luft mehr gekriegt und dachte, ich müsste ersticken. Mama, es war so schlimm!"

Tränen rannen Sophie die Wangen hinab und Klara spürte, wie ihr das Herz brach. Ihr armes Mädchen. Sofort schlang sie die Arme um Sophie, doch diese war noch nicht fertig. Es war, als wäre ein Damm in ihr gebrochen und die Worte strömten einfach aus ihr heraus.

„Ich mag es nicht mehr, wenn es still ist und dunkel. Ich glaube immer, ich bin wieder dort und der böse Mann kommt zurück. Wenn ich Musik höre, denke ich nicht an Jürgen und die Hütte, dann geht's mir gut. Aber Mama, mein Gesicht! Ich hab mich im Spiegel angeschaut. Was, wenn das nicht mehr weggeht?"

„Glaub mir, du wirst bald wieder so hübsch aussehen wie vorher. Dein Arzt hat mir versprochen, dass du keine Knochenbrüche hast. Es sind nur Blutergüsse und ein paar Schwellungen. Ich habe dir eine gute Creme mitgebracht, die wird helfen. Ich wünschte, ich könnte dir die Angst abnehmen, mein Schatz. Aber wir werden Wege finden, damit es nicht mehr so schlimm ist. Du wirst eine Therapie anfangen und bald schon wird es dir besser gehen. Das heißt aber nicht, dass ich nicht auch für dich da bin, wann immer du darüber reden möchtest. Ich liebe dich, Sophie und ich bin für dich da. Wir schaffen das gemeinsam."

„Ich hab dich auch lieb, Mama. Aber ich wollte dich noch was fragen. Haben sie Jürgen gefunden?"

„So viel ich weiß noch nicht. Ich hoffe, dass sie ihn bald finden werden."

„Warum war er plötzlich so gemein zu mir? Ich muss immer daran denken. Ich hab gar nichts gemacht und plötzlich war er wie ein anderer Mensch."

„Du hast es erfasst, Sophie. Du hast nichts falsch gemacht. Aber der Jürgen, den du zu kennen glaubtest, ist nicht der echte Jürgen. Er hatte sich verstellt, damit du ihn magst und ihm vertraust. Diese Fassade ist eingestürzt und er hat dir sein wahres Gesicht gezeigt, als er gemein wurde."

„Und wenn er mitbekommen hat, dass ich hier bin? Was, wenn er hier auftaucht? Mama, ich hab Angst. Ich will nicht, dass er mich findet. Er könnte einfach so in mein Zimmer kommen, was, wenn er mich wieder mitnimmt? Ich kann nicht wieder in die Hütte, Mama, das halte ich nicht noch mal aus. Bitte Mama, mach, dass er mich nicht wieder mitnimmt."

Klaras Herz brach erneut für ihre Tochter. Ihre Sophie so verängstigt zu sehen, ihre Worte zu hören – Gott, sie klang dabei so jung, so hilflos. Sie musste sich etwas einfallen lassen, um ihr die Angst zu nehmen. „Du bist hier in Sicherheit, Sophie. Glaub mir, Jürgen ist auf der Flucht, der traut sich nicht hierher.

Wahrscheinlich ist er längt ein oder zwei Bundesländer entfernt und versucht irgendwie der Polizei zu entkommen. Du kannst deine Klingel am Bett benutzen, wenn dir irgendwas seltsam vorkommt. Dann kommt gleich eine Schwester und schaut nach dir."

Sophie wirkte immer noch ängstlich, aber ein klein wenig zuversichtlicher. „Hat man eigentlich meine Tasche mit meinem Handy, meinem Laptop und den anderen Sachen gefunden?"

„Nein, noch nicht. Wenn die Sachen nicht mehr auftauchen, kaufe ich dir einen neuen Laptop und ein neues Handy. Pascal kann sie dir einrichten."

„Wer ist Pascal?"

„Ein Arzt, der bei mir in der Praxis arbeitet, wir … na ja …"

„Ist er dein Freund?"

Klara seufzte. Also gut, dann eben Klartext: „Ja, er ist mein Freund. Ich wollte dir das schonender beibringen, aber anlügen möchte ich dich auch nicht."

„Ist er nett?"

„Wenn du möchtest, kann ich ihn mal mitbringen. Dann kannst du dir selbst ein Bild machen. Aber ja, er ist sehr nett."

„Weiß Papa davon?"

„Ja, Pascal hat mich abgeholt, als du eingeliefert worden bist. Und Papa war auch da."

„Und wie hat er reagiert?"

„Das weiß man bei deinem Vater nie so genau. Begeistert war er nicht. Das konnte ich ihm ansehen. Aber das lag bestimmt nicht an Pascal. Darf ich ihn mitbringen?"

„Ja. Warum nicht? Wenn er nett zu dir ist. Ich glaube jetzt auch nicht mehr, dass du und Papa wieder zusammenkommt."

Das war Klara neu. Sie gab sich alle Mühe, ihre Verblüffung zu verbergen, aber wenn Sophie das wirklich gewollt hatte … war das vielleicht der Grund für ihr verändertes Verhalten gewesen? Warum hatte sie das Thema nie angesprochen? Egal, das war jetzt nicht wichtig.

„Du weißt, dass du mir immer alles sagen kannst. Du musst Pascal nicht gleich mögen oder behaupten, dass du es tust, obwohl du noch Zeit brauchst. Du bist und bleibst die Nummer eins für mich, okay?"

„Ich weiß. Darf ich mich jetzt umziehen? Ich habe immer noch diesen Krankenhauskittel an. Du hast mir doch was zum Anziehen mitgebracht?"

„Klar hab ich das. Was Bequemes. Wie hätte ich das vergessen können?"

Klara überreichte ihrer Tochter die Tasche, die sie für sie gepackt hatte und ging, als Sophie zum Umziehen im Badezimmer verschwand, zum Fenster, um es zu kippen. Sie fand die Luft im Zimmer stickig. Sie blickte nach draußen. Es war so ein richtig dunkler November-Tag. Die Wolken hingen tief, schmuddeliges Grau, soweit man schauen konnte. Im Zimmer waren die Lampen an. Trotz der großen Fenster, und obwohl es schon bald Mittag war. Es hätte genauso gut schon Abend sein können.

Kaum, dass Sophie wieder im Bett lag und Klara ihren Platz wieder eingenommen hatte, klopfte es an die Tür und Ulrich trat ein. Er fiel überall auf mit seinem tadellos sitzenden Anzug und den sichtbar teuren Accessoires. Dazu noch seine kerzengerade Haltung und der herausfordernde Blick. Er zog oft alle Blicke auf sich, wenn er einen Raum betrat. Klara konnte ihn jetzt so sehen, wie er wirklich war, aber auch sie hatte früher seinen Stil bewundert. Lydia, die hinter ihm eintrat, bemerkte zunächst keiner. Sie kroch hinter ihm hervor und stellte sich ans Bettende. Sie hielt sich an der oberen Eisenstange fest und wirkte komplett fehl am Platz, als Ulrich seine Tochter überschwänglich begrüßte.

„Mein armes Mäuschen", rief er aus. Legte sich halb übers Bett und erdrückte Sophie fast. Dann zog er sich den letzten freien Stuhl heran – es gab nur zwei – und setzte sich darauf. Klara saß auf dem anderen Stuhl und Lydia blieb nichts anderes übrig, als am Fußende des Bettes stehen zu bleiben. Klara fand Ulrichs Verhalten unmöglich. Sie bot Lydia ihren Stuhl an und setzte sich aufs Bett ihrer Tochter.

„Hallo Sophie", sagte Lydia. „Es ist schrecklich, was dir passiert ist. Ich hoffe, dass du bald wieder gesund wirst."

„Danke", antwortete Sophie. Ob es echt gemeint war, wusste Klara nicht. Spielte auch keine Rolle. Immerhin hatte Lydia etwas Nettes zu ihrer Tochter gesagt.

Nach einer Weile stand Klara wieder auf und sagte, ohne dass sie jemand Besonderen ansprach: „Ich geh mal schnell zum Kiosk, kaufe mir eine Zeitung, ich bin gleich wieder da." Dann sah sie ihre Tochter an. „Du bist ja inzwischen nicht allein. Kann ich dir was mitbringen?"

„Eine Limo. Und meine Lieblingsplätzchen, die kennst du ja. Sonst nichts."

Schon von weitem sah Klara die dicken, schwarzen Buchstaben der Überschrift einer großen Tageszeitung. *Mann tot aufgefunden.* Klara blieb stehen und hielt sich an dem Treppengeländer fest, neben dem sie stand. Sie wusste nicht, was sie tun sollte. Sie war sich sicher, dass es sich bei dem Mann um Eulenbach handeln musste und sofort spürte sie wieder die erdrückenden Schuldgefühle und auch ein wenig Trauer. Sie hatte den Detektiv kaum gekannt, aber er hatte ihr geholfen, als es sonst niemand gekonnt hatte. Seine Hinweise hatten der Polizei bei der Suche nach Sophie geholfen und dafür würde sie ihm ewig dankbar sein. Sie wollte nicht wissen, was mit ihm passiert war, keine Details, aber dann wurde ihr klar, dass sie überall mit Eulenbachs Tod konfrontiert werden würde. Es also besser wäre, informiert zu sein, als es häppchenweise von anderen serviert zu bekommen. Eulenbachs Tod ging ihr viel näher, als sie es erwartet hätte. Aber sie musste an Sophie denken. Sie brauchte sie. Klara konnte später zu Hause zusammenbrechen, aber nicht jetzt und hier. Sie riss sich zusammen und kaufte die Zeitung und die Sachen, um die Sophie gebeten hatte. Sie klappte die Zeitung zusammen, klemmte sie sich unter den Arm und suchte sich anschließend eine ruhige Ecke. Dort schlug sie die Zeitung auf und machte sich bereit für das, was sie erwarten würde.

Nur um dann den Boden unter den Füßen weggezogen zu bekommen. Fassungslos starrte Klara die Seite an, auf der statt Eulenbachs Foto Jürgen Peters abgebildet war. Peters war tot? Wie? Und wann? Er war doch auf der Flucht! Warum sollte ihn jemand umbringen? Hing das etwa irgendwie mit Sophie zusammen? Gab es da jemand, der bereit war, der Gerechtigkeit wegen für sie zu morden? Nein, halt. Wenn jemand Sophie hätte rächen wollen, hätte derjenige sie anschließend befreit oder wenigstens der Polizei einen anonymen Tipp gegeben. Warum hatte diese Person Sophie gefesselt und hilflos in dieser Hütte zurückgelassen? Klara ließ die Zeitung sinken. Sie war zutiefst schockiert. Nicht, weil Peters tot war – gut, schon auch, aber nicht, weil er ihr leidtat, sondern einfach, weil das so schnell gegangen war. Noch vor wenigen Stunden hatte sie ihre Tochter seinetwegen trösten müssen und jetzt … Moment – Sophie!

Wie würde Sophie diese Neuigkeit aufnehmen? Sollte sie es ihr überhaupt jetzt schon sagen? Was, wenn es das alles für sie noch schlimmer machte? Aber andererseits, Sophie hatte solche Angst vor diesem Mann, würde sie ihr mit der Wahrheit vielleicht diese Angst nehmen können? Würde sie es überhaupt über sich bringen, ihr etwas so Großes zu verschweigen? Nein, das könnte sie nicht. Klara musste es also drauf ankommen lassen.

In dem langen Krankenhausflur traf sie auf Lydia, die sie erschrocken ansah, als ob sie sich ertappt fühlte. Sie wirkte nervös, zappelte ständig herum und konnte nicht still stehen.

„Ich war auf der Toilette", sagte sie und es klang, als wollte sie sich dafür entschuldigen.

„Was ist mit dir, Lydia, du hast doch was?"

Sie zögerte eine ganze Weile und als Klara schon sicher war, dass sich ihr die andere Frau nicht anvertrauen würde, schüttete sie ihr doch das Herz aus: „Es geht um Ulrich. Er spricht kaum noch mit mir und wenn, meckert er nur. Seiner Meinung nach mache ich alles falsch. Es war noch nie einfach mit ihm, aber in der letzten Zeit ist er unausstehlich. Manchmal bleibt er über Nacht weg und wenn er dann nach Hause kommt, sagt er nur ‚Hallo'. Sonst hat er mich immer gefragt, wie es mir geht oder sich entschuldigt. Und als ich ihn vor ein paar Tagen fragte, wo er war, sagte er nur, es sei geschäftlich gewesen. Ich will ihn nicht verlieren. Glaubst du, es steckt eine andere Frau dahinter?"

Eigentlich war Klara nicht in der Verfassung, sich Lydias Probleme anzuhören. Sie wollte sie aber auch nicht einfach stehen lassen. Allerdings entbehrte das Ganze nicht einer gewissen Ironie, immerhin war einst Lydia die „andere Frau" gewesen.

„Das weiß ich nicht. Das kann alles Mögliche bedeuten. Möglich wäre es allerdings, wie du weißt. Ich würde dir raten, ihn direkt zu fragen."

„Ich weiß nicht ... solange ich es nicht mit Sicherheit weiß, kann ich mir immer noch einreden, dass ich mir das nur einbilde."

Klara bewegte sich langsam, Schritt für Schritt, auf Sophies Krankenzimmertür zu. Sie wusste nicht, was Lydia sich von ihr erwartete. Sie hatte ihr einen Rat gegeben, den sie aber nicht befolgen, sondern lieber den Kopf in den Sand stecken wollte. Was erwartete sie noch von ihr? Mitleid? Dafür hatte sie heute einfach nicht mehr die Kraft. Sie machte sich immer noch Sorgen darüber, wie Sophie wohl auf die Nachricht von Peters Tod reagieren würde. Warum kam Lydia damit ausgerechnet zu ihr? Sie hatte immer gedacht, dass diese Frau sie hasste und in ihr, obwohl Ulrich sie für Lydia verlassen hatte, trotzdem eine Rivalin sah. Dennoch konnte Klara Lydia nicht einfach so stehen lassen.

„Du sollst dir was Eigenes aufbauen. Kurse besuchen, irgendetwas finden, dass dir Spaß macht. Es ist nicht gut, nur zu Hause herumzuhängen. Denk einmal darüber nach."

Klara dachte, damit wäre die Sache erledigt, doch Lydia ließ sie nicht in Ruhe und sprach weiter.

„Ich bin eigentlich mit meinem Leben zufrieden, so wie es ist. Wenn Ulrich wenigstens mal mit mir wegfahren würde. Er unternimmt nie etwas mit mir. Früher sind wir öfter ausgegangen, Konzerte oder in Restaurants. Aber jetzt auf einmal gar nichts mehr."

Sie standen vor Sophies Zimmer. „Wir müssen wieder rein gehen", meinte Klara. „Die wundern sich sicher schon, wo wir bleiben." Während sie das sagte, hatte sie den Türgriff schon in der Hand und bevor Lydia noch etwas erwidern konnte, drückte sie ihn herunter und stieß die Tür weit auf.

Sophie starrte sie an.

„Wo warst du so lange?" Dann sah sie zu Lydia, die neben Klara stand. „Ist euch nicht gut? Ihr seht beide so blass aus."

„Das liegt an dem trüben Licht hier drinnen", log Klara, weil sie Sophie nicht sofort mit den Neuigkeiten überfallen wollte. Sie würde warten, bis sie wieder allein waren.

Klara stützte sich am Bettende ab, an dem zuvor Lydia gestanden hatte, ihre Hand zitterte leicht. Sie brauchte einfach einen Moment, um sich zu sammeln.

„Steht was Schlimmes drin?", fragte Sophie, die die Zeitung in den Händen ihrer Mutter entdeckt hatte und direkt einen Zusammenhang zwischen Zeitung und dem Verhalten ihrer Mutter vermutete. Sie sah ihre Mutter an, selbst Ulrich verstummte und wartete auf eine Antwort von ihr. Klara fühlte sich in die Ecke getrieben. Jetzt musste sie doch mit der Wahrheit herausrücken. Sie seufzte. Besser Sophie erfuhr es von ihr, als von jemand anderem.

„Nicht direkt etwas Schlimmes", begann Klara. „Aber etwas, mit dem ich nicht gerechnet hatte. Ich möchte es dir sagen, aber ich bin mir auch nicht sicher, wie du es aufnehmen wirst."

„Hat es mit Jürgen zu tun, hat man ihn gefasst?"

„Gewissermaßen."

„Was meinst du damit, Mama?"

„Er ist tot. Anscheinend wurde er ermordet."

Sophie starrte ihre Mutter mit weitaufgerissenen Augen an, sie war blass geworden, wirkte aber nicht am Boden zerstört. Das war immerhin etwas.

„Wurde er ermordet, als ich noch in der Hütte war?"

Klara nickte.

„Oh Gott!", rief Sophie aus. „Das heißt, wenn man mich nicht gefunden hätte, wäre ich auch dort gestorben, oder?"

„Aber du wurdest gefunden, Schatz."

„Ich weiß nicht, warum ihr zwei euch so aufregt. Der Kerl hat nichts anderes verdient und außerdem liegt der so wenigstens nicht mehr dem Steuerzahler, also uns allen, auf der Tasche. Recht so, sage ich dazu nur."

Genau das hatte Klara vermeiden wollen. Warum konnte Ulrich nicht einfach mal den Mund halten?

„Papa! Hör auf damit! Niemand hat so etwas verdient."

„Manche schon. Der zum Beispiel."

Sophie drehte sich zur Seite und weinte in ihr Kissen hinein.

„Verdammt noch mal, Ulrich! Kannst du dich nicht ein einziges Mal zusammenreißen?" Klara war verärgert. So benahm man sich nicht an einem Krankenbett. Er hatte einfach kein Feingefühl, dieser ungehobelte Klotz.

Sie tröstete ihre Tochter und strich ihr sachte übers Haar. Dann klingelte ihr Handy. Wie so oft hatte Klara vergessen, es auszuschalten. Die Anrufer-ID zeigte den Namen an und Klara beschloss, den Anruf anzunehmen.

Nach einem freundlichen Austausch von Begrüßungen kam Oberkommissarin Jossi Hammerschmidt direkt zur Sache: „Haben Sie die Neuigkeiten schon erfahren?"

„Warten Sie bitte einen kurzen Moment."

Klara ging auf den Flur. Sie wollte verhindern, dass Sophie durch das Gespräch noch mehr aufgewühlt wurde.

„Ja, ich weiß es schon. Ich bin gerade im Krankenhaus. Es stand in der Zeitung."

„Ich wollte Sie fragen, wie es Ihrer Tochter geht, wir müssen sie befragen. Denken Sie, sie ist dem gewachsen?"

„Sie ist seit heute auf der normalen Station. Körperlich geht es ihr besser. Aber seelisch … sie hat mit Ängsten zu kämpfen – was angesichts dessen, was ihr passiert ist, normal ist. Ich musste ihr eben von Peters erzählen, sie hat es mir angesehen, dass ich ihr etwas verschweige und sie hat die Nachricht nicht gut verkraftet."

„Da kommt ja auch einiges zusammen. Sie dachte, dass sie ihn liebt und er diese Gefühle erwidert, dann der Schock, dass es nicht so war und die Gefangenschaft, Reuter und jetzt das. Ich schätze, da spielt auch ein großes Stück Erleichterung mit rein und diverse andere Gefühle, die sie gar nicht benennen kann."

„Ja, das denke ich auch. Sie sagte mir erst kurz bevor ich das von Peters erfuhr, dass sie schreckliche Angst davor hat, er könnte ins Krankenhaus kommen und sie erneut mitnehmen. Ich denke, sie ist zu einem großen Teil erleichtert, dass er ihr nichts mehr tun kann."

„Mein Kollege und ich sind auf dem Weg in die Rechtsmedizin. Vielleicht erfahren wir dort etwas über die Umstände von Peters Tod. Wenn es Ihnen recht ist, suchen wir Ihre Tochter morgen auf, dann kann sie die Nachricht erst einmal verarbeiten. Ich wünsche Ihnen viel Kraft und melde mich bald wieder."

18

MITTWOCH, 09.11.

RECHTSMEDIZIN DER STADT BONN

Oberkommissarin Jossi Hammerschmidt und Polizeihauptkommissar Gerhard Rust betraten den ihnen zugewiesenen Raum der Rechtsmedizin. Die Leiche lag zugedeckt auf einem Tisch. Die Rechtsmedizinerin Dielscheid schrieb an ihrem Bericht. Bei ihrem Eintreten sah sie auf und erhob sich.

„Da seid ihr ja, dann kann ich ja loslegen."

„Ist er das?", fragte Jossi Hammerschmidt und zeigte auf den Tisch. Dielscheid nickte und zog sich frische Handschuhe an.

„Ja, das ist er. Mit meinem Bericht bin ich gerade fertig geworden, den könnt ihr gleich mitnehmen. Ich würde sagen, ich fasse das Wichtigste kurz zusammen, ist das okay?"

„Ja, bitte. Was hast du herausgefunden?", erkundigte sich Rust. Alle drei traten dichter an die Leiche heran.

„Unser Unbekannter hatte eine ziemliche Mühe damit, Peters außer Gefecht zu setzen. Es wurden insgesamt drei verschiedenen Waffen benutzt. Zuerst bekam er einen Schlag auf den Kopf. Der Stein, der dieser Wunde zuzuordnen ist, ist zusammen mit der Kleidung des Opfers in der KTU. Durch den Schlag verlor er das Bewusstsein, er war so heftig, dass er einen Schädelbruch erlitt. Der allein war aber nicht tödlich, jedenfalls nicht sofort. Der Unbekannte wollte aber wohl auf Nummer sichergehen. Ich weiß nicht mit Sicherheit, ob Peters wieder aufwachte oder unser Unbekannter nur dachte, dass er eventuell zu sich kommen könnte, jedenfalls hat er einen Elektroschocker eingesetzt und danach mit einem Messer sieben Mal zugestochen. Ziemlich wild. Drei dieser Messerwunden wären tödlich gewesen, den Tod letztlich herbeigeführt hat aber der Stich ins Herz. Die Tatwaffe haben wir leider nicht.

Ich werde euch die Einstichstellen vermessen und einen Tipp abgeben können, was für eine Art Messer wir suchen."

„Eine Frage: Hätte er mit der Schädelfraktur überlebt?", wollte die Kommissarin wissen.

„Wenn man ihn rechtzeitig gefunden hätte, wahrscheinlich schon. Ich zeige euch die Stelle, an der der Elektroschocker eingesetzt wurde. Schaut, hier am Oberarm, die kreisrunde, rote Stelle. Die Messerstiche zeugen von einer enormen Wut, fast schon einer Raserei. Der Täter hat komplett die Kontrolle verloren."

„Na wunderbar, noch ein Verrückter da draußen", sagte die Oberkommissarin. „Aber sag mal, du sprichst immer nur von einem Mann. Kann nicht auch eine Frau die Täterin gewesen sein?"

„Das glaube ich nicht.", widersprach Dielscheid. „Wucht und Winkel des Hiebs mit dem Stein sprechen für einen Mann. Wenn es eine Frau war, muss sie über 1,88 m groß sein und verdammt stark."

Rust wandte sich ebenfalls an die Rechtsmedizinerin. „Denkst du, es war eine spontane oder eine geplante Tat?"

„Alles ist möglich. Aber weil der Täter den Elektroschocker dabei hatte und angesichts der Brutalität tippe ich eher auf eine geplante Tat. Der Stein wird noch untersucht, aber ich kann nicht ausschließen, dass er ihn ebenfalls mitgebracht hat."

Rust grübelte und strich sich mit seiner rechten Hand eine Strähne aus dem Gesicht. „Peters Auto steht noch vor der Hütte. Also müssen sie sich dort getroffen haben. Wenn das Treffen dazu diente, Peters umzubringen, ist er ahnungslos in die Falle getappt. Wir haben keine Reifenspuren gefunden, der Regen muss sie vernichtet haben. Hat sich die KTU schon gemeldet, ob irgendetwas an der Leiche noch brauchbar ist?"

„Du weißt, dass die KTU immer ihre Zeit braucht. Anders als im Fernsehen gehen ihre Tests nicht so schnell. Wenigstens wissen wir jetzt, wie er ermordet wurde und dass die Sache höchst wahrscheinlich geplant war", antwortete Hammerschmidt und wandte sich anschließend wieder ihrer Kollegin Dielscheid zu. „Hast du sonst noch was für uns? Sonst verabschieden wir uns. Wir haben Arbeit ohne Ende. Melde dich, wenn sich sonst noch was ergibt."

„Ihr habt es heute aber eilig!", rief die Rechtsmedizinerin ihnen hinterher. Sonst blieben die Ermittler noch ein bisschen zum Plaudern. Sie verbrachte oft 15 Stunden in stummer Gesellschaft und wollte nicht anfangen, mit ihren Leichen zu reden, das wäre zu sehr Klischee. Dielscheid wollte nicht jammern, schließlich hatte sie sich für den Job entschieden, aber trotzdem, ein kleines bisschen eingeschnappt war sie schon. Nun, das würde die Kollegen beim nächsten Mal mindestens einen Muffin oder ein Puddingteilchen kosten, beschloss sie. Sie deckte die Leiche wieder ab, verkniff sich ein „Bis später!", schloss die Tür und ging zurück zu ihrem Schreibtisch. Dort packte sie ihre belegten Brote aus und fantasierte noch ein wenig länger über Puddingteilchen.

～～ ～～

Auf dem Weg zum Auto unterhielten sich die Ermittler über den Fall.

„Peters hat irgendjemanden richtig sauer gemacht, so viel steht fest. Diebstahl oder Betrug kann ich mir beim besten Willen nicht als Motiv vorstellen. Dazu wirkte die Tat zu persönlich. Das, was er mit den Kindern machte, würde eher passen."

Sie waren beim Auto angekommen. Rust nahm den Autoschlüssel aus der Hosentasche, ging um das Auto herum und schloss auf der Fahrerseite auf. Im Auto setzten sie das Gespräch fort.

„Peters war leichtsinnig und arrogant", sagte Hammerschmidt. „Allein, dass er am helllichten Tag bei den Schefflers zu Haus war, um mit der Tochter rumzumachen. Warum ist er dieses Risiko eingegangen? Das Mädchen hat sich doch schon für ihn rausgeschlichen, also warum geht er mit zu ihr? Er hat mutwillig in Kauf genommen, gesehen und mit ihrem Verschwinden in Verbindung gebracht zu werden. Selbst wenn er dachte, dass Frau Scheffler erst abends nach Hause käme, irgendein Nachbar hätte ihn sehen oder eine

Überwachungskamera ihn aufnehmen können. Hielt er sich für so unantastbar?"

Rust schlug in die gleiche Kerbe.

„Du hast recht. Das war leichtsinnig und dumm. Irgendwas passt da noch nicht zusammen. Peters hat schon mal gesessen, würde er es riskieren, wieder im Knast zu landen? Außerdem, was hatte er überhaupt mit dem Mädchen vor? Warum sie in der Hütte einsperren, anstatt gemeinsam irgendwo unterzutauchen und Gott weiß, was mit ihr anzustellen? Prodendorf soll heute Abend noch mal in diese Bar. Wir müssen Hofstetter noch mal verhören und mehr über Peters in Erfahrung bringen."

19

Klara war auf dem Nachhauseweg. Sie wollte noch einige Einkäufe erledigen und dann für eine Stunde bei Charlotte vorbeischauen. Pascal hatte heute keine Zeit, er hatte Besuch von seinem Sohn. Tom und seine Freundin hatten sich wieder einmal so heftig gestritten, dass Tom einfach ein paar Sachen zusammengepackt und die gemeinsame Wohnung zornig verlassen hatte. Laut Pascal war das wohl schon öfter vorgekommen. Sein Sohn wohnte die nächsten Tage bei ihm, entweder würde er sich dann wieder mit seiner Freundin vertragen oder längerfristig einziehen, bis er eine eigene Wohnung gefunden hatte. Pascal wollte für ihn da sein, damit er sich alles von der Seele reden konnte. Sie konnte das gut verstehen, sie hätte es mit Sophie genauso gemacht.

Armer Pascal, jetzt bekam er den emotionalen Mist anderer schon von zwei Seiten ab. Hoffentlich wurde ihm das nicht bald zu viel und er würde sich doch jemand anderen suchen, mit weniger Drama. *Hältst du ihn wirklich für so eine Art Mann?*, meldete sich ihre innere Stimme und Klara musste ihr Recht geben, diese Gedanken waren dumm. Sie wusste, dass Pascal nicht so war. Aber es war nicht leicht, wenn es den Menschen um einen herum nicht gut ging. Das belastet einen immer auch selbst. Gut – außer man hieß Charlotte. Ihre Freundin schaffte es irgendwie immer, mitfühlend zu sein, ohne Dinge zu sehr an sich heranzulassen. Selbst wenn sie sich mit Frank stritt, artete das nie aus. Es ging bei ihnen immer nur um Kleinigkeiten, aber selbst da akzeptierten sie einander so, wie sie eben waren. So eine Beziehung wünschte sie sich auch, und Klara wagte es fast zu hoffen, dass sie mit Pascal jemanden gefunden hatte, mit dem sie genau das würde haben können.

Wenn sie da an Ulrich dachte, was für ein Kontrast! Kein einziges Aufeinandertreffen mit ihm verlief ohne Spannungen, nie konnte sie es ihm recht machen. Das hatte sie auch schon während ihrer Ehe nie gekonnt. Zum Glück war das nicht mehr ihr Problem, sollte sich doch Lydia damit herumschlagen. Doch nachdem, was Lydia ihr im Krankenhaus anvertraut hatte, klang es ganz danach, als stünde ihre Ehe auch kurz vor dem Aus.

„Wird ja auch Zeit, dass du dich mal wieder sehen lässt", grüßte Charlotte, als Klara auf sie zukam. „Du wirst nicht erraten, was Frank gerade macht."

„Lass mich mal überlegen … schwierig … nein, tut mir leid, ich komm nicht drauf."

„Er sitzt vor der Glotze und zieht sich ein Fußballspiel rein."

„Ist nicht wahr! Darauf wäre ich ja nie gekommen."

Beide lachten laut. Im Wohnzimmer saß Frank auf der Couch. Seine Beine lagen auf dem Tisch. Als er Klara sah, nahm er sie herunter, stand auf und begrüßte sie. Allerdings zuckten seine Augen immer wieder zum Bildschirm zurück.

„Schön dich wieder mal zu sehen. Wie geht es Sophie?"

„Besser, danke. Aber … wo ist eure neue Couch?"

„Die wird erst in drei Tagen geliefert", sagte Frank und setzte sich wieder hin.

„Ja, die Couch!" Charlotte lachte plötzlich los. „Das war ein Theater! Wir konnten uns ewig nicht auf eine Farbe einigen. Es ist jetzt eine Grüne geworden, mal schauen, wie das wird. Du musst unbedingt in drei Tagen wiederkommen, dann weihen wir sie ein."

Klara fand es gemütlich bei Charlotte, obwohl sie es mit der Ordnung nicht so genau nahm. Oder gerade deswegen? Auf dem Tisch herrschte ein einziges Durcheinander. Mehrere Gläser und Teller standen darauf. Zwischen Zeitungen waren Knabbereien verstreut. Auf dem Weg zur alten Couch stolperte Charlotte über Franks Schuh – es gelang Klara gerade noch, sie rechtzeitig aufzufangen. Der Schuh lag mitten im Zimmer, der andere unter dem Tisch, doch niemand störte sich daran. Die Wände waren bunt dekoriert. Seit ihrem letzten Besuch war es noch bunter geworden. Charlotte liebte es, ständig umzudekorieren, je bunter und ausgefallener, desto besser. Eine Wand hatte Frank für sich reserviert. Der Kontrast könnte nicht größer sein. Dort hingen Bilder von Fußballgrößen und etliche Fanartikel. Die nächste Wand diente als Ahnentafel. Fotos von den verstorbenen Urahnen zu sammeln, war lange Zeit Charlottes Hobby gewesen, aber irgendwann verlor sie die Lust daran. Ein Ölgemälde von Charlottes Tante Irmi schmückte die nächste Wand. Dazwischen Terrakottateller und selbstgemalte Bilder ihrer Nichten. Eines stach besonders hervor. Ein einfaches, weißes Blatt mit einer 39 in der Mitte und Blumen drumherum. Charlotte trat hinter ihre Freundin. „Erinnerst du dich?"

„Und ob ich mich erinnere! Einen Geburtstag wie deinen neununddreißigsten, werde ich mein Leben lang nicht vergessen", grinste Klara. Bevor jedoch weiter in Erinnerungen schwelgen konnten, schimpfte Frank lautstark mit dem Fernseher. So war es immer, wenn er Fußball schaute.

„Jetzt lauf schon du Idiot! Verdammt Schiri, bist du blind?!"

Also zogen Klara und Charlotte in die Küche um. Auf der Arbeitsplatte standen diverse Küchenmaschinen herum. Frank schenkte seiner Frau zu jedem Geburtstag eine – alles in der Hoffnung, sie irgendwie zum besseren Kochen animieren zu können oder es ihr wenigstens so leicht wie möglich zu machen. Einen Teilerfolg hatte er zumindest erzielt, denn Charlotte rief nur noch einmal im Monat bei ihr an, um sich darüber zu beschweren, dass sie ihnen beiden wohl irgendwie eine Lebensmittelvergiftung verpasst hatte, sie sich aber beim besten Willen nicht erinnern konnte, wie das passiert war.

„Ich hab Kartoffelsalat und Frikadellen gemacht", verkündete ihre Freundin. „Du brauchst mal wieder Anständiges zu essen. Lass mich raten: Bei all dem Stress hattest du keinen Appetit oder hast es schlicht vergessen, oder? Du hast zu viel Gewicht verloren, ich mach mir Sorgen um dich."

„Frikadellen und Kartoffelsalat?", hakte Klara vorsichtig nach und blickte sich um. Es war nichts von dem versprochenen Essen zu sehen, was schon mal ein gutes Zeichen war, denn das bedeutete, dass Charlotte die Sachen in den Kühlschrank gestellt hatte. Die Mayonnaise-Kühlschrank-Debatte hatten sie mehrmals im Jahr und scheinbar hatte es beim letzten Mal gefruchtet.

„Wie mir Dr. Schubert erzählte, kommst du morgen zurück. Fühlst du dich dem gewachsen?"

„Ich habe keine Wahl. Ich habe meinen ganzen Urlaub verbraucht. Ich müsste schon wieder unbezahlten Urlaub nehmen, aber dann fehlt mir das Geld."

„Wie geht es eigentlich Sophie? Also wirklich." Charlotte hatte durchaus bemerkt, dass Klara vorhin nur einsilbig geantwortet hatte. Sie kannte ihre beste Freundin und wusste genau, dass da mehr dahintersteckte.

„Schon viel besser. Ich hätte nicht gedacht, dass sie sich körperlich so schnell erholt. Das ist eine enorme Erleichterung. Sie wurde heute auf die normale Station verlegt und es sieht so aus, als dürfte sie in ein paar Tagen nach Hause. Vorher soll sie noch einen Therapeuten des Krankenhauses sehen, bei dem sie dann mehrmals die Woche Sitzungen haben wird. Sie hat Panikattacken, Angst vor der Dunkelheit und vor Stille, und ich denke auch allgemein Angst, wieder jemandem so ausgeliefert zu sein."

„Mir wird immer ganz anders, wenn ich daran denke, was dein armes Mädchen da durchmachen musste. Ich weiß schon, dass der Mistkerl, mit dem das alles angefangen hat, jetzt selbst tot ist. Weiß die Polizei denn schon, wer hinter dem Mord steckt? In den Nachrichten halten sie sich bedeckt, aber ich habe ihn auf dem Foto wiedererkannt."

„Nein. So ist zumindest mein Stand von gestern. Die Kommissarin wollte sich bei mir melden, wenn es was Neues gibt. Da ist aber auch noch was anderes. Charlotte, Frau Reuter ist gestorben." Beiden Frauen waren das Mitgefühl und die Trauer anzusehen. „Ich mache mir Vorwürfe. Ich hätte genauer hinsehen müssen. Ich hätte erkennen müssen, was los ist. Mir war Reuter doch schon immer so … keine Ahnung. Ich hätte darauf kommen müssen."

„Klara, wie hättest du es denn ahnen sollen? Du weißt doch, wie das mit Opfern von häuslicher Gewalt ist. Nicht immer läuft das Opfer mit offensichtlichen Verletzungen herum. Was hättest du tun sollen? Reuter anzeigen dafür, dass er seltsam und dir unheimlich war? Keiner hätte es wissen können. Und als Frau Reuter uns um Hilfe bat, waren wir da und haben geholfen. Mehr können wir nicht tun. Ich weiß, du bist ein Kümmerer, aber du musst versuchen, das abzuhaken. Glaub mir, sonst gehst du daran kaputt. Frau Reuter hat ihren Frieden gefunden. Ihr Scheißkerl von Mann wandert in den Knast und Sophie ist auf dem Weg der Besserung. Konzentrier dich darauf, okay?"

„Ich soll also einfach weitermachen, als wäre nichts gewesen?", fragte Klara.

„Nein. Aber es bringt nichts, dich wegen Dingen aufzureiben, an denen du nichts mehr ändern kannst. Was hältst du davon: Ich klemm mich hinter den Computer und schau mal, ob ich Weiterbildungsseminare zum Thema häusliche Gewalt finde, vielleicht könnte die ganze Praxis mitmachen und wir könnten uns danach sicher sein, in Zukunft auch kleinste Anzeichen richtig zu deuten. Würde dir das helfen?"

„Vielleicht. Danke Charlotte."

„Für dich doch immer. Wenn du willst, begleite ich dich zur Beerdigung."

„Woher weißt du …"

„Ich bin deine beste Freundin. Natürlich weiß ich, dass du auf die Beerdigung gehen wirst. Und ich komme mit. Oder Pascal. Aber du solltest nicht allein gehen."

Klara umarmte ihre beste Freundin und war wieder einmal unendlich dankbar dafür, sie zu haben. Wenige Minuten später stand Charlotte auf und stellte das Essen auf den Tisch. „Bedien dich, greif ordentlich zu."

Charlotte hatte sich gerade Klara gegenüber gesetzt – die ersten zwei Frikadellen drehten ihre Runden in der Mikrowelle – als Frank in die Küche kam. Er grinste übers ganze Gesicht und schnappte sich sofort einen Teller.

Es wurde ein schöner Abend. Das Essen schmeckte gut, obwohl Charlotte es irgendwie geschafft hatte, Curry in den Frikadellen-Teig zu kippen und Stein und Bein schwor, nicht zu wissen, wie das passiert war.

Irgendwann sah Klara auf ihre Armbanduhr und musste feststellen, dass es schon fast zehn Uhr war. Also verabschiedete sie sich und versprach ihrer Freundin, bald wiederzukommen. Und das würde sie wirklich, denn der Abend hatte ihr unheimlich gutgetan.

„Ich nehme dich beim Wort. Komm, ich bringe dich noch nach draußen", sagte Charlotte.

Klara war froh, endlich zu Hause zu sein. Schon im Hausflur fielen ihr die Augen zu und sie gähnte laut, während sie durch den Flur ging und die Tasche bei der Garderobe abstellte. Den Mantel hängte sie mit dem Aufhänger an den Haken. Eigentlich hätte sie noch einiges zu tun, aber sie beschloss, sich ein Beispiel an ihrer Freundin zu nehmen und das alles einfach mal auf morgen zu verschieben. Charlotte stresste sich nicht damit ab, dass es immer ordentlich war. Sie war viel gelassener, egal bei welchem Thema und konnte sich über die kleinen Dinge freuen. Zum Beispiel wenn sie im Sommer bei ihren Tomaten eine rote Stelle entdeckte. Dann mussten ihr alle versprechen, vorbeizukommen und ihre Tomaten entsprechend zu bewundern. Ja, sie würde sich öfter ein Beispiel an Charlotte nehmen, beschloss Klara.

Sie schleppte sich ins Badezimmer, putzte sich die Zähne weniger gründlich als sonst, warf ihre getragenen Sachen auf den Boden und schleppte sich müde ins Schlafzimmer. Dort warf sie sich irgendein Nachthemd über und ließ sich in die Kissen fallen. Kaum hatte sie die Lampe auf ihrem Nachtkästchen ausgeschaltet, schon war Klara tief und fest eingeschlafen. Ihr Körper brauchte dringend Schlaf und zum ersten Mal seit Tagen gab sie ihm nach.

20

Mitten in der Nacht wachte Klara plötzlich auf. Sofort spürte sie eine unerklärliche Unruhe in sich. Sie griff nach der Nachttischlampe und es wurde hell. Etwas war anders im Haus, sie wusste es – sie spürte es. Es war jemand im Haus. Es war bloß eine Eingebung, aber etwas in ihr wusste, dass sie Recht hatte. Schnell stieg sie aus dem Bett und warf einen kurzen Blick auf ihren Wecker. Ein Uhr nachts. Dann eilte sie zur Tür und stand eine Weile regungslos davor. Nach kurzem Zögern gab sie sich einen Ruck und öffnete sie. Es war stockdunkel im Flur, klar, es war ja auch mitten in der Nacht. Klara tastete nach dem Lichtschalter und hoffte im Stillen, sich das alles doch nur einzubilden. Sie drückte ihn nach unten. Es blieb dunkel. In Panik drückte sie immer wieder auf den Schalter an und aus, an und aus, doch es änderte sich nichts. Wie konnte das sein? Vor ein paar Stunden war doch noch alles in Ordnung gewesen. Ein Stromausfall? Aber warum funktionierte dann die Nachttischlampe? Das ergab keinen Sinn.

Wie versteinert stand sie da, dann riss sie sich zusammen und ging zum gegenüberliegenden Bad. Langsam, Schritt für Schritt, mit ausgestreckten Armen. Am Bad angekommen bemerkte sie, dass die Tür halb offen stand. Sie war überzeugt davon, sie am Abend zuvor, geschlossen zu haben. Das machte sie immer so. Sie tastete auch dort nach dem Lichtschalter. Wieder blieb es dunkel. Da, ein knackendes Geräusch! Es kam von der Treppe, nicht weit von ihr. Klaras Herz hämmerte so laut, dass sie sich sicher war, der Einbrecher müsste es hören können. Es würde sie verraten und – was dann? Würde er sie niederschlagen? Sie umbringen? Panik machte sich in ihr breit und bevor sie merkte, was sie da tat, trugen sie ihre Beine zurück ins Schlafzimmer.

Gut, das war gut. Ein Raum mit vier Wänden. Die Tür! Schnell drückte sie die Tür hinter sich zu. Was jetzt? Klara blieb mit dem Rücken zur Tür stehen. Sie atmete hastig, und ihr Herzschlag hämmerte ihr in den Ohren. Was sollte sie jetzt machen? Sie konnte nicht mal die Tür abschließen. Der Schlüssel hing im Schlüsselkasten, und der war draußen im Flur. Innerlich verfluchte sich Klara wortreich dafür, dass sie nicht vorsichtiger gewesen war. Warum bewahrte sie sogar den Schlüssel für ihr Schlafzimmer in diesem dämlichen Kasten auf?! Vielleicht würde sie wegen dieser Dummheit jetzt ermordet werden!

Stopp!, schalt sie sich und versuchte krampfhaft, die Panik zu verdrängen. Zum Glück schlief sie unten. Das Fenster war nicht weit weg. Aber der Rollladen war unten. Wer auch immer im Haus war, würde es hören, wenn sie ihn hochkurbelte. Klamotten! Sie zog hastig ihre Kleidung vom Stuhl, warf sie aufs Bett, griff nach dem erst Besten, ihrem Pullover. In ihrer Eile fand sie erst ewig nicht hinein, dann endlich hatte sie es geschafft. Wenn sie schon ermordet werden würde, dann ganz sicher nicht in ihrem blöden Nachthemd! Einen Moment später stellte Klara fest, dass sie ihn falsch herum angezogen hatte, aber das war jetzt egal. Sie musste sich beeilen, und sich irgendwie in Sicherheit bringen. Irgendetwas in ihr warnte sie, nicht länger zu zögern. Es war mitten in der Nacht! Niemand würde auf der Straße sein, wenn sie zur Haustür hinaus liefe. Niemand, den sie um Hilfe bitten konnte. Wer sich auch immer im Haus aufhielt, würde sie schnell einholen und zurückschleppen. Doch wenn sie auf dem Bett sitzen blieb, war ihr Schicksal besiegelt. Ihr Handy, wo war es? Hatte sie es im Wohnzimmer liegen lassen? Oder ganz woanders? Verdammt, warum war sie nicht vorsichtiger? Hatte sie denn in den letzten Tagen nichts gelernt? Sie hörte ganz deutlich weitere Geräusche im Haus. Oh Gott, waren das Schritte? Sie kamen vom Flur. Jetzt wurde es ernst. Ihre Panik wurde wieder übermächtig. Schweiß tropfte Klara von der Stirn. Ihre Handinnenflächen wurden feucht. Und weil ihr Herz schon wieder in ihren Ohren dröhnte, hielt sie einfach für einen Moment die Luft an, bis sie wieder etwas anderes hören konnte. Da war es wieder! Danach war es still.

Ängstlich lauschte Klara weiter, dann entdeckte sie etwas: Ihr Handy schaute unter dem Kissen hervor. Schnell schnappte sie es sich und drückte den Kreis, der mit Pascals Handy verbunden war. Es meldete sich nur die Mailbox. „Bitte komm schnell, jemand ist im Haus. Hilf mir bitte!", flüsterte Klara eindringlich, bevor sie auflegte. Im nächsten Moment schimpfte sie schon wieder innerlich mit sich selbst. Statt Pascal hätte sie die Polizei anrufen müssen! Das musste sie unbedingt nachholen. Jeden Augenblick könnte sich die Schlafzimmertür öffnen. Sie hatte weder Geld noch Wertgegenstände im Haus. Der Einbrecher würde also nichts finden. Was dann? Würde er sich an Klara dafür rächen, mit leeren Händen da zu stehen? Wie war derjenige überhaupt ins Haus gekommen? Den Stuhl hatte sie nicht mehr unter die Klinke geklemmt, weil sie sich ja sicher gefühlt hatte, und jetzt das! Erneut wollte sie sich Vorwürfe machen, doch ihr war selbst klar, dass das nichts bringen würde. Also nahm sie noch einmal allen Mut zusammen und wählte die 110, bevor sie zum Fenster ging, das Handy kurz ablegte und den Rollladen, so leise es ging, nach oben gleiten ließ.

„Bitte melden Sie sich", erklang eine Stimme laut und deutlich. Klara erschrak und war gleichzeitig erleichtert. Die Polizei, endlich! „Hier ist Klara Scheffler, jemand ist in meinem Haus. Bitte helfen sie mir!" Im nächsten Moment ging auch die Nachttischlampe aus. Klara ließ vor Schreck ihr Handy fallen, riss beherzt das Fenster auf, kletterte auf die Fensterbank, sprang herab. Der Rollladen war noch nicht ganz oben, aber der Platz reichte. Sie stand im Garten. Besser, als in ihrem Haus mit dem Einbrecher gefangen zu sein. Doch wo sollte sie sich verstecken? Das Gartentor, drei Meter entfernt, war ebenfalls abgeschlossen. Es war eine dumme Idee gewesen, in den Garten zu springen. Es gab keinen Baum, hinter dem sie sich verstecken konnte, nur Sträucher, Wiesen und Blumen. Das Gartenhaus war ebenfalls abgeschlossen. Sie war gefangen in ihrem eigenen Garten! Wieder konnte sie nirgendwo hin – zurück in ihr Schlafzimmer schon gleich gar nicht. Was, wenn der Einbrecher sie gehört hatte? Den Rollladen oder wenn sie zu laut gewesen war? Was, wenn er ihr gleich hinterhergestürzt kam?

Reiß dich zusammen, verdammt!, schalt sie sich und es funktionierte. Die Panik ebbte wieder so weit ab, dass Klara in der Lage war, sich umzusehen. Die Nachbarhäuser waren dunkel. Um diese Uhrzeit schliefen natürlich alle tief und fest. Könnte sie es schaffen übers Tor zu klettern, rüber zu rennen und um Hilfe zu rufen? Würden ihre Nachbarn rechtzeitig aufwachen, bevor sie der Einbrecher und vielleicht der Mörder sie erwischte? Da fiel ihr ein, dass sie der Polizei überhaupt nicht gesagt hatte, wo sie sich befand. Verflucht, sie machte einfach alles falsch! Sie hatte auch noch ihr Handy fallen lassen. Sie merkte, wie sie hyperventilierte. Ihr wurde schwindlig, gleich würde sie umfallen, sie wusste das. Die Angst hatte sie fest im Griff. Sie blickte geradeaus und sah zunächst nur einen Schatten. Der Schatten bewegte sich, kam näher, langsam, aber stetig. Sie erkannte ganz deutlich, die Umrisse einer Person. Vermummt und ganz in Schwarz gekleidet. Gleich wäre die Person bei ihr. Klara ging rückwärts, erst langsam, dann schneller, dann stolperte sie und schlug mit dem Kopf auf irgendwas Hartem auf. Das Geräusch, wie ihr Kopf aufprallte, dröhnte in ihren Ohren, dann war es still. Sie entfernte sich, als würde sie schweben und weggetragen. Dunkelheit hüllte sie ein.

~~~ ~~~

„Klara!", jemand rief ihren Namen. Rüttelte sie. Langsam kam sie zu sich.

„Klara was machst du hier draußen? Was ist passiert? Sprich mit mir."

Sie öffnete die Augen. Pascal hockte vor ihr. Sie erkannte ihn gleich. Das Gartentor stand offen. Ein Polizist machte sich am Schloss zu schaffen. Ein zweiter Mann stand neben Pascal. „Wie seid ihr hier hereingekommen?" Ihr Kopf schmerzte. Reflexartig führte sie beide Hände zum Hinterkopf.

„Ganz ruhig. Komm, richte dich auf. Ich helfe dir. Du blutest am Hinterkopf. Bist du hingefallen? Ich möchte mir die

Wunde drinnen ansehen und sie notdürftig versorgen. Dann fahren wir ins Krankenhaus, okay? Was ist passiert?"

Pascal wandte sich an einen der Polizisten. „Wir bringen sie erst mal ins Haus. Das Fenster steht offen. Ich klettere hindurch und öffne die Haustüre."

Als Klara zum Haus blickte, war es hell erleuchtet. „Das kann doch nicht sein!", rief sie irritiert aus. „Als ich aus dem Fenster sprang, war es stockdunkel im Haus."

Zu zweit halfen sie Klara ins Haus und ließen sie auf einem der Stühle in der Küche setzen.

„Dein Anruf hat mich geweckt. Ich bin sofort hergefahren. Unterwegs hab ich bei der Polizei angerufen. Aber die wussten schon Bescheid und waren vor mir hier."

„Ich bin so froh, dass du da bist", sagte Klara.

Einer der Polizisten setzte sich Klara gegenüber. „Sind Sie in der Lage uns zu schildern, was vorgefallen ist?" Während sich Pascal um die Wunde kümmerte, berichtete Klara.

„Ich bin aufgewacht, weil ich etwas gehört hatte. Ich knipste die Nachttischlampe an, und es war genau 1 Uhr. Ich bin aufgestanden, um nachzusehen. Im Flur und im Bad, ging das Licht nicht an und ich hörte weiter Geräusche aus dem Haus. Also bin ich zurück ins Schlafzimmer und während ich mit der Polizei telefonierte, ging auch die Nachttischlampe aus. Ich hörte Schritte im Haus, die immer näher kamen, also bin ich aus dem Fenster gesprungen. Dann sah ich einen Mann auf mich zukommen. Er war schwarz gekleidet und hatte eine Maske auf. Ich stolperte und fiel und ab da, weiß ich nichts mehr."

„Haben Sie irgendwas an demjenigen erkannt? Oder eine Vermutung, wer das gewesen sein könnte, aufgrund der Statur, oder des Gangs?"

„Nein, überhaupt nicht."

Einer der Polizisten verließ die Küche. „Ich sehe mich im Haus um. Derjenige muss ja irgendwie reingekommen sein."

„Warten Sie!", rief Klara die beiden Männer zurück. „Mein Sohn – also mein Stiefsohn – hat Kameras angebracht. Darauf muss doch was zu sehen sein. Wo ist mein Handy?"

„Wo hattest du es zuletzt?", fragte Pascal.

Klara überlegte. „Im Schlafzimmer. Vor dem Fenster. Ich habe es fallen lassen, kurz bevor ich aus dem Fenster kletterte."

„Ich hole es", sagte Pascal.

Schnell war er zurück. „Ich hab's. Mal sehen, ob was drauf ist."

Ein Polizist trat neben ihn. Die Kamera hatte Fotos gesendet, es bewegte sich auch was. Sie sahen die Umrisse einer Person. Mehr war nicht zu erkennen.

„Es war zu dunkel", verkündete der Polizist. „Merkwürdig ist das schon. Fast als ob der Einbrecher von den Kameras gewusst hat und deswegen die Sicherungen herausgedreht hat."

„Könnte man glatt annehmen", erwiderte Pascal.

„Was nutzt mir eine Kamera, die, wenn es drauf ankommt, nicht funktioniert?" Klara war enttäuscht und einfach vollkommen fertig von den Ereignissen dieser Nacht.

„Sie hat doch funktioniert", widersprach Pascal, „dass nichts zu sehen war, lag an der Dunkelheit. Doch jetzt müssen wir endlich ins Krankenhaus. Die Wunde muss gereinigt und verbunden werden. Könnte auch sein, dass du eine Gehirnerschütterung hast."

„Außerdem muss die Verletzung dokumentiert werden", fügte der Polizist noch hinzu.

Sein Kollege hatte sich inzwischen im Haus umgesehen und kam zurück. „Er muss durchs Fenster gekommen sein. Einem zur Seitenstraße raus. Ich tippe auf Ihren Abstellraum. Die Spurensicherung muss sich darum kümmern. Wir werden das direkt weitergeben. Ich denke, sie werden am frühen Morgen vorbeikommen. Sie dürfen in der Zwischenzeit nichts anfassen. Am besten betreten Sie den Raum nicht."

„Ich will nicht im Krankenhaus bleiben", sagte Klara.

„Musst du auch nicht, wenn du nicht willst. Aber ich bestehe darauf, dass wir jetzt in die Notaufnahme fahren."

Klara hatte eine Platzwunde, die geklammert werden musste. Es sah wegen des Blutes schlimmer aus, als es war. Außerdem hatte sie eine leichte Gehirnerschütterung und einige Prellungen. Man versorgte die Wunde, dann machten sie sich auf den Heimweg.

„Du musst ins Bett, das war alles ganz schön viel", meinte Pascal besorgt.

„Ja, ich bin total erledigt. Aber es fühlt sich komisch an, im Haus zu schlafen, jetzt, wo ich weiß, dass jemand eingebrochen ist."

„Würdest du dich besser fühlen, wenn ich bleibe?"

„Das musst du nicht, du bist doch bestimmt auch gerädert."

„Ja, aber du hast doch ein Sofa. Ich hau mich einfach da noch einmal hin, das geht schon. Hauptsache, du fühlst dich sicher."

„Danke. Das ist so lieb von dir."

„Nein, eigentlich ist es ziemlich egoistisch. Du hast mir Angst gemacht. Als ich dich da liegen sah … es hätte Gott weiß was passieren können. Ich habe ziemlich lange gebraucht, um endlich mit dir zusammen zu kommen, Klara, da will ich dich nicht gleich schon wieder verlieren."

Und bevor sie etwas erwidern konnte, schloss er die Schlafzimmertür und ließ sie mit ihren Gedanken allein.

21

FREITAG, 11.11.

Um sieben schreckte Klara hoch. Sie hörte Stimmengemurmel, direkt hinter ihrer Tür. Für einen Moment wollte die Panik wieder von ihr besitzergreifen. Als sie jedoch Pascal's Stimme erkannte, ließ sie sich erleichtert zurückfallen. Die Stimmen entfernten sich, zum schräg gegenüberliegenden Abstellraum. Das musste die angekündigte Spurensicherung sein. *Pascal wird ihnen das Fenster zeigen,* dachte sie. Am liebsten würde sie noch liegen bleiben, sie fühlte sich wie gerädert. Doch ihr Gewissen war da anderer Meinung. Sie wollte Pascal damit nicht allein lassen. Sie lud sowieso in letzter Zeit so viel bei ihm ab, dabei hatte er ja auch noch eigene Probleme. Am Ende würde es ihm vielleicht bald zu viel und er würde sie verlassen. Allein bei dem Gedanken wurde Klara ganz anders. Pascal war so schnell zu ihrem Fels in der Brandung geworden. Er gab ihr das Gefühl, wieder Frau und nicht bloß Ex-Frau und Mutter zu sein. Das wollte sie nicht verlieren – nein, um ehrlich zu sein, wollte sie vor allem *ihn* nicht verlieren.

Sie stand auf, zog sich ihren Bademantel über und ging ins Bad. Klara brauchte unbedingt eine erfrischende Dusche, um wach zu werden. Danach würde sie den Polizisten alle Fragen beantworten und Pascal ablösen.

Eine große Kanne Kaffee, stand schon bereit, als Klara in die Küche kam. Pascal stand am Fenster mit einer Tasse in der Hand. Er trank den letzten Schluck und stellte die Tasse auf der Spüle ab.

„Da bist du ja. Wie geht's dir heute Morgen?"

„Ehrlich gesagt, noch nicht so gut. Aber es wird schon wieder."

„Ich mach mir echt Sorgen um dich. Was macht die Wunde, hast du Schmerzen?"

„Ein bisschen, aber halb so schlimm."

„Ich schreibe dich eine Woche krank. In dem Zustand kannst du nicht arbeiten. Wenn die Polizei weg ist, legst du dich am besten noch mal hin. Denk daran: Du hast eine Gehirnerschütterung, damit ist nicht zu spaßen. Nach der Arbeit komme ich zu dir. Wenn inzwischen was ist, melde dich."

Klara dachte daran, dass Pascal gleich in die Praxis fahren und Charlotte sich wundern würde, wo sie blieb. Sie hatten gestern einen wunderbaren gemütlichen Abend miteinander verbracht. Das fühlte sich so weit weg an, als wäre es letzte Woche oder noch länger her und nicht erst gestern gewesen.

Ein Polizist betrat die Küche und fragte Klara, ob sie nachsehen könnte, ob etwas fehlte. Doch bevor sie damit beginnen konnte, stand die Oberkommissarin vor der Haustüre.

„Tag Frau Scheffler. Ich würde mich gern mit Ihnen über letzte Nacht unterhalten. Ich weiß, sie haben diese Fragen gestern Nacht schon beantwortet, aber es ist immer besser, Dinge aus erster Hand zu hören, als nur Berichte von Kollegen zu lesen – vor allem aus der Nachtschicht."

Klara seufzte und ging voraus ins Wohnzimmer. Die Ermittlerin folgte ihr, blieb kurz darauf jedoch abrupt stehen und sah sich um. „Was ist denn hier passiert?!"

Klara war nichts Außergewöhnliches aufgefallen. Erst als die Kommissarin auf das Bild mit dem Baumstamm, dem Porree und den herrlichen, weißen Blüten zeigte, dämmerte es ihr. Alle Bilder hingen an einem anderen Platz. Helle Tapetenränder, die von Abnutzung verschont geblieben waren, stachen bei einigen hervor. Es lief Klara eiskalt den Rücken hinunter. „Ich war das nicht", rief Klara aus, total verstört. „Das kann nur der Einbrecher gewesen sein – aber warum sollte der so etwas tun?" Sie verstand die Welt nicht mehr.

„Interessant. Einerseits verbreitet er Angst und Schrecken, andererseits verhält er sich wie ein Kind und will mit Streichen imponieren, oder verunsichern", kam es von Jossi Hammerschmidt. „Kommen Sie, wir gehen jetzt von Zimmer zu

Zimmer. Mal sehen, ob uns dort noch mehr solcher Spielchen erwartet. Sie sagen mir, ob Sie was vermissen, oder etwas nicht mehr an seinem Platz steht."

Nichts war verändert. Es war alles so geblieben, wie Klara die Zimmer zuletzt gesehen hatte. Doch ihre Konzentration war eingeschränkt, sie hatte während des ganzen Rundgangs, an die vertauschten Bilder denken müssen. Sie erinnerten sie an die anderen, seltsamen Vorkommnisse. Auch sie könnte man als „kindische Streiche" bezeichnen, wenn man nicht, wie Klara, andauernd das Opfer davon war. Oben im Flur blieb sie stehen und drehte sich zu der Ermittlerin um.

„Ich muss Ihnen etwas erzählen." Kurz stockte Klara, weil sie nicht wusste, ob die Kommissarin ihr glauben oder womöglich ihre Geschichte als lächerlich abtun würde, doch mit der Reaktion im Wohnzimmer, hatte sie ihr Mut gemacht. Sie warf alle Bedenken über Bord und begann zu erzählen.

„Hier geschahen bereits vor dem letzten Abend seltsame Dinge." Klara nannte einige Beispiele. „Ich habe mich deshalb vor längerer Zeit an die Polizei gewandt. Weil es während der Ermittlungen ruhig blieb, ich keinen Verdächtigen nennen konnte, stellten sie das Verfahren recht bald ein. Ich fühlte mich so alleingelassen, obwohl ich die Polizei ja auch verstehen konnte."

„Sie hätten von Anfang an mit mir darüber sprechen müssen!"

„Als Sophie verschwand, dachte ich gar nicht mehr an diese Vorfälle. Außerdem schien es, als wäre es vorbei, nachdem die Kameras angebracht wurden."

„Ich möchte jede Einzelheit darüber wissen, denn eines steht fest: Das war kein typischer Einbruch, letzte Nacht. Irgendjemand spielt mit Ihnen. Normalerweise wird bei einem Einbruch alles durchwühlt, gern auch zerstört, vor allem, wenn die Täter nicht das finden, was sie sich erhoffen. Es werden Dinge gestohlen – nicht Bilder umgehängt. Zwischen dem, was Sie mir erzählten, und dem Einbruch, besteht ein Zusammenhang. Ich weiß zwar nicht, was derjenige für ein Motiv hat, aber er spielt seine Spiele mit Ihnen. Merkwürdig ist auch, dass er die Sicherungen herausgedreht hat. Vielleicht wusste er von den Kameras – vielleicht wollte er aber auch einfach nur die Dunkelheit nutzen, um Ihnen Angst zu machen."

„Von den Kameras wussten doch nur Bryan, Pascal, Charlotte, meine Tochter und ich."

„Es wäre durchaus möglich, dass einer von diesen Personen unbeabsichtigt etwas herausgerutscht ist, oder der Täter hat Ihr Haus und die Arbeiten beobachtet. Hmm … auf jeden Fall ist das beunruhigend."

„Sie haben ja keine Ahnung. Mein Ex-Mann hält mich bereits für verrückt – oder wie er es ausdrückt ‚emotional überspannt'. Und – ich will ehrlich sein – ich zweifelte auch an meinem Verstand. Es bedeutet mir so viel, dass sie mir glauben."

„Der Täter zeigt klassisches Verhalten eines Stalkers. Sie kontrollieren ihre Opfer gern und spielen Machtspielchen. Dass er Sie an Ihrem Verstand zweifeln ließ, ist typisch. Das Timing ist allerdings verdächtig. Sie sagten ja, dass es bislang nie Einbruchsspuren gegeben hatte – deswegen hatten die Kollegen ja auch nicht viel, mit dem sie arbeiten konnten. Und bislang hatte sich Ihnen der Täter auch nie gezeigt. Diese Aktion letzte Nacht zeigt eine gewisse Eskalation. Er hat sich Ihnen mehr oder weniger zu erkennen gegeben. ‚Sieh her, ich bin das – ich war es die ganze Zeit.' Nur wieso? Warum die Spielregeln verändern?", überlegte Hammerschmidt laut.

„Denken Sie, es hat etwas mit Sophie zu tun?", fragte Klara sie ängstlich.

„Ja und nein. Ich verstehe schon Ihre Überlegungen. Doch ich denke, das, was Sophie passiert ist, läuft in eine andere Richtung. Ich denke nicht, das Peters in irgendeiner Art und sei es aus Rache oder Missgunst, an Ihnen interessiert war. Ich denke in Ihrem Fall, haben wir es mit einem anderen Täter und Motiv zu tun. Wer immer dahintersteckt, ist berechnend und rücksichtslos. Im Gegensatz zu Sophies Entführung und Gefangenschaft, war bei Ihnen keine Gewalt im Spiel. Zumindest keine körperliche. Der Täter musste von ihrem Spontanbesuch bei Ihrer Freundin gewusst haben. Vielleicht hat er Sie beobachtet, denn ein Fenster aufzustemmen, macht Krach. Was mich allerdings wundert, ist, dass er dieses Mal, durchs Fenster kam. Sie sagten ja, dass es sonst nie Einbruchspuren gab."

Klara nickte bestätigend.

„Ja, darüber habe ich mich auch schon gewundert. Er muss sonst mit einem Schlüssel ins Haus gekommen sein. Vielleicht hat er ihn einem von uns gestohlen, nachgemacht und wieder heimlich zurückgelegt. Sie glauben ja nicht, wie oft ich das schon durchgegangen bin. Seit Bryan mir einen Riegel an der Haustüre angebracht hatte, war ich mir erst sicher, dass es vorbei war. Aber er scheint jetzt einen anderen Weg gefunden zu haben."

„Vielleicht war das, was mit Sophie passiert ist, wie ein Auslöser für ihn. Davor konnte er sich Ihrer Aufmerksamkeit sicher sein. Er war der Einzige, der Ihnen zusetzte. Aber als Sophie verschwand, verlor er Ihre Aufmerksamkeit. Vielleicht ist das nun seine Art, sie zurückzufordern. Vielleicht will er beweisen, dass er ein genauso ‚toller Kerl' ist, wie Sophies Entführer. Aus seiner Sicht gesprochen."

Klara musste sich setzen. Sie fühlte sich, als wäre sie in einem Albtraum gefangen, der niemals enden wollte.

„Dass Sie jetzt noch unsicherer geworden sind, kann ich gut verstehen, das würde jedem so gehen", fuhr die Kommissarin fort. „Es schreckt diesen Täter ja nicht einmal ab, dass die Polizei ermittelt. Wir werden alles Notwendige unternehmen, die Nachbarn befragen und das leer stehende Haus überprüfen. Haben Sie jemand, bei dem Sie vorerst unterkommen könnten? Oder jemand, der vorübergehend zu Ihnen zieht? Ich würde Sie nur äußerst ungern allein hierbleiben lassen."

„Ja mein Freund. Er schläft diese Nacht hier. Aber ich weiß nicht, ob das eine Dauerlösung wird; sein Sohn wohnt vorübergehend bei ihm, bis er eine eigene Wohnung gefunden hat."

„In Ordnung. Teilen Sie es mir bitte mit, wenn Sie woanders unterkommen können oder sich an dieser Regelung etwas ändert."

„Werde ich, danke. Morgen oder übermorgen wird meine Tochter aus dem Krankenhaus entlassen. Ich hoffe, dass ich bis dahin eine Lösung gefunden habe, selbst, wenn wir für einige Zeit ins Hotel ziehen müssen."

„Auch da wäre es gut, wenn Sie mich entsprechend informieren würden. Jetzt zurück zu gestern, ich bräuchte für meinen Bericht noch detaillierte Angaben: Wann genau kamen Sie gestern Abend nach Hause zurück?"

„22:20 Uhr. Es war alles in Ordnung, als ich nach Hause kam. Manchmal kontrolliere ich abends noch die Fenster. Nur leider gestern nicht."

„Sagen wir doch lieber: Gott sei Dank, gestern nicht. Ich vermute, der Täter war da bereits im Haus, sonst hätten sie das Aufstemmen des Fensters gehört."

„Gott, mir wird schon wieder ganz anders, allein bei dem Gedanken. Ich war furchtbar müde und bin gleich ins Bett gegangen. Erstaunlicherweise bin ich auch gleich eingeschlafen. Gott – ich habe seelenruhig geschlafen, während ein Fremder in meinem Haus herumspaziert ist!"

„Könnte es jemand aus ihrem Bekannten- oder Freundeskreis gewesen sein?"

„Das glaube ich nicht. Ich habe den gestrigen Abend mit meiner Freundin und ihrem Mann verbracht, sie können es also unmöglich gewesen sein. Sophie ist noch im Krankenhaus. Mein Freund kam in etwa zeitgleich mit der Polizei hier an und mein Sohn – also mein Stiefsohn – ist unterwegs. Mein geschiedener Mann kommt auf gar keinen Fall infrage."

„Warum nicht?"

„Weil es nicht zu ihm passt. Wir haben mit unserer Ehe abgeschlossen. Keiner von uns will den anderen zurück. Er ist auf andere Dinge fixiert. Hauptsächlich aufs Geld verdienen. Ein Macho, durch und durch. Er würde niemals zu solchen Mitteln greifen."

„Eine Frau erwähnten sie nicht. Gibt es eine Frau, die nicht gut auf Sie zu sprechen ist?"

„Ja. Die neue Frau meines Mannes, Lydia. Sie ist gerade mal 22."

„Und Ihr geschiedener Mann?"

„Der ist inzwischen 50."

„Dazu sage ich jetzt lieber nichts", meinte Hammerschmidt – brauchte sie auch gar nicht, ihr Gesichtsausdruck sprach Bände. „War der Altersunterschied ein Problem für Sie?"

„Was heißt schlimm – ich war vor allem entsetzt. Ulrich könnte ihr Vater sein." Klara schüttelte den Kopf. „Natürlich war ich gekränkt. Obwohl unsere Ehe am Ende war, tut es schon irgendwie weh, gegen ein so viel jüngeres Modell eingetauscht zu werden. Aber Gefühle wie Eifersucht, waren nicht mehr mit im Spiel. Die ganze Sache war nicht gut für mein Selbstwertgefühl."

„Inwiefern ist diese junge Frau nicht gut, auf Sie zu sprechen?"

„Sie ist eifersüchtig auf meine Tochter und mich. Mein Ex hängt sehr an Sophie – auch wenn er nicht gut darin ist, das zu zeigen. Lydia versucht, ihn davon abzuhalten, uns zu besuchen, das hat Ulrich irgendwann mal erwähnt. Und wenn er dann trotzdem mal vorbeikommt und sie ihn begleitet – was äußerst selten vorkommt –, wirft sie mir böse Blicke zu. Überwiegend geht sie mir und meiner Tochter aus dem Weg. Meine Freundin Charlotte hat Lydia verdächtigt, etwas mit den Vorfällen hier im Haus zu tun zu haben. Aber ich glaube das ehrlich gesagt nicht, dafür ist sie viel zu fantasielos."

„Dennoch, ich werde sie aufs Revier bestellen. Mit all Ihren Verwandten möchte ich mich auch unterhalten. Ihr Stiefsohn, was macht er beruflich?"

„Er hat eine Autowerkstatt hier ganz in der Nähe. Er beschäftigt zwei Mitarbeiter. Brian ist der Sohn meines geschiedenen Mannes. Als seine Mutter sich umbrachte, nahmen wir ihn zu uns. Da war er neun. Er und Sophie wuchsen zusammen auf. Egal, was bei mir defekt ist, er repariert alles, ist überaus fleißig und gönnt sich kaum eine Pause."

„Ist er zu erreichen?"

„Zurzeit ist er unterwegs – ich weiß nicht, ob sie ihn da telefonisch erreichen können. Er sollte aber bald zurück sein."

„Ich will mir selbst ein Bild von ihm machen. Wenn er wieder zurück ist, suche ich ihn in seiner Werkstatt auf. Ihren jetzigen Freund möchte ich auch gern sprechen."

„Pascal kannte ich noch gar nicht, als alles begann."

„Das macht nichts. Er war letzte Nacht hier. Vielleicht hat er etwas mitbekommen."

Einer von der Spurensicherung kam ins Wohnzimmer.

„Wie sieht es aus?", fragte die Oberkommissarin ihn.

„Nichts. Keine Fingerabdrücke. Faserspuren am Fensterbrett, aber die müssen erst noch untersucht werden und könnten genauso gut von der Familie stammen. Das Fenster wurde aufgehebelt und der Rollladen ließ sich mit wenigen Handgriffen, nach oben schieben – auch da keine Fingerabdrücke, wir tippen also auf Handschuhe." Dann wandte er sich an Klara.

„Sie sollten sich elektrische Rollläden anschaffen, bei denen wird ein Einbruch durch ein selbsthemmendes Getriebe zumindest erschwert. Wie sieht es denn mit Ihrer Haustür aus?"

„Das Haus stammt noch von meiner Oma. Wir haben es so gut es ging renoviert, aber es muss noch einiges gemacht werden. Die Haustür wollte ich schon länger ersetzen lassen."

„Lassen Sie ein Querriegelschloss anbringen. Dann sind Sie gut abgesichert, auch wenn die Tür alt ist. Vielleicht kann an ihrem Fenster ein provisorischer Schutz angebracht werden. So wie es jetzt ist, kann es nicht bleiben – das ist praktisch eine Einladung für diese Typen."

Sie wollte es sich nicht anmerken lassen, aber die Worte des Mannes waren ein ziemlicher Schlag für Klara. Auf einmal sah sie, als sie sich umblickte, nur noch „Einladungen" an Einbrecher. Sie hatte sich schon vorher nicht mehr sicher gefühlt, spätestens nach letzter Nacht war der Zug abgefahren, aber jetzt … jetzt kam sie sich so vor, als wären alle Fenster und Türen aus Papier, die ihr keinerlei Schutz boten.

„Wir wollen uns noch den Sicherungskasten ansehen, und das übrige Haus. Zeigen Sie uns doch bitte, aus welchem Fenster Sie geklettert sind."

Als der Mann wieder das Wort an sie richtete, wurde Klara aus ihren Gedanken gerissen.

„Natürlich und danke für Ihre ehrlichen Worte. Ich werde noch heute anfangen, zu telefonieren."

„Warten Sie kurz Frau Scheffler. Da ist noch etwas, das ich Sie fragen wollte", hielt Jossi Hammerschmidt Klara auf. „Kennen Sie die früheren Besitzer des leer stehenden Hauses nebenan?"

„Zwei ältere Damen. Aber ich habe sie seit Ewigkeiten nicht mehr gesehen. Es hieß in der Nachbarschaft, dass die eine im

Altenheim, und die andere verstorben ist. Sie lebten sehr zurückgezogen und ließen niemand ins Haus. Ich bot ihnen öfter meine Hilfe an, doch sie lehnten jedes Mal ab. Leider kann ich Ihnen nicht weiterhelfen."

„Macht nichts. Wozu gibt es Ämter. Dann verabschiede ich mich fürs Erste. Kümmern Sie sich um die Fenster." Und mit diesen letzten mahnenden Worten verließ Jossi Hammerschmidt das Haus.

22

Oberkommissarin Jossi Hammerschmidt wollte sich unbedingt das heruntergekommene Haus ansehen. Weil man dort nicht einfach hereinspazieren durfte, musste sie erst die Besitzer ausfindig machen. Sie erkundigte sich beim zuständigen Amt. Es war an die Familie Hartmann verkauft worden. Herr und Frau Hartmann waren beide Immobilienmakler. Ihr Hauptwohnsitz befand sich in Bonn, in einem Villenviertel. Das klang zunächst einmal sehr interessant. Sie ließ sich die Adresse der Familie geben und würde sie später aufsuchen.

Die Ermittlerin machte sich gerade Notizen, als Prodendorf in ihr Büro stürmte.

„Ich hab was!", jubelte er. Die Oberkommissarin lehnte sich zurück und forderte ihren Kollegen auf, mit der Sprache herauszurücken.

„Ich war doch gestern Abend in der ‚Casa Neutral'-Bar." Hammerschmidt nickte, so viel wusste sie schon. „Hofstetter war nicht da. Er hatte sich krank gemeldet. Ich ging schon davon aus, dass alle mauern, und ich hatte damit auch recht, bis auf eine Ausnahme. Der Barkeeper gab mir zu verstehen, dass er mit mir reden würde, aber draußen. So unauffällig wie nur möglich, folgte ich ihm. Er rauchte eine Zigarette und ich habe das Gespräch aufgenommen." Prodendorf zückte sein Aufnahmegerät und drückte auf „Play".

„Is nich verdächtig, wenn ich raus geh, eine rauchn. Das mach ich öfter. Ich darf mich nur nich vom Chef erwischen lassen. Egal, Sie interessieren sich für Hofstetter? Der lässt sich seit mehreren Tagen nicht mehr blicken. Is auch besser so. Wenn er mal da is, spielt er sich als Chef auf und kommandiert uns alle herum. Der macht neuerdings, was er will, kommt nur noch zur Arbeit, wenn er Lust hat. Un der Chef lässt ihm alles durchgehn. Wir andern kriegen für jeden Fliegenschiss, sofort ne Abmahnung verpasst. Wenn se mich fragen: Ich glaub, Hofstetter erpresst ihn."

„Wie kommen Sie darauf?"

„Hab da was mitbekommen. Hofstetter und Peters schrien sich an, im Büro vom Chef. Danach ist der Peters nie wieder hier aufgetaucht – Sie ham gesagt, er is tot. Würd mich nich wundern, wenn Hofstetter das war. Ham sich gegenseitig bedroht. Un der Chef ging dazwischen. Ich hab nich gelauscht – musste nur mal aufs Klo und die Toilette für die Angestellten is da hinten. Der Chef kriegt immer nen Ausraster, wenn mir auf die Gäste-Toilette gehn – als ob des nen großen Unterschied machen würd. Ich habs aufgenommen – also das Gespräch. Moment, hab's gleich."

„*Du miese Ratte! Das wirs du mir büßn. Ich lass mich von dir nich reinlegn. So war das nich ausgemacht. Du vermassels mir nich die Tour. Ich will mein Geld zurück.*"

„*Und wenn ich das Geld nicht mehr habe, was willst du machen, Mucki-Mann?*"

„*Halt deine dumme Fresse, du Arschloch! Niemand verarscht mich.*"

„*Auseinander! Was soll das? Nicht hier in meinem Büro. Peters, du verschwindest auf der Stelle. Ich will dich hier nie ...*"

„Dann hab ich Schritte gehört und die Tür ging auf. Ich bin also schnell in die Toilette rein. Der erste, der gesprochn hat war Hofstetter, der zweite Peters und am Ende der Chef. Zwei Tage nach dem Krach, hieß es Peters sei tot. Aber das ham se nich von mir, sonst bin ich auch bald tot."

„Ich versprach ihm, dass ich versuchen werde, ihn da raus zu halten. Bedankte mich bei ihm und er ging wieder rein."

„Also liegen wir richtig, mit unserer Vermutung, dass die beiden sich kennen und unter einer Decke stecken. Jetzt brauchen wir es nur noch zu beweisen."

„'Nur noch' ist gut", schnaubte Prodendorf. „Ich hänge mich an Hofstetter ran, sobald ich weiß, wo er wohnt. Immerhin wissen wir jetzt, dass Hofstetter und Peters in Verbindung standen.

Von wegen, ‚nur zufällig an der Hütte vorbeigekommen'. Bei dem Streit ging es um eine Abmachung, gegen die Peters verstieß. Hofstetter hatte ihn bereits dafür bezahlt. Ich vermute, das hat etwas mit den Mädchen zu tun."

„Fassen wir noch mal zusammen." Die Ermittlerin sah zu ihrem Kollegen hinüber, der an einem anderen Schreibtisch saß. „Die beiden hatten irgendetwas am Laufen. Hofstetter hat Peters deswegen bedroht, vielleicht sogar ermordet. Sicher macht Hofstetter jetzt allein weiter. Der Barbesitzer scheint eingeweiht zu sein. Anders herum hat Hofstetter Kenntnis von dem geheimen Treiben von Clausens, dem Barbesitzer. Sonst hätte er ihn ja wohl kaum erpressen können, wenn der Barkeeper da recht hat. Da beide etwas zu verbergen haben, spukt der eine dem anderen nicht in die Suppe. Aber wie passt Eulenbach da rein?"

„Das werden wir herausfinden, immerhin sind wir jetzt einen Schritt weiter. Sobald ich Hofstetters Adresse herausgefunden habe, fahre ich los."

Polizeihauptmeister Prodendorf machte sich unterwegs zu Hofstetters Wohnung so seine Gedanken. Würde er ihn überhaupt zu Hause antreffen? Hofstetter war gerissen. Der würde ihm ein Geständnis niemals auf dem Silbertablett servieren. Vielleicht würde sich während des Gespräches etwas ergeben – eine versehentliche Andeutung oder ein Widerspruch, irgendwas, das von Nutzen sein würde. Je länger sie ermittelten, desto größer und komplizierter wurde dieser Fall – nein, diese Fälle, denn jetzt waren es ja bereits mehrere, miteinander verbundene Fälle. Was würde wohl noch alles rauskommen, bis sie alle Verantwortlichen überführt hatten?

Die Fahrt zu Hofstetters Wohnung strapazierte Prodendorfs Geduld aufs Äußerste. Er geriet in einen zähen Stau, musste wegen einer Umleitung einen längeren Umweg in Kauf nehmen, musste wegen mehrerer Baustellen beinahe im Schritttempo fahren und fand dann keinen Parkplatz. Am liebsten hätte er den Wagen illegal in zweiter Reihe geparkt, so genervt war er. Allerdings kam das nicht infrage – er hörte seinen Chef allein bei dem Gedanken daran schon Dinge zetern, wie „Vorbild", „mit gutem Beispiel vorangehen" und so ein Quatsch. Den würde er gern mal erleben, wenn er an seiner Stelle wäre. Aber dazu kam es ja nicht. Der saß immer in seinem klimatisierten Büro und bewegte seinen Hintern nur dreimal täglich aus dem Sessel.

Grummelig stieg der Polizeihauptmeister aus seinem Auto und ging zu dem Haus, in dem Hofstetter wohnte. Es war ein Mehrfamilienhaus, darum musste er sich erst, durch die Namensschilder kämpfen. Als er das Richtige gefunden hatte, drückte er auf die Klingel direkt daneben. Es öffnete ihm niemand. Kurz darauf ging allerdings die Haustüre auf und ein Mann im grauen Kittel kam heraus, mit einem Besen in der Hand. Der Ermittler musste einen Schritt zur Seite treten, um ihn vorbei zu lassen.

„Zu wem möchtn Se?", fragte ihn der Mann.

„Ich bin von der Polizei und möchte zu Herrn Hofstetter, er öffnet nicht."

Der Polizist zeigte seinen Ausweis.

„Ich bin hia der Hausmeister. Seit Tagn hab ich den Hofstetter nich mehr gesehn. Sein Briefkastn quillt üba. Wenn man verreist, kümmat man sich doch im Voafeld darum, oda? Bisher war des och imma so. Nich, dass ihm was passiert is. Er verletzt in de Wohnung liegt. Solln wir lieba mal nachschaun gehn?"

Dieser Vorschlag kam Prodendorf wie gerufen. So konnte er sich wenigsten einen Eindruck von der Wohnung machen und seine Fahrt hierher wäre nicht ganz umsonst gewesen. Dass Hofstetter verletzt in der Wohnung lag, glaubte er natürlich nicht. Aber geschenkter Gaul und so weiter. Der Hausmeister schloss die Tür auf und sie gingen hinein.

„Ausgeflogn!", rief der Mann, nachdem er zwei, der drei Zimmer durchquert hatte. Tatsächlich machte die Wohnung einen unbewohnten Eindruck, obwohl noch Möbel darin standen. Aber die Schränke waren leer. Ein Karton stand gleich hinter der Tür, Müllsäcke in einer Ecke. Ein Trockenständer, auf dem noch Kleidung hing, stand im Bad. Vieles lag verstreut auf dem Boden. Auf Rückfrage versicherte ihm der Hausmeister, dass noch vor Kurzem, alles an seinem Platz war.

„Des kann doch net sein", empörte sich der verärgerte Hausmeister. „Muss sich still und heimlich in de Nacht, davongeschlichn ham. Komisch. Hat die Miete immer pünktlich bezahlt. Ich versteh das nich. So ein Umzug macht doch Krach. Gab aber kenne Beschwerdn. Gekündigt hat der och nich. Dat wüsst ich. Ich erfahr imma als Ersta, wenn ein Mieter ausziehn will." Dann wandte er sich an den Polizisten.

„Ham Se irgendetwas damit zum tun?"

„Nein. Ich bin genauso überrascht wie Sie. Ich hatte nur einige harmlose Fragen an ihn. In einem anderen Zusammenhang."

„Ach so. Ich wunder mich nur, dass er so plötzlich mir nix, dir nix, verschwindet und kurz darauf die Polizei vor der Tür steht. Hätt doch sein können. Ich ruf denn mal den Hausverwalter an. Wenn Se wollen, können Se mitkommen."

„Danke, gern."

Die Hausverwaltung wusste nichts von einer Kündigung. „Das hätte ich von dem nicht erwartet!", rief da jemand im Hintergrund. Der Hausmeister hatte den Ton auf laut gestellt. Und als das Gespräch beendet war, fragte Prodendorf, ob er sich die Wohnung noch mal ansehen dürfe.

„Warum nich? Aber machn Se nich zu lang, gleich kommt jemand von der Hausverwaltung."

Er händigte dem Polizisten den Schlüssel aus, dann ging er zurück zum Telefon. *Gleich würde es das ganze Haus wissen*, dachte Prodendorf.

Er hatte es auf den Inhalt des Kartons abgesehen. Briefe, Fotos, sämtliche Arten von Dokumenten lagen darin. So etwas ließ man in der Regel nicht absichtlich zurück. Vielleicht hatte Hofstetter den Karton in aller Eile vergessen, oder er wurde gestört. Ein älteres Foto lag obenauf. Es zeigte einen Jungen, vielleicht um die Dreizehn und einen etwa 30-jährigen Mann. Auf der Rückseite stand: Erwin und Kurt. Er steckte das Foto gleich in seine Jackentasche und suchte weiter. Dann hielt er eine Postkarte in den Händen, mit kindlicher Schrift stand darauf: *Libe Oma Gundel und Opa Fritz. Es ist so schön an der Nordsee. Ich vermise euch. Ich hab euch lib. Euer Erwin.*

Die Adresse war der Postleitzahl nach irgendwo im Norden. Aber die Tatsache, dass er die Karte in dem Karton gefunden hatte, sprach dafür, dass diese Großeltern wohl nicht mehr lebten. Trotzdem würde er sie überprüfen, vielleicht gab es deren Haus ja noch und Hofstetter war dort untergekrochen? Schon irgendwie komisch, eine Karte des kleinen Erwin Hofstetter zu lesen. Er war mal ein ganz normaler Junge gewesen. Wieso war er auf die schiefe Bahn geraten? Falsche Freunde? Oder war irgendetwas vorgefallen? Er ließ die Postkarte ebenfalls verschwinden und suchte weiter.

„Suchn Se was Bestimmtes?", fragte eine Stimme hinter ihm.

Prodendorf zuckte zusammen. Er klappte die beiden Kartondeckel zu und stand auf.

„Nein, ich suche nach einem Hinweis auf seinen jetzigen Aufenthaltsort. Doch wie es aussieht, hat er nur unwichtige Papiere zurückgelassen. Vielleicht findet ja die Hausverwaltung seine neue Adresse heraus. Ich werde mich direkt an sie wenden."

Prodendorf reichte dem Hausmeister die Hand.

„Ich danke Ihnen für die Hilfe und wünsche Ihnen einen schönen Tag."

Jossi war nicht in ihrem Büro, als Prodendorf zurück kam. Die Rückfahrt war ähnlich nervig gewesen, wie die Hinfahrt und das Fast Food Restaurant, bei dem er hatte haltmachen wollen, war geschlossen, wegen irgendwelcher Renovierungsarbeiten. Es war jetzt bereits später Nachmittag und der Polizeihauptmeister war müde und verdammt hungrig. Da er heute noch keine Pause gemacht hatte, gönnte er sich jetzt ein richtig deftiges Essen, gegenüber beim Griechen. Falls seine Kollegin danach noch immer nicht zurück sein sollte, würde er Feierabend machen. Er brauchte mal wieder einen richtigen Fernsehabend, zusammen mit seiner Frau. Meistens kam er erst zu Hause an, wenn die Filme schon halb rum waren, oder er war so erledigt, dass er auf der Couch einschlief und erst wieder bei den Spätnachrichten aufwachte. Seine Frau schlief dann meistens schon. Ein geregeltes Leben war das nicht. Wurde höchste Zeit, diese Fälle endlich aufzuklären. Vielleicht hatte er Glück und es würde eine Zeit lang dauern, bis wieder so viel los war. Wenn nicht, würde ihm direkt der nächste Mord noch mehr Überstunden aufhalsen.

Die Oberkommissarin überlegte hin und her, ob sie das Maklerehepaar noch heute Abend aufsuchen, oder es auf morgen Vormittag verschieben sollte. Es gab so viele offene Fragen, die unbedingt beantwortet werden mussten.

Ihr Chef wurde langsam ungeduldig. Er verlangte von ihr, dass sie ihm täglich Bericht erstattete, was ungewöhnlich für ihn war. Meistens ließ er sie in Ruhe arbeiten. Glaubte er, dass sie nachlässig geworden war? Oder bekam auch er Druck von oben? Der Fall Sophie war durch die Presse gegangen und dann noch die Sache mit den anderen Mädchen. Ja, wahrscheinlich stand sein eigener Hintern in der Schusslinie und er wollte verhindern, dass irgendein Politiker „durchgriff" und ihn aus seinem bequemen Sessel kickte, um „Stärke" zu zeigen. Trotzdem war Jossi frustriert. Sie arbeitete oft genug bis spät in die Nacht hinein und ein Privatleben kannte sie praktisch nicht mehr. In solchen Momenten, wenn sie sich ungerecht behandelt fühlte, hatte sie manchmal schon Lust, alles hinzuschmeißen und sich eine ruhigere Arbeit suchen. Der Job war anstrengender geworden, in den letzten Jahren. Es fehlte an Personal. Würde die Arbeit auf mehr Schultern verteilt werden, kämen sie auch schneller ans Ziel. Aber was brachte es ihr, sich darüber aufzuregen? Ändern würde das eh nichts und hinschmeißen würde sie auch nicht, dazu fühlte es sich viel zu gut an, Mistkerlen Handschellen anzulegen und zu wissen, dass man geholfen hatte, die Stadt ein klein wenig sicherer zu machen.

Jossi beschloss, doch noch bei den Hartmanns vorbeizufahren. Sie setzte sich ins Auto und machte sich auf den Weg. Eine Frau lief einfach über die Straße. Sie dachte wohl, dass die Bremsen dafür da wären, sie auch zu benutzen. Kurz danach drängte sich vor ihr ein Autofahrer in die kleine Lücke, die sie extra frei ließ, um Abstand zu halten. Sie musste dieses Mal sogar mit quietschenden Reifen bremsen. Die Oberkommissarin beschloss, den Vorfall an die Kollegen weiterzuleiten – wozu hatte sie schließlich eine fest installierte Kamera im Wagen?

Als sie die Adresse erreichte, stand sie vor einem zwei Meter hohen Eisentor. Durch die Gitterstäbe konnte man bis zur Villa sehen, die inmitten eines großen Gartens stand. Ein gepflasterter Weg, führte bis zum Haus. Eine hohe Mauer umschloss das

Grundstück. Die Einzäunung erinnerte sie an eine Festung. Augenblicklich verglich sie diesen Prachtbau mit dem verfallenen Haus. Nein, ganz sicher hatten sie nicht vor, dort zu leben. Aber ohne Hintergedanken, hatten sie es bestimmt nicht erworben. Was also war der Grund dafür? Das alte Haus war alles andere, als ein Liebhaberobjekt und so zentral war die Lage nun auch nicht. Jossis Bauchgefühl meldete sich – sie war hier etwas auf der Spur, bloß was?

Sie suchte nach der Klingel. Nachdem sie diese entdeckt hatte, drückte sie darauf.

„Wer ist denn da?", ertönte eine barsche Stimme.

„Hier ist Oberkommissarin Jossi Hammerschmidt. Ich möchte mit jemand aus der Familie sprechen."

„Warum?"

„Das möchte ich der Familie persönlich sagen."

„Dann zeigen Sie mir Ihren Dienstausweis, halten ihn vor die Kamera der Sprechanlage."

Die Ermittlerin tat, wie ihr geheißen und kurz darauf, öffnete sich das Tor. Jossi fuhr auf das Grundstück. Von Weitem schon, sah sie einen gut aussehenden Mann, mit mürrischem Blick, in der offenen Haustüre stehen. Als sie, nachdem sie ihr Auto geparkt hatte, auf ihn zuging, musterte er sie von oben bis unten.

„Kommen Sie herein", sagte er, als Hammerschmidt bei ihm angekommen war und diese Aufforderung klang eher wie ein Befehl, als eine Bitte. Drinnen wurde sie in ein Wohnzimmer geführt – oder war das schon eine Art Salon? – und der unfreundliche Mann bot ihr nur widerwillig einen Platz an. Eine Frau saß bereits in einem Sessel ihr gegenüber. „Meine Frau", sagte Hartmann und setzte sich nun ebenfalls. Die Oberkommissarin sagte: „Angenehm" – eine glatte Lüge.

Kurz streifte ihr Blick durch den großen Raum. Die Einrichtung war vom Feinsten. Schwere Teppiche lagen auf dem Boden, Mahagonischränke an den Wänden und die Polstermöbel waren aus braunem Leder.

„Was gibt es so Dringendes, das noch am späten Nachmittag erledigt werden muss?"

Hammerschmidt hasste seine Arroganz. Was glaubte er denn, dass sie zum Spaß hier war? Offensichtlich hielt er seine Zeit für wichtiger als ihre.

„Es geht um einen Einbruch. Neben dem Objekt, dass Sie erst vor Kurzem erworben haben."

„Und was haben wir damit zu tun? Was gehen uns die Probleme fremder Leute an? Wie kamen Sie eigentlich auf uns?"

„Dieser Einbruch, den Sie einfach so übergehen, steht in Zusammenhang mit Entführung und Mord. Da muss es der Polizei doch wohl gestattet sein, in der unmittelbaren Nachbarschaft Fragen zu stellen, meinen Sie nicht? Und da Sie dort ein Haus gekauft haben, zählen Sie jetzt dazu."

Auch Hammerschmidts Worte klangen jetzt aggressiv. Es wurde Zeit, dem feinen Herrn die Stirn zu bieten.

„Mord, Entführung! Ich höre wohl nicht recht. Wer ist entführt, oder ermordet worden? Etwa in unserem Haus?"

„Nein, nicht in Ihrem Haus. Ich kann nur so viel sagen, dass die Verbrechen im Zusammenhang mit diesem Einbruch stehen. Während der laufenden Ermittlungen kann ich ihnen nicht all ihre Fragen beantworten, ich nehme an, das verstehen Sie. Ich möchte mir gern das alte Haus ansehen. Es könnte ja sein, dass sich einer der Täter dort versteckt hält."

„Das geht doch wohl nicht an die Presse?", fragte Hartmann und er wurde zusehens nervöser.

Was hatte er zu verbergen? Hielt sich dort tatsächlich jemand versteckt?

„Wann können wir das Haus durchsuchen?"

„Wann immer Sie wollen. Ein Anruf genügt, dann schicke ich jemand dort hin, der Ihnen öffnet."

„Gut, dann machen wir das so." Die Ermittlerin stand auf und verabschiedete sich.

Auf der Rückfahrt war sie sich über eines im Klaren: Irgendetwas stimmte da nicht. Die Reaktionen von Herrn Hartmann riefen all ihre Instinkte auf den Plan. Er verbarg etwas und es hatte etwas mit dem Haus zu tun. War beim Kauf jemand über den Tisch gezogen worden? Sie hatte einen Kontakt beim Bauamt, morgen würde Jossi ihn privat aufsuchen. Er hatte sie schon mehrmals mit Informationen versorgt und er wusste, dass sie seinen Namen heraushalten würde. Sie war schon sehr gespannt darauf, was da wohl herauskäme.

23

Nachdem die Kommissarin sich verabschiedet hatte, wurde Klara erst richtig bewusst, was alles auf sie zukommen würde. Gewaltige Summen für die Umrüstung des Hauses. Wie sollte sie das nur bezahlen? Wenn sie andererseits bedachte, wie leicht es war, einen Rollladen hochzuschieben, würde ihr gar nichts anderes übrig bleiben, als die Renovierung in Auftrag zu geben. Das Geld für das Fenster und die Haustüre, würde sie ja noch irgendwie aufbringen können, doch was war mit dem Rest? Eine Stinkwut machte sich in ihr breit. Es war alles in Ordnung gewesen, bis dieser Irre aufgetaucht war, der ihr Leben komplett durcheinanderbrachte. Entweder musste sie sich das Geld leihen, oder einen Kredit aufnehmen. Aber leihen, von wem? Ulrich? Auf gar keinen Fall. Dann hätte er wieder einen Grund, um auf ihr herumzuhacken. Er würde ihr vorwerfen, dass sie ihr Eigentum verkommen ließ und deswegen selbst für den Einbruch verantwortlich wäre. Oder er würde ihr vorhalten, dass sie unnötig paranoid wäre – er vertrat ja sowieso die Meinung, dass Klara „zu emotional" sei. Nein danke, dann doch lieber einen Kredit.

Klara setzte sich vor ihren Laptop, um sich die Telefonnummern der örtlich ansässigen Firmen herauszusuchen, die die benötigten Arbeiten anboten. Wenn sie sich einen Handwerker von außerhalb nahm, würde es durch die Anfahrt noch teurer werden, zudem könnte sie dann an einen Halsabschneider geraten. Sie hatte Glück. Es gab wirklich Betriebe in ihrer Nähe. Ein Handwerker versprach ihr sogar noch diesen Nachmittag gegen 17 Uhr vorbeizukommen, um sich den Schaden zunächst einmal anzusehen. Doch die Ernüchterung folgte auf dem Fuße: Den eigentlichen Auftrag könne er erst in einer Woche durchführen. Klara war enttäuscht. Doch sie musste nehmen, was sie kriegen konnte. Eine ganze Woche mit dem kaputten Fenster – sofort bekam Klara eine Gänsehaut bei dem Gedanken. Beim Schlosser hatte sie noch mehr Pech, er hatte erst in zwei Wochen Zeit für sie.

Später meldete sich Pascal bei ihr und erkundigte sich erst einmal, wie es ihr ging und was Polizei und Handwerker gesagt hatten. „Weißt du was? Ich besorge nach Feierabend ein großes Brett, das nageln wir innen ans Fenster. Du musst es ausmessen und mir die Maße durchgeben. Schreib mir am besten eine WhatsApp. Ich fahre dann zum Baumarkt und wir sichern das Fenster. Anschließend bleibe ich bei dir. Ich habe schon mit meinem Sohn gesprochen, ihn stört das nicht – ich glaube eher im Gegenteil, er freut sich, die Wohnung mal für sich zu haben."

Nach dem kurzen Gespräch mit Pascal spürte Klara, wie sich langsam die innere Anspannung löste. Jetzt war sie in der Lage, ihre Tochter zu besuchen. Ob sie ihr die Wahrheit sagte, machte sie von Sophies Zustand abhängig. Wenn ihr Zusammenleben wieder reibungslos funktionieren sollte, war Offenheit das Allerwichtigste. Es könnte ja auch sein, dass Sophie unter diesen Umständen nicht nach Hause wollte, dann brauchte sie unbedingt einen Plan B. Wie der aussehen sollte, wusste sie noch nicht, aber irgendwas würde sich schon ergeben.

Gegen Mittag fuhr Klara ins Krankenhaus. Sie hatte eine Tasche dabei, um einige von Sophies Sachen schon mal mit nach Hause zu nehmen. Dann würde es morgen schneller gehen. Als Klara aus dem Aufzug stieg, sah sie Sophie lächelnd auf sich zukommen. Sofort hob sich ihre eigene Stimmung.

„Rate mal, wer mich heute besucht hat?"

„Deinem Strahlen nach zu urteilen, muss es jemand gewesen sein, den du besonders magst. Etwa Bryan?"

„Kalt."

„Eine deiner Freundinnen?"

„Warm."

„Deine beste Freundin Emma?"

„Heiß. Ja, du hast es erraten."

Sophie sprudelte richtig über vor Freude. So hatte sie ihre Tochter schon lange nicht mehr gesehen.

„Wir hatten uns so viel zu erzählen, es war so richtig schön. Wir wollen uns wieder öfter sehen und auch, was zusammen machen."

„Das freut mich sehr für dich. Emma ist ein nettes Mädchen."

Insgeheim freute sich Klara unheimlich über diese Neuigkeit. Emma hatte schon immer einen guten Einfluss auf Sophie gehabt und die Tatsache, dass diese sich nun wieder häufiger mit ihrer Freundin treffen wollte, musste bedeuten, dass Sophie nicht plante, sich bald wieder auf einen Jungen einzulassen.

„Übrigens! Bevor ich es vergesse: Ich soll dich von einem deiner Lehrer – Herrn Jäger – grüßen. Er hat schon ein paar Mal angerufen und schien echt besorgt."

„Ja, ich mag ihn. Man kann immer zu ihm kommen, wenn man was nicht versteht. Er ist echt gerecht, im Gegensatz zu anderen."

Sie gingen in Sophies Zimmer. Das zweite Bett war inzwischen belegt, doch die junge Frau war mit ihren Eltern in der Cafeteria. Klara stellte die Tasche aufs Bett. Sie zog ihre Jacke aus und legte sie daneben.

„Du weißt am besten, was ich schon mal mitnehmen kann. Das machen wir gleich zusammen. Lass uns aber erst kurz hinsetzen."

„Du wirkst so angespannt Mama und warum ziehst du deine Mütze nicht aus, ist was?"

„Ja, leider. Ich muss was mit dir besprechen, weil du morgen entlassen wirst."

„Ist es was Schlimmes?"

„Letzte Nacht wurde bei uns eingebrochen."

„Was?! Haben sie dir was getan? Was haben sie gestohlen?!"

„Es wurde nichts gestohlen. Es war auch nur einer. Er kam durchs Abstellraumfenster rein. Die Polizei glaubt, dass er mich nur erschrecken wollte. Ich weiß nicht, warum sich jemand die Mühe machen sollte, aber was weiß ich schon über die Motive solcher Menschen."

Dann erzählte Klara, was sich zugetragen hatte.

„Oh Mama, das ist ja furchtbar! Glaubst du, das hat was mit Jürgen zu tun? Dann wäre es meine Schuld."

„Das darfst du dir auf keinen Fall einreden. Du bist genauso wenig schuld, wie ich. Schuld ist allein der Einbrecher. Was auch immer er damit bezweckt hat, die Polizei wird es herausfinden."

„Hast du keine Angst vor heute Nacht, Mama?"

„Doch. Allein wäre ich nicht in dem Haus geblieben, aber Pascal hat versprochen über Nacht zu bleiben. Er besorgt ein großes Brett, das er vor das Fenster nagelt. Es lässt sich nicht mehr schließen. Der Rollladen ist völlig zerstört. Gegen fünf kommt ein Handwerker und sieht sich das Fenster an. Er kann es aber erst in einer Woche reparieren. Darum auch das Brett. Ich wollte dir keine Angst machen, aber ich bin der Meinung, dass du es wissen solltest, bevor du nach Hause kommst. Wie findest du es, dass Pascal über Nacht bleibt?"

„Er hilft dir. Es ist gut, dass du jemand hast, der für dich da ist. Ich kenne ihn ja nicht. Es ist deine Entscheidung und da mische ich mich nicht ein."

„Ich wollte ihn mitbringen, damit du ihn Kennenlernst. Es entwickelte sich alles anders, als geplant."

So wirklich erfreut war Sophie darüber nicht. Verständlich, ein neuer Mann im Leben der Mutter, ist für kein Kind einfach. Sie könnte befürchten, dass diese Veränderung ihren Alltag noch einmal durcheinanderbringt. Das hatte sie ja schließlich, schon einmal erlebt, bei der Trennung ihrer Eltern. Aber Klara war sich sicher, dass ihre Tochter Pascal mögen würde, sobald sie ihn kennenlernte.

„Bryan hat mich nicht mehr besucht", sagte Sophie. Klara wusste, dass sie absichtlich das Thema wechselte, weil sie sich noch nicht mit Pascal auseinandersetzen wollte. Und das war in Ordnung. Wie der Therapeut, der das Krankenhaus Sophie zugeteilt hatte, schon sagte: kleine Schritte jeden Tag, die eigenen Grenzen kennen und ehrlich sein – das waren die Grundpfeiler für Sophies Heilung und das Kitten ihrer Beziehung zueinander.

„Er ist unterwegs, kommt aber bald zurück. Dann wird er dich besuchen."

„Wieso schon wieder unterwegs? Kann er dann so oft seine Werkstatt sich selbst überlassen?"

„Er hat doch Personal. Ehrlich gesagt, ich blicke da auch nicht durch. Ich frage mich manchmal schon, warum er so oft verreisen muss. Er redet ja auch nicht darüber. Andererseits habe ich keine Ahnung von Werkstätten. Vielleicht muss er so oft reisen und sich die neuesten Maschinen und so ansehen? Keine Ahnung. Hoffentlich macht er keine Dummheiten. Ich hoffe einfach, dass er weiß, was er tut."

Klaras Handy klingelte. Sie erwartete, den Namen der Kommissarin auf dem Display zu lesen, aber es war ihr Stiefsohn.

„Hallo Bryan! Wenn man vom Teufel spricht. Kannst du Gedanken lesen? Wie geht es dir? Läuft alles zu deiner Zufriedenheit?"

„Nee, aber ich habe eben auch an euch gedacht und wollte mich mal nach Sophie erkundigen."

„Sophie wird morgen entlassen. Sie macht Fortschritte. Es braucht natürlich alles seine Zeit."

„Ja, meine Reise kam zu einem schlechten Zeitpunkt. Ich bin in zwei Tagen wieder zurück. Dann besuche ich euch sofort."

„Wir haben wieder ein neues Problem. Bei mir wurde letzte Nacht eingebrochen."

„Was?! Das ist ja unglaublich, bist du in Ordnung?"

„Ja, der Einbrecher hat mir nichts getan. Ich erzähle dir alles, wenn du uns besuchst. Bis dahin hat die Polizei vielleicht schon was herausgefunden."

„Was war denn auf der Kamera zu sehen?"

„Nichts."

„Wie nichts?"

„Er hatte die Sicherungen herausgedreht. Im Haus war es stockdunkel."

„Unglaublich! Woher wusste er davon? Ich hatte die Kameras so gut versteckt, dass er sie unmöglich entdecken konnte."

„Dass, mit den Sicherungen, kann auch ein Zufall gewesen sein. Ändern können wir jetzt auch nichts mehr daran."

Sophie weinte auf einmal und drückte sich an ihre Mutter und Klara legte den Arm um sie.

„Das muss ich jetzt erst einmal sacken lassen", sagte Bryan. „Ich komme nach Hause so schnell ich kann. Gibst du mir mal bitte meine Schwester?"

„Es geht ihr gerade nicht so gut Bryan. Kannst du sie später noch mal anrufen?"

„Natürlich. Das war bestimmt für sie auch ein Schock und das nach all dem ... grüß sie von mir, ja? Dann also bis in zwei Tagen."

Ihr Stiefsohn legte auf und Klara widmete ihre Aufmerksamkeit sofort ihrer Tochter.

„Grüße von Bryan. Was ist denn los, ist es wegen Pascal?"

„Nein, wirklich nicht. Es ist, weil ich an die Hütte denken musste. Ich bin manchmal ein bisschen empfindlich. Das ist gleich wieder vorbei. Letzte Nacht habe ich im Schlaf geschrien. Die Nachtschwester hat mich geweckt. Warum kann ich nicht aufhören, mich daran zu erinnern? Ich will nicht mehr an die Hütte denken oder den bösen Mann oder ... ach an alles einfach. Durch den Einbruch ist alles wieder hochgekommen. Ich habe Angst, dass es wieder passiert."

„Nach allem, was du durchgemacht hast, ist es ganz normal, dass du manchmal daran denken musst. Es wird mit der Zeit besser werden. Weißt du noch, was dein Therapeut gesagt hat? Die erste Zeit wird nicht leicht, das ist ganz normal. Aber irgendwann, wenn du weiter mit ihm zusammenarbeitest, wird es einfacher werden. Und dir wird so etwas auch nicht wieder passieren. Du hast jetzt dazugelernt. Du wirst in Zukunft vorsichtiger sein. Ich vertrau dir."

„Es geht schon wieder. Ich freue mich auf zu Hause. Ich vermisse meine Sachen. Was ist mit meinem Laptop und meinem Handy?"

„Die Polizei hat beides noch nicht gefunden. Wenn du nach Hause kommst, kaufen wir dir neue Geräte. Sollten deine noch auftauchen, übertragen wir einfach die Daten."

„Mama, was mache ich, wenn jemand meine Textnachrichten und Fotos postet?"

„Die Kommissarin hat mir versprochen, sich darum zu kümmern. Sollte es so sein, werden die Daten gelöscht. Ich rufe sie nachher an und frage sie noch einmal danach, versprochen."

„Aber wenn sie es vergessen hat, dann haben es doch alle schon längst gesehen. Ich möchte nicht, dass jemand das liest. Das ist privat." Sophie regte sich zunehmend auf. „Meine Passwörter! Für Instagram, TikTok und … die standen in einem kleinen Buch, das in meiner Tasche war. Alles ist weg! Was hat Jürgen damit gemacht?"

„Sicher hat er alles versteckt, damit die Spur nicht zu ihm führt. Die Polizei sucht danach, sicher wird sie deine Sachen finden."

„Und wenn nicht? Wenn jemand anderes sie schon gefunden hat? Mit meinen Passwörtern einkauft, oder keine Ahnung – sich als mich ausgibt oder so?"

„Ich weiß, dass du dir Sorgen machst. Das würde jeder, in deiner Situation. Auch das kann geregelt werden. Die Polizei kümmert sich darum. Ich rede noch einmal mit der Oberkommissarin. Sophie, ich verstehe deine Sorge, ganz ehrlich. Aber tust du mir bitte einen Gefallen? Versuch, diese Sorgen erst einmal zu vergessen. Ich kümmere mich darum. Jetzt ist es wichtiger, dass es dir einigermaßen gut geht, okay?"

Klara redete noch über eine Viertelstunde auf ihre Tochter ein, bis sie sich so weit beruhigt hatte, dass sie sich guten Gewissens auf den Heimweg machen konnte.

~~~ ~~~

Es war 16:15 Uhr, als Klara zu Hause ankam. Sie betrat den Flur und ließ die Haustüre weit offen stehen. So könnte sie fliehen, wenn sie etwas Auffälliges bemerkte. Sie wollte erst nachsehen, ob mit der Tür des Abstellraumes alles in Ordnung war. Ob sie noch abgeschlossen und sich niemand daran zu schaffen gemacht hatte. Sie stellte zu ihrer Erleichterung fest, dass sie nicht beschädigt war. Weil alles in Ordnung schien, schloss sie die Haustüre und gab sich alle Mühe, sich ein wenig zu entspannen – was wirklich nicht leicht war, wenn man sich im eigenen Haus nicht mehr sicher fühlte.

Um 20 Uhr war es geschafft. Das Brett war an die Wand gedübelt und nur schweres Gerät, konnte es wieder entfernen.

Klara hatte etwas zu essen gemacht und aß nun zusammen mit Pascal in der Küche.

„Wie geht es dir wegen gestern Nacht?", fragte Pascal vorsichtig, als hätte er Angst, sie zu sehr aufzuregen.

„Weißt du, ich bekomme jetzt noch eine Gänsehaut, wenn ich mir vorstelle, was alles hätte passieren können. Als er im Garten auf mich zukam, dachte ich: Das war's, gleich bringt er dich um. Warum hat er mir nichts getan?"

„Ich glaube nicht, dass das seine Absicht war. Das schließe ich aus dem, was du mir erzählt hast. Ich glaube auch nicht, dass ein völlig Fremder, auf eine so absurde Idee käme, durch fremde Häuser zu geistern und Bilder umzuhängen. Was soll das?"

„Mir fällt niemand ein, dem ich so etwas zutrauen würde."

„Und wenn wir auf der falschen Spur sind? Was, wenn der Einbrecher es gar nicht auf dich abgesehen hatte, sondern mit deinem geschiedenen Mann noch eine Rechnung offen hat? Der eckt doch öfter an und macht sich dadurch Feinde."

„Warum rächt er sich dann nicht an Lydia? Die ist doch näher an ihm dran, als ich."

„Ganz einfach: Weil eine Tochter und deren Mutter sich besser als Druckmittel eignen. Aber vielleicht sollten wir besser über etwas anderes reden. Ich möchte dir nicht noch mehr Angst machen."

„Ja, bitte. Komm, lass uns ins Wohnzimmer umziehen, dort ist es gemütlicher als in der Küche."

Gemeinsam kuschelten sie sich auf die Couch. Es fühlte sich toll an, als er seinen Arm um sie legte und sofort fühlte sich Klara deutlich ruhiger.

„Weißt du was?"

„Nein, was denn?"

„Wir haben viel zu wenig Zeit füreinander."

„Ja, du hast recht. Aber weißt du was?"

„Nein, was?", lächelte Klara, als er ihre Worte wiederholte.

„Das lässt sich ändern. Wir nehmen uns einfach die Zeit. Nur wir zwei. Lass uns einen Film schauen – irgendetwas Harmloses, vielleicht ein Klassiker oder so."

Klara genoss den Fernsehabend sehr. Sie entspannte sich von Minute zu Minute mehr und irgendwann wurde aus Kuscheln küssen und dann wurden die Küsse leidenschaftlicher. Und nicht lange danach waren ihre beiden Körper das Einzige, was noch für sie zählte. Ihre beiden Körper, die sich aneinanderschmiegten und zu einem wurden. Es gab nur noch sie beide und diese wundervolle Nacht.

24

SAMSTAG, 12.11.

Prodendorf war dabei, seinen Bericht vom Mittwoch zu schreiben – ja, er war wieder einmal spät dran, aber bei all den Überstunden, wo sollte er die Zeit hernehmen? Er war doch nur noch auf Achse! –, als seine Kollegin den Raum betrat.

„Gut, dass du kommst Jossi, eine Pause kann ich gut gebrauchen. Ich habe Kaffee gekocht, möchtest du auch einen?"

„Wie komme ich dann zu der Ehre? Dass du Kaffee kochst, erlebe ich auch nicht alle Tage. Aber gern."

Der Polizist stand auf, goss ihnen beiden ein und stellte die Kaffeetasse, auf den Schreibtisch seiner Kollegin.

„Ich danke dir. Das darfst du gern öfter machen."

„Für dich würde ich das sogar."

„Wie kommt es, dass du schon so früh auf den Beinen bist?"

„Papierkram. Ständig hinke ich mit den blöden Berichten hinterher. Außerdem lässt mir die Sache mit Hofstetter, keine Ruhe. Der ist abgehauen, heimlich, still und leise. Niemand hat was mitbekommen. Der Hausmeister hat mich in die Wohnung schauen lassen. Ich habe eine Postkarte an seine Großeltern gefunden. Sein Vorname steht hinten drauf: Erwin. Dann habe ich noch ein Foto eingesteckt. Der Junge darauf ist etwa 13 – vielleicht auch jünger. Du weißt ja, wie schwer es ist, das Alter von Teenagern zu schätzen. Jedenfalls stand neben ihm ein Mann so um die Dreißig. Ich gehe davon aus, dass der Junge Hofstetter ist. Auf der Rückseite steht ‚Erwin und Kurt'."

„Zeig mal her!"

Prodendorf reichte ihr beides.

„Willst du mich verarschen?!"

Prodendorf trat neben sie. „Was ist denn?"

Sie zeigte auf den Älteren. „Den da kenne ich. Das ist Kurt Hartmann, kein Zweifel."

„Und wer ist Hartmann?"

„Ich hatte noch keine Gelegenheit, es dir zu sagen. Hartmann und seine Frau sind Immobilienmakler. Sie haben das Haus neben den Schefflers gekauft. Ich nehme an, dass sie damit beauftragt wurden, es zu verkaufen und haben es dann selbst gekauft. Ich bin gestern Abend noch bei ihnen vorbeigefahren. Ich wusste gleich, dass da was nicht stimmt. Der Kerl ist unerträglich arrogant, aber wenigstens erlaubt er mir, das Haus zu durchsuchen."

Prodendorf schlug auf den Tisch. „Scheint, als wäre das Glück endlich auch mal auf unserer Seite! Ich finde ausgerechnet an dem Tag, an dem du ihn besuchst, ein Foto von ihm in einer anderen Stadt, in der Wohnung eines unserer Hauptverdächtigen."

„Wenn die beiden irgendwie miteinander bekannt, oder sogar verwandt sind – falls das Kind auf dem Foto wirklich Hofstetter ist –, dann könnte das natürlich auch ein harmloser Zufall sein, aber seien wir mal ehrlich: Wenn es aussieht wie eine Ente und quakt wie eine Ente …"

„Gibt's bald Entenbraten", grinste ihr Kollege.

Die Ermittlerin sah sich noch einmal die Rückseite an. „Kurt steht da, Kurt ist Hartmanns Vorname. Eine weitere Bestätigung dafür, dass ich recht habe. Das ist der Mann, zwar um einiges jünger, aber er ist es definitiv."

„Vielleicht sind sie wirklich verwandt – das wäre eine eindeutige Verbindung."

„Das haben wir gleich. Ich rufe beim Standesamt an."

Während seine Kollegin telefonierte, goss sich Prodendorf einen weiteren Kaffee ein. Irgendwie kam er heute nicht so recht in Schwung. Er setzte sich auf seinen Bürostuhl, schob ihn zurück und streckte die Beine aus. Die Tasse hielt er in der Hand und wartete ungeduldig auf das, was seine Kollegin herausfinden würde. Dann endlich! Sie beendete das Gespräch und drehte sich zu ihm hin.

„Sie rufen gleich zurück."

„Verdammt noch mal! Immer diese Warterei", maulte er. Ja, mit seiner Geduld war es heute nicht wirklich weit her. Missmutig machte er sich wieder an den Bericht und verfluchte innerlich den blöden Papierkram mit den schillerndsten Schimpfworten, die ihm einfielen.

Fünfzehn Minuten später wussten sie es. Hartmann hatte den Namen seiner Frau angenommen. Er war ein geborener Hofstetter.

„Also was ist er jetzt? Bruder oder Vater?"

„Ich glaube eher, dass er der ältere Bruder ist, ich rufe ihn jetzt an und frage ihn selbst. Dann kann er auch gleich jemand zu dem Haus schicken."

„Tag Herr Hartmann. Hier ist Oberkommissarin Jossi Hammerschmidt. Sie sagten doch, dass ich mich melden soll, wenn ich mir das Haus ansehen möchte. Können Sie in einer Stunde dort jemand vorbei schicken? Warten Sie, da ist noch etwas. Ist Erwin Hofstetter ihr Bruder?" Langes Schweigen.

„Warum wollen Sie das wissen?"

„Wir müssen ihn dringend in einer Ermittlungsangelegenheit sprechen."

„Lassen Sie mich doch in Ruhe mit Ihren Ermittlungen. Was hat mein Bruder damit zu schaffen? Was werfen Sie ihm vor?"

„Das kann ich Ihnen nicht sagen. Er ist flüchtig. Hat seine Wohnung augenscheinlich übereilt verlassen und hält sich jetzt irgendwo versteckt. Wir fahnden nach ihm. Kennen Sie seinen derzeitigen Aufenthaltsort?"

„Nein. Sie wollen mir doch nicht ernsthaft erzählen, dass mein Bruder was mit dieser Mordsache zu tun hat? Ich werde ihm den besten Anwalt besorgen."

„Tun Sie das. Obwohl … Sie sagten doch, Sie wissen nicht, wo er sich aufhält. Wie wollen Sie denn mit ihm in Kontakt treten?"

„Das lassen Sie mal meine Sorge sein. Ich werde sofort einen Anwalt beauftragen, der hat dann Akteneinsicht. An Ihrer Stelle wäre ich vorsichtig, mit dem, was Sie sagen. Wenn Sie unsere Familie in den Schmutz ziehen mit Ihren haltlosen Behauptungen, verklage ich Sie wegen Verleumdung. Das ist Rufmord!"

„Tun Sie, was Sie nicht lassen können. Aber glauben Sie wirklich, dass wir aus der Luft gegriffene Anschuldigungen gegen Ihren Bruder erheben? Wir machen unsere Arbeit nicht erst seit gestern. Wenn Sie über die Machenschaften Ihres Bruders informiert sind, ihn decken und ihn womöglich auch noch verstecken, werden wir auch Sie belangen. Es wäre besser für Sie, wenn Sie mit uns zusammenarbeiten würden."

„Das ist ja eine Unverschämtheit! Das muss ich mir nicht länger anhören!"

„Aufgelegt. Was für ein unerträglicher Kerl! Warum kriege immer ich diese arroganten, überheblichen Typen ab? Den nächsten übernimmst du!" Prodendorf grinste nur – es stimmte schon, Jossi hatte ein Händchen dafür, sich immer mit solchen Typen herumschlagen zu müssen. „Ich fahre jetzt zu dem Haus. Ich bin mir nicht sicher, ob er jemand vorbei schickt. Wenn nicht, besorge ich mir einen Durchsuchungsbefehl. Ich kann das ja damit begründen, dass sich eventuell, ein Mörder dort versteckt hält. Aber warten wir es ab. Ich bin wirklich gespannt, was es mit dem Hauskauf auf sich hat. Wir sehen uns nachher."

Geschlagene 35 Minuten, wartete die Kommissarin vor dem Haus, bis endlich ein Auto vorfuhr. Ein Mann stieg aus und öffnete ihr die Tür.

„Einfach nur zuziehen", sagte er, ging zu seinem Auto zurück und fuhr davon.

Kopfschüttelnd betrat Jossi Hammerschmidt das Haus. War heute ‚Tag der Unhöflichkeit' oder so? Sie hatte nur einen Schritt über die Schwelle gemacht, da schlug ihr ein kaum auszuhaltender, modriger Geruch entgegen. Bevor sie sich im Haus umsehen konnte, musste sie die Fenster öffnen. Gleich im ersten Raum drückte sie den Griff des Fensters nach rechts und als sie ihn zu sich zog, klemmte es. Beim zweiten Versuch stemmte sie die linke Hand gegen den Rahmen und zog mit der rechten Hand kräftig am Griff. Mit Bersten und Krachen, sprang es aus der Verankerung und kam in Kippstellung auf sie zugeflogen. Sie hätte den Griff loslassen müssen, alles ging so schnell, schließlich landete sie zusammen mit dem Fenster, auf dem Boden. Glas war zersplittert, der Holzrahmen in viele Einzelteile auseinandergebrochen. Er verbreitete einen fauligen Geruch. Jossi befreite sich von den Glassplittern und dem Holz, dabei stellte sie fest, dass ihre rechte Hand blutete. Auch das noch! Sie kramte Tempos aus ihrer Tasche, tupfte das Blut ab. Wie soll sie das nur dem widerlichen Hartmann beibringen? Mit Sicherheit verlangte er von ihr Schadenersatz. Er könnte es als mutwilliges Zerstören seines Eigentums darstellen. Heute war wohl einfach nicht ihr Tag. Aber hey, vielleicht konnte sie das Ganze auf den Mitarbeiter abwälzen, immerhin hatte er sie nicht begleitet – war das nicht eventuell Verletzung der Sorgfaltspflicht? Egal, erst mal weiter umsehen.

Zurück im Büro fragte sie Prodendorf; „Gab es was Auffälliges? Wie sah es denn da drinnen aus?"

„Nun das Haus ist abgewohnt, schäbig – eine Bruchbude. Ich hatte Glück, dass es nicht über mir zusammengebrochen ist. Die Besitzerinnen hatten wohl schon damals die Instandhaltung nicht mehr finanzieren können, vielleicht auch nicht wollen, dort wurde seit Ewigkeiten nicht mehr renoviert. Schimmel an allen Wänden, der Holzboden hob sich, die Decke hing durch. Die Fenster! Nun ja, ich sag mal so: Wenn man sie nicht berührt, könnten sie noch eine Weile halten." Jossi schnaubte. Sie war ein bisschen enttäuscht, nichts Brauchbares im Haus gefunden zu haben. Gut, sie hatte nicht erwartet, Hofstetter dort anzutreffen, aber wenigstens irgendetwas wäre schön gewesen, abgesehen von einem mordlüsternen Fenster. „Ich habe mich beim Notar erkundigt. Beide Schwestern sind inzwischen verstorben. Eine Nichte erbte das Haus. Sie lebt in London. Ich habe auch schon eine Adresse und eine Telefon-nummer. Ich rufe sie gleich an."

„Fleißig, fleißig. Dann wissen wir ja bald, wie Hartmann zu dem Haus kam. Obwohl das schon Sinn ergibt, dass die Nichte kein Interesse an einem Haus in Deutschland hat. Aber was will Hartmann mit dem alten Kasten anfangen?"

„Tag Frau Störmer. Hier ist Oberkommissarin Jossi Hammerschmidt aus Deutschland. Ich habe einige Fragen an Sie. Es geht um das Haus Ihrer Tanten."

„Was ist damit? Ich habe es verkauft, wissen Sie?"

„Ja, das weiß ich. Es geht auch weniger um Sie, als um den Käufer. Wie kamen Sie mit ihm in Kontakt?"

„Wieso? Stimmt etwas nicht?"

„Nein. Es sind nur Routinefragen."

„Nun ein Bekannter hat mir diesen Makler empfohlen. Ich habe kaum noch Kontakte in Deutschland. Als sich der Makler selbst für das Haus interessierte, war ich überglücklich. So ging es schneller, wissen Sie? Ich hatte Angst, das Haus nicht so schnell loszuwerden. Der Notar sagte mir, es sei in schlechtem Zustand und würde sich so nicht verkaufen lassen. Es war kein gutes Gefühl, für das morsche Haus verantwortlich zu sein. Mit dem Preis war ich sofort einverstanden."

„Wie viel bekamen Sie denn für das Haus?"

„Umgerechnet rund 200.000 Euro. Aber darf ich fragen, warum sich die deutsche Polizei für den Verkauf interessiert?"

„Keine Sorge. Für Sie ist das Ganze abgeschlossen. Es geht nur um den Käufer, weil noch einige harmlose Fragen offen sind, die wir klären müssen."

„Da bin ich aber beruhigt."

„Das war es dann auch schon Frau Störmer. Entschuldigen Sie die Störung. Einen schönen Tag noch."

Prodendorf blickte seine Kollegin an – sie hatte auf Freisprecher telefoniert, damit er mithören konnte.

„200.000 Euro für die Bruchbude?"

„Da stimmt was nicht. Das Haus ist bestimmt nahezu wertlos, aber das Grundstück … so wie die Preise zuletzt hochgegangen sind überall – ich glaube da stimmt was nicht. Wann triffst du dich mit deinem Kontakt beim Bauamt?"

„In ein paar Stunden. Und ich bin wirklich gespannt, was er herausgefunden hat."

25

DIENSTAG, 15.11.

Klara war an diesem Morgen in außergewöhnlich guter Stimmung. Sie strahlte und tanzte durch das Haus. Am liebsten würde sie die ganze Welt umarmen. Pascal bereicherte ihr Leben und machte es irgendwie bunter und schöner. Ein Blick auf die Uhr holte Klara wieder zurück ins Hier und Jetzt. Sie musste los, ihre Tochter wartete bestimmt schon ganz ungeduldig im Krankenhaus auf sie. Sie war so froh, dass sie Sophie wieder mit nach Hause nehmen konnte, doch sie sorgte sich, ob sie Sophie einfach allein lassen sollte, während sie auf der Arbeit war? Bald durfte Sophie wieder zur Schule – in ein oder zwei Wochen, hatte der Arzt gesagt. Er und Sophies Therapeut hielten es für besser, das normale Leben so schnell wie möglich wieder aufzunehmen. Aber sie würde ihre Tochter nicht einfach mehrere Stunden sich selbst überlassen, nicht nach dem Einbruch. Sie fühlte sich zwar jetzt schon wieder sicherer im Haus, nachdem Pascal die Holzplatte angebracht hatte, aber dennoch – nach allem, was Sophie durchgemacht hatte, würde sie nichts riskieren. Also würde ihr wohl nichts anderes übrig bleiben, als sich unbezahlten Urlaub zu nehmen, bis Sophie wieder zur Schule gehen würde. Es war nicht ideal, sie musste einiges in die Sicherheit des Hauses investieren und unbezahlter Urlaub hieße, dass sie auch nichts verdienen würde, aber was für eine Wahl hatte sie schon? Sophie ging vor.

Eine Stunde später kamen Klara und Sophie zu Hause an. Kaum, dass Sophie den Flur betrat, blieb sie stehen und sah sich um. Was wohl in ihr vorging? Dachte sie daran, wie sie sich vor ihrem Aufenthalt bei Ulrich gestritten hatten? An Jürgen? Die Entführung? Klara öffnete seufzend die Küchentür und bat ihre

Tochter, ihr in die Küche zu folgen. Sie wollte ihr die Gelegenheit geben, sich langsam wieder an ihr Zuhause zu gewöhnen.

„Ich bin so froh, dass du wieder zu Hause bist", sagte Klara.

„Ich auch. Aber es fühlt sich anders an, als ich dachte. Nicht so selbstverständlich, wie sonst. Irgendwie ein bisschen fremd. Aber nicht unangenehm fremd, sondern überraschend fremd. Als ob es was Besonderes wäre. Darf ich in mein Zimmer? Nur kurz, ich komme gleich wieder nach unten."

„Natürlich, Liebling. In einer Stunde essen wir. Ich bereite schon alles vor."

„Mama, ich möchte wieder in die Schule", verkündete Sophie später beim Essen. „Ich fühle mich so ausgegrenzt von allem."

„Solange wir nicht wissen, wer noch hinter alledem steckt, müssen wir vorsichtig sein. Das ist ja nicht für immer. Keiner wünscht sich mehr als ich, dass wir wieder ganz normal leben können."

„Ich bin schuld an allem. Dass es mir und dir nicht gut geht. Dass hier eingebrochen wurde, dass du nicht zur Arbeit kannst. Ich habe alles kaputtgemacht."

Klara nahm ihre Tochter in den Arm. „Das stimmt doch nicht. Schau mal. Du bist wieder zu Hause. Wir sind auf dem besten Weg, dass wieder alles normal wird. Und zur Schule darfst du auch bald wieder. Weißt du was? Ich bespreche das noch mit der Kommissarin und frage sie, was sie davon hält. Wenn sie dafür ist, kannst du schon früher wieder zur Schule, in Ordnung?"

Pascal, der inzwischen einen Schlüssel hatte, kam in die Küche. Ein bisschen unangenehm war es ihm schon, dass er einfach so reinplatzte.

„Ihr seid schon hier!" Dann sah er Sophie an. „Hallo, schön, dass ich dich endlich kennenlernen darf." Er gab dem Mädchen die Hand. „Ich bin Pascal, der Freund deiner Mutter."

„Hallo. Sie können Sophie zu mir sagen."

„Danke. Ich bin Pascal, du musst mich aber nicht so nennen, falls sich das irgendwie komisch anfühlt."

„Setzt dich zu uns", bat ihn Klara. „Du kannst mitessen, es reicht für alle."

Pascal wandte sich wieder Sophie zu.

„Ich weiß, dass es seltsam ist, plötzlich jemand neuen in deinem Leben zu haben, vor allem nach allem, was du durchgemacht hast. Ich möchte, dass du weißt, wie viel mir deine Mutter bedeutet. Aber wenn ich dir zu oft hier bin, oder du dich unwohl fühlst, sag es bitte. Wir müssen nichts überstürzen."

„Bleibst du heute hier?", fragte Klara Pascal.

„Ich weiß nicht, ich möchte nicht stören."

„Ich denke, wir fühlen uns sicherer, wenn du hier bist. Wie denkst du, Sophie?"

„Mama hat recht. Nach allem, was passiert ist, wäre mir das auch lieber."

„Also gut, dann schlafe ich auf der Couch."

～～～

Sophie

Sophie sah Pascal an und überlegte, ob sie was sagen sollte, oder nicht. Der Typ schien ganz in Ordnung zu sein und Mama mochte ihn. Also sprang sie über ihren Schatten und sprach beide an: „Ich bin alt genug. Ihr braucht euch nicht zu verstellen. Ihr könnt ruhig in einem Bett schlafen. Das ist in Ordnung für mich."

Beide lächelten irgendwie schüchtern und – wurde ihre Mutter da etwa gerade rot? Sophie musste jetzt auch lächeln. Ihre Mutter wirkte irgendwie lockerer, wenn dieser Pascal da war, er tat ihr gut, das konnte sie sehen. Wann hatte sie das letzte Mal so entspannt gesehen? So sehr sich Sophie auch anstrengte, sie konnte sich nicht erinnern. Nicht einmal, als ihre Eltern noch zusammen gewesen waren, hatte ihre Mutter so glücklich gewirkt.

Sie warf Pascal einen Blick zu und bemerkte, dass er auch entspannt und glücklich war. Er hatte recht, es war komisch, dass er plötzlich kein Fremder, sondern auf eine gewisse Art Teil der Familie war, aber es hätte schlimmer kommen können. Auf den ersten Blick wirkte er sympathisch und er behandelte sie nicht wie ein Kind, das gab Bonuspunkte. Vielleicht wollte er sich aber auch nur gerade einschleimen – das wäre auch möglich. Sophie würde ihn jedenfalls im Auge behalten. Wenn er wirklich so nett war, wie es schien, würde sie sich alle Mühe geben, sich an ihn zu gewöhnen. Nach allem, was passiert war, wollte sie wieder glücklich sein und sie wollte auch, dass ihre Mutter wieder glücklich war. Es war schön, dass es jetzt wieder anders zwischen ihnen war, dass sie sie nicht mehr wie ein Kleinkind behandelte. Wobei Sophie auch zugeben musste, dass sie sich jetzt vielleicht auch selbst mehr Mühe gab, netter zu ihrer Mutter zu sein. Jedenfalls war es schön, sie wieder lächeln zu sehen.

~~~ ~~~

Am nächsten Nachmittag wollte sich Pascal mit seinem Sohn mehrere Wohnungen ansehen.

„Es kann sehr spät werden, heute Abend", warnte er sie entschuldigend.

„Du kannst dich nicht zweiteilen, verbringe ruhig den Abend mit deinem Sohn. Wir kommen zurecht. Sollte mir irgendwas verdächtig vorkommen, melde ich mich bei dir."

Klara war klar, dass Pascal auch noch andere Verpflichtungen hatte und nicht rund um die Uhr für sie da sein konnte. Sie wollte nicht egoistisch sein und außerdem tat ihr ein Abend allein mit Sophie auch mal ganz gut.

Leider kam es anders. Sophie hatte sich mit Emma verabredet und deren Mutter hatte sie vorbeigebracht. Klara bat sie, doch wenigstens auf einen Kaffee zu bleiben – ein Angebot, das Frau Fischer gern annahm.

„Sophie scheint alles ganz gut überstanden zu haben", meint Frau Fischer, „sie kommt mir vor, wie immer."

„Ganz spurlos ist die Sache nicht an ihr vorbeigegangen, aber sie erholt sich gut. Zum Glück verkriecht sie sich nicht. Ihr Therapeut hat uns allerdings darauf hingewiesen, dass manche neuen Ängste auch erst mit einiger Verzögerung manifestieren können. Im Prinzip können wir nur warten und hoffen."

„Ich halte euch ganz fest die Daumen."

„Danke. Und wie geht es euch so?", fragte Klara.

„Was soll ich sagen: Ich bin zufrieden. Mein Kardiologe sagt, dass ich Aufregungen aus dem Weg gehen soll. Der hat gut reden. Als ob sich Aufregung einfach vermeiden ließe. Aber seit meinem Herzinfarkt vor vier Jahren, geht's mir wieder richtig gut."

„Ja, ich erinnere mich", nickte Klara. „Das war ja ein ziemlicher Schock." Als Arzthelferin wusste sie natürlich, dass auch Jüngere nicht davon verschont blieben, aber trotzdem, mit 45 Jahren und ohne einschlägige Vorerkrankungen, das war schon recht früh. Emma war damals gerade elf. Die arme Familie. Eben war noch alles wie immer und plötzlich das. Von jetzt auf gleich mussten sie um das Leben ihrer Ehefrau und Mutter bangen. Nun, mittlerweile war Klara fast so etwas wie eine Expertin für plötzliche Veränderungen und das Sorgen um ein Familienmitglied geworden. Mit einem Kopfschütteln vertrieb sie die Gedanken an die letzten Tage und Sophies Entführung.

Frau Fischer hatte derweil weitergeredet: „… denkt man ja nicht. Bis dahin habe ich ja halbtags beim Bäcker um die Ecke gearbeitet. Die Arbeit aufzugeben fiel mir wirklich schwer – aber nachdem mir sowohl mein Mann als auch mein Kardiologe deswegen in den Ohren lagen, blieb mir ja praktisch nichts anderes übrig. Aber ich will nicht jammern. Ich denke oft, wenn ich mir die Nachrichten anschaue, sei zufrieden, andere sind schlimmer dran. Es passiert ja so viel Schlimmes in der Welt. Und auch im Kleinen, nehmen wir nur mal die Preissteigerungen – nicht nur bei den Mieten, bei allem! Wie soll eine Familie mit mehreren Kindern und geringem Einkommen oder Rentner mit einer niedrigen Rente das alles stemmen?"

„Ja, es kriselt an allen Fronten. Das lässt mich auch nicht kalt."

„Lass uns positiv in die Zukunft blicken. Sie haben einen netten Freund, Sophie ist wieder zu Hause und manchmal ist auch ihr Lächeln zurück."

Eine ganze Stunde unterhielten sie sich. Auch Frau Fischer war vom Schicksal oft gebeutelt worden und trotzdem hatte sie sich nicht unterkriegen lassen. Solche Vorbilder brauchte sie zurzeit.

Klara legte sich auf die Couch, um ein wenig auszuruhen, schloss die Augen und träumte vor sich hin. Wann hatte sie zum letzten Mal, die Gelegenheit, so entspannt den Nachmittag genießen zu können? Loszulassen und völlig abzuschalten, ohne dass wilde Gedanken durch ihren Kopf jagten, oder jemand etwas von ihr wollte. Sie dachte an Pascal und ertappte sich dabei, dass ein Lächeln über ihr Gesicht huschte. Zehn Minuten später war es mit der Ruhe allerdings vorbei. Die Haustürklingel hatte sie aufgeschreckt. Verärgert stand sie auf. Sie erwartete keinen Besuch. Die Post war schon durch, es könnte höchstens Frau Fischer sein, die etwas vergessen hatte. Ein Blick auf die Wanduhr verriet ihr, dass 16:10 Uhr war – was für eine ungewöhnliche Zeit für Besuch. Klara öffnete die Haustür und eine völlig verstörte, weinende Lydia stand vor ihr. Klara schaute sich um, weil sie Ulrich in der Nähe vermutete, ihn aber nirgends entdecken konnte. Sicher kam er doch gleich nach, oder? Klara war verwirrt.

„Ist was passiert? Geht es Ulrich gut?", fragte Klara, weil noch immer kein Ulrich in Sicht war. Lydia schüttelte heftig mit dem Kopf und weil sie laut und hysterisch wurde, bat Klara sie herein. Das Auftauchen von Lydia in diesem aufgelösten Zustand, warf einige Fragen auf. Lydia hatte sie noch nie allein besucht und sich nur einziges Mal, damals im Krankenhausflur, bei ihr ausgeweint. Klara war beunruhigt. Was wollte die neue Frau ihres Ex-Mannes von ihr?

„Ulrich hat eine andere!", platzte Lydia heraus und weinte lauthals. „Er sagt, dass ich das akzeptieren, oder ausziehen soll. Das kann er doch nicht machen! Er kann mich doch nicht einfach auf die Straße setzen und gegen eine andere austauschen. Ich lasse mir das nicht gefallen, ich liebe ihn doch!"

„Oh Gott", stöhnte Klara. Danach war sie erst einmal sprachlos. Leider war sie alles andere als überrascht – obwohl, es überraschte sie durchaus, dass Ulrich Lydia schon nach so kurzer Zeit „austauschen" wollte. Aber dass es irgendwann so kommen würde, stand für sie von Anfang an fest. So war Ulrich einfach. Sie hatte es lange Zeit nicht wahrhaben wollen, aber heute war sie klüger. Sie hasste das an ihm. Diese Gleichgültigkeit. Die Ichbezogenheit. Die Unfähigkeit, Mitgefühl zu zeigen.

„Beruhige dich", bat Klara die verzweifelte Lydia, „so einfach geht das nicht. Du musst nicht ausziehen, wenn du das nicht willst. Ihr seid immerhin verheiratet, du hast Rechte. Wenn du dir allerdings was vormachst, die Augen verschließt, erreichst du nichts. Mit Hinhaltetaktik kannst du das Problem nicht aus der Welt schaffen. Es löst sich nicht einfach in Luft auf."

Wie schaffte er es nur, die Frauen so schnell zu wechseln, wie andere ihre Kleidung? Wie sah die Neue aus, wie alt war sie? Bei Lydia hatte ihn eindeutig ihre Jugend gereizt. Dazu kam ihre Unterwürfigkeit, die ihm entgegenkam, er konnte sie formen, wie es ihm gerade passte. Er war narzisstisch veranlagt und dazu kam noch sein ausgeprägter Egoismus. Wie sie ihn kannte, hatte ihn Lydia mit der Zeit gelangweilt. Wie ein Spielzeug, das er irgendwann einfach nicht mehr wollte. Als seien Menschen gefühllose Dinge, wie Puppen. Ihr konnte das eigentlich alles vollkommen egal sein. Doch wie wurde sie Lydia wieder los? Jeden Augenblick konnten Sophie und Emma auftauchen, sie hatte sich so sehr auf einen ruhigen Nachmittag gefreut.

Lydia heulte nun noch geräuschvoller als zuvor. „Warum tut er mir das an?", wiederholte sie immer wieder. *Weil er ein egoistischer Mistkerl ist!*, hätte Klara am liebsten geantwortet, wagte es aber nicht. Sie wollte Lydia schnellstens wieder loswerden, nicht mit ihr eine Grundsatzdiskussion vom Zaun brechen.

„Kannst du nicht mal mit ihm reden?"

„Was?! Wie kommst du denn auf die Idee, dass das irgendetwas bringen würde? Du weißt, dass ihm meine Meinung egal ist. Außerdem halte ich mich aus privaten Streitereien raus. In der Situation, in der du jetzt bist, war ich schließlich auch mal. Ich habe mich dazu entschieden, ihn zu verlassen. Das solltest du auch so machen. Nimm dir einen Anwalt und besprich es mit ihm."

„Das will ich nicht. Ich kann ihn nicht verlassen. Ich liebe ihn doch. Ich will keinen anderen. Wenn ich nur wüsste, was ich tun kann, damit er es sich anders überlegt. Wenn er die andere Frau mit nach Hause bringt, drehe ich durch. Ich komme damit nicht klar. Bitte hilf mir, Klara."

„Wie stellst du dir das vor? Wir haben praktisch keinen Kontakt mehr. Bei unseren Gesprächen geht es immer um Sophie und das ist auch gut so. Da musst du allein durch."

„Und wenn Sophie sich für mich einsetzt?"

„Das ist jetzt nicht dein Ernst! Sophie hältst du daraus. Sie ist doch gerade erst aus dem Krankenhaus entlassen worden und du willst sie dafür benutzen, Ulrich zurückzubekommen?"

„Es tut mir leid. Aber was soll ich denn tun?"

„Wenn du dir keinen Anwalt nehmen willst, dann bleibt dir nur, es auf dich zukommen zu lassen. Sag ihm, dass er dich nicht zum Ausziehen zwingen kann. Dann siehst du ja, was passiert."

„Und wenn er sie mitbringt?"

„Dann merkst du schon, ob du das aushalten kannst, oder nicht. Ulrich fackelt nicht lange. Sie wird früher oder später bei euch einziehen, eher früher. Ich war 16 Jahre mit ihm verheiratet, du nur ein gutes Jahr. Ich kenne ihn besser als jeder andere. Er ist ein notorischer Fremdgänger und die Meinungen und Gefühle anderer sind ihm egal. Entweder akzeptiert man das, oder man muss sich von ihm trennen. Willst du wirklich so leben? Wach endlich auf. Zeig ihm, dass er mit dir nicht so rumspringen kann."

„Lydia, was machst du denn hier, wo ist Papa?"

Na wunderbar, dachte Klara. Sophie stand in der Tür, erwartete eine Antwort.

„Er liebt mich nicht mehr, er hat eine andere", jammerte Lydia wieder.

Klara gab sich große Mühe, nicht die Augen zu verdrehen. Sie musste ein gutes Vorbild für ihre Tochter sein.

„Dein Vater hat eine andere Frau kennengelernt, er will sich von Lydia trennen. Das muss sie selbst regeln. Das ist eine Angelegenheit zwischen den beiden."

„Was! Das glaub ich nicht", sagte Sophie. „Er hat im Krankenhaus nichts davon gesagt. Wann ist das passiert?"

„Ich weiß es nicht. Dein Vater hat Lydia seine Neue, noch nicht vorgestellt. Das wird aber wahrscheinlich bald passieren. Es ist nur eine Frage der Zeit."

„Aber ich liebe ihn doch!"

Klara reichte es jetzt endgültig. Sie ging ins Schlafzimmer und rief Ulrich an.

„Was willst du?" Die Begrüßung fiel so nett wie immer aus.

„Das ist ja wieder mal eine freundliche Begrüßung. Eine heulende Lydia sitzt hier, kannst du sie abholen?"

„Sie ist bei dir? Was fällt der denn ein? Bevor du mir auch noch eine Szene machst, rate ich dir, dich nicht einzumischen."

„Unglaublich! Mich interessiert euer Knatsch nicht! Er ist mir so was von egal, schlagt euch ruhig die Köpfe ein, Hauptsache, ihr haltet mich daraus. Doch was mir nicht egal ist, dass sie mich und Sophie verrückt macht. Sie jammert uns die Ohren voll. Schließlich ist sie deine Frau, also kümmere dich auch um sie. Hol sie einfach ab!" Dieses Mal war Klara diejenige, die einfach auflegte. Sie würde diesen kleinen Triumph gern auskosten, aber dafür fehlte ihr die Kraft.

Am liebsten hätte sie Lydia eigenhändig aus dem Haus geworfen und Ulrich ... von dem wollte sie gar nicht erst anfangen. Der Mann hatte echt Nerven. Klara wollte so wütend, wie sie gerade war, nicht ins Wohnzimmer zurückgehen und Sophie dadurch vielleicht nur noch mehr aufregen. Also ging sie zum Fenster, öffnete es weit, und sog die frische Luft tief ein.

26

Die Oberkommissarin Jossi Hammerschmidt wurde von ihrem Bauamt-Informanten Runkel, hereingebeten. „Gehen wir doch gleich zum Wohnzimmer durch", schlug er vor. „Darf ich Ihnen was anbieten?"

„Ein Wasser, danke."

Der Raum war klein und vollgestellt. Das meiste davon war aus der Mode gekommen. Sie kannte Runkel schon lange und war öfter in diesem Raum gewesen, doch bis auf einen neuen Fernseher hatte sich nichts verändert. Der Fernseher war an der Wand angebracht und bedeckte diese fast vollständig. So ganz ohne Fortschritt, ging es wohl doch nicht.

Als hätte er Hammerschmidts Gedanken gelesen, bemerkte Runkel: „Etwas muss man sich ja gönnen. Ich lebe allein und bin bescheiden."

Dann kam er gleich zum Thema.

„Sie wollen also wissen, was Hartmann mit dem alten Haus vorhat?"

„Ja. Irgendetwas stimmt da nicht und Hartmann traue ich – unter uns gesagt – nicht so weit, wie ich ihn schmeißen kann."

„Ihr Instinkt liegt mal wieder richtig. Ich habe einiges für Sie herausgefunden, aber dieses Mal ist es besonders wichtig, dass mein Name da rausgehalten wird. In Ordnung?"

„Ich habe Sie doch bis jetzt immer heraushalten können. Ich werde auch dieses Mal alles in meiner Macht Stehende tun, um das zu ermöglichen. Also, was ist mit dem Haus?"

„Es geht nicht um das Haus, sondern um das Grundstück. Dieses und noch ein anderes, sind in die engere Wahl gekommen. Es soll ein riesiges Bürogebäude gebaut werden, mit Mehrraumbüros, Konferenzsälen, Teeküchen usw.

Standortqualität ist bei beiden gegeben. Also günstige Lage mit Verkehrsanbindung. Beide Grundstücke könnten etwas größer sein. Also geht es um den Preis. Das Angebot von Hartmann lag etwas über dem, seines Konkurrenten. Hartmann muss ihn irgendwie ausspioniert haben, der hat überall seine Leute. Jetzt kommt es drauf an, wer den Zuschlag erhält. Das wird ja erst in einigen Monaten, vielleicht auch erst in einem Jahr entschieden."

„Und warum erst dann?"

„Die Investoren verlangen umfassende Gutachten und Prüfungen, bevor sie sich endgültig festlegen. Die Planung dauert oft länger als die Fertigstellung des geplanten Objekts. Konnte ich Ihnen damit weiter helfen?"

„Ja, sehr sogar. Ich danke Ihnen."

„Wenn ich mal wieder was für Sie tun kann, melden Sie sich. Ich hab echt die Nase voll, dass sich Typen wie Hartmann krimineller Mittel bedienen, um sich einen Vorteil zu verschaffen. Kriegen einfach den Hals nicht voll."

Die Oberkommissarin verabschiedete sich und als sie am nächsten Morgen, gleichzeitig mit Prodendorf im Büro eintraf, berichtete sie ihm von dem Gespräch mit dem Angestellten des Bauamtes.

„Da Hartmann mit einem weiteren Bewerber, so gut wie gleich auf liegt, braucht er etwas, das ihm einen Vorteil verschafft. Könnte er also sein Grundstück vergrößern – du erinnerst dich, mein Kontakt meinte, beide Grundstücke könnten noch etwas größer sein –, würde die Entscheidung wohl zu seinen Gunsten ausfallen. Dazu müsste er allerdings das Scheffler-Haus kaufen und abreißen lassen. Wenn man den Preis von dem abzieht, was ihm der Deal einbringt, wäre es noch immer ein gutes Geschäft für ihn."

„Warum wendet er sich nicht direkt an Frau Scheffler, um zu verhandeln?"

„Das frage ich mich natürlich auch. Er hat ja noch Zeit. Vielleicht will er mit ein paar Schikanen, den Preis drücken. Er hat ja wegen des Abrisses beider Häuser, zusätzliche Kosten. Und wenn Frau Scheffler sich nicht mehr sicher fühlt, bräuchte sie ja das Geld aus dem Verkauf, um sich woanders etwas Neues anzuschaffen."

„Du glaubst also, dass Hartmann bei dem Einbruch seine Finger im Spiel hatte?"

„Vielleicht. Ist ja nur so eine Überlegung. Ich stelle mir das so vor: Hartmann hat von den anderen Taten Wind bekommen – Frau Scheffler wird ja schon länger terrorisiert –, und ließ sie nachahmen, um eine falsche Spur zu legen, natürlich auch, um ihr einen gehörigen Schrecken einzujagen. Wenn er erreicht, was er vorhat, bietet er ihr einen Preis, weit unter dem Wert an, aber verspricht eine schnelle Abwicklung."

„Und wie soll er an die Information herangekommen sein?"

„Das Scheffler-Mädchen könnte es Peters verraten haben und der gab es an Hofstetter weiter."

„Meinst du wirklich, dass er einen solchen Aufwand betreibt? Nein, das mit den vertauschten Bildern passt nicht zu ihm. Angst einjagen? Möglich. Aber so einer wie Hartmann, verfügt über wirkungsvollere Mittel. Muss er wirklich, als seriöser Geschäftsmann, nach solch unseriösen Mitteln greifen?"

„Als seriöser Geschäftsmann mit Sicherheit nicht. Aber nach allem, was ich über ihn erfahren habe, ist ‚seriös' nun wirklich das letzte Wort, mit dem ich ihn beschreiben würde."

27

Klara erhielt unterdessen einen Anruf von Bryan. „Bist du zu Hause? Ich würde gern bei dir vorbeikommen."

„Ja, ich bin zu Hause, Charlotte ist hier. Sie ist gerade dabei, sich zu verabschieden. Ich freu mich, dass du wieder da bist."

„Schade, ich hätte sie gern mal wiedergesehen. Dann eben ein anderes Mal. Bestell ihr viele Grüße. "

„Mach ich, bis gleich." Klara legte auf und wandte sich dann an ihre beste Freundin. „Von Bryan liebe Grüße."

„Danke. Bin ja mal gespannt, was er dir erzählen will. Hoffentlich hat er keine ernsthaften Geldsorgen, oder euch steht bald eine Hochzeit ins Haus."

Das Thema hatte Charlotte gepackt. Ihr fielen noch andere Theorien ein, aber Klara hörte ihr nicht mehr richtig zu. Charlottes Bemerkung hatte Klara aufhorchen lassen. Geldsorgen!

„Geldsorgen", wiederholte sie. „Eigentlich kann das nicht sein. Bryan hat nie was erwähnt, im Gegenteil. Aber wenn ich daran denke, wie er sich in letzter Zeit zurückgezogen hat. Früher war er viel öfter bei mir und erzählte mir alles Mögliche. Von sich aus erzählt er heute fast gar nichts mehr. Da könnten Geldsorgen schon passen. Drück uns bitte die Daumen, Charlotte, dass es nichts Schlimmes ist."

„Ruf mich bitte sofort an, wenn er wieder weg ist. Bis dahin versuche ich mal, nicht vor Neugier zu platzen."

Nachdem Charlotte weg war, räumte Klara ein wenig auf und wartete auf ihren Stiefsohn. Bald darauf traf Bryan ein. „Ich habe ein richtig schlechtes Gewissen, weil ich ausgerechnet jetzt weg musste", sagte er zu Klara, gleich nachdem sie ihm die Tür geöffnet hatte. Klara bat ihn, doch erst mal hereinzukommen.

„Vergiss das mit den Schuldgefühlen ganz schnell wieder, ja? Wir haben alle unsere Verpflichtungen, die wir wahrnehmen müssen. Außerdem hättest du das alles nicht voraussehen können. Also rede dir bitte kein schlechtes Gewissen ein."

Im Wohnzimmer angekommen, setzten sich beide auf die Couch.

Sophie kam dazu. „Hallo Bryan, schön, dass du zurück bist." Sie gab ihm die Hand, mit der Umarmerei, hatte er es nicht so. Wenn ihn jemand umarmen wollte, machte er sich steif und wich zurück. Niemand in der Familie störte das, jeder ging auf seine Weise mit Nähe um.

„Wie geht es dir?", fragte Bryan seine Schwester.

„Besser als ich dachte. Letzte Nacht hatte ich keinen Albtraum. Nur an die Hütte muss ich noch oft denken."

„Das ist doch schon mal ein Anfang. Ich hoffe, dass die Albträume bald ganz wegbleiben."

„Auch bei mir kommt langsam die Kraft zurück, Stillstand kann ich mir nicht leisten", sagte Klara. „Nun erzähl mal, was hast du erreicht? Waren deine Geschäfte erfolgreich?"

„Ja, die Geschäfte. Ich weiß gar nicht, wie ich es euch sagen soll. Es tut mir leid, wenn ich euch was vorgeflunkert habe, ich war nicht auf Geschäftsreise."

„Wie – warst du nicht? Was ist schiefgelaufen? Wurden sie abgesagt, oder hast du es dir im letzten Moment anders überlegt?"

„Ich habe sie nur als Vorwand benutzt."

Klara und Sophie sahen sich an und waren sprachlos. Veralberte er sie? So kannte Klara Bryan nicht. Warum druckste er so herum? Was war los mit ihm?

„Vorwand für was?"

„Das ist nicht so einfach zu erklären, das läuft auf eine Beichte hinaus."

Klara sah Bryan noch immer fragend an. „Nun sag schon, wieso Beichte?"

„Am besten, ich sag es euch geradeheraus, hoffentlich seid ihr nicht geschockt."

Oh, das hört sich nicht gut an, dachte Klara. Hoffentlich übertrieb er. Aber andererseits, auf ein paar mehr oder weniger schlechte Nachrichten kam es ihr nun auch nicht mehr an.

„Was hat es mit deiner Beichte auf sich? Raus damit, Bryan!"

„Also gut. Meine Welt ist nicht mehr so heil, wie ihr immer geglaubt habt. Ich habe mir vorgenommen, euch alles zu erzählen, ihr würdet es ja doch erfahren. Es lässt sich nicht mehr verheimlichen. Also von Anfang an. Vor einem Jahr machte ich auf Mallorca zwei Wochen Urlaub. Es war ein ganz anderes Leben als hier. Sonne, Strand und Party. Ich war fasziniert davon. Lernte viele Menschen kennen, auch einen jungen Mann, mit dem ich mich anfreundete. Wir machten fast täglich was zusammen. Er war braun gebrannt und zog die Mädchen an. Er verdiente sein Geld mit Aktien, wusste alles darüber. Er sagte, dass man sein Geld verdoppeln kann, wenn man es richtig mache. Und dann wollte ich alles darüber wissen. Er klärte mich auf. Jetzt im Nachhinein, frage ich mich, wie ich nur so blauäugig sein konnte. Es war das viele Geld, das mein Gehirn ausgeschaltet hatte. Jedenfalls ließ mich zu Hause das Ganze nicht mehr los. Ich hatte gespart und eine gut gehende Werkstatt, aber das würde nicht reichen, bei dem, was ich vorhatte. Also setzte ich alles auf eine Karte, weil ich das eintönige Leben, das ich führte, nicht mehr wollte. Ich hatte nur noch meinen Traum im Kopf. Ich legte alles an, was ich hatte – leider sogar mehr, als ich hatte. Und was soll ich sagen: Die Aktien stürzten ab und das war's dann! Auf einen Schlag verlor ich alles. Erst da wurde mir bewusst, was ich angerichtet hatte. Ich war so verdammt blöd."

„Das meinst du nicht ernst, oder Bryan?"

„Ich mache keine Witze. Ich wollte das doch nur nicht an die große Glocke hängen. Ich war wie im Rausch. Ich kann es ja selbst nicht glauben, was ich da gemacht habe. Zuerst dachte ich ja noch, alles wieder hinbiegen zu können, ohne dass es jemand mitbekommt, doch ich ritt mich nur immer tiefer rein. Es tut mir leid, dass ich dich enttäuscht habe."

Sophie wandte sich an ihren Bruder. „Und der Mann, der dir das alles eingebrockt hat, ist der nicht schuld?"

„Nein. Der hat mir ja nur den Tipp gegeben. Ich hatte ihm wirklich geglaubt, das hatte sich alles so realistisch angehört, wie ein Wink von oben. Ich hatte keinerlei Zweifel daran, dass es sich lohnen würde."

„Ist denn da wirklich nichts mehr zu retten?", fragte Klara, die noch immer hoffte, dass er mächtig übertrieben hatte.

„Die Schulden werden wegen der Zinsen immer höher. Ich hatte damals eine Hypothek auf die Werkstatt aufgenommen, die ich nicht mehr zurückzahlen konnte. Dann blieben die großen Reparaturen aus, nur noch Kleinkram, mit dem ich nicht viel verdienen konnte, nicht mal für die Fixkosten reichte es mehr. Ich komme da einfach nicht mehr raus."

Klara dämmerte es langsam, dass ihr Stiefsohn wirklich die Wahrheit sagte. Wieso hatte sie nichts mitbekommen? Ihr hätte doch was auffallen müssen! Jetzt machte Bryans Verhalten Sinn! Er wirkte oft so niedergedrückt, war mit seinen Gedanken weit weg. Doch zwischendurch war er wieder ganz der Alte. Redselig und keine Spur von Traurigkeit. Trotzdem – sie war seine Mutter! Stiefmutter, streng genommen, aber für sie machte das keinen Unterschied.

„Und wie soll es jetzt weiter gehen? Du hast dir doch bestimmt schon darüber Gedanken gemacht?" Klara musste zugeben, sie war enttäuscht. Sie hatte mehr Vernunft von Bryan erwartet, aber vielleicht war sie auch zu streng. Jeder machte Fehler. Gut, es war ein riesiger Fehler, aber daran ließ sich jetzt auch nichts mehr ändern.

„Ja, klar habe ich mir Gedanken gemacht. Die mache ich mir von morgens bis abends und sogar noch in der Nacht. Es spitzt sich immer weiter zu. Die Werkstatt muss ich aufgeben, dafür sorgt schon die Bank. Auch die anderen Gläubiger werden so schnell keine Ruhe geben. Ist ja auch verständlich. Statt auf Geschäftsreise war ich bei einer Schuldenberatungsstelle und bei der Bank. Ich konnte doch mit all dem nicht zu dir kommen, während Sophie verschwunden war. Jetzt wisst ihr wenigstens Bescheid. Können wir das Thema vielleicht vorerst beenden? Es war echt hart für mich, euch dir Wahrheit zu erzählen."

Klara hielt es auch für das Beste, erst einmal nicht weiter darüber zu reden. Finanziell würde sie ihm sowieso nicht helfen können. Sie war wirklich schockiert und traurig.

Sophie dagegen wirkte nicht ganz so niedergeschlagen wie Klara oder Bryan.

„Ich hätte ja nicht gedacht, dass du dich so was traust. Bist also doch nicht so spießig, wie ich immer dachte", sagte Sophie, ohne nachzudenken. Dann sah sie ihre Mutter an und es machte ,Klick' bei ihr. Sie hätte sich ohrfeigen können, für diesen dummen Spruch, aber er war ihr nun mal rausgerutscht.

Die Stimmung war angespannt und das Gespräch nach dieser Enthüllung im Sande verlaufen. Für Sophie die Gelegenheit, ein anderes Thema anzuschneiden und vielleicht alle dadurch abzulenken.

„Rate mal, was Papa sich geleistet hat."

„Da können wir doch ein anderes Mal drüber sprechen. Das wird für Bryan alles nicht so einfach sein."

„Jetzt macht ihr mich aber neugierig. Was hat er denn wieder einmal angestellt?"

Bryan war auf einmal wie ausgewechselt. Seine Stimme war plötzlich fest und sein Gesichtsausdruck nicht mehr ganz so finster. Klara dachte, dass es ihm sicher guttat, mal an was anderes zu denken. Sie war ja schließlich kein Unmensch, auch wenn sie enttäuscht war, dass er auf diesen Trick reingefallen war.

„Papa hat eine neue Freundin"

„Wirklich? Und was ist mit Lydia?"

„Sie kam zu mir, um mir ihr Leid zu klagen", meldete sich Klara zu Wort. „Ich konnte ihr nicht helfen. Da ist nichts zu machen, wenn sich euer Vater was in den Kopf setzt."

Klingt das nicht auch ein wenig nach Bryan? Sollte er doch mehr von seinem Vater mitbekommen haben, als angenommen?

„Ich hab mit deinem Vater telefoniert und darauf bestanden, dass er sie abholt. Das war gestern Abend."

Pascals kräftige Schritte kündigten sein Kommen an. Er blieb überrascht in der Tür stehen.

„Du hast Besuch?"

„Das ist Bryan, mein Sohn und Bryan, das ist Pascal, mein Lebenspartner."

Pascal ging freundlich auf Bryan zu, um ihm die Hand zu reichen. Doch Bryan drehte sich von ihm weg, bückte sich, als hebe er etwas vom Boden auf.

Pascal wunderte sich über das unhöfliche Verhalten, sprach es allerdings nicht an. Stattdessen ging er zu Klara und setzte sich neben sie.

Bryan erhob sich. „Ich muss weiter." Er beachtete die anderen nicht mehr und bewegte sich auf die Tür zu.

„Warte", sagte Klara, die aufgestanden war und sich jetzt auf ihn zu bewegte. „Warum brichst du so übereilt auf?"

Bryan blieb kurz stehen, sah Klara an. „Ich will nach Hause, um abzuschalten, war ein anstrengender Tag. Ich melde mich." Er ließ sie einfach stehen, kurz danach fiel die Haustüre ins Schloss.

Ein merkwürdiger Abgang, dachten alle. Bryan hatte eine beklemmende Stimmung zurückgelassen.

Kurz darauf verschwand Sophie in ihrem Zimmer und Klara begann in der Küche mit den Vorbereitungen fürs Abendessen. Pascal folgte ihr.

„Ich muss mit dir über deinen Stiefsohn reden, Klara. Ist dir aufgefallen, wie hasserfüllt er mich angesehen hat, als ich ihm die Hand geben wollte? Irgendetwas stimmt da nicht."

„Ich denke, dass was anderes dahinter steckt. Kurz bevor du kamst, hat er mir gebeichtet, dass er seine Zukunft in den Sand gesetzt hat. Sein ganzes Leben ist ein einziger Trümmerhaufen. Nach dem Essen erzähle ich dir die ganze Geschichte, versprochen."

28

DONNERSTAG, 17.11.

Morgens um acht standen die Justizbeamten vor der Privatwohnung des Barbesitzers, Clausen. Ein unausgeschlafener,
mürrischer Mann öffnete ihnen in Bademantel und Pantoffeln
die Tür. Sein Haar stand ihm zu Berge. Er gähnte und rieb sich
über die Augen.

„Was wollen Sie um diese Zeit? Wissen Sie, wann ich ins
Bett gekommen bin?"

Als er jedoch den richterlichen Beschluss in der Hand des
Beamten sah, war er von einem Augenblick zum nächsten hellwach. Er stellte sich gerade hin und starrte die Beamten mit
weit aufgerissenen Augen an. Er konnte nicht fassen, was hier
gerade passierte.

Rust forderte Clausen auf, entweder mitzukommen oder
ihnen die Schlüssel auszuhändigen. Die Bar befand sich eine
halbe Autostunde von der Privatwohnung entfernt. Clausen
überreichte ihnen widerwillig die Schlüssel. Dann fuhren die
Polizisten davon.

Clausen blickte ihnen grübelnd hinterher. Als Erstes wollte
er seinen Anwalt anrufen. Ihn bitten, augenblicklich in die Bar
zu fahren. Er hoffte, dass er die Polizei hinhalten und solange
ablenken könnte, bis er selbst dort eintraf. Dass die jetzt hinter
ihm her waren, verdankte er bloß diesem Schwachkopf
Hofstetter. Der Teufel sollte ihn holen!

Die Polizeibeamten zogen Überzüge an, um die eventuelle
Kontamination von Beweismitteln zu vermeiden, und nahmen
ihre Arbeit auf. Systematisch durchsuchten sie Raum für Raum.
In einem der Kellerräume wurden sie schließlich fündig. Sie
entdeckten eine Wand, an die hochkant gestellte Dielen sowie

aufeinandergestapelte Säcke lehnten. Diverse weitere Dinge waren vor der Wand aufgestapelt, darunter auch ein Eisengitter, sodass die Wand zu rund zwei Drittel verdeckt war. Es war der ordentlich aufgebaute Turm, der sofort das Misstrauen der Beamten weckte. In den beiden anderen Kellerräumen sammelte sich jede Menge lustlos hineingeworfener Müll, also warum war hier alles so ordentlich gestapelt? Mühsam räumten sie alles zur Seite und entdeckten eine Tür, die in einen Raum führte. Er war frisch gestrichen. Die Böden sauber. Plakate klebten an den Wänden, auf denen Motive eines Spielcasinos abgebildet waren. Unverkennbar ein Treffpunkt fürs Glücksspiel. Ein großer, ovaler, versenkbarer Tisch stand in der Raummitte mit acht Stühlen drumherum. Ein Schrank, in dem die Beamten alle notwendigen Utensilien, die man fürs Glücksspiel so brauchte, fanden, gehörte ebenfalls zur Einrichtung. Eine noch wichtigere Entdeckung machte ein Kollege im Tresor, der in Clausens Büro stand. Es waren Papiere, die das Glücksspiel zweifelsfrei bestätigen. Listen mit Namen, Einnahmen und Informationen, mit denen man die Spieler erpressen konnte, sollten sie reden oder aussteigen wollen. Wasserdichter ging es praktisch nicht.

In den anderen Kellerräumen nahmen sie sich etliche blaue Müllsäcke vor, die überall herumlagen. Als man sie öffnete, stieg ihnen ein übler Geruch in die Nase. Sie kippten die Säcke auf dem Boden aus und drehten dabei den Kopf zur Seite. Sie glaubten, den Gestank so besser ertragen zu können. Einiges kam zum Vorschein. Kleidung, Altpapier, zerbrochene Gegenstände, Tuben, Medikamentenschachteln, auch vieles, dass nicht mehr zu erkennen war, es klebte aneinander, hatte sich zu Müllklumpen geformt. Aber jeder noch so kleine Fetzen musste untersucht werden, auch wenn man den Geruch tagelang nicht mehr loswürde, das war die sehr unangenehme Kehrseite des Berufes. Die Spurensicherung würde sich freuen …

Prodendorf stand etwas abseits und beobachtet, was da vor sich ging.

„Stopp!", rief er plötzlich. Trat näher an den Müll heran und zog eine alte Brieftasche aus dem Haufen heraus.

„Die kenne ich", sagte er. „Die habe ich schon irgendwann mal gesehen."

Die grell-buntgemusterte Brieftasche war voller Blut. Er durchsuchte sie, und versuchte sich seinen Ekel dabei nicht ansehen zu lassen – das würde sonst garantiert bald die Runde auf dem Revier machen und er dürfte sich das dann wieder wochenlang anhören. Prodendorf zog einige Visitenkarten von Eulenbach heraus und ihm wurde klar, was das bedeutete.

Der Ermittler machte Meldung und wenig später wurde, während er sich noch weiter an der Durchsuchung der Bar beteiligte, der Besitzer ebenjener festgenommen und zum Verhör auf die Polizeiwache gebracht. Die Brieftasche, Kleidung und einige andere Gegenstände, die verdächtig erschienen, landeten bei der KTU.

Clausens Anwalt traf erst ein, als er schon festgenommen war und zum Verhör im Verhandlungsraum saß. Darüber ärgerte sich Clausen so sehr, dass er ihm das Mandat entzog. Er war sich sicher, das auch allein hinzubekommen und wahrscheinlich sogar besser als dieser überbezahlte Stümper, solange er nur alles abstritt. Darum leugnete er rigoros, für Eulenbachs Ermordung verantwortlich zu sein. Die Polizei hatte ihm Fotos der blutverschmierten Brieftasche und der Visitenkarten gezeigt. Es dauerte nicht lange und er verwickelte sich in Widersprüche. Doch seine Ausreden wurden immer fadenscheiniger.

„Das Glücksspiel gebe ich ja zu. Aber mit Mord habe ich nichts zu tun."

„Wer dann? Sie wissen doch etwas", insistierte Rust, der die Vernehmung übernommen hatte. „Die Brieftasche fand man in ihrem Keller, in einem der Müllsäcke, die in ihrer Bar verwendet werden. Was meinen Sie denn, wie die da hingekommen ist? Wir werden alles auf den Kopf stellen. Jeden Zentimeter. Wir finden etwas, daran zweifle ich nicht im Geringsten. Es wäre besser für Sie, wenn Sie reden würden, Sie sind ab sofort unser Hauptverdächtiger."

Da knickte Clausen ein.

„Eulenbach ging uns auf die Nerven, mit seiner Fragerei. Wir erteilten ihm Hausverbot, doch er belästigte unsere Gäste weiter. Einige von ihnen zogen sich frühzeitig zurück, sie fühlten sich gestört. Sie müssen wissen, dass meine Bar für ihre Anonymität bekannt ist. Das konnten wir uns nicht bieten lassen. Meine Gäste sind langjährige, treue Kunden, die ich nicht verlieren wollte. Ich bat Hofstetter, für Ruhe zu sorgen und das machte er dann auch. Hofstetter sagte mir später, es sei ein Unfall gewesen und ich glaubte ihm, sonst wäre ich doch zur Polizei gegangen."

Rust hatte zwar vermutet, dass Eulenbach nicht mehr am Leben war, doch zwischen Vermuten und Wissen, gab es einen riesengroßen Unterschied.

Der Tod eines Menschen schien Clausen nicht allzu sehr zu berühren. Teilnahmslos saß er da und verzog keine Miene.

„Was habt ihr mit seiner Leiche gemacht?"

„Vergraben. Ich weiß aber nicht, wo. Darum hat sich Hofstetter gekümmert. Ich hatte es nicht wissen wollen."

Er redet so locker darüber, als mache er gerade seine Abrechnung. Erschreckend emotionslos, eiskalt. Für Rust war es schwer, sein Pokerface aufrechtzuerhalten und Clausen nicht die Verachtung zu zeigen, die er für ihn empfand. Aber er redete und das war das Wichtigste, je mehr er redete, desto besser für ihre Ermittlungen, also versuchte er, sich auf die Vernehmung zu konzentrieren.

„Wie hat sich dieser angebliche Unfall denn abgespielt?"

„Hofstetter hat diesem Schnüffler einen Fausthieb versetzt. Er fiel auf eine Bordsteinkante und war sofort tot. Das war der schlimmste Tag meines Lebens, als ich davon erfuhr. Ich fühlte mich mitverantwortlich, weil ich ihn bat, für Ruhe zu sorgen. Mit so etwas wollte ich nichts zu tun haben, ich führe saubere Geschäfte. Was passiert denn jetzt mit mir?"

„Über ihre ach so sauberen Geschäfte reden wir noch mal. Jedenfalls werden Sie erst einmal bis auf Weiteres unser Gast sein. Ein Richter wird dann entscheiden, was weiter mit Ihnen geschieht. Nur falls Sie es vergessen haben sollten, Herr Clausen, Sie haben gleich mehrere Straftaten begangen: illegale Glücksspiele, Erpressungen, Vertuschen einer Straftat und noch ein paar mehr. Wir müssen auch Hofstetter dazu vernehmen. Es könnte ja auch andersherum gewesen sein."

„Das ist eine unverschämte Unterstellung, ich bring doch niemanden um!"

„Verzeihen Sie, wenn Ihr Wort da nicht ausreicht. Ein Mensch ist tot. Es gibt eine Familie, die leidet und wissen will, was mit ihrem Angehörigen passiert ist."

„Daran habe ich einfach nicht gedacht! Ich habe mir die größten Vorwürfe gemacht. Das ging nicht so spurlos an mir vorbei, wie Sie vielleicht denken. Ich hatte auch Angst, ins Gefängnis zu müssen, was wird denn dann aus meinem Geschäft?"

„Hätte ich mir ja denken können, dass Ihr Geschäft an erster Stelle kommt und Ihnen wichtiger ist, als dass ein Mensch gestorben ist." Rust musste schwer in sich halten, Clausen die Meinung zu geigen, aber das wäre nicht zielführend. Er atmete tief durch und nahm das Verhör wieder auf. „Was ist mit Peters? War das auch Hofstetter oder haben Sie den selbst um die Ecke gebracht? Wir wissen, dass er am Abend vor seinem Tod, einen Streit mit Hofstetter hatte, und sie die ganze Zeit dabei waren."

„Wer behauptet das?"

„Ich stelle hier die Fragen. Erteilten Sie Hofstetter auch in diesem Fall den Auftrag, für Ordnung zu sorgen?"

„Damit haben wir beide nichts zu tun. Peters verschwand einfach. Dann hörten wir von seinem Tod. Das ist die Wahrheit!"

Der gibt erst etwas zu, wenn wir ihm handfeste Beweise unter die Nase halten. Dann eben weiter zur nächsten Straftat, ich bin gespannt, wann er doch wieder nach einem Anwalt verlangt, dachte Rust.

29

Klara rief die Kommissarin an, um sich nach dem Stand der Ermittlungen zu erkundigen, denn wenn keine unmittelbare Gefahr mehr bestand, wollte sie ihrer Tochter gern ihren Wunsch erfüllen und sie wieder zur Schule schicken. Sie versäumte so viel und Sophie sträubte sich mit aller Macht dagegen, das Schuljahr zu wiederholen. Außerdem hatte sie recht, die Normalität würde ihr helfen, wieder im Alltag anzukommen.

„Glauben Sie, dass Ihre Tochter schon so weit ist?"

„Sie geht fleißig zur Therapie und sagt, die Albträume sind schon weniger geworden. Auch ihr Therapeut hat sich dafür ausgesprochen, weil sie das unbedingt will. Er hat aber auch eingeräumt, dass es noch lange dauern kann, bis sie das Erlebte wirklich verarbeitet hat und wenn sich durch den Schulstress ihr Zustand verschlechtern sollte, neu entschieden werden müsste."

„Klingt logisch. Wenn Sie sie wirklich wieder zur Schule schicken, würde ich empfehlen, sie vorerst hinzubringen und wieder abzuholen. Eine akute Bedrohung ist nicht in Sicht. Trotzdem kann man das nicht grundsätzlich ausschließen. Wir stecken noch mitten in den Ermittlungen. Ich möchte Ihnen keine Angst machen. Doch es kann nicht schaden, besonders aufmerksam zu sein."

Klara konnte das gut verstehen. Sie hatte sowieso schon mit Sophie besprochen, dass sie sie vorerst nicht allein aus dem Haus lassen würde, was ihr ebenso recht war. Allein das bewies schon, dass sie noch nicht wieder die Alte war.

„Haben Sie Zeit, Frau Scheffler? Ich würde gern kurz bei Ihnen vorbeikommen."

„Ja, ich bin zu Hause. Ich warte auf die Handwerker für Vorarbeiten. Wenn sie das also nicht stört …" Die Kommissarin verneinte.

Klara hatte sie noch etwas fragen wollen, doch sie hatte bereits aufgelegt. Seltsam. Nun, sie würde ja gleich vorbeikommen, also konnte sie ihre Frage ja dann stellen. Da die Kommissarin ihr das, was sie zu sagen hatte, nicht am Telefon mitteilen wollte, ging Klara davon aus, dass es schlechte Nachrichten gab.

Bevor die Polizistin eintraf, ging Klara zu ihrer Tochter, die am Laptop saß und mit ihrer Freundin chattete. Sie informierte sie kurz über den Besuch der Kommissarin und bat sie, nicht zu stören, solange die Polizei im Haus wäre. Sie wollte nicht, dass das, was die Polizistin ihr möglicherweise mitteilte, Sophie erneut aus der Bahn warf. Als kleine Aufmunterung erzählte sie ihr aber noch davon, dass sie ab Montag wieder zur Schule durfte, was die Laune ihrer Tochter spürbar hob.

Ohne Klara lange hinzuhalten, kam Hammerschmidt gleich zur Sache.

„Es hat eine Entwicklung gegeben. Ich möchte, dass sie davon erfahren, bevor es morgen in allen Zeitungen steht."

Klara ahnte, was jetzt kommen würde. Ihr Magen rebellierte, und ihre Hände zitterten. Sie verschränkte die Hände miteinander und legte sie auf ihrem Schoß ab. Sie wollte verhindern, dass die Kommissarin das Zittern bemerkte.

„Wir wissen nun mit Sicherheit, dass Eulenbach tot ist. Ob es Mord, Totschlag oder ein Unfall war, wird derzeit ermittelt."

Schuldgefühle wallten in Klara auf. Es war egal, wie oft ihr andere gesagt hatten, sie solle sich nicht schuldig fühlen, sie konnte die Gefühle nicht abschütteln. Eulenbach war so ein netter Mann gewesen, das hatte er einfach nicht verdient. Und hätte Klara ihn nicht beauftragt, wäre er heute noch am Leben.

„Hat das mit Sophie zu tun? Ist Eulenbach unseretwegen tot?"

„Nein. Über die Einzelheiten darf ich nicht reden, weil wir mitten in der Aufklärung stecken. Aber so viel kann ich ihnen sagen: Er hat bei seinen Nachforschungen scheinbar eine ziemlich große Sache aufgedeckt und kam deswegen zu Tode. Es war nicht ihre Schuld. Schuld sind die, die sich entschieden haben, lieber jemandem zu töten, als zuzulassen, dass ihre Geheimnisse gelüftet werden. Es war ein schneller Tod. Er hat nicht gelitten. Auf dem Revier sind wir alle betroffen. Er war zwar keiner von uns, aber gehörte doch irgendwie dazu. Wir kennen den Täter. Er ist zwar aktuell flüchtig, aber die Fahndung läuft bereits. Wir haben uns mit Zustimmung der Angehörigen an die Medien gewandt, um ihn aufzuspüren. Wir versprechen uns viel davon."

Es war 19 Uhr, als Klara endlich wieder allein war. Ihr schwirrte der Kopf. Die Handwerker hatten ihr so viel erklärt, sie musste so viele Entscheidungen treffen, sich Gedanken zur Finanzierung der Maßnahmen machen und dann war da natürlich auch noch Eulenbach, an den sie immer wieder denken musste. Doch noch andere Probleme ließen sie nicht los. Sie sollte Sophie zur Schule bringen und abholen. Wie sollte sie das machen? Sie musste pünktlich um acht bei der Arbeit sein und es fiel ihr spontan niemand ein, wer das übernehmen könnte. Bryan konnte sie nicht fragen, der war mit eigenen Problemen beschäftigt. Sie würde ihn demnächst in der Werkstatt aufsuchen. Sie musste noch mal allein mit ihm reden. Vielleicht konnte sie ihm doch irgendwie helfen, wenn auch nicht finanziell.

Pascal kam ins Wohnzimmer.

„Ich habe die Kommissarin wegfahren sehen. Was wollte sie denn?"

„Erzähl ich dir gleich, wenn wir allein sind."

Sophies Schritte auf der Treppe waren deutlich zu hören. Klara wollte ihrer Tochter noch nichts von Eulenbach erzählen. Vielleicht sollte sie erst mit ihrem Therapeuten darüber sprechen und ihn fragen, wie sie ihr die Nachricht schonend überbringen könnte?

„Und was hat sie gesagt?", fragte Sophie.

Klara gab sich Mühe, sich ihre Stimmung nicht anmerken zu lassen. „Sie hat mir bestätigt, dass du ab Montag wieder zur Schule kannst. Aber ich muss einen Fahrdienst organisieren, der dich hinbringt und wieder abholt. Die Kommissarin wollte das so fürs Erste. Nur zu deiner Sicherheit."

„Wirklich? Das muss ich gleich Emma erzählen! Ach so, Mama, ich wollte dich was fragen. Ich möchte gern von Freitag auf Samstag bei Emma übernachten. Ich bin immer allein und das halte ich nicht länger aus. Ihre Eltern sind einverstanden. Du kannst sie ja fragen und mich auch hinbringen und wieder abholen, wenn dir das lieber ist. Bitte sag ja."

„In Ordnung, warum nicht? Ich rufe Frau Fischer gleich an. Irgendwann müssen wir ja wieder mit der Normalität anfangen, richtig? Eine Übernachtung bei Emma klingt nach einem guten Probelauf."

30

FREITAG, 18.11.

Klara freute sich, dass nun endlich das neue Fenster in der Abstellkammer eingebaut wurde. Heute hatte sie einen vollen Tag. Erst würde sie Sophie zu Frau Fischer bringen, dann musste sie noch in den Supermarkt und für Sophie einiges für die Schule einkaufen. Vor allem musste sie die Dinge ersetzen, die durch ihre Entführung verloren gingen. Danach würde sie Bryan besuchen. Doch als erstes stand ein Anruf beim Direktor von Sophies Gymnasium an. Sie wählte seine Nummer, doch er meldete sich nicht. Weil sie ihn nicht erreichte, rief sie kurz entschlossen Sophies Klassenlehrer an. Er hatte sich einige Male nach ihrer Tochter erkundigt und ihr seine Privatnummer gegeben. „Für alle Fälle", hatte er gesagt. Klara freute sich sehr, dass ihre Tochter so einen engagierten und freundlichen Mann als Klassenlehrer hatte. Das würde ihr bestimmt bei der Eingewöhnung helfen.

Sie wählte seine Nummer und er meldete sich sofort.

„Jäger."

„Guten Tag, Herr Jäger. Hier ist Frau Scheffler, die Mutter von Sophie. Hätten Sie einen Moment Zeit?"

„Natürlich! Wie geht es Ihnen und Ihrer Tochter?"

„Mir? Noch nicht so gut, aber das wird schon. Meine Tochter lässt sich nicht unterkriegen. Sie ist so tapfer und will in ihr normales Leben zurück. Natürlich hat sie Durchhänger und reagiert manchmal noch sehr emotional, doch wenn sie abgelenkt ist, kommt sie gut zurecht. Warum ich Sie anrufe: Die Ferien sind vorbei und Sophie wird am Montag wieder zur Schule kommen. Ich wollte Sie nur darüber informieren – den Direktor habe ich leider nicht erreicht."

„Ich werde ein Auge auf Sophie haben, versprochen. Vielleicht können Sie einen Kontakt mit Sophies Therapeuten – ich hoffe doch, dass sie in Therapie ist, nach allem, was passiert ist? – herstellen? Ich möchte nicht, dass sie der Schulstress zurückwirft. Eventuell kann man da was machen, um den Druck ein wenig von ihr zu nehmen."

„Danke. Ja, Sophie ist in Therapie und ich leite Ihnen gern die Kontaktdaten weiter. Ich hätte allerdings noch eine Bitte an Sie, Herr Jäger. Ich habe noch immer solche Angst, dass ihr etwas passieren könnte. Würden Sie und die anderen Lehrer vielleicht einfach – ich weiß nicht, das Schulgelände besonders im Blick behalten?"

„Machen Sie sich keine Sorgen. Sobald Sophie das Schulgelände betritt, sind wir für ihr Wohlergehen verantwortlich. Ich werde ihr anbieten, dass sie sich an mich wenden kann, wenn es ihr mal nicht so gut geht und die anderen Lehrkräfte über ihre besondere Situation informieren. Das kriegen wir schon hin."

„Danke, Herr Jäger."

Gegen 16 Uhr brachte Klara Sophie zu ihrer Freundin Emma. Frau Fischer bat sie herein. Während sie sich unterhielten, kam auch das Thema Fahrdienst auf und Frau Fischer bot Klara ihre Hilfe an.

„Ich arbeite doch nicht und fahre jeden Morgen meine Tochter zur Schule und hole sie auch wieder ab. Wenn Sie Sophie um halb acht hier vorbeibringen, nehme ich sie gern mit."

„Sie wissen ja gar nicht, was Sie mir für eine Last von den Schultern nehmen, Frau Fischer. Ich wusste nicht, wie ich das noch vor der Arbeit hinbekommen sollte. Bei uns gibt es leider keine gleitenden Arbeitszeiten. Kann ich mich dafür an den Fahrtkosten beteiligen?"

„Das ist wirklich nicht nötig. Ich fahre doch sowieso. Ob nun ein Mädchen im Auto sitzt oder zwei, das macht keinen Unterschied."

Nachdem sich Klara verabschiedet hatte, fuhr sie gleich zum Supermarkt. Mit einem solchen Gedränge hatte sie jedoch nicht gerechnet. Doch es war Freitag und da herrschte ja sowieso immer der Ausnahmezustand bei Supermärkten, als gäbe es nicht auch noch den Samstag zum Einkaufen und Montag war doch wieder geöffnet, aber die Leute führten sich teilweise auf, als müssten sie wochenlang hungern, wenn sie nicht heute einkauften. Klara kam der Ansturm gar nicht recht, sie war in Eile und wollte nicht zu spät bei Bryan aufkreuzen. Sie hoffte, rechtzeitig zu Hause zu sein, um die Handwerker noch anzutreffen. Vorsichtshalber hatte sie ihnen einen Schlüssel dagelassen. Den sollten sie in den Briefkasten werfen, wenn es bei ihr später werden sollte, als ausgemacht. Vor der Kasse standen lange Schlangen und die meisten Einkaufswagen waren bis zum Rand gefüllt. Klara wurde immer unruhiger. Hinter ihr beschwerte sich eine Frau lautstark.

„Warum öffnet die vierte Kasse denn nicht?" Ihr Mann versuchte sie zu beruhigen.

„Sei doch nicht so ungeduldig."

Es war frustrierend, aber was konnte sie schon tun? Eben – nichts. Also zwang sie sich zur Ruhe und als das Laufband eine Lücke freigab, legte sie schnell einige Lebensmittel darauf.

Bryan telefonierte gerade, als sie in sein Büro kam. Er gab ihr zu verstehen, dass sie sich schon mal setzen sollte. Nachdem er das Gespräch beendet hatte, setzte er sich zu ihr.

„Ich freue mich, dass du hier bist. Ich wollte mit dir noch mal unter vier Augen reden."

„Das wollte ich auch. Bryan, was du uns erzählt hast, hat mich ehrlich schockiert. Ich hätte nie mit so etwas gerechnet, nicht bei dir."

„Ich weiß, ich habe dich enttäuscht. Ich bin ja selbst von mir enttäuscht. Und … da ist noch was."

„Noch mehr?"

„Hm … nun ja … es war nicht richtig, was ich gemacht habe. Ich weiß das ja selbst."

„Und?"

„Ich habe hohe Steuerschulden. Wenn ich sie nicht bezahle, muss ich ins Gefängnis. So, jetzt ist es endlich raus!"

Klara fühlte sich, als hätte man ihr den Boden unter den Füßen weggerissen.

„Das ist jetzt nicht dein Ernst!"

Klara legte für einen Moment ihr Gesicht in die Hände, dann stand sie auf, ging zum Fenster und blickte hinaus. Sie nahm nicht wahr, was da draußen passierte. Sie starrte ganz einfach ins Leere. Nach einer Weile drehte sie sich vom Fenster weg und sah Bryan direkt in die Augen.

„Wie kam es dazu?" Ihre Stimme war fest und ihre Haltung drückte Selbstsicherheit aus.

„Ich habe bei der Steuererklärung ein wenig geschummelt, und die Bücher gefälscht. Leider bin ich aufgeflogen. Ich war immer ehrlich, das weißt du. Nur wegen der Sache mit den Aktien ... ich war verzweifelt! Ich hatte doch nichts mehr und die Steuer, die hätten so viel Geld von mir gewollt, dass ich doch nicht mehr hatte und da dachte ich irgendwie ... ist ja auch egal. Ich hätte nie gedacht, dass ich einmal so tief sinken könnte."

„Willst du meine ehrliche Meinung dazu hören?"

„Was immer du sagen wirst, ich habe es verdient."

„Also gut. Dass du dein ganzes Erspartes an der Börse verspekuliert hasst, war dumm. Aber du bist jung und ich kann verstehen, dass du eine Chance ergreifen wolltest, als du sie sahst. Natürlich hättest du erst mit mir oder deinem Vater oder sonst jemandem darüber reden sollen, aber das hätte ich in deinem Alter vielleicht auch nicht getan, ich weiß es nicht. Doch eine Hypothek auf die Werkstatt aufzunehmen, um noch mehr zu investieren, ohne vorher eine Rendite zu sehen, da hört mein Verständnis auf. Und jetzt auch noch die Steuerhinterziehung! Verdammt, Bryan! Wenn du ins Gefängnis musst, bist du vorbestraft, das verfolgt dich dann dein ganzes Leben."

„Ich weiß. Wenn ich was daran ändern könnte, würde ich das. Es ist nun mal passiert, es kam halt eins zum anderen. Aber ich stimme dir bei allem zu, was du gesagt hast. Ich bringe das ja auch wieder in Ordnung."

„Und wie willst du das denn machen?"

„Wenn ich die Werkstatt verkauft habe, zahle ich meine

Schulden. Mit dem Finanzamt habe ich mich insoweit geeinigt, dass ich das veruntreute Geld sowie die Strafe bezahlen werde, sobald die Werkstatt verkauft ist. Das muss schon bald sein, sonst wachsen die Schulden bis ins Unendliche. Bitte sag Sophie und deinem Freund nichts davon. Mir ist das alles so peinlich."

„Das kann ich dir nicht versprechen. Kannst du dir überhaupt vorstellen, was das für ein Gefühl ist, über so lange Zeit angelogen zu werden? Wir hätten eine Lösung gefunden, wenn du dich mir früh genug anvertraut hättest. Dass deine ganze Existenz zerstört ist, das ist doch keine Kleinigkeit. Hast du so wenig Vertrauen zu mir?"

„Mit dir hat das nichts zu tun. Ich wollte allein damit fertig werden."

„Und wie willst du künftig dein Geld verdienen, von irgendwas musst du doch leben?"

„Ich suche mir Arbeit."

Bryans Handy klingelte. Er sprach kurz mit jemandem.

„Ich muss nach unten in die Werkstatt, es gibt ein Problem, das länger dauern kann."

„Dann mache ich mich auf den Heimweg. Ich muss mich von dem Schock erst einmal erholen. Wir reden ein anderes Mal weiter."

Klara wusste nicht mehr, was sie noch denken sollte. Das alles hatte sie ziemlich hart getroffen. Sie hatte Bryan immer vertraut und jetzt? Er hatte so ein Lügengerüst aufgebaut, so viele falsche und dumme Entscheidungen getroffen. Sie hatte das Gefühl, ihren eigenen Sohn nicht mehr zu kennen. Außerdem hatte sie das Gefühl, dass er den Anruf mit jemandem abgesprochen hatte, um sie möglichst schnell wieder loszuwerden. Klara fühlte sich mit all dem überfordert.

Klara und Pascal saßen abends zusammen auf der Couch. Beide hatten einen stressigen Tag hinter sich. Doch sie wusste, dass sie erst zur Ruhe kommen würde, wenn sie sich alles von der Seele geredet hatte. Also sprach sie das Thema Bryan an.

„Ich bin so enttäuscht von Bryan. Heute hat er mir wieder eine andere Geschichte erzählt. Ich weiß einfach nicht mehr, was ich glauben soll. Da denkt man, einen Menschen durch und durch zu kennen, und von einem Moment zum anderen ist er einem völlig fremd geworden. Ich dachte, wir stünden uns näher. Warum ist er nicht zu mir gekommen und hat mich um Hilfe gebeten? Das tut verdammt weh."

Klara erzählte Pascal Einzelheiten.

„Was will er eigentlich?", antwortete Pascal. „Aufmerksamkeit? Wenn man so hohe Steuerschulden hat, spricht man doch darüber. Man macht bei einem Familienbesuch nicht auf heile Welt. Und warum rückt er gerade jetzt damit raus? Wo du an sich schon so viele Probleme hast? Ich werde das Gefühl nicht los, dass da noch mehr zum Vorschein kommt. Und wieso sollst du nichts weitersagen? Er hat doch sowieso nichts mehr zu verlieren. Also, was soll das?"

„Ich weiß auch nicht mehr, was ich noch denken soll."

„Ich habe mir das erste Zusammentreffen mit Bryan noch mal durch den Kopf gehen lassen. Da war etwas in seinem Blick, dass mich schaudern ließ. Es tut mir leid, er ist dein Stiefsohn, aber ich traue ihm nicht. Irgendetwas stimmt da nicht."

„Du brauchst dich nicht zu entschuldigen. Mir geht es genauso. Diese ganzen Enthüllungen und immer noch mehr und noch mehr … er ist mir in kürzester Zeit so fremd geworden."

„Ein anderes Thema, Klara. Ich habe nachgedacht und das beschäftigt mich jetzt schon länger. Ich kann es nicht mehr mit ansehen, wie du dich in deinem Haus quälst. Ende nächster Woche zieht mein Sohn in seine neue Wohnung. Morgen werden wir mit der Renovierung fertig. Wie wäre es, wenn ihr bei mir einzieht, bis sie den Einbrecher erwischt haben und bei euch alles wieder normal läuft? Hier seid ihr nicht sicher. Sophie kann sich im Gästezimmer einrichten. Wenn alles aufgeklärt ist, überlegen wir, wie es weitergehen soll. Was denkst du?"

„Ich weiß, das geht alles sehr schnell, aber danke Pascal, das ist so lieb von dir. Und wenn du es wirklich ernst meinst, nehme ich dein Angebot mit Freude an. Ich fühle mich hier nicht mehr sicher. Bei jedem Knistern und Knarren halte ich die Luft an und lausche auf einen weiteren Einbrecher. Das macht mich auf Dauer fertig. Ich kann mich nicht mal mehr abends im Bett aufs Lesen konzentrieren. Also ja, wir ziehen sehr gern zu dir. Ich muss zwar erst noch mit Sophie reden, aber ich glaube nicht, dass sie etwas dagegen hat. Danke für dein großzügiges Angebot, das kommt wirklich wie gerufen."

31

SAMSTAG, 19.11.

Am Samstagmorgen um sieben saßen sie zu zweit beim Frühstück. Pascal wollte um acht in der neuen Wohnung seines Sohnes sein. Die Tasche mit Arbeitskleidung und mit allem, was er sonst noch brauchte, stand bereit.

„Mein Sohn möchte euch unbedingt kennenlernen. Ich habe ihm schon viel von euch beiden erzählt. Er ist neugierig und möchte dich, Sophie und mich zur Einweihungsparty in zwei Wochen einladen. Denkst du, sie hätte Lust dazu?"

„Das ist aber lieb von ihm. Sag ihm, ich würde ihm gern beim Sauber machen und Einräumen helfen."

„Mache ich."

Sie verabschiedeten sich und Klara nahm sich vor, ihr Haus gründlich zu reinigen. Diese Beschäftigung brachte sie hoffentlich auf andere Gedanken. Und nötig war das Putzen allemal, allein die Handwerker gestern hatten ziemlich viel Dreck gemacht und seit dem Einbruch fühlte sich ihr Haus irgendwie besudelt an. Zudem hatte sie so viel schleifen lassen, in der letzten Zeit.

Gerade als Klara ihr Putzzeug zusammensuchte, klingelte ihr Handy. Klara nahm ab, ohne nachzuschauen, wer sie anrief.

„Ist Lydia bei dir?", platzte Ulrich direkt heraus, ohne Begrüßung oder irgendetwas.

„Bei mir? Wieso sollte sie bei mir sein? Hier ist sie nicht. Um was geht es denn?"

„Lydia ist verschwunden. Sie hat einen Zettel hinterlassen, auf dem sie mit Selbstmord droht. Das ist typisch für sie. Als ob die sich ernstlich umbringen wollte, die blufft doch nur und will mir ein schlechtes Gewissen machen. Sie ist immer so dramatisch, genau wie du früher, aber wenigstens den Scheiß hast du nicht gebracht."

„Du bist so ein elender Egozentriker, hörst du dir eigentlich auch mal selber zu?! Und warum rufst du überhaupt mich deswegen an, was hab ich damit zu tun?"

„Sag ihr, dass sie mit ihrer Drohung bei mir nichts erreichen kann, falls sie doch noch bei dir auftaucht. Sie war doch neulich auch bei dir, um sich auszuheulen."

„Das muss doch nicht heißen, dass sie das heute auch tun wird. Das war eine einmalige Sache und außerdem rate ich dir dringend, mich aus euren Streitereien rauszuhalten. Du solltest dich besser an die Polizei wenden. Ich trau ihr durchaus zu, dass sie sich was antut, so verzweifelt wie sie war."

„Sie war nicht verzweifelt, sie war hysterisch. Ich gehe jede Wette ein, dass sie irgendwo gemütlich in einem Café sitzt und sich halb tot lacht, weil sie denkt, mir damit einen ordentlichen Schrecken einjagen zu können."

„So zu reden, ist herzlos und gemein. Versetz dich doch mal in ihre Lage. Sie leidet wirklich. Du solltest mehr Verständnis für sie aufbringen. Wenn man sich trennt, leidet immer einer mehr als der andere."

„Vorbei ist vorbei. Aus, Ende."

„Hör zu, Ulrich, wenn du dir hinterher keine Vorwürfe machen willst, musst du wirklich die Polizei einschalten. Sie starten eine Suchaktion. Sie muss unbedingt in psychologische Behandlung, allein schafft sie das nicht."

„Ihr immer mit eurem Psychomist. Sie soll sich halt mal am Riemen reißen, ihr fehlt Willensstärke, sonst nichts. Wenn sie nicht bei dir ist, hat sich das erledigt."

Zum Glück legte er wie so oft einfach auf, sonst hätte er sich von Klara ein paar Schimpfworte anhören dürfen, die sich gewaschen hatten. Wie konnte man nur so kalt sein? Er immer mit seinem blöden Macho-Gerede, als würde er vor 100 Jahren leben und nicht heute. Wenn man ihm nicht nach dem Mund redete, war er gleich beleidigt. Lydia sollte froh sein, ihn los zu sein, so wie Klara es war.

Stöhnend suchte Klara die Nummer von Oberkommissarin Hammerschmidt heraus, um sie über die neue Entwicklung zu informieren. Vielleicht würde sie ja nach Lydia suchen lassen und Ulrich klar machen, wie bescheuert er sich aufführte.

Klara begann die obere Etage zu putzen. Sie hatte absolut keine Lust dazu, doch es war längst überfällig. Eigentlich machte ihr Hausarbeit nichts aus. Doch zurzeit war sie eine Belastung, weil sich ein Problem an das nächste reihte. Ihr Haus fühlte sich nicht mehr nach ihrem Zuhause an, sondern nur noch als Last.

Als sie oben fertig war, schleppte Klara die Putzutensilien nach unten in den Flur. Den Staubsauger lehnte sie an die Wand. Bevor sie sich dieser Etage annahm, kochte sie sich erst einmal einen starken Kaffee, darauf freute sie sich schon die ganze Zeit. Den hatte sie sich auch redlich verdient. Klara wollte gerade ihre Gummihandschuhe ausziehen, als es an der Haustür klingelte – und das nicht nur einmal, sondern unermüdlich. Genervt stapfte Klara zur Tür und öffnete.

Ulrich und eine fremde Frau, wohl seine Neue, standen vor ihr und starrten sie mit genau dem gleichen missbilligenden Blick an. Man sah Klara die Anstrengung ihrer Putzorgie an, sie wirkte abgehetzt, die Bluse hing ihr aus der Hose und die Strähnen im Gesicht. Vor zwei Stunden hatte sie doch noch mit ihm telefoniert. Glaubte er etwa immer noch, dass Lydia hier war? Ulrich zeigte auf seine Begleitung.

„Das ist Carmen, meine neue Freundin. Wir kommen gerade von der Polizei. Carmen wollte dich kennenlernen. Und da wir schon mal in der Nähe waren, passte das ganz gut." Wieder typisch für ihn. Ob es ihr auch recht war, danach fragte er gar nicht erst.

„Willst du uns nicht hereinbitten?"

Das waren ja ganz neue Töne. Seit wann wartet er, bis er hereingebeten wurde? Wahrscheinlich lag das an seiner neuen Freundin. Mal sehen, wie lange er das durchhielt.

„Gut, kommt rein", ergab sich Klara in ihr Schicksal, hob ihre Hände, um zu zeigen, dass sie Handschuhe trug und niemandem die Hand geben konnte.

„Geht schon mal ins Wohnzimmer, ich räume nur schnell das Putzzeug zur Seite, bevor noch jemand drüber fällt."

Carmen wollte sie, eine ihrer Vorgängerinnen, also kennenlernen. Sie kam bestimmt nicht hierher, um Freundschaft mit ihr zu schließen. Das war doch nur eine Ausrede. Wollte sie wissen, mit wem sie es künftig zu tun haben würde? Egal, warum, Klara fand es unpassend, dass Ulrich ihr ausgerechnet heute, an dem Tag, an dem Lydia mit Selbstmord drohte, seine Neue vorstellte. Aber andererseits, ihr Ex-Mann würde nie in seinem Leben einen Preis für Sensibilität gewinnen. Klara zog die Handschuhe aus, steckte ihre Bluse wieder in die Hose, wusch sich die Hände und brachte ihre Frisur in Ordnung, bevor sie zu den anderen ins Wohnzimmer ging.

Carmen stand sofort wieder auf und steckte ihr die Hand entgegen. „Du kannst mich Carmen nennen, sicher sehen wir uns jetzt öfter."

Wow, die legte ja ein Tempo vor. Da wurde einem ja ganz schwindlig. Es war Klara nicht recht, nach fünf Minuten des Kennenlernens schon beim „Du" zu sein. Doch was sollte sie machen? Sie gab dieser Carmen die Hand und tat so, als würde ihr das alles nichts ausmachen. Damit fuhr sie am besten. Weil sie auf eine Familienzusammenführung keine Lust hatte, wechselte sie das Thema. Wer weiß, womit diese Carmen sonst als nächstes herausplatzte.

„Was hat denn die Polizei gesagt? Wie will sie vorgehen?" Dass sie selbst bereits mit Oberkommissarin Hammerschmidt gesprochen hatte, verschwieg Klara.

„Sie haben eine Beschreibung von Lydia. Die Polizei gibt sie an die Streifenwagen weiter."

„Und was machen sie sonst noch?"

„Wieso sonst noch?"

„Na, was unternehmen sie sonst noch, um sie zu finden?"

„Nichts. Sollen sie etwa mit Hubschraubern über die Häuser fliegen? Oder mit Lautsprechern durch die Straßen rennen? Das ist ab jetzt Sache der Polizei."

Es ging hier um seine Frau und nicht um die Wettervorhersage. Schreckten solche Äußerungen Carmen nicht ab? Es könnte ihr zu gegebener Zeit doch auch so ergehen.

Hätte Lydia ihn betrogen oder ihn auf irgendeine üble Art hintergangen, würde sie Ulrich zumindest zugestehen, wütend auf sie zu sein. Doch er war es, der sie betrog, sich ständig herablassend über sie äußerte und sie damit anscheinend in den Selbstmord trieb. Sie war das Opfer, nicht er. Und er führte sich so auf – unglaublich!

Carmen setzte sich wieder neben Ulrich und tätschelte ihm die Hand. „Reg dich nicht auf mein Lieber. Klara meint das doch nicht böse. Denk an dein Herz."

Sie brauchte keine Fürsprecherin. Sie war imstande, das selbst zu regeln. Sie hielt sich nur deshalb zurück, weil sie es für sinnlos hielt. Warum gingen sie nicht endlich?

Klara betrachtete die fremde Frau, während diese mit Ulrich beschäftigt war. Unerträglich, diese Bewunderung für ihn. Das fand sie schon bei Lydia übertrieben, doch Carmen setzte noch eins drauf. Und lieferte damit auch direkt die Erklärung dafür, warum Ulrich sie seiner Frau vorzog.

Obwohl der Funke nicht übersprang, musste Klara zugeben, dass Carmen eine faszinierende Ausstrahlung hatte. Dazu ihr geschmackvolles Outfit. Sie schätzte sie auf Mitte dreißig. Sie hatte lange, lockige, schwarze Haare. Ihr dunkelblaues, eng anliegendes Kostüm betonte ihre Figur. Was fand sie nur an ihrem Egomanen von Ex?

Im Gegensatz zu Lydia redete Carmen pausenlos und erzählte ihr prompt in allen Einzelheiten, wie sie sich kennengelernt hatten. „… wir sahen uns beide die Gemälde berühmter Maler an und er sprach mich an und schon war es um mich geschehen. Ich mag gebildete Männer. Er ist so offen und wortgewandt." Dieses Mal konnte Klara ein Augenrollen nicht unterdrücken, als Carmen Ulrich anschmachtete.

„Ja, wir waren uns sofort sympathisch", pflichtete ihr Ulrich bei.

Der Mann, von dem sie da sprach, hatte absolut gar nichts mit ihrem Ex zu tun. Sah sie das nicht? Einiges konnte man mit viel Fantasie und großzügiger Auslegung ja noch durchgehen lassen, aber Klara überlegte ernsthaft, ob Carmen vielleicht Wahnvorstellungen hatte.

Carmen lehnte sich an seine Schulter und tätschelte ihn weiterhin. Er ließ es sich gefallen und blickte sie verliebt an.

War es das, was Carmen ihr zeigen wollte? Sieh her, wir sind ja ach so verliebt, also komm bloß nicht auf die Idee, uns in die

Quere zu kommen? Im Grunde war es Klara egal, was die andere Frau mit diesem Auftritt bezweckte. Sie wollte diesen Besuch bloß schnell hinter sich bringen, um wieder ihre Ruhe zu haben.

„Klara, meine Liebe, hast du ein Glas Wasser für mich?", platzte Carmen in ihre Gedanken hinein.

„Klar, ich hol welches." Sie stand auf.

„Wo ist Sophie?", fragte Ulrich.

Na endlich, dachte Klara. Auf diese Frage hatte sie gewartet.

„Bei einer Freundin, ich hole sie gleich wieder ab."

Dann ging sie in die Küche und kam mit einer Flasche Wasser und drei Gläsern zurück. Sie goss den beiden ein und schraubte die Flasche wieder zu.

Schon wieder dieses nervige Klingelgeräusch!

„Erwartest du noch jemanden?", fragte Carmen.

„Nein. Mein Freund hat einen Schlüssel. Vielleicht hat er ihn vergessen, oder Sophie ist schon zurück. Ich schau mal nach."

Kaum hatte Klara die Haustür einen Spalt geöffnet, schon rammte jemand seinen Körper dagegen und Klara wurde ein ganzes Stück in den Flur gestoßen. Lydia eilte an ihr vorbei, schrie Klara noch ein „Fällst du mir jetzt auch noch in den Rücken?!" zu, und rannte in Richtung Wohnzimmer. Dort stellte sie sich vor den Tisch, sah die beiden auf der Couch mit irrem Blick an, nahm blitzschnell in jede Hand ein Glas und schüttete den Inhalt den beiden mitten ins Gesicht. Die Gläser warf sie hinterher. Ein Glas fiel gegen die Couchrückwand, das andere flog dicht an Ulrichs Kopf vorbei und landete an der Wand. Viele kleine Glassplitter rieselten auf Ulrich herab, der wütend aufsprang.

„Du bist wohl übergeschnappt, du verfluchte Irre!" Mit seinem Jackenärmel wischte er sich das Wasser aus dem Gesicht, dann klopfte er sich die Scherben ab, lief um den Tisch herum und bevor er Lydia erreichte, hatte sie mit einer fahrigen Bewegung das dritte Glas vom Tisch geschoben. Das Glas war zersplittert und die Scherben hatten sich über dem Boden verteilt. Ulrich bekam Lydias Arme zu packen und hielt sie fest.

„Du verschwindest auf der Stelle, du hysterische Furie." Lydia trat nach ihm und versuchte, sich loszureißen.

Klara eilte aus dem Zimmer, um Kehrschaufel und Handfeger zu holen. Sie kam zurück und musste, während sie versuchte, die dicksten Glasscherben auf die Schaufel zu kehren, den beiden Streithähnen immer wieder ausweichen.

„Ich hasse dich! Ich hasse euch beide."

„Hör auf!", rief Klara. „Schluss jetzt Lydia! Falls du es vergessen hast, du befindest dich in meinem Wohnzimmer. Entweder hörst du sofort damit auf, oder du verlässt auf der Stelle mein Haus. Wie kannst du nur annehmen, dass du auf diese Art deinen Mann zurückbekommst?!"

Von keiner Seite kam eine Reaktion.

„Lass mich sofort los!", schrie Lydia, ihre Stimme wurde immer hysterischer.

„Ich kann dich nicht loslassen, solange du hier herumschreist. Nachdem, was du hier veranstaltest, gehörst du in die Klapsmühle."

Klara überlegte fieberhaft, was sie machen sollte, denn Lydia schien sich nicht beruhigen zu wollen, eher im Gegenteil. Sie schrie immer lauter und dann riss sie sich los. Sofort griff sie nach der Plastikflasche, die zur Hälfte noch gefüllt war und schlug damit nach Ulrich. Der wich ihr aus und knallte gegen den Schrank. Gläser klirrten. Carmen versuchte zu flüchten und schaffte es sogar bis zur Tür, doch Lydia holte sie ein. „Du verdammte Ehebrecherin!", schrie sie, riss sie zu Boden, schlug wild auf sie ein. Klara gab den Versuch auf, die Scherben aufzufegen. Die Scherben knirschten unter ihren Schuhen. Sie waren inzwischen überall.

Klara wusste sich nicht anders zu helfen, als an Lydias Jacke zu ziehen, um die beiden zu trennen, doch ihre Kräfte reichten nicht aus. Lydia hatte in ihrer mörderischen Wut Bärenkräfte entwickelt und sie ließ sie an Carmen aus.

„Beruhige dich doch!", rief Klara in ihrer Verzweiflung, doch ihre Worte verhallten ungehört in dem lauten Geschrei.

Ulrich, der kurz weggetreten war, kam zu sich und zog Lydia von seiner Freundin weg. Klara half Carmen aufzustehen. Knöpfe fehlten an ihrem Kostüm und zwei blutende Kratzer verliefen quer über die rechte Wange. Ein Büchel Haare lagen neben ihr auf dem Boden. „Komm, setz dich auf die Couch, ich hole dir was zum Kühlen."

Klara verschwand, kam kurz darauf zurück. Sie legte eine Kühlkompresse auf Carmens Wange, die bereits anschwoll.

Lydias irrer Blick wanderte zu Klara. „Du bist auch nicht besser als die, ich habe draußen das Auto gesehen. Habt euch schon verbrüdert? Das ging ja schnell. Du Verräterin!"

Weil Ulrich Lydia nicht losließ, trat sie ihm so fest gegen das Schienbein, dass er laut aufschrie.

„Du Dreckskerl! Dich und deine Schlampe mache ich fertig. Das hier ist nur der Anfang. Ich lasse mir von dieser Hure nicht den Mann wegnehmen!"

Dann stand Pascal plötzlich in der Tür. In dem Krach hatte ihn niemand kommen hören. Er war sichtlich schockiert von dem Schauspiel.

„Du betrügst mich, das lasse ich mir nicht bieten. Schick sie weg, sonst passiert noch was."

Lydias Gesicht glühte. Sie kämpfte nach wie vor gegen Ulrich und irgendetwas an ihren Worten riss Pascal aus seiner Schockstarre. Mit dem Handy in der Hand verließ er den Raum. Für Ulrich wurde es immer schwerer, seine Frau zu bändigen. Darum versuchte er es anders. Er wirbelte Lydia herum, drückte ihren Rücken an seine Brust und umklammerte ihren Körper. Jetzt hatte er sie besser im Griff. Doch er wusste nicht, wie lange er sie noch halten konnte, denn seine Kraft ließ nach.

Alle wunderten sich, als plötzlich die Polizei im Wohnzimmer stand. Ulrich ließ Lydia abrupt los und sie sackte in sich zusammen. Ihre Aggression war verschwunden, sie wimmerte wie ein kleines Kind.

„Bitte Ulrich, komm zu mir zurück, ich liebe dich doch. Ich bringe mich um, wenn du bei der bleibst. Ich bin mit dir verheiratet, nicht sie."

Das Maß war voll. Ulrich wandte sich an die Polizei. „Bringen Sie … die Verrückte … endlich weg. Ich will … dass sie verschwindet. Die ist irre … und gefährlich!" Ulrich keuchte beim Reden, weil er noch immer schlecht Luft bekam. Wie üblich, wenn er sich aufregte, war sein Gesicht mit großen, roten Flecken übersät.

„Das sieht ganz nach einem Zusammenbruch aus", meinte einer der Polizisten. „Sie braucht sofort ärztliche Hilfe. Wir rufen einen Rettungswagen."

Er half ihr beim Aufstehen und führte die plötzlich lammfromme Lydia aus dem Haus. Dabei sprach er beruhigend auf sie ein.

„War sie das?", fragte der andere Polizist, als er Carmen auf dem Sofa entdeckte und deutete auf die Kühlkompresse in ihrer Hand.

„Ja, sie ist auf mich losgegangen. Das ging alles so schnell. Sie kam ins Wohnzimmer gestürzt und schlug sofort wild um sich."

„Es ist besser, wenn Sie sofort in die Notaufnahme fahren. Ihre Verletzungen müssen behandelt und dokumentiert werden. Die Wunden könnten sich entzünden. Dann sah er sich um. „Hier sieht es ja wüst aus."

„Ja, sie hat einfach alles, was sie zu fassen bekam, auf den Boden und gegen die Wand geworfen."

Ulrich war noch immer außer sich vor Zorn, so schnell würde er sich auch nicht wieder beruhigen. Klara kannte das. Er war ein Meister im Austeilen, aber selbst mal was einstecken, konnte er nicht.

„Oh Gott, Sophie! Jemand muss sie abholen, das habe ich in dem Trubel ganz vergessen, es ist schon eine Stunde über der Zeit."

„Ich fahre", sagte Pascal sofort und machte sich direkt auf den Weg.

Klara sprach einen der Polizisten an: „Kann ich hier schon aufräumen? Meine Tochter kommt gleich und ich will nicht, dass sie das sieht."

„Gleich. Wir müssen erst noch Fotos machen zum Dokumentieren der Schäden."

Anschließend wandte sich der Polizist an Ulrich.

„Soweit ich das mitbekommen habe, war der Auslöser für diesen Ausraster, die Trennung von Ihnen?"

„Am besten man weist sie sofort in die Psychiatrie ein. Die ist ja allgemein gefährlich, diese Irre!"

„Vielleicht sollten Sie etwas mehr Nachsicht zeigen. Ihre Frau hatte einen schlimmen Zusammenbruch. Mit der richtigen Behandlung wird sie hoffentlich bald wieder die Alte sein."

Mit der nächsten Frage, die der Polizist Herrn Scheffler stellen musste, tat er sich schwer.

„Möchten Sie ihre Frau anzeigen?" Dann schaute er zu den anderen rüber. „Oder jemand von ihnen?"

„Nein, das regeln wir unter uns", kam Ulrich den anderen zuvor.

Während sich Ulrich mit dem Polizisten unterhielt, wandte sich Klara an den zweiten Beamten.

„Danke, dass Sie so schnell gekommen sind und sich um alles kümmern."

Auch sie war mit den Nerven völlig am Ende. Sie hätte Lydia niemals einen solchen Ausraster zugetraut und dann ausgerechnet in ihrem Wohnzimmer. Klara seufzte tief.

Bald darauf, nachdem noch jede Menge Fotos gemacht worden waren, verabschiedeten sich die Polizisten.

Klara war wütend, nicht nur auf Lydia, sondern auch auf Ulrich und Carmen. So schnell würde sie keinen von denen mehr ins Haus lassen. Natürlich ließen sie Klara mit dem Chaos allein. Gleich nachdem die Polizei weg war, waren Carmen und Ulrich aufgebrochen. Sie hätten wenigstens ihre Hilfe anbieten oder sich dafür entschuldigen können, dass das passiert war. Immerhin war Carmen der Auslöser für dieses Spektakel.

Klara hatte keine Zeit, sich von dem Schreck zu erholen. Sie musste das Wohnzimmer halbwegs in Ordnung bringen. Doch bevor sie damit beginnen konnte, kamen Sophie und Pascal schon zurück.

32

MONTAG, 21.11.

Klaras Magen krampfte sich zusammen, als sie an diesem
Morgen gemeinsam mit Pascal die Praxis betrat. Man starrte sie
an, als wäre sie ein Raubtier im Käfig. Sie wusste, dass die
Beziehung mit Pascal die Gemüter erhitzte. Über nichts wurde
mehr getratscht, als über Liebe am Arbeitsplatz. Dazu kam
noch das, was mit ihrer Tochter passiert war. Seit der Geschichte
mit Reuter hatte sich das natürlich auch herumgesprochen, bei
Patienten und Personal. Klara graute davor, den ganzen Morgen
mit Fragen belästigt zu werden. Doch zu ihrer Verwunderung
blieben die aufdringlichen Fragen aus. Hier und da bekam sie
sogar ein nettes Wort oder eine kleine Aufmunterung. Das
erleichterte sie sehr und sie war dankbar dafür.

Klara sah bald ein, dass sie zu ängstlich gewesen war. Sie
hatte sich Gott weiß was eingeredet und sich total verrückt
gemacht, für nichts. Was hatte sie erwartet? Dass sich alle weg-
duckten, wenn sie in deren Nähe kam? Natürlich waren sie
erstaunt darüber, dass sie wieder zurück war und auch neugierig.
Hätte man sie links liegen lassen, wäre ihr das auch nicht recht
gewesen. Sie nahm sich vor, mit allen offen zu reden. Sie musste
ja nicht gleich alles preisgeben.

„Wir haben Sie vermisst", sagte mehr als ein Patient zu ihr
und das bedeutete Klara mehr, als sie mit Worten ausdrücken
konnte. Seit der Sache mit Reuter hatte sie erwartet, dass sich
ihr Arbeitsplatz fortan irgendwie anders anfühlen würde, dass
sie sich unwohl fühlen würde, aber dank solcher Worte war das
Gegenteil der Fall.

„Schön, dass du zurück bist", grüßten sie Francisca und
Charlotte. Und sogleich bereute sie, dass sie das Verhalten ihrer
Kolleginnen so falsch eingeschätzt hatte. Sogar die Nerkewitz

lächelte, blieb aber distanziert. Dann endlich ergab sich eine Gelegenheit, sich kurz mit Charlotte auszutauschen. Sie hatten zuvor in Zeichensprache miteinander kommuniziert. Immer dann, wenn Charlotte das Labor kurz verlassen hatte.

„Sag mal, stimmt das? Sophie geht wieder zur Schule? Kaum zu glauben, nach allem, was hinter ihr liegt. Aber ich habe dir ja schon immer gesagt, sie ist stark, sie ist eine Kämpferin und wenn ich es mir so recht überlege, ist die Abwechslung in der Schule besser, als allein zu Hause zu sitzen, denn irgendwann hättest du ja wieder arbeiten gehen müssen. Ich kann es noch immer nicht fassen, was alles bei euch passiert ist. Ein Glück, dass sich langsam alles wieder einpendelt."

„Das wurde auch höchste Zeit. Weißt du, Charlotte: Nach außen hin wirkt Sophie gefestigt. Doch in Wirklichkeit ist sie sensibler als alle denken. Sie will sich selbst etwas beweisen, will sich nicht unterkriegen lassen, da zeigt sich ihr Trotz und ihr Sturkopf. Ich bin so froh, dass sie diesen starken Willen hat. Du hast recht, sie ist stark und eine Kämpferin und ich bin so stolz auf sie."

„Hast du noch mal etwas von der Kommissarin gehört? Du weißt schon, was ich meine."

„Nein, sie hat sich nicht wieder gemeldet. Ich habe zwar mal mit ihr telefoniert, aber da ging es nicht um Sophie oder Eulenbach, sondern um Lydia. Ach, Mensch, das hab ich dir ja noch gar nicht erzählt. Reden wir in der Mittagspause?"

„Darauf kannst du Gift nehmen!", erwiderte Charlotte grinsend und eilte zur Tür des Labors, wo bereits ihre nächste Patientin mehr oder weniger ungeduldig wartete.

Auch auf dem Heimweg dachte Klara über Lydia nach. Sie hatte Charlotte in der Mittagspause alles erzählt und sie hatte ähnlich fassungslos und schockiert reagiert, wie erwartet. Solche Dinge passierten normalerweise nicht im echten Leben. Man sah Ausraster im Fernsehen, gespielt von Schauspielern, aber sich wirklich mit jemandem auseinandersetzen zu müssen, der so durchdrehte, das war ganz was anderes. Vor dem Ausbruch hatte sie die junge Frau nur still und unsichtbar erlebt. Ob Lydia wirklich in der Psychiatrie gelandet war? Vielleicht war das im Moment das Beste, aber sie konnte nicht anders, als sich irgendwie auch um sie zu sorgen. Das hätte genauso gut sie sein können, wenn sie wirklich so „emotional" wäre, wie Ulrich ihr das während ihrer Ehe so gern vorgeworfen hatte. Aber Klara war nicht zusammengebrochen – doch wütend war sie ebenfalls gewesen.

Ihr Ex-Mann hatte sich nicht mehr bei ihr gemeldet und natürlich hatte er sich auch nicht bei ihr entschuldigt. Typisch. Das, was passiert war, hatte er längst abgehakt. Je älter dieser alte Eisberg wurde, umso gefühlloser benahm er sich. Sie glaubte inzwischen nicht mehr daran, dass er sich irgendwann mal zum Positiven verändern würde. Sie hoffte nur, dass Sophie nicht weiter darunter leiden müsste. Zumindest ihr gegenüber hatte er sich zuletzt besser benommen und dafür war Klara dankbar.

Wieder zu Hause rief Frau Fischer an. Klara erschrak, weil sie dachte, es wäre etwas mit Sophie, doch Frau Fischer beruhigte sie.

„Bekommen Sie keinen Schreck, Frau Scheffler. Es ist alles in bester Ordnung. Die Kinder haben mich von der Schule aus angerufen. Sie wollten abgeholt werden, weil die letzte Stunde ausfällt. Jetzt wollen die beiden zusammen Hausaufgaben machen und Emma muss Sophie so einiges erklären. Hätten Sie was dagegen, wenn Sophie noch hierbleibt, ich sie nachher erst zurückbringe?"

„Natürlich nicht, Frau Fischer. Ich bin Ihnen so dankbar für alles und so froh, dass die beiden sich wieder so gut verstehen. Sie können sich ja abwechseln, mal hier, mal bei Ihnen."

„Das ist eine gute Idee. Doch sagen Sie mal, Frau Scheffler. Wir kennen uns jetzt schon so lange. Sollen wir nicht endlich mal das lästige ‚Sie' weglassen? Ich denke, es wäre an der Zeit. Ich heiße Erika."

„Klara. Ich hatte dir das auch anbieten wollen, mich aber nicht getraut. Wenn du Sophie zurückbringst, trinken wir gemütlich einen Kaffee zusammen. Was hältst du davon, wenn wir uns einmal zu viert treffen und mit einem Glas Sekt auf das ‚Du' anstoßen?"

„Da bin ich dabei, das ist eine sehr gute Idee."

Klara hatte gerade das Gespräch mit Frau Fischer beendet, als sich ihr Handy schon wieder meldete. Was war nur heute wieder los? Wenn das so weiterging, saß sie den ganzen Nachmittag nur am Telefon.

Bryan meldete sich am anderen Ende der Leitung.

„Kann ich kurz bei dir vorbeikommen? Ich muss dir was Wichtiges sagen."

„Natürlich, ich bin ja hier."

Jetzt war sie angespannt. Vielleicht tat sie ihrem Stiefsohn Unrecht, weil sie direkt wieder mit einer neuen Schreckensnachricht rechnete. Aber die letzten Tage hatte sich ihr Sohn von einer Seite gezeigt, wie sie es niemals von ihm erwartet hätte. Bryan war ihr Sohn, sie hatte ihn aufgezogen und liebte ihn, als wäre er ihr eigenes Kind. Solange er seinen Fehler einsah und sich den Konsequenzen stellte, würde sie ihn niemals fallen lassen. Sie hoffte inständig, dass ihn der Verlust seiner Werkstatt aufgerüttelt hatte und es von nun an wieder aufwärts für ihn ging.

Als es an der Tür klingelte, ließ Klara Bryan herein.

„Ich hoffe, du bringst dieses Mal positive Neuigkeiten mit", sagte Klara, während sie ins Wohnzimmer gingen und sich setzten. „Also, was wolltest du mir sagen?"

„Ich will gleich zur Sache kommen. Den Verkauf der Firma habe ich mit Einverständnis der Bank, einem Makler übergeben. Jetzt wird es ernst. Ich habe mit meinen Mitarbeitern gesprochen und sie wollen sich schon mal nach einer neuen Stelle umsehen. Vielleicht werden sie aber auch von dem neuen Besitzer übernommen."

Das klang endgültig. Es gab kein Zurück mehr. „Das tut mir so leid für dich, Bryan. Ich hoffe so, dass bald wieder alles besser wird. Versprich mir, dass du so etwas nie wieder machst. Du bist nicht dumm, das wissen wir beide."

„Nein, das passiert mir nie wieder. Glaub mir, ich hab meine Lektion gelernt."

„Hättest du nicht mit dem Finanzamt eine Ratenzahlung vereinbaren können? Dann hättest du die Werkstatt vielleicht halten können? Was wird denn jetzt aus dir?"

„Ich weiß es noch nicht. Das muss erst alles abgewickelt sein, bevor ich mir was Neues suchen kann."

„Ach, da fällt mir ein: Bei mir wird sich auch etwas ändern. Sophie und ich ziehen am Samstag zu Pascal. Vorläufig erst einmal. Hier fühlen wir uns nicht sicher."

„Ach, wann habt ihr das denn beschlossen?"

„Am Wochenende. Ich bin Pascal sehr dankbar, dass er uns bei sich aufnimmt. Wenn das alles geklärt ist mit Sophie und dem Einbruch, werden wir zusammen beschließen, wie es weitergeht."

„Damit hätte ich jetzt nicht gerechnet. Ihr kennt euch doch noch nicht so lange, und du ziehst schon mit Sophie zu ihm?"

„Wie meinst du das? Bryan, ich kenne Pascal schon lange, es hat nur eben bis jetzt gedauert, bis wir zusammengekommen sind."

„Das geht irgendwie alles so schnell."

„Pascal ist der fürsorglichste Mensch, den ich kenne. Er will nur helfen. Ich rechne ihm das hoch an. Oder wäre es dir lieber, wenn ich hierbleibe, um auf das nächste Unglück zu warten?"

„Natürlich nicht. Entschuldige, ich mache mir einfach Sorgen um euch. Was weißt du denn schon über ihn? Nicht, dass du diesen Schritt bald bereust."

„Was hast du eigentlich gegen meinen Freund? Du hast ihn doch nur ein Mal kurz gesehen. Ich kenne ihn schon eine halbe Ewigkeit aus der Praxis. Wenn du meinst, dass er es mit mir nicht ehrlich meint, musst du das doch an irgendwas festmachen können. Was stört dich also konkret? Oder kennst du ihn irgendwoher?"

„Nein, das nicht. Ich glaube halt, er hat sich nur aus irgendeinem bestimmten Grund an dich rangeschmissen."

„Da musst du schon deutlicher werden. Pascal kennt meine finanzielle Situation, da gibt es nichts zu holen, oder willst du etwa damit sagen, dass ich nicht gut genug für ihn bin?"

„Nein, das verstehst du vollkommen falsch. Eher andersrum. Aber jeder macht Fehler, nicht nur ich."

„Bryan entweder du rückst mit der Sprache raus, oder du lässt diese kryptischen Andeutungen", verlangte Klara.

„Lass uns ein anderes Mal weiterreden, ich muss jetzt los."

Und bevor Klara noch etwas erwidern konnte, war Bryan auch schon weg. Klara blieb betroffen zurück und war verwirrter denn je. Was sollte dieser Auftritt? Warum war er überhaupt vorbeigekommen, wenn er es so eilig hatte? Und was sollte das mit diesen kryptischen Andeutungen wegen Pascal? Bryan benahm sich höchst merkwürdig, in mehrerlei Hinsicht. Irgendetwas stimmte da nicht. Klara glaubte nicht, dass sie schon alles gehört hatte. Bryan wirkte nicht wie jemand, der gerade seine Existenz verloren hatte und dem unter Umständen vielleicht sogar eine Haftstrafe drohte, im Gegenteil. Er erinnerte sie unangenehm an seinen Vater und dem hatte sie es immer angemerkt, wenn er irgendetwas vorhatte.

33

MITTWOCH, 23.11.

Als Jossi Hammerschmidt morgens auf die Dienststelle kam, wurde sie von Rust abgefangen.

„Gut, dass du kommst, Jossi. Hofstetter sitzt mit seinem Anwalt in deinem Büro. Er hat sich vor einer halben Stunde gestellt. Er beharrte darauf, nur mit dir sprechen zu wollen. Ich möchte trotzdem, dass Prodendorf, während des Gespräches anwesend ist. Ich schicke ihn dir als Verstärkung rein."

Hammerschmidt war wieder einmal überrascht, was doch so ein Aufruf an die Bevölkerung bewirken konnte. Die vielen Anträge bei der Staatsanwaltschaft waren lästig und die Hürden hoch, aber wenn sie endlich die Öffentlichkeit mit einbeziehen durften, ging es oft schnell. Auch wenn die meisten Anrufe irreführend waren. *Ja, er könnte es gewesen sein. Kurze, lange, gar keine Haare, klein, dick,* je nachdem. Kein einziger Anruf hatte sie bislang auf die Spur von Hofstetter geführt. Ihr Glück, dass er das nicht wusste. So eine Öffentlichkeitsfahndung erhöhte den Druck auf die Gesuchten enorm. Wie so viele andere, konnte er diesem nicht standhalten und beschloss, sich lieber zu stellen – natürlich in Begleitung eines Anwalts. Jossi war gespannt, was er ihnen zu sagen hatte. Vielleicht würde er endlich Licht ins Dunkle dieses verworrenen Falls bringen. Sie hoffte es, das ständige Grübeln machte ihr Kopfschmerzen.

Die Oberkommissarin betrat ihr Büro.

„Entschuldigen Sie, dass ich Sie so lange warten ließ. Ich wurde aufgehalten."

Ihr fiel auf, dass Hofstetter über das normale Maß hinaus, nervös war. Er verschränkte die Arme, nur um sie gleich wieder fallen zu lassen, schlug die Beine übereinander, nur um sie nach wenigen Sekunden, wieder nebeneinander zu stellen. Er setzte sich aufrecht hin, sackte in sich zusammen, atmete mehrmals tief ein. Sein ganzer Körper war in einem fort in Bewegung. Er zappelte ununterbrochen herum.

Sein Anwalt war das genaue Gegenteil. Steif wie ein Brett saß er gerade auf seinem Platz und hielt selbstbewusst den Augenkontakt mit ihr.

„Mein Mandant will eine Aussage machen, da Friedrich Eulendorf durch einen bedauerlichen Unfall, zu Tode kam und mein Mandant das zu Protokoll geben möchte, können wir es kurz machen."

Prodendorf betrat den Raum. Stellte sich vor und setzte sich dazu.

Die Ermittlerin erwiderte nichts darauf, sie wandte sich an Hofstetter.

„Sie wissen, dass wir einen Zeugen haben, der Sie als Täter beschuldigt? Ausreichende Beweise bekräftigen diese Aussage. Was ist an dem Abend passiert? Erzählen Sie uns die Geschehnisse aus Ihrer Sicht. Aber die Wahrheit bitte."

„Der Schnüffler – äh Eulenbach lungerte in der Bar rum und hörte nich auf die Gäste zu befragn. Ich hab ihm gesagt, er soll des lassn, aber er wollt nich hörn, also hab ich ihn gepackt und raus gebracht. Er machte einen auf dicke Hose, meinte, er würd sich nich einschüchtern lassn, aber es war viel los in der Nacht. Bis da hin hatte ich schon Besoffene rausgeschm… äh rausgebracht und auch zwei Arsch… Idiotn, die sich um eine Frau strittn. Un dann kam dazu halt noch der lästige Schnüff… Eulenbach. Un der wollt einfach nich hörn! Also hab ich die Geduld verlorn und bin ein bisschen ausgerastet. Ich hab ihn geschlagn – nur ein Mal! Aber der is einfach umgekippt und mitm Kopf auf die Kante vom Bordstein geknallt. Dann hat er sich nimmer bewegt. Ich wollte das doch nich, das war ein Unfall! Ehrlich! Bitte glaubn se mir. Des ging alles so schnell."

„Und warum riefen Sie nicht den Rettungswagen oder die Polizei? Vielleicht lebte er noch."

„Der war tot. Hab ihm den Puls gefühlt und de Augen standen weit auf. Er is einfach umgefalln, dafür kann ich nix. Ich bin doch kein Mörder!"

„Und das sollen wir Ihnen jetzt glauben? Aber reden Sie weiter, was machten Sie dann?"

„Ich hab ihn hinter die Bar getragen, auf die Rückseite, wissen se? Hab ihn hinter einer Tonne versteckt. Um des Blut wollt ich mich später kümmern. Es war dunkel und keiner konnte des Blut sehn. Ich war so durchnander, wusste nich, was ich machn sollt, also bin ich zu Clausen. Der hat mich aber nur angeschrien, ich würd ihm die Bullen auf den Hals hetzn. Dann packte er mich, schob mich zur Tür raus und sagte, dass er mir nich helfen würd und ich das in Ordnung bringen sollt, ohne dass es jemand mitkriegt. Ich wusste nich, was ich machn sollt, also hab ich ihn vergrabn. Ich hatt Angst, dass mir keiner glaubn würd."

„Und dann sind Sie geflohen? Warum? Sie hatten die Leiche doch verschwinden lassen."

„Aber ihr habt rumgeschnüffelt. Ich wollt nich wegen nem Unfall in Knast."

„Über das Thema Unfall oder nicht reden wir noch. Jetzt möchte ich, dass Sie uns die Stelle zeigen, an der Sie Eulenbachs Leiche begruben."

„Ich führ euch hin. Ehrlich des wollt ich nich! Ich hab jede Nacht Albträume."

Der Anwalt schaltete sich ein. „Mein Mandant handelte nicht vorsätzlich. Er befand sich in einer Stresssituation. Eine Mitschuld des Verunglückten, ist nicht auszuschließen. Mehr gibt es dazu nicht zu sagen."

Und genau das war der Grund, warum Hammerschmidt Anwälte nicht leiden konnte. „Eulenbach eine Mitschuld anzudichten ist eine Unverschämtheit, Herr Anwalt! Wenn jeder schuldig wäre, der einem anderen widerspricht, oder ihm mal auf die Nerven geht, dann wäre die Menschheit bald ausgerottet. Und noch einmal zu Ihnen, Herr Hofstetter: Eulenbachs Tod ist nicht das einzige, was wir Ihnen vorwerfen. Wir haben Indizien, die dafür sprechen, dass Sie für den Mord an Peters, infrage kommen könnten, oder sich in irgendeiner Weise an der Ausführung der Tat beteiligt haben."

Jetzt verrutschte die überlegene Fassade des Anwalts ein wenig. „Indizien! Was für Indizien? Wenn Sie den Streit zwischen Peters und meinem Mandanten meinen, das reicht für eine

Anklage nicht aus und das wissen Sie. Peters hatte viele Kontakte, in und außerhalb der Bar und statt ihre Ermittlungen in alle Richtungen zu lenken, fokussieren sie sich über Gebühr auf meinen Mandanten. Das nenne ich einseitige Ermittlungsarbeit."

„Jetzt hören Sie mir mal gut zu, Herr Anwalt! Ich weiß nicht, ob Sie ihr Mandant darüber informiert hat, aber Peters hielt in der Hütte, in deren Nähe wir seine Leiche fanden, ein Mädchen gefangen. Wir fanden seine Fingerabdrücke ebenfalls in der Hütte. Peters hatte ihn betrogen und die beiden gerieten aneinander. Ihr Mandant hatte ihn sogar bedroht. Am nächsten Tag war Peters tot. Was würden Sie dann denken, wenn Sie an meiner Stelle wären?"

Hofstetter antwortete ihr, bevor sein Anwalt etwas sagen konnte.

„Meine Fingerabdrücke waren in der Hütte, weil ich mich dort immer wieder mit Peters zum Rauchn traf. Se wissen schon … Ich weiß auch, dass Peters öfter mit Mädchen dort war. Ich dachte die hätten da ein Date. Er hat mich immer öfter angelogn. Irgendwann hatt ich genug und wir stritten uns. Ich schwöre, ich hab ihn nich umgebracht. Blöder Zufall, dass der Streit einen Tag vor seinem Tod war."

„Dann können Sie uns ja auch bestimmt sagen, um was es bei dem Streit ging."

„Das weiß ich nich mehr so genau. Ne Meinungsverschiednheit halt."

„Mein Mandant hat Ihnen alles gesagt, was für den Fall von Bedeutung ist", ging der Anwalt dazwischen. „Er schweigt ab sofort."

„Sein gutes Recht", erwiderte Prodendorf. „Wir werden ihn noch heute dem Haftrichter vorführen. Dann sehen wir weiter."

Als sie allein waren, fragte Hammerschmidt ihren Kollegen: „Glaubst du ihm?"

„Ich glaub schon. Dem stand die Angst ja ins Gesicht geschrieben. Das hat er nicht gespielt."

„Aber genau wegen dieser Angst, könnte er ebenso gut gelogen haben."

„Jedenfalls ist Hofstetter nicht der harte Typ, für den ich ihn gehalten habe. Der hat sich nur nicht im Griff und rastet unter Stress zu schnell aus. Er war während der ganzen Befragung, ein nervöses Wrack."

„Ja, das war er. Trotzdem frage ich mich, ob er wirklich am Boden zerstört war, oder einfach nur raffiniert? Vielleicht will er auch einfach nur fünfzehn Jahre auf acht oder neun reduzieren."

„Sicher sein kann man nie, doch irgendwie glaube ich ihm."

„Würdest du dich zusammen mit Rust darum kümmern?", fragte Hammerschmidt.

„Ja, ich opfere mich mal wieder, damit der Fall endlich zum Abschluss kommt."

„Danke dir. Ich wollte heute mit dem Sohn und dem Freund von Frau Scheffler sprechen. Den Sohn nehme ich mir gleich als erstes vor und mit dem Freund mache ich für später einen Termin aus. Er ist niedergelassener Hausarzt und ich will da nur ungern einfach reinplatzen."

„Bevor ich mich mit Rust um Eulenbach kümmere, muss ich erst Mal nach Koblenz runter fahren – also in die Nähe", informierte sie Prodendorf. „Es war nicht leicht, Verwandte von Peters aufzutreiben. Er hat einen Onkel, der völlig zurückgezogen lebt. Der hat auch die Beerdigungskosten übernommen. Aber er lag zur Zeit der Ermordung in einem Krankenhaus und durfte nicht vernommen werden. Die Eltern von Peters sind tot. Geschwister hat er keine, auch keine anderen näheren Verwandten. Jedenfalls ist der Onkel jetzt raus aus dem Krankenhaus, also muss ich hin. Vielleicht weiß er ja was, was uns weiterhilft."

34

Bryan verabschiedete sich gerade von einem Kunden, als die Ermittlerin in die Werkstatt kam. Sie ging direkt auf ihn zu.

„Ich bin Oberkommissarin Jossi Hammerschmidt. Ich möchte zu Bryan Scheffler."

„Das bin ich."

Sie gab ihm die Hand. „Ich suche alle näheren Angehörigen von Frau Scheffler wegen des Einbruchs auf."

„Seit wann kümmert sich die Kriminalpolizei um Einbrüche?"

„Unter bestimmten Voraussetzungen sind wir auch dafür zuständig."

„Ach ja, ich kann mir schon denken, um was es geht. Sie glauben, dass der Einbruch mit der Entführung meiner Schwester zusammenhängt, oder? Ich mache mir ständig Sorgen, um die zwei. Verrückt, was da passiert ist. Aber gehen wir doch in mein Büro."

„Sie waren zuletzt geschäftlich verreist wie ich hörte?"

„Na ja, jain. Ich musste ein paar Dinge regeln."

„Was meinen Sie damit? Haben Sie Probleme mit der Firma?"

„Das meine ich nicht damit. Ich bin dabei, mein Leben zu verändern. Ich verkaufe die Werkstatt und ziehe nach Mallorca. Ich habe mich in die Insel verliebt. Und na ja, ich hatte zuletzt ein paar Schwierigkeiten."

„Was für Schwierigkeiten?"

„Investments, die schief gegangen sind. Aktien."

„Ich verstehe. Sie müssen also Ihre Werkstatt verkaufen, um ihre Schulden zu decken. Was sagt Ihre Mutter dazu?"

„Sie weiß es erst seit zwei Tagen. Ich habe Klara so viel zu verdanken. Ich wollte sie einfach nicht enttäuschen. Ich weiß, der Zeitpunkt ihr das mitzuteilen war ungünstig. Ich hatte es immer wieder hinausgeschoben. Aber jetzt musste ich es ihr sagen, der Umzug steht kurz bevor. Aber Mallorca ist ja nicht aus der Welt. Ich werde weiterhin für Klara da sein, wenn sie mich braucht."

Später, im Auto, dachte Hammerschmidt über das Gespräch nach. Der junge Mann war schwer zu durchschauen. Der Verlust seiner Ersparnisse und seines Geschäfts, ja seiner Existenz schien ihm nicht viel auszumachen. Irgendetwas stimmte da nicht. Er wirkte zu gelassen. Vielleicht wollte er vor einer Fremden sein Gesicht wahren, aber trotzdem … Und was das Verhältnis zu seiner Mutter betraf: Den fürsorglichen Sohn nahm sie ihm nicht ab. Für sie passte sein Verhalten vorn und hinten nicht zusammen. Doch um sicher zu sein, ob sie mit ihrer Einschätzung richtig lag, müsste sie ihn näher kennenlernen.

Prodendorf nahm die Autobahn 565 in Richtung Koblenz. Er hatte es eilig. Normalerweise ließen sich Auswärtstermine telefonisch regeln, doch in diesem Fall, wollte er den Mann persönlich kennenlernen.

Manchmal, wenn er in Koblenz, oder Umgebung, etwas zu erledigen hatte, fuhr er über die B 42, weil ihn die Landschaft reizte, wenn er sie auch nur in einer Momentaufnahme wahrnehmen konnte. Links von ihm Berghänge und Weinberge, und rechts schlängelte sich der Rhein im gemütlichen Tempo an ihm vorbei. Es gab einfach so viel zu sehen. Er liebte das Rheintal, der romantischen Landschaft wegen. Doch leider war dafür heute keine Zeit.

Dieses Mal hatte Prodendorf mehr Glück mit dem Verkehrt gehabt, nur ein kleiner Stau. Er parkte in der Nähe einer Plattenbausiedlung. Als er vor dem Haus ankam, blickte er auf ein Fenster, an dem die Gardine nur noch an einem Zipfel hing, sie war aus der Stange gerutscht und es war nur eine Frage der Zeit, wann der Rest nachrückte. Kinder spielten laut tobend vor dem Haus. Im ersten Stock öffnete sich ein Fenster, der Kopf einer Frau schoss heraus und dann schrie sie auch schon los:

„Drecksbande! Wenn ihr nicht sofort von hier verschwindest, schütte ich euch einen Eimer Wasser über den Kopf. Das ist meine letzte Warnung!"

Ein kleiner Junge streckte ihr die Zunge heraus, versteckte sich schnell hinter einem Busch. Ein etwa elfjähriges Mädchen stellte sich unter das Fenster und machte ihre Stimme nach, dann zeigte sie ihr einen Vogel. Bevor sie flüchten konnte, ergoss sich eine kalte Dusche über ihren Kopf.

Eine Frau kam laut schimpfend aus dem Haus gerannt, sah zum oberen Fenster und bei den gegenseitigen Beschimpfungen, stand die eine, der anderen nichts nach.

Wo bin ich hier nur gelandet, fragte sich Prodendorf. Da die Tür aufstand, ging er ins Haus hinein, doch nirgends waren Namensschilder an den Türen angebracht. Zum Glück kam eine Frau die Treppe herab, er sprach sie an und erkundigte sich nach Herrn Peters.

„Erster Stock rechts", sagte sie und verschwand.

Ein gebückter, alter Mann öffnete ihm. Die Hand, die einen Stock umklammerte, zitterte leicht.

„Ich bin nicht mehr so gut auf den Beinen, alles geht langsamer", sagte er. Und als Prodendorf seinen Ausweis zeigte, bat ihn der Mann herein.

„Ich öffne nicht jedem die Tür. Ich schaue mir erst die Leute durch das Guckloch an. Es ist kein friedliches Haus. Täglich gibt es Streit. Ich will nur meine Ruhe haben. Hat ihr Besuch mit meinem Neffen zu tun?"

„Ja, ich habe einige Fragen, die sich auf Jürgens Jugend beziehen. Zum Beispiel wie er aufwuchs, wo er zur Schule ging und so weiter. Wir suchen noch immer nach seinem Mörder."

„Jürgen wohnte mit seinen Eltern nebenan in der Wohnung. Meine Schwester und der Junge litten sehr unter dem strengen Regiment meines Schwagers. Er soff und verprügelte die beiden. Meistens war er arbeitslos. Dann fand er Arbeit als Staplerfahrer. Und kurz darauf wurde von einer Palette, die mit Ziegelsteinen beladen war, erschlagen. Es hieß: Die Befestigung habe sich gelöst. Es war ein Unfall. Der Junge war gerade erst zwölf. Meine Schwester ließ nach und nach den Haushalt verkommen und kümmerte sich schon bald um gar nichts mehr. Ich half, so gut ich konnte. Zu der Zeit war ich oft im Krankenhaus und in der Reha. Mein Herz und meine Nieren wollen schon länger nicht mehr, wie ich will. Ich wandte mich ans Jugendamt und die brachten den Jungen in einer Bonner Familie unter. Er besuchte dort drei Jahre die Schule und als er fünfzehn war, riss er aus. Ich hörte erst wieder von ihm, als man mir die Nachricht seines Todes überbrachte. Ich erfuhr auch von seinen Straftaten und es überraschte mich nicht. Er war auch hier in der Schule schon auffällig gewesen. Ständig standen Leute vor der Tür und beschwerten sich. Der arme Junge, er hatte kein schönes Leben. Mit vernünftigen Eltern hätte aus dem was werden können. Ich kratzte mein Erspartes zusammen und gab es für die Beerdigung aus. Den Rest übernahm die Gemeinde."

„Das ist ja wirklich eine traurige Geschichte", sagte Prodendorf. „Wissen Sie noch, wie die Familie in Bonn hieß, die den Jungen aufnahm?"

„Den Namen habe ich vergessen." Er deutete auf seinen Kopf. „Er lässt mich immer öfter im Stich. Wenn ich was gefragt werde, fällt es mir auf Anhieb nicht ein. Manchmal hinterher. Aber auch nicht immer. Am schlimmsten ist es mit den Namen."

„Alles gut, ich frage beim Jugendamt nach. Die müssten es ja eigentlich wissen", erwiderte der Polizist.

Prodendorf bedanke sich, für die freundliche Auskunft und verabschiedete sich.

35

An der Waldhütte stellten sie ihre Autos ab. Ab da mussten sie zu Fuß weiter.

„Und nun?", fragte Rust und sah Hofstetter an.

„Wir müssn so 500 Meter tiefer in den Wald rein. Der Boden war zu hart, um tief zu grabn. Hab ihn mit Ästen, und so Zeug bedeckt. Hoffe ich find die Stelle wieder."

„Sie gehen voraus", forderte Rust ihn auf. „Wir nehmen alles mit, was wir brauchen, um die Leiche zu transportieren."

Der Wald war dicht, nach wenigen Metern sah gefühlt fast alles gleich aus. Sie kamen nur langsam voran. Zweige streiften sie und immer wieder versuchten Wurzeln, sie zum Stolpern zu bringen. Der Wind fegte über die Baumwipfel hinweg. Es knisterte und rauschte die ganze Zeit. Sie schlugen die Äste beiseite und kämpften sich mühsam voran. Stellenweise war der Boden aufgeweicht vom vorausgegangenen starken Regen. Plötzlich blieb Hofstetter stehen und zeigte auf eine Stelle, die im Vergleich zum restlichen Waldboden etwas erhöht war. Ein Kollege machte fleißig Fotos, bevor ein anderer vorsichtig erste Äste beiseitezog. Wenig später ragte ein Arm unter dem Dickicht hervor. Wieder wurden Fotos gemacht, dann machten sich zwei Männer daran, die Leiche freizulegen. Alle Äste wurden auf eine Stelle aufgetürmt, diese würden später untersucht werden. Nach und nach wurde Eulenbachs Leiche so freigelegt. Alle verstummten. Hofstetter drehte sich zur Seite und erbrach sich.

Prodendorf schluckte. Sein Hals war trocken und sein Magen krampfte sich zusammen.

Liselotte Dielscheid, die Pathologin, bahnte sich einen Weg durch die Anwesenden.

„Machen Sie mal Platz", sagte sie zu den beiden Polizisten, die ihr den Weg versperrten. Als es zu regnen anfing, blickte sie wütend zum Himmel und fluchte deftig.

„Schon wieder dieses Sauwetter", dann warf sie Hofstetter einen finsteren Blick zu, als ob er das Schmuddelwetter auch noch zu verantworten hätte. Sie bückte sich kurz und stand gleich wieder auf.

„Das bringt hier nichts. Ich lasse die Leiche abtransportieren, sonst werden noch alle Beweise weggeschwemmt." Sie wandte sich an Rust. „Den Tatort überlasse ich euch. Schaut, was ihr noch an Spuren finden könnt. Packt ein, was geht. Ich bin dann mal weg."

Hofstetter hatte sich wieder einigermaßen gefangen. Er wollte etwas gutmachen, irgendwie. „Wegen dem Streit …", setzte er an, wurde aber sofort von seinem Anwalt unterbrochen, der auf ihn einredete und versuchte, zu retten, was noch zu retten war. Doch es half alles nichts.

„Es ist meine Entscheidung."

Am liebsten hätte Prodendorf ihn direkt hier vernommen, Eulenbach zu liebe, seine Zunge lockern lassen, aber der Regen nahm zu und bald würde auf der Aufnahme nur noch Rauschen zu hören sein. Dann würde der blöde Anwalt bestimmt behaupten, sein Mandant habe das nie gesagt und Prodendorf konnte nichts Gegenteiliges beweisen. Ein Blickwechsel mit Rust genügte, sie waren sich einig. Rust übernahm die Aufsicht über den Tatort, Prodendorf würde mit Hofstetter und dessen Anwalt zurück aufs Revier fahren und das Verhör übernehmen.

Zurück auf dem Revier wirke Hofstetter genauso nervös wie bereits am Morgen.

„Ich erzähl am besten von Anfang an. Mein Bruder wollt, dass ich mich an Frau Scheffler ranmach. ‚Flirte mit ihr, sorg dafür, dass sie dich mag, steig mit ihr ins Bett, wenn du musst – sie is ja nich hässlich', sagte er. Wenn du sie so weit hast, musst du ihr das Haus madig machn, sie dazu bringn, ihr Haus zu verkaufn.

Hat er sich echt leicht vorgestellt. Ich bin nich der Typ, auf den ewig viele Frauen stehn. Er hat mich auch nie gemocht, fand ich wär n Proll. Keine Ahnung, warum er wollt, dass ich das mach. Er hat mich unter Druck gesetzt, mir viel Geld gebotn, wenn ichs schaff. Ich hatt Schulden und brauchte des Geld. Ich wusst nich, wie ich des anfangen sollt. Un dann war da Peters. Der war damals regelmäßig in der Bar. Hab ihn gefragt, ob er das für mich übernehmen könnte. Also sich für mich an die Scheffler ranmachn würd – er konnt immer so gut mit Frauen, sin ihm alle nachgerannt, andauernd! Peters war sofort dabei. Ich hab ihm ne Anzahlung gegebn. Wollt nich, dass es mein Bruder erfährt, verstehn se?"

Hofstetter schaute Prodendorf an und wirkte dabei fast verlegen. Dann aber blickte er finster drein, als er fortfuhr: „Hat nich lang gedauert, dann hab ich mitbekommn, dass der sich nich an die Mutter, sondern an die Tochter rangemacht hat. Ich war stinksauer. Un dann bringt er die auch noch mit in die Bar! Hatte nie vor, sich an den Deal zu halten, des betrügende Arschloch. Wollt dann mein Geld zurück. Darum gings. Der hatte des Geld nimmer, hatt schon alles ausgegebn! Meinte, dass er für die Tochter mehr Geld kriegn würd, als mit der Alten. Ich wollt ihm ein paar aufs Maul gebn, aber Clausen is dazwischn. Hat Peters gesagt, dass er Hausverbot hat, aber der hat nur gelacht. Dann hat der Schnüffler überall seine Nase rein gesteckt und im Fernseher sagten se, die Kleine wär entführt wordn. Dafür konnt ich aber nix! Un wie des mit dem Schnüffler war, weißte ja schon."

Prodendorf sparte sich einen Kommentar und auch Hofstetter schien klar zu sein, dass er sich keinen Gefallen tat, denn er redete schnell weiter.

„Hab dann erfahrn, dass de Peters tot is. War mir klar, dass ihr denkt, ich wars, wenn ihr von dem Streit hört und so wars ja auch. Hatt Angst, dass der, der Peters um die Ecke gebracht hat, vielleicht mich als Nächstn holt – könnt ja sein. Also bin ich abgehaun. Aber ich bin kein Mörder. Ich schwörs, das mit Peters war ich nich und der Schnüffler war ein Unfall."

36

SAMSTAG, 26.11.

Der Umzug stand an – wenn man es denn als solchen bezeichnen konnte. Den größten Teil hatte Klara bereits gepackt und der Rest war schnell erledigt. Sie versuchte, sich auf das Nötigste zu beschränken, auch so kam schon eine ziemliche Menge zusammen. Sie hatte keine Lust, ständig hin und her zu fahren. Sollte etwas fehlen, konnte sie es entweder holen oder neu kaufen.

Emma half Sophie beim Packen. Die beiden hatten viel Spaß dabei und kicherten in einem fort. Klara hatte sich extra in die Küche gesetzt, um ihnen zuzuhören. Es war schon viel zu lange her, seit sie Sophie so unbeschwert gehört hatte. Sie war froh, dass Sophie den Umzug in Pascals Wohnung gelassen nahm. Zum Glück würde sie dort ebenfalls ein eigenes Zimmer haben und so weit weg wären sie ja auch nicht. Klara vermutete, dass sich Sophie hier ebenfalls nicht mehr sicher fühlte, nicht so wie früher.

Fünfzehn Minuten später stand die letzte Tasche abholbereit im Flur. Fehlte nur noch Pascal. Gerade als Klara noch einmal los wollte, um alle Fenster zu kontrollieren, klingelte es an der Tür.

Frau Fischer war gekommen, um ihre Tochter abzuholen. Seit das mit Sophie passiert war, fuhr sie auch Emma überall hin. Viele Eltern hielten das im Moment so. Niemand wollte ein unnötiges Risiko eingehen.

„Also auf Dauer kann das so nicht weitergehen", sagte Frau Fischer, während sie und Klara sich in der Küche gegenüber saßen und Kaffee tranken. „Wir nehmen den Mädchen die Selbstständigkeit und schüren unbeabsichtigt die Angst, dass da draußen jemand lauert, der es auf sie abgesehen hat. Ich hoffe, die Polizei hat bald ein paar Antworten und wir können zur Normalität zurückkehren."

„Wie recht du damit hast! Diese Ungewissheit … das alles zerrt an meinen Nerven."

Die beiden unterhielten sich noch eine Weile, darüber, was die Polizei bislang herausgefunden hatte und über alles, was noch offen war. Als sie sich verabschiedeten, blieb Klara in der Küche zurück. Das Gespräch mit Frau Fischer ließ Klara wieder an diese Nacht denken, an den Einbrecher.

Im nächsten Moment zuckte sie zusammen, als sie etwas aus dem Augenwinkel wahrnahm. War der Mann zurück?!

„Ich winke Emma noch hinterher", sagte Sophie, als sie den Kopf in die Küche steckte.

Klara atmete tief aus. Kein Einbrecher, nur ihre überreizten Nerven, die ihr Streiche spielten.

„Aber nicht ohne Jacke und wenn du zurück bist, gehen wir noch mal alles durch, ob wir auch nichts vergessen haben."

„Okay." Sophie, schnappte sich die Jacke, die im Flur an der Garderobe hing und lief nach draußen.

Klara ärgerte sich, dass sie sich schon wieder einmal zum Grübeln hatte hinreißen lassen, das kam in letzter Zeit häufig vor. Sie beschloss, dass wohl auch sie sich auf die Suche nach einem Therapeuten machen sollte. Vielleicht würde es ja in Pascals Wohnung besser werden. Doch um das alles zu verarbeiten, würde sie um professionelle Hilfe nicht drum rum kommen. Klara trank ihren Kaffee aus und blätterte im Lokalanzeiger. Doch dann hatte sie plötzlich eine Gänsehaut auf den Armen. Irgendetwas stimmte nicht. Es war fast wie in der Nacht des Einbruchs. Etwas war anders. Obwohl sie etwas Angst hatte als Glucke rüberzukommen, beschloss sie nachzusehen, was Sophie so lange da draußen machte. Vielleicht würde das dieses komische Gefühl verscheuchen.

Die Haustür stand einen spaltbreit offen. Klara trat vors Haus und sah sich um. Sophie war nirgends zu sehen. Wäre sie zurückgekommen, hätte sie doch die Haustür geschlossen, oder? Klara sah auf ihre Armbanduhr. Zwanzig Minuten waren inzwischen vergangen. Vielleicht hatte Sophie nur vergessen, die Haustür zu schließen und war gleich nach oben gegangen?

Klara ging ins Haus zurück, rief nach ihr, sie meldete sich nicht. Schnell zog sie sich eine Jacke über, eilte abermals nach draußen. Irgendwo musste sie ja schließlich sein. Eine Nachbarin von gegenüber, verschwand gerade in ihrem Haus. Danach war niemand mehr zu sehen, die Straße war menschenleer. Klara blieb eine Weile stehen und hoffte, dass ihre Tochter jeden Moment um die Ecke käme und ihr freudestrahlend zuwinken würde, doch das passierte nicht. In der Straße blieb es ruhig, nur zwei Autos fuhren an ihr vorbei. Nein. Nein, nein, nein, nein, nein! Die Brust wurde ihr eng. Nicht schon wieder. Nein! Das konnte doch nicht schon wieder passieren! Sie kämpfte gegen die Panik an, doch sie drohte darin zu ertrinken. Sophie war weg, schon wieder! Warum hatte sie nicht besser aufgepasst?! Sie hatte ihr versprochen, dass ihr das nicht noch einmal passieren würde! Wie hatte sie so dumm sein können? Wie so ein Risiko eingehen können? Während Klara sich selbst heftigste Vorwürfe machte, rannte sie zurück ins Haus und meldete ihre Tochter bei der Polizei als vermisst. Danach lief sie sofort wieder nach draußen und hielt abermals Ausschau nach Sophie, und nach der Polizei. Ein Teil von ihr wusste längst, dass es keine harmlose Erklärung für das Verschwinden ihrer Tochter gab. Tränen liefen ihr über die Wangen und sie musste all ihre Kraft aufbieten, um nicht einfach zusammenzubrechen. Sie hatte versagt. Sie hatte Sophie nicht beschützt. Wenn ihr etwas passierte, war es ihre Schuld.

37

Als Pascal bei Klara ankam, standen zwei Polizisten vor dem Haus. Sofort sorgte er sich, was wohl nun wieder passiert sein konnte. Er parkte seinen Wagen direkt neben dem der Polizei und stieg aus. Bei den beiden Beamten angekommen, sprach er sie an: „Warum sind Sie hier?"

„Sagen Sie uns erst einmal, wer Sie sind."

„Ja klar, ich bin der Freund von Frau Scheffler. Ich bin gekommen, um sie und ihre Tochter abzuholen, sie werden vorerst bei mir wohnen. Hat Kommissarin Hammerschmidt Sie vorbeigeschickt?"

„Können Sie sich ausweisen?", fragte der andere.

Stirnrunzelnd kramte Pascal seinen Ausweis heraus. Als sie seinen Namen mit etwas auf einem ihrer Notizblöcke verglichen hatten, entspannte sich ihre Haltung etwas.

„Nein, Oberkommissarin Hammerschmidt hat uns nicht hergeschickt. Frau Scheffler hat uns angerufen. Sie war sehr aufgeregt und gab an, dass ihre Tochter verschwunden sei. Jetzt öffnet sie uns nicht die Tür."

„Was? Schon wieder? Und was soll das heißen, Klara öffnet nicht die Tür?"

„Was soll das heißen ‚schon wieder'?", fragte einer der Männer.

Pascal klärte sie auf.

„Wir waren gerade auf Streife, als die Meldung reinkam. Wir wussten nicht, dass es sich um dieses Mädchen handelt."

„Vor einer Stunde haben wir noch miteinander telefoniert", stöhnte Pascal. „Warten Sie, ich habe einen Schlüssel. Sehen wir im Haus nach, vielleicht gibt es drinnen einen Hinweis, wo Klara ist."

Zwei Koffer, zwei Taschen, Sophies neuer Laptop und einige andere Dinge standen abholbereit im Flur. Wo waren sie? Pascal rief ihre Namen und als niemand antwortete, ging er nach oben und sah dort nach. Doch sie waren weder oben noch unten. Pascal rief Klara ein weiteres Mal auf dem Handy an, aber es war aus. Sophies ebenfalls. Das war mehr als merkwürdig. Da kam ihm eine Idee. Pascal bat einen der Polizisten, ihm nach draußen zu folgen. Er öffnete die Garage und das Auto war noch da.

Der Polizist neben ihm richtete sich auf. Pascal begriff, dass er nun auch eingesehen hatte, dass es keine einfache Erklärung gab und Klara nicht einfach nur nach Sophie suchte. Sie war ebenfalls verschwunden. Es war ernst.

„Kann es sein, dass Ihre Freundin Ihnen eine Nachricht hinterlassen hat?"

„Ich sehe sofort in der Küche nach, wenn ja, dann liegt sie in der Küche", erwiderte Pascal.

Die Männer gingen zurück ins Haus. In der Küche standen zwei benutzte Kaffeetassen auf dem Tisch. Eine aufgeschlagene Zeitung lag daneben, aber nirgendwo war ein handgeschriebener Zettel zu sehen.

„Emma! Sophies Freundin, Emma Fischer, war hier und ihre Mutter wollte sie abholen. Ich rufe sie an, vielleicht weiß sie was."

Er suchte ihre Nummer heraus, rief sie an und stellte sein Handy auf laut.

„Fischer", es war Emmas Mutter, die sich meldete.

„Hier ist Pascal Schubert. Ich habe schlechte Nachrichten. Klara und ihre Tochter sind verschwunden. Ist Ihnen vielleicht irgendetwas aufgefallen, als Sie Ihre Tochter hier abholten?" Er sprach sehr schnell, lief hin und her, während er telefonierte.

„Was?! Das ist doch nicht möglich! Ich war vor einer Stunde bei Klara, da war noch alles in Ordnung! Klara hat auf Sie gewartet. Sie war so gut drauf. Sophie winkte uns noch hinterher und ging zum Haus zurück. Das sah ich im Rückspiegel."

„Jemand muss Sophie abgefangen haben, als sie zurück zum Haus ging. Als sie nicht zurückkam, rief Klara die Polizei an und meldete ihre Tochter als vermisst. Aber die Polizei traf sie nicht an."

„Oh Gott! Die Armen!"

„Danke, Frau Fischer, ich werde Sie sofort informieren, wenn es was Neues gibt."

„Ja, bitte tun Sie das."

Pascal war verzweifelt, als er auflegte. Es gab keinen Anhaltspunkt, wohin die beiden verschwunden waren, wer sie hatte und warum. Er war machtlos, genau wie die Polizisten.

„Ich rufe die Oberkommissarin an", verkündete er kurz entschlossen. „Sie ist mit dem Fall vertraut. Vielleicht hat sie ja inzwischen Neuigkeiten, die uns weiterhelfen könnten. Sie weiß bestimmt, was zu tun ist."

„Tun Sie das, wir hätten auch Verstärkung angefordert, aber wenn das mit ihrem Fall zu tun hat, rufen Sie besser an", nickte einer der beiden Polizisten.

Pascal wählte Hammerschmidts Nummer. Und als sie sich meldete, legte der direkt los: „Hier ist Pascal Schubert. Ich bin bei meiner Freundin zu Hause. Ich sollte sie und Sophie abholen, aber beide sind verschwunden."

„Erzählen Sie mir genau, was passiert ist", forderte ihn die Kommissarin auf und Pascal schilderte ihr alles. Anschließend reichte er das Handy einem der Polizisten, der seine Aussagen, entsprechend seines Wissensstandes, bestätigte, bevor er ihm das Telefon zurückgab.

„Sie haben recht, das klingt beunruhigend", stimmte ihm die Polizistin zu. „Ich komme gleich bei Ihnen vorbei und sehe mir das vor Ort an. Bleiben Sie dort. Ich bin in einer halben Stunde bei Ihnen. Kann ich bitte noch einmal mit einem Kollegen sprechen?"

Als Hammerschmidt eintraf, verschaffte sie sich zuerst einen Überblick. Sie sah die Koffer im Flur und ihr war klar, dass es sich um eine Entführung handeln musste. Das Timing war einfach zu verdächtig.

Die Ermittlerin bat die Kollegen, vorerst noch vor Ort zu bleiben. Es ja sein könnte, dass sie auf deren Hilfe noch angewiesen wäre. Eine weitere Streife hatte sie bereits angefordert und eine dritte, sie sollten in der Nachbarschaft an Türen klopfen und die Nachbarn befragen und sofern sie Glück hatten, das

Material von Überwachungskameras sichten oder einsammeln. Hammerschmidt hoffte, dass vielleicht irgendwo irgendwer irgendetwas gesehen oder aufgezeichnet hatte. Sie machte sich ernsthaft Sorgen um Frau Scheffler und ihre Tochter. Diese Tat stank nach Verzweiflung und verzweifelte Täter waren zum einen schlampig, aber zum anderen auch verdammt gefährlich, denn sie hatten in der Regel nichts mehr zu verlieren.

Nachdem sie sich im Haus umgesehen hatte, sprach sie Pascal an.

„Wer wusste, dass Frau Scheffler zu Ihnen zieht?"

„Ihr Sohn, mein Sohn, Frau Fischer. Vielleicht hatte sie es auch den Nachbarn erzählt, damit die sich nicht wundern, dass ihr Haus eine Zeit lang unbewohnt ist. Ihre Freundin Charlotte, die wusste es ganz sicher. Sonst fällt mir niemand ein."

„Das genügt schon. Also könnte es sich herumgesprochen haben. Wenn eine solche Nachricht erst einmal im Umlauf ist, geht das schnell. So könnte es der oder die Täter auch erfahren haben."

Sie ging zusammen mit Pascal zurück in die Küche und deutete auf das aufgeschlagene Lokalblatt und die zwei Tassen auf dem Küchentisch.

„Sie hat wohl überstürzt das Haus verlassen, nachdem diese Frau Fischer weg war und ihre Tochter nicht zurückkam. Ich vermute, sie machte sich auf die Suche nach Sophie, nachdem sie die Polizei informiert hatte und wurde dann selbst ein Opfer. Wir müssen sie unbedingt finden."

Die Ermittlerin bat die neu hinzugekommenen Kollegen, sich ebenfalls in der Nachbarschaft umzuhören. „Ich versuche inzwischen, ihren geschiedenen Mann und den Stiefsohn zu erreichen."

Sie wählte die Nummer von Ulrich Scheffler und ließ es extra lange klingeln, aber er meldete sich nicht.

„Das gefällt mir nicht. Er erwähnte einmal, dass er immer zu erreichen wäre, von Berufs wegen. Ich schicke jemand bei ihm vorbei."

Hammerschmidt meldete sich bei der Leitstelle und bat darum, dass mindestens ein Kollege bei Scheffler vorbeigeschickt würde. „Sie sollen alles auf den Kopf stellen", wies sie die Leitstelle an.

„Glauben Sie, dass er etwas damit zu tun hat?", fragte Pascal.

„Alle sind erst einmal verdächtig, bis das Gegenteil bewiesen ist.“

Dann meldete sich Prodendorf. „Ich habe das Ehepaar, bei dem Peters drei Jahre wohnte, ausfindig gemacht. Ich fahre sofort dorthin.“

„Warte! Das ist im Moment nicht so wichtig. Ich brauche deine Hilfe. Ich möchte dich bitten, in die Psychiatrie zu fahren, um Auskünfte über Lydia Scheffler einzuholen, danach besprechen wir alles auf der Wache.“

Sie klärte ihn noch kurz über die neuesten Ereignisse auf, dann rief sie Bryan Scheffler an.

„Da meldet sich auch niemand. Wissen Sie, ob er schon umgezogen ist?“

„Nein, das weiß ich nicht. Er war nur kurz hier, um sich zu verabschieden. Klara war enttäuscht, dass er sich keine Zeit für sie nahm.“

„Ich hatte ihn überprüft. Wollte wissen, ob er schon mal auffällig geworden ist. Es lag nichts vor, bis auf mehrere Geschwin-digkeitsüberschreitungen war da absolut nichts.“

„Merkwürdig“, meinte Pascal. „Er hat doch hohe Steuer-schulden, darüber muss doch was in ihrem System zu finden sein.“

„Wie kommen Sie auf Steuerschulden? Da müssen Sie sich irren.“

„Er hat es doch selbst meiner Partnerin erzählt. Deswegen musste er seine Firma verkaufen.“

„Mir hat er einen anderen Grund genannt. Seltsam. Erzählen Sie mir mehr dazu.“

„Er gab an, mit Aktien alles verloren zu haben. Angeblich habe er davor sogar einen Kredit aufgenommen und als alles weg war, meinte Klara, habe er die Steuererklärungen frisiert. Mehr weiß ich nicht.“

„Er hat keine Steuerschulden. Möglich, dass er den Aktien-absturz auch erfunden hat. Vielleicht geht es hier gar nicht um seine Mutter und Schwester, sondern um ihn. Wenn er sich wirklich Geld geliehen hat, wäre es möglich, dass er das nicht auf dem üblichen Weg getan hat. Vielleicht ist er in was rein-geschlittert und jemand ist hinter ihm her. Er bekam kalte Füße und verschwand. Und weil man ihn nicht finden kann, lässt man es an seiner Familie aus. Mag sein, dass er über die Konsequenzen nicht nachgedacht hat. Das würde auch sein seltsames Verhalten erklären, von dem Frau Scheffler mir erzählt hat. Die Ausflüchte, Lügen und seine Unruhe."

„Ich würde es ihm zutrauen. Das klingt vielleicht hart, aber ich hatte direkt beim ersten Kennenlernen so ein komisches Gefühl bei ihm. Der Blick, den er mir zuwarf, war voller Hass – vielleicht dachte er ja, dass ich zu denen gehöre, die ihm an den Kragen wollen?"

„Das ist nur eine Möglichkeit von vielen."

„Aber es passt. Oder vielleicht geht es gar nicht um Geld. Er könnte etwas beobachtet haben, einen Einbruch, illegale Müllentsorgung, oder sogar einen Mord?"

Pascal wanderte in der Küche umher, während die Kommissarin sich weiter in der Küche umsah. Er ging zum Fenster und sah, wie sich ein Polizist gegenüber mit jemand unterhielt.

Dann schrillte Hammerschmidts Handy. Pascal wandte sich wieder vom Fenster ab und richtete seine Aufmerksamkeit auf die Kommissarin.

„Wie konnte denn das passieren? Schreib sie sofort zur Fahndung aus, sie könnte sich etwas antun."

„Ist noch jemand verschwunden?"

„Ja, Lydia Scheffler. Es ist nicht zu fassen! Wie konnte sie dem Personal auf der Geschlossenen entwischen? Die Station wird doch überwacht."

„Wenn es da genauso ist wie im übrigen Gesundheitssystem, dann sind die auch hoffnungslos überlastet."

„Schon möglich, aber die Frau hatte gerade einen Nervenzusammenbruch und ist selbstmordgefährdet – so jemanden dürften sie nicht verlieren. Es sieht so aus, als habe ihre Schwester – wenn sie denn überhaupt ihre Schwester ist – etwas damit zu tun. Ihnen wurde eine halbe Stunde Besuchszeit bewilligt. Als nach Ablauf der Zeit eine Krankenschwester nach ihnen gesehen hat, waren beide Frauen verschwunden. Meine Kollegen überprüfen gerade die Familienverhältnisse. Ihre Freundin erzählte mir, dass Lydia Scheffler außer ihrem Mann keine weiteren Kontakte, weder Familie noch Freunde hatte. Vielleicht waren die Geschwister zerstritten und haben das jetzt wieder hingebogen, aber es könnte auch sein, dass da etwas nicht stimmt."

„Ob es einen Grund dafür gab, warum sie so zurückgezogen lebte und die Existenz ihrer Schwester verschwieg?"

„Schon möglich", antwortete die Kommissarin. Sie zuckte zusammen, als ihr Handy erneut klingelte.

„Und?", fragte sie. „Verdammt noch mal! Dann dürfte Lydia Scheffler nicht weit sein. Nicht ansprechbar? Hat er äußere Verletzungen? Ach so, ja gut, und meldet euch aus dem Krankenhaus. Und was ist mit seiner Freundin? Scheiße! Informier mich sofort, wenn ihr was herausgefunden habt."

„Was ist passiert, ist noch jemand verschwunden oder verletzt?", fragte Pascal nach, kaum dass Jossi Hammerschmidt aufgelegt hatte.

„Ulrich Scheffler lag bewusstlos auf dem Boden, als meine Kollegen sich Zutritt zu seiner Wohnung verschafften. Der Notarzt tippt auf eine Vergiftung. Jetzt ist er unterwegs ins Krankenhaus. Seine neue Freundin ist ebenfalls verschwunden. Ihre Handtasche, Portemonnaie und alle anderen persönlichen Sachen sind, soweit die Kollegen das beurteilen konnten, noch da. Jetzt sind schon fünf Personen verschwunden."

Hammerschmidt war aufgewühlt. Dieser Fall war einfach ein absolutes Chaos und jetzt die Entführungen. Sie schnappte sich wieder ihr Handy und verteilte Anweisungen an Kollegen. Sie brauchte den genauen Zeitpunkt, wann Lydia Scheffler Besuch bekommen und wann ihr Verschwinden entdeckt wurde. Sie musste die Nachbarn von Scheffler befragen lassen, ob sie jemand zu der Zeit dort gesehen hatte.

Als sie aufgelegt hatte, klingelte ihr Telefon direkt wieder.

„Ist das ganz sicher? Also ein Irrtum ausgeschlossen? Leitet das übliche Prozedere ein, Straßenkontrollen und so weiter."

„Was ist jetzt wieder passiert? Sie klangen so erschrocken", meldete sich Pascal zu Wort.

„Lydia ist ein Einzelkind, sie hat keine Geschwister."

Pascal schüttelte nur den Kopf und ließ sich auf einen der Küchenstühle fallen. Er kam sich vor wie im falschen Film und machte sich schreckliche Sorgen um Klara und Sophie. Hoffentlich würden sie bald unverletzt gefunden werden.

38

SAMSTAG, 26.11.

IN DER PSYCHIATRIE

„Wir haben ihre Tabletten hinter ihrem Bett gefunden. Keine Ahnung, wie sie das geschafft hat, unsere Mitarbeiter überprüfen immer den Mund der Patienten", rechtfertigte sich der behandelnde Arzt von Lydia Scheffler.

Prodendorf saß im Sprechzimmer des Arztes und konnte kaum glauben, was er da hörte. „Was denken Sie, wie lange hat sie ihre Medikamente nicht genommen?"

„Vermutlich seit gestern."

„Das bedeutet, dass sie da schon gewusst haben musste, dass die angebliche Schwester vorbeikommen würde. Wie kam sie an diese Information?"

„Sie könnten mir glauben, Herr Polizeihauptmeister, ich werde eine Besprechung anordnen und dann kommen diese Punkte auf den Tisch. So etwas ist noch nie vorgekommen."

„Was hat sie denn eigentlich für eine Krankheit?"

„Sie wissen, dass ich Ihnen das ohne richterliche Anordnung nicht sagen darf. Doch da angesichts der jüngsten Vergangenheit meiner Meinung nach Gefahr im Verzug ist, bin ich berechtigt, im besten Interesse meiner Patientin zu handeln. Sie leidet an einer akuten Psychose. Betroffene verlieren den Bezug zur Realität. Es können Wahnvorstellungen auftreten sowie Denk-und Wahrnehmungsstörungen. Außerdem kann sich die Gefühlswelt verändern."

„Mir wurde berichtet, dass sie sich bis auf einen Vorfall vor ein paar Tagen ganz normal verhalten hat."

„Sie war schon immer labil und lebte zurückgezogen. Sie war isoliert, ihre gesamte Welt drehte sich um ihren Mann. Die Trennung war der Auslöser für die Psychose."

„Können Menschen mit einer Psychose gewalttätig werden?"

„Die meisten Menschen nicht. Es gibt aber Ausnahmen. Sie können in ihrem Wahn aggressiv werden und jemand schaden, erst recht, wenn sie jemand dazu anstiftet. Bei Lydia Scheffler ist die Psychose sehr ausgeprägt. Es wäre besser, wenn Sie meine Patientin schnell finden würden. Sie braucht dringend ihre Tabletten."

„Sie trauen ihr die Entführung also zu?"

„Nur mithilfe von außen. Sie wüsste sonst gar nicht, wie sie es anstellen sollte. Lydia ist eher eine Gefahr für sich selbst als für andere. Doch wenn jemand sie gezielt manipuliert, könnte sie auch zu einer Gefahr für andere werden."

„Danke, Dr. Paschke, für Ihre Mithilfe."

Hammerschmidt und Prodendorf trafen nahezu gleichzeitig auf ihrer Dienststelle ein.

„Hast du was erreicht?", fragte Hammerschmidt ihren Kollegen noch im Aufzug nach oben. Er erzählte ihr, was der Arzt zu ihm gesagt hatte. Bevor sie jedoch darüber diskutieren konnten, was das unter Umständen für ihren Fall bedeutete, rief der Kollege aus dem Krankenhaus an.

„Scheffler liegt auf der Intensivstation und ist noch nicht außer Lebensgefahr. Es war Rattengift, das man ihm verabreicht hatte. Er hatte Glück, dass man ihn so schnell gefunden hat. Er ist noch nicht vernehmungsfähig. Wenn es Neuigkeiten gibt, melde ich mich."

Prodendorf bedankte sich bei ihm für das Update, legte auf und informierte Hammerschmidt über den Inhalt des Gesprächs. „Was denkst du? War das Gift schon vorher im Haus oder hat es die vorgebliche Schwester mitgebracht? Das war jedenfalls versuchter Mord, so viel steht fest. In die Wohnung zu kommen, war kein Problem, da Lydia Scheffler einen Schlüssel hat. Ich bin gespannt, was die Kollegen rausfinden, die haben Proben von allem ins Labor geschickt."

Hammerschmidt dachte eine Weile nach, bevor sie antwortete: „Ich könnte mir gut vorstellen, dass Lydia Scheffler hinter dem Anschlag steckt. Ich würde mich auch nicht wundern, wenn Scheffler Lydias Komplizin kannte. Vielleicht auch näher kannte, bei dem Frauenverschleiß. Vielleicht hat er sie auch fallen lassen, wie Lydia. Sie könnten einander kennengelernt und sich gegen ihn verbündet haben, um gemeinsam einen Rachefeldzug zu starten."

„Aber wieso rächten sie sich dann an der früheren Ehefrau und deren Tochter?", fragte Prodendorf. „Die wären doch auch eher Verbündete als Rivalen."

„Du darfst ihre Psychose nicht vergessen. Außerdem ist sie in Klara Schefflers Wohnung auf ihre Konkurrentin losgegangen und beschuldigte dann ihre Vorgängerin, sich mit den anderen verbündet zu haben. Also ist Klara Scheffler in ihren Augen, auch ein Feind. Das ist alles so schrecklich verworren."

„Ich weiß nicht. Für mich haut das nicht ganz hin. Sie hatten viel zu wenig Zeit, das zu planen."

„Stimmt. Vor allem weil das Timing hier wirklich perfekt war."

„Wie meinst du das?"

„Überleg doch mal, Walter: Frau Scheffler wollte ausziehen, in ein belebtes Haus, in dem viele Menschen ein- und ausgehen. Ihr Haus dagegen liegt eher abgelegen, viel weniger Augen, zumal das eine Nachbarhaus ja auch noch leer steht. Der ideale Ort, um jemand zu entführen. Der oder die Täter, haben von dem Umzug gewusst und darum sofort gehandelt. Damit sind Lydia Scheffler und ihre Komplizin raus."

„Nicht unbedingt. Die Komplizin könnte irgendwie an die Informationen gekommen sein. Da du schon vom Zeitpunkt sprichst, das haut doch hin, ich meine die Flucht aus der Psychiatrie. Darum hatten sie es so eilig, von dort wegzukommen."

„Nein, das passt nicht. Sie können nicht überall gleichzeitig sein."

„Vielleicht haben sie noch Hilfe in Anspruch genommen. Ich weiß ja auch nicht …"

Hammerschmidt stöhnte. „Ja, vielleicht. Aber ich habe auch einen anderen Verdacht. Der Stiefsohn. Seine Geschichte stimmt hinten und vorne nicht. Er hat seiner Familie wohl eine komplett andere Version erzählt. Was, wenn er in irgendwas verstrickt ist und darum das Weite sucht? Und um an ihn heranzukommen, schnappen sich seine Geschäftspartner oder was auch immer das für Typen sind, seine Familie. Ich klemm mich mal dahinter, vielleicht kann ich etwas mehr über den

Stiefsohn rauskriegen. Halt du dich an Lydia Scheffler und ihre Komplizin. Oh, und kannst du den Kollegen im Krankenhaus noch mal anrufen? Ich würde mich besser fühlen, wenn wir eine Wache vor Schefflers Zimmer hätten. Ich habe so ein komisches Gefühl, dass man es wieder versuchen wird."

Prodendorf öffnete seine Wasserflasche. Mit einem Zischen schoss ein Strahl aus der offenen Flasche heraus und verteilte sich auf seinen Unterlagen. „Scheiße!", schimpfte er. „Jossi, hast du mal was zum Abwischen?"

Sie reichte ihm ein Päckchen Papiertücher.

Während Prodendorf noch weiter fleißig fluchte, betrat Polizeihauptkommissar Rust das Büro der beiden Ermittler.

„Es kam vor wenigen Minuten eine Nachricht rein. Ich möchte, dass Sie beide zum Bahnhof fahren. Lydia Scheffler hat sich vor den Zug geworfen, oder wurde gestoßen. Sie war sofort tot."

39

SONNTAG, 27.11.

Klara öffnete einen Spaltbreit die Augen und blinzelte in den Raum hinein. Wie war sie hierhergekommen? Was machte sie hier? Langsam und vorsichtig drehte sie den Kopf und versuchte sich zu orientieren. Es war ein seltsamer Ort, dunkel und kalt. Kein Ort, an dem man sich gern aufhielt. Sie wollte nicht hier sein. Aber wo wollte sie dann sein? Warum war ihr Kopf so benebelt? Sie versuchte, sich zu erinnern. Was war passiert? Außer ihrem Namen war alles undeutlich und verschwommen. Sie bekam es nicht zusammen. Panik stieg in ihr auf, so ein dumpfes Gefühl, dass durch ihren Körper kroch, sich bis zum Hals hocharbeitete und ihr dort die Luft nahm. Sie war hilflos und allein, so viel stand fest. Sie lenkte ihren Blick zu dem kleinen Fenster oberhalb der gegenüber liegenden Wand und beobachtete den schmalen Lichtstrahl, der sich an der Wand hin und her bewegte, der verschwand und zurückkam. Wie hypnotisiert starrte Klara ihn an. Ihre rechte Hand glitt gleichzeitig neben ihr über den Boden. Es war mehr ein Reflex, unbewusst und doch nahm sie wahr, dass er rau und kalt war. Dann regte sich was in ihr. Es blitzte ein Gedanke auf, der sich gleich darauf wieder entfernte. Es fiel ihr so schwer wach zu bleiben. Immer wieder fielen ihr die Augen zu. Ihr Kopf schmerzte. Er hämmerte, als pulsierte ihr Gehirn darin. Mit einem Ruck öffnete Klara erneut die Augen. Sie hatte gar nicht bemerkt, dass sie kurz weggedöst war. Irgendetwas sagte ihr, dass sie unbedingt wach bleiben musste. Etwas war wichtig, das spürte sie. Da war so ein Drang, aber was bedeutete er? Sollte sie irgendetwas tun? Hatte sie einen Termin vergessen? Weil sie unbedingt festhalten wollte, was ihr immer wieder in den Sinn kam, gab sie sich noch mehr Mühe, wach zu bleiben. Es gelang ihr nicht sofort. Sie brauchte etliche Versuche. Immer wieder waren da Bruchstücke, Erinnerungen, Gedanken oder Gefühle, die sie beinahe greifen konnten, bevor sie sich doch wieder zurückzogen, so wie die Dunkelheit ihrer Augenlider Klara immer wieder gefangen nahm. Aber dann, nach wer weiß wie vielen Versuchen, gelang es ihr eines dieser Bruchstücke zu fassen und dann das nächste und … auf einen Schlag erinnerte sich Klara wieder daran, was geschehen war. Sophie! Sie schoss hoch und erstarrte im nächsten Augenblick. Ihre Beine gaben nach und während Klara an der Wand, an der sie gelehnt hatte, zu Boden rutschte, spielte ihr Gehirn die Ereignisse wie einen Film vor ihren Augen ab.

Sophie, die Emma noch nachwinken wollte. Das ungute Gefühl, das an Klara genagt hatte, dass sie schon zu lange weg war. Sophie verschwunden – schon wieder! Der Anruf bei der Polizei. Klara, wie sie die Straße abgelaufen war und dabei nach Sophie rief, beinahe verrückt vor Angst. Dann war da plötzlich so ein Gefühl gewesen, eine Präsenz. Aber gerade, als sie sich hatte umdrehen wollen, hatte sie jemand gepackt. Klara hatte versucht, sich zu wehren, doch die Person war stark. Dann ein Tuch auf Mund und Nase – und Dunkelheit

Oh Gott. Jemand hatte sie beide entführt. Sie beide, nicht bloß Sophie. Sophie! Wo war ihre Tochter?! Eine weitere Welle der Angst brach über sie herein, lähmte sie für einen Augenblick. – *Sophie!* Es gelang Klara nicht, den Namen ihrer Tochter hinauszuschreien, sie rang nach Luft.

Kalter Schweiß perlte ihre Stirn herab und ein unkontrollierbares Zittern erfasste ihren ganzen Körper. Wo war ihre Tochter? Lebte sie noch?

Wenn es doch bloß nicht so dunkel wäre! Der Lichtstrahl kam nicht mehr zurück. Klara rappelte sich auf. Sie musste den Raum abtasten. Vielleicht war Sophie ganz in ihrer Nähe, ebenso bewusstlos, wie sie es bis eben noch gewesen war. Sie musste nachsehen! Hoffentlich hatte man sie nicht an einen anderen Ort gebracht. Ein leises Röcheln ließ sie zusammenfahren. Wo kam das her? „Sophie, bist du hier? Bitte sag was, wenn du mich hörst."

Die anschließende Stille verstärkte ihr ungutes Gefühl, dass sie sich geirrt und ihre Fantasie ihr einen Streich gespielt haben könnte, weil sie sich so sehr ein Lebenszeichen von Sophie gewünscht hatte. Doch diese Gedanken verdrängte sie gleich wieder. Sie wollte daran festhalten, etwas gehört zu haben, um nicht durchzudrehen. Sie würde nachsehen, ob Sophie mit in diesem Raum war und wenn sie es war, würde sie sie beschützen. Klara lauschte angespannt. Nach wenigen Sekunden hörte sie wieder ein leises Geräusch, wie ein Wimmern und dann plötzlich ...

„Mama, bist du das? Bist du auch hier? Sag bitte was!"

„Ja! Ja, Sophie, ich bin da!"

Klara erhob sich etwas unbeholfen. Dem Klang nach war Sophie ihr direkt gegenüber, aber was, wenn etwas im Weg lag, um sie aufzuhalten?

„Sophie, hab keine Angst, ich bin gleich bei dir. Ich bewege mich an der Wand entlang und müsste gleich bei dir sein." Vorsichtig tat Klara genau das, was sie angekündigt hatte. Dabei hörte sie nicht auf zu sprechen. Sophie sollte merken, dass sie noch da war, dass sie im besten Fall immer näher kam. Sie war überzeugt davon, dass ihre Worte Sophie beruhigten, darum redete sie in einem fort.

Klara rutschte mit dem Rücken an der Wand entlang. Doch da fiel ihr etwas ein: Jeder Raum hatte eine Tür und neben jeder Tür war ein Lichtschalter. Sie musste den Lichtschalter finden. Klara teilte diese Information mit Sophie und tastete nun zusätzlich mit den Händen über die Wand. Es dauerte ein wenig, aber dann endlich: „Ich hab sie! Ich hab die Tür gefunden! Endlich! Da ist auch der Schalter. Gott sei Dank. Er ist links neben der Tür. Ich drücke ihn jetzt nach unten. Verdammt!"

Klara drückte immer wieder auf den Schalter, aber der Raum blieb dunkel. Das musste Absicht sein. Wütend schlug sie gegen die Tür. Sie erinnerte sich daran, wie viel Angst Sophie vor der Dunkelheit hatte, seit sie das erste Mal entführt worden war und das machte Klara noch wütender. Vielleicht könnte sie die Tür ja einschlagen?

Ein leises Geräusch lenkte sie von ihrem Plan ab. Was war das? Dann hörte sie es wieder und es machte Klick. Es war

Sophies kaum hörbares Schluchzen. Das Geräusch brach ihr das Herz. Auch ihr traten nun die Tränen in die Augen. Wenn sie ihr doch nur etwas Tröstendes sagen, an das sie sich klammern könnte, dass ihr Hoffnung auf baldige Befreiung machte. Ihr Kind litt. Sophie brauchte sie. Das Einzige, was sie tun konnte, war ihr gut zuzureden und sie gleich in den Arm zu nehmen.

Wieder tastete sich Klara an der Wand entlang. Sie verdrängte ihre eigenen Ängste und Gedanken und fokussierte sich einzig und allein darauf, ihre Tochter zu finden.

„Ich bin gleich bei dir, halte durch."

Plötzlich ergriff jemand ihr Bein und klammerte sich daran fest. Klara war vor Schreck so heftig zusammengefahren, dass sie einen Schrei ausstieß.

„Bist du es Sophie?", fragte sie, nachdem sie sich einigermaßen beruhigt hatte.

„Ja, Mama, lass mich nicht allein."

Klara bückte sich und ihre Hand berührte Sophies Haare. Vor Erleichterung ging sie auf die Knie. Dann umarmten sie sich lange und weinten. In diesem dunklen Raum hatte Klara kein Zeitgefühl. Sie wusste nicht, wie lange sie so dagesessen hatten, bis Sophie schließlich die Stille brach.

„Wo sind wir?"

„Ich weiß es nicht. In irgendeinem Keller, vermute ich."

Sophies Stimme bebte, als sie ihrer Mutter gleich mehrere Fragen stellte.

„Was ist, wenn niemand kommt? Müssen wir hier verhungern? Ich will nicht sterben, ich will hier raus!"

Dann weinte Sophie herzzerreißend. Klara versuchte sie zu beruhigen. Doch das, was ihre Tochter hören wollte, konnte sie ihr nicht versprechen: dass man sie schon bald befreien würde. Also tat sie einfach das, was sie tun konnte, sie im Arm halten und ihr versprechen, dass sie alles in ihrer Macht Stehende tun würde, um sie zu beschützen und zu befreien.

„Man wird nach uns suchen. Pascal wird etwas unternehmen. Er wird die Polizei verständigen, wenn er uns daheim nicht findet."

„Es ging alles so schnell", sagte Sophie. „Eben noch habe ich Emma gewunken, dann wollte ich wieder rein, aber plötzlich hat mich jemand gepackt und mir so ein ekliges Tuch ins Gesicht gedrückt. Ab da weiß ich nichts mehr. Was haben die mit uns vor?"

„Ich weiß es nicht, Schatz."

„Glaubst du, Papa hat damit etwas zu tun, oder Lydia?"

„Dein Papa würde dir das nie antun. Niemals! Und Lydia ist, Gott sei Dank, in der Psychiatrie. Dort bekommt sie Hilfe."

„Ich wäre jetzt auch lieber in der Psychiatrie. Ich hab Angst, Mama. So schreckliche Angst und mir ist kalt."

Klara zog ihre Jacke aus und legte sie auf Sophies Beine. Sie sträubte sich zunächst dagegen, doch Klara bestand darauf, dass sie die Jacke behielt.

„Komm, wir rücken noch dichter zusammen", sagte Klara. „Mehr könnten wir im Augenblick nicht tun. Wir haben wenigstens einander. Sobald es hell wird, erkunden wir dieses Loch. Vielleicht ergibt sich ja eine Möglichkeit, hier raus zu kommen, auch ohne Hilfe."

Bald darauf schliefen sie vor Erschöpfung ein. Klara schreckte ein paar Mal aus dem Schlaf, doch sie konnte jedes Mal keine Bedrohung ausmachen und schlief schnell wieder ein. Am nächsten Morgen taten Klara alle Knochen weh. Sie rollte sich herum, ging auf die Knie und erhob sich schwerfällig. Sie reckte und streckte sich, um ihre verkrampften Muskeln zu lockern, obwohl sie bei jeder Bewegung schmerzten. Es fühlte sich an, als hätte man sie eine Nacht lang in einen Schraubstock gepresst. Dann waren die schlimmen Gedanken wieder da und die Angst. Klara blickte sich rasch um und erkannte, dass sie kein Wasser hatten. Sie wusste nicht, worauf sie hoffen sollte, dass bald jemand käme, um ihnen welches zu bringen, oder ob sie lieber beten sollte, dass möglichst lange niemand kommt. Doch es half nichts – sie konnte an ihrer Situation im Moment nichts ändern. So verzweifelt sie auch war, sie würde für Sophie stark bleiben.

„Komm Sophie, steh auf, beweg dich auch ein bisschen, dann wird dir wärmer. Wir müssen beweglich sein, wenn jemand kommt. Wir sind zu zweit, vielleicht können wir denjenigen überwältigen."

Sophie war in einem desolaten Zustand. Sie wollte nicht aufstehen. Sie hatte die Beine angezogen, die Arme darüber verschränkt und den Kopf auf die Knie gelegt.

„Ich will nicht aufstehen, ich bleibe hier sitzen, bis jemand kommt. Wir sterben ja doch. Es ist genauso wie in der Hütte. Ich will nicht sterben!"

„Dieses Mal bist du nicht gefesselt und auch nicht allein. Ich bin bei dir. Wir stehen das zusammen durch. Komm, gib mir deine Hand, ich helfe dir auf."

Klara streckte ihrer Tochter die Hand hin, Sophie nahm sie und Klara zog sie auf die Beine. Dann sahen sie sich um. Eine Wand war bis unter die Decke mit Schimmel bedeckt. Darum stank der Raum so. Das Fenster war ohne eine Leiter unmöglich zu erreichen, es wäre sowieso zu klein, um hindurchzuklettern. Die Decke hing durch. Klara befürchtete, dass sie jeden Augenblick auf sie herabfallen könnte. Der Raum war leer. Das Haus musste alt und unbewohnt sein, vielleicht hatten es ihre Entführer, deshalb ausgesucht. Würde sie hier jemand finden? Die Tür war aus Eisen. Sie musste nachträglich eingebaut worden sein, denn sie war neu und fest verankert. War das ihretwegen geschehen? Scheinbar war ihre Entführung schon länger geplant gewesen. Aber war das gut oder schlecht für sie? So eine Tür war bestimmt nicht billig und dann noch der Aufwand, sie einzubauen. Wieso das alles? Klara sah sich weiter um. An der Deckenleuchte war die Glühbirne herausgeschraubt. Deswegen also kein Licht. Ohne Hilfe würden sie hier wahrscheinlich nicht rauskommen, außer es gelänge ihnen, den oder die Personen zu überwältigen, die dahintersteckten. Worum ging es hier? Erpressung? War Ulrich vermögend genug, dass sich das lohnen würde? Er verdiente gutes Geld und sie wusste, dass er eine erhebliche Summe auf der hohen Kante hatte. Aber war es genug, um ihn und damit auch sie zur Zielscheibe zu machen? Wenn es so war, wäre das wahrscheinlich das für sie günstigste Szenario. Für seine Tochter würde ihr Ex-Mann jeden Preis zahlen. Was wären die Alternativen? Mehrere spukten Klara durch den Kopf, eine schrecklicher als die andere. Also versuchte sie, ihre Gedanken in andere Gefilde zu lenken.

Klara schwitzte wieder, obwohl es eisig kalt war. Ihr war, als stecke ein Stachel mitten in ihrem Herz, den sie nicht herausziehen konnte, der sich immer weiter hineinbohrte bei vollem Bewusstsein und sie durfte nicht einmal schreien.

Die Angst, die sich ihrer bemächtigt hatte, wollte nicht mehr weichen. Ihrer Tochter weiterhin was vorzumachen, war sinnlos. Es war normal, dass man in ihrer Lage Angst empfand, weil sie ja nicht wussten, ob sie das überleben würden. Klaras Herzschlag beschleunigte sich. Ihr Mund war trocken. Sie versuchte, mit der Zunge ihre Lippen zu befeuchten, doch Linderung brachte das nicht. Noch nicht mal Wasser hatte man ihnen dagelassen. Panik stieg in ihr auf. Nahm ihr die Luft zum Atmen. Mit aller Macht versuchte sie das Grauen, das sie erwartete, zu ignorieren, was ihr aber nicht gelang. Dann hörten sie Schritte, die sich näherten. Sie sprangen gleichzeitig auf, gingen einige Schritte in Richtung Tür.

„Bleib hinter mir", sagte Klara zu Sophie. Dann blieben sie stehen, hielten die Luft an und die Tür öffnete sich.

ZUR GLEICHEN ZEIT AUF DER POLIZEIWACHE.

Die Ermittler waren erschüttert. Lydia Scheffler war tot! Damit hatten sie nicht gerechnet. Das bedeutete wohl, dass es jemand auf die ganze Familie Scheffler abgesehen hatte. Doch warum? Wer war die Frau, die Lydia aus der Psychiatrie entführt hatte? Hatte sie sie auch geschubst?

„Ich glaube nicht an Selbstmord", sagte Hammerschmidt, „doch ich möchte nicht vorgreifen."

„Ich auch nicht", erwiderte ihr Kollege. „Jetzt wird es dringender denn je, die Entführungsopfer zu finden. Sie sind in höchster Gefahr, falls sie überhaupt noch leben."

„Daran möchte ich gar nicht denken!"

„Es spricht so viel dafür. Der Mordanschlag auf Ulrich Scheffler, jetzt der Mord an seiner Frau. Und ja, ich gehe fest davon aus, dass Lydia ermordet wurde. Ich übernehme Schefflers neue Freundin. Wie hieß sie noch? Ach ja, jetzt fällt es mir wieder ein: Carmen Ritz. Fahr du zum Bahnhof, Jossi, aber nimm bitte jemanden mit. Ich versuche etwas über die Freundin rauszukriegen. Wenn es unser Täter wirklich auf die Familie abgesehen hat, läuft uns die Zeit davon."

Als die Oberkommissarin vom Bahnhof zurückkam, hatte Prodendorf ihr einiges mitzuteilen.

„Ich klär dich gleich auf, Jossi. Wie war es bei dir?"

„Ein ziemliches Chaos. Zu viele Zivilisten. Der Zugführer hat einen Schock und musste ins Krankenhaus und jede Menge Gaffer zertrampelten unseren Tatort, während sie versuchten, Fotos zu machen und Videos zu drehen. Verdammte Aasgeier! Aber wir haben zwei zuverlässige Zeugen auftreiben können, die alles mitangesehen haben. Es war Mord. Eine der beiden hat genau gesehen, wie eine Frau Lydia Scheffler auf die Gleise stieß und davonrannte."

„Ich wusste es doch!", jubelte Prodendorf.

„Die Zeugen beschrieben die Täterin als schlank, so um die dreißig. Sie hätte einen beigefarbenen Mantel angehabt und eine FFP2-Maske getragen, dazu eine Mütze tief ins Gesicht gezogen, sodass man sie nicht näher beschreiben konnte. Ein junger Mann rannte ihr allerdings hinterher. Er tauchte an der Absperrung auf und verlangte, mit einem Ermittler zu sprechen, weil er das Auto der Täterin beschreiben könne. Wir haben also Typ, Farbe und einen Teil des Nummernschilds aus Köln. Ich gab diese Information direkt an die Kollegen weiter und große Überraschung: Das Auto gehört Carmen Ritz. Die Beschreibung der Täterin passte ebenfalls zu ihr."

„Hab ich's nicht gesagt! Ich hatte mal wieder den richtigen Riecher. Und jetzt willst du sicher wissen, was ich über sie herausgefunden habe."

„Spuck's schon aus, mach's nicht so spannend."

„Du wirst Augen machen."

ZUR GLEICHEN ZEIT IM KELLER.

„Bryan! Oh, Gott sei Dank. Wie hast du uns gefunden?"

Klaras verkrampfte Muskeln lösten sich und sie atmete beruhigt aus. Sophie schoss hinter ihrer Mutter hervor. Sie stürzte auf Bryan zu und wollte ihn umarmen, doch als sie in sein Gesicht sah, blieb sie abrupt stehen und ging langsam rückwärts, Schritt für Schritt, dabei ließ sie ihren Bruder nicht aus den Augen. Versteinert stand er da und starrte sie mit einem wirren Blick an, der ihr einen Schauer über den Körper jagte.

„Ihr beide seid echt so blöd", kam es von Bryan, während er den Arm, den er hinter dem Rücken verborgen gehalten hatte, hervorzog. In der Hand hielt er eine Pistole und richtete sie auf die Frauen.

Alle Farbe wich aus deren Gesichtern, sie waren irritiert und begriffen nicht, was das sollte. Wieso machte Bryan das?

„Was soll das Bryan?", fragte Klara. Tiefe Bestürzung löste schlagartig die anfängliche Freude ab. Sie verstand das alles nicht. Das war Bryan, den sie großgezogen hatte. Ihr Bryan, der, auf den sie sich immer verlassen konnte. Wieso hatte er eine Waffe und warum richtete er sie auf sie?

„Halt die Schnauze!", donnerte er und blickte Klara so voller Hass an, dass sich ihr der Magen umdrehte. Sie erkannte ihren Stiefsohn nicht wieder. „Halt einfach die Schnauze oder ich knall dich sofort ab, klar? Gott, ständig musst du labern. Schnatter, schnatter, schnatter. Also halt einfach mal die Schnauze! Das hier ist mein Finale. Meins! Nur für diesen Augenblick habe ich gelebt."

Klara wollte etwas erwidern, aber sie ließ es lieber sein, sie hatte Angst, dass dieser Fremde in Gestalt ihres Stiefsohnes seine Drohung wahr machen könnte.

Sophie dagegen hatte den Ernst der Lage offenbar noch nicht begriffen.

„Wir haben schrecklichen Durst, hast du was zu trinken dabei?", wandte sie sich an ihn.

„Wag es nicht, mich anzuquatschen, du dämliches kleines Miststück! Hinsetzen! Alle beide! Dort hinten an der Wand.

Ihr hört jetzt mal mir zu und wenn ihr mich unterbrecht, kassiert ihr ne Kugel, kapiert?"

Klara und Sophie kamen schweigend der Aufforderung nach. Sophie zitterte und stumme Tränen rollten ihr über die Wangen.

„Habt ihr eine Ahnung, wie lange ich auf diesen Moment gewartet habe?", begann Bryan.

Klara beobachtete ihn, wie er in selbstgerechter Haltung vor ihnen stand, seine Augen glänzten, als er sprach. War er schlicht wahnsinnig oder hatte sie sich wirklich all die Jahre so sehr in ihm getäuscht?

„Als ich geboren wurde, wollte mein Erzeuger mich nicht sehen, wusstet ihr das? Fünf Jahre lang duldete er mich mehr oder weniger. Und wenn er nach Hause kam, musste meine Mutter dafür sorgen, dass ich mich still verhielt. Ich durfte ihn nicht ansprechen oder irgendwie stören. Er hasste Kindergeschrei. Er sprach nie mit mir, kein einziges nettes Wort in all den Jahren. Wenn meine Mutter ihm das vorhielt, ignorierte er sie oder schlimmer noch, er rechtfertigte sein Verhalten auf seine Art.

,Du weißt doch, dass ich keine Kinder wollte', das wiederholte er bei jeder Gelegenheit. Wäre es nach ihm gegangen, wäre ich nie geboren worden. Er hat versucht, meine Mutter zur Abtreibung zu zwingen, wusstet ihr das? Nein, natürlich nicht. Da hättet ihr euch ja mal für mein Leben vor euch interessieren müssen. Und ich lernte ihn zu hassen. Er hasste mich, also hasste ich ihn. Einfach alles an ihm. Seine Überheblichkeit, die Art, wie er mit meiner Mutter umsprang, wie er mit ausgestreckten Beinen lässig in seinem Sessel hing, wie er gierig das Essen in sich hineinschlang, wie er sich kleidete, sein Geruch mit dem teuren After Shave. Wie sehr ich mir wünschte, dass meine Mutter ihn verlassen würde, freiwillig, aufrecht und voller Stolz. Doch das konnte sie nicht, er hatte sie längst zerstört. Dann trennte sich dieser Bastard von ihr. Und davon hat sie sich nicht mehr erholt. Sie wurde depressiv, zu einem Zombie, der nur blicklos auf dem Sofa lag. Und dann brachte sie sich um. Da war ich neun. Keine Ahnung, warum ich zu euch ziehen sollte, er hatte mich schließlich nie gewollt, aber da war ich dann und durfte mir seine neue, perfekte kleine Familie anschauen. Mit dem dämlichen kleinen Prinzesschen, das er mehr liebte, als er mich je geliebt hatte und einer Stiefmutter, die immer so scheiß freundlich tat."

Klara war zutiefst erschüttert. Sie hatte gewusst, dass Bryans Mutter Suizid begangen hatte, aber die Umstände … der arme Junge. Kein Wunder, dass er sich in dieser Weise entwickelt hatte. Hätte sie doch bloß etwas geahnt! Sie hätte ihm vielleicht helfen können, ihm Hilfe verschaffen können, bevor er Wege beschritt, von denen es kein Zurück mehr gab. Und Ulrich … am liebsten hätte sie ihm ihre Faust ins Gesicht gerammt. Wie hatte er sich nur so kalt einem verzweifelten Kind gegenüber verhalten können? Gott, der Schaden, den er angerichtet hatte … Ihr Herz brach für Bryan – nicht den Mann mit dem irren Funkeln in den Augen, der gerade vor ihr auf und ab lief, sondern für das neunjährige Kind, das damals in ihre Familie kam. Sie wünschte, sie hätte damals genauer hingesehen. Sie wünschte, sie hätte mehr Fragen gestellt, Ulrich mehr bedrängt.

Klara erkannte, dass er es durchaus ernst meinte, er hasste seinen Vater zutiefst und wie er über sie und Sophie sprach … Erst jetzt wurde ihr bewusst, dass sie sich vielleicht in noch viel größerer Gefahr befanden, als sie gedacht hatte. Denn diesen Bryan, so voller Hass und Abscheu, kannte sie nicht. Er war unberechenbar.

Sie ließ ihn reden, er brauchte das. Viel zu lange hatte sich das alles in ihm aufgestaut. Und solange er redete, würde er ihnen nichts tun. Und danach … Klara würde sich etwas einfallen lassen müssen. Aber erst einmal durften weder sie noch Sophie ihn unterbrechen.

„Bald spürte ich, dass der Hass mir Kraft verlieh. Irgendwann würde ich stark genug sein, um es dem Alten heimzuzahlen, auf die Art, die er verdient. Der Tag der Abrechnung würde kommen. Die Gedanken daran waren wie Medizin. Ich hasste alle, die mit meinem Erzeuger in Verbindung standen. In der Schule lernte ich schließlich Jürgen Peters kennen. Ich sah zu ihm auf, weil mir seine Lebenseinstellung gefiel. Und auch er hatte unter seinem Vater gelitten. Er sagte zu mir: ‚Vertrau niemand. Die Menschen, die dich umgeben, sind armselige Lügner. Echt an denen ist nur, wenn sie dich anbrüllen und niedermachen. Du musst dich nur auf dich verlassen und auf sonst niemand.' Und er hatte ja so recht."

„Du kanntest Jürgen?", rutschte es aus Sophie heraus. „Wusstest du davon, was Jürgen mit mir in der Hütte gemacht hat?"

„Halt die Schnauze, du verdammtes kleines Miststück oder ich knall dich gleich jetzt ab!" Dabei hielt er die Pistole auf Sophie gerichtet.

Klara dachte nicht nach, sie sprang einfach vor Sophie und schützte sie mit ihrem Körper. Doch sie hatte Glück, Bryan war wohl noch nicht bereit, eine von ihnen zu erschießen. Aber sie musste ihn wieder zum Reden bringen, solange er redete, waren sie sicher.

„War die Entführung deine oder Peters Idee?"

Statt ihre Frage zu beantworten, redete er wirres Zeug, was ihr noch mehr Angst einjagte. Sophie klammerte sich verzweifelt an ihre Mutter und Klara überlegte fieberhaft, was sie sagen oder tun könnte, um sich und ihre Tochter zu retten. Sophie musste das irgendwie überstehen, wenigstens sie.

„Ich verstehe dich, Bryan. Ulrich hat dich schrecklich behandelt. Ich wusste es nicht und das tut mir leid. Aber warum rächst du dich an Unschuldigen?"

„Unschuldig? Dass ich nicht lache! Von dir hat das Arschloch nicht verlangt, dass du abtreibst. Dein Balg hat er gewollt und sie wie eine verdammte Prinzessin behandelt!"

„Sie hat sich das doch nicht ausgesucht, genauso wenig wie du. Du solltest doch am besten wissen, dass Kinder nicht für die Fehler ihrer Väter verantwortlich sind."

„Sie machte doch mit ihm gemeinsame Sache. Er schmeißt ihr ständig Geld hinterher und sie ist trotzdem ständig undankbar und jammert rum. Und du, Klara, hast die Stelle meiner Mutter eingenommen, sie damit in den Tod getrieben, das ist deine Schuld!"

Klara widersprach ihm.

„Als ich Ulrich kennenlernte, waren deine Eltern schon lange getrennt. Wie kann ich sie dann in den Tod getrieben haben? Ich war es, die sich für dich einsetzte, als ich erfuhr, dass Ulrich einen Sohn hat."

„Und deswegen bist du eine Heilige, oder was? Du wolltest doch nur vor Nachbarn und Bekannten gut dastehen."

„Du weißt genau, dass das nicht stimmt! Du solltest mich besser kennen. Ich war immer gut zu dir und habe dich beschützt."

„Du willst dich nur rausreden. Du hast doch immer nur so lieb und freundlich getan und in Wirklichkeit warst du auf seiner Seite. Und deswegen musst auch du bestraft werden. Ihr habt meine Mutter in den Tod getrieben, und ich werde sie rächen! Sie war der einzige Mensch, der mich bedingungslos geliebt hat."

Bryan, der bisher mitten im Keller gestanden hatte, ging zu den Frauen hinüber, sah auf sie herab und hielt die Pistole an Klaras Kopf.

„Na, wie gefällt dir das? So viel Mut hättest du mir bestimmt nicht zugetraut. Jetzt bin ich am Zug. Ich entscheide, wer lebt und wer stirbt, wer schuldig ist und wer nicht und ihr seid verdammt noch mal schuldig!"

Er lachte und ging ein Stück zurück.

ZUR GLEICHEN ZEIT AUF DER POLIZEIWACHE.

„Ich habe den früheren Wohnort von Carmen Ritz ausfindig gemacht. Bevor sie nach Köln kam, wohnte sie in Saarbrücken, war dort verheiratet und führte ein scheinbar ruhiges Leben. Das änderte sich, als ihr Mann einen tödlichen Autounfall hatte. Die Polizei fand heraus, dass an dem Auto herummanipuliert worden war. Carmen Ritz war verdächtig, denn wie sich herausgestellt hatte, war das Eheleben der beiden die reinste Hölle. Dann kam heraus, dass der Ehemann sich mit dubiosen Geschäftsleuten eingelassen hatte, die der Polizei nicht unbekannt waren. Doch als man gegen sie ermittelte, waren sie untergetaucht. Frau Ritz konnte man nichts nachweisen. Sie zog daraufhin nach Köln und lernte Ulrich Scheffler kennen. Aber es gibt noch einen Eintrag, der mit ihr in Verbindung steht. Einer gewissen Liselotte Krumpel, wurde der Ausweis gestohlen.

Frau Ritz war Zeugin. Was Genaueres kann ich nicht finden. Okay, weißt du was? Ich rufe in Saarbrücken bei den Kollegen an. Mal sehen, ob sie mir weiterhelfen können. Ich glaub ja nicht, dass das was Harmloses ist. Nicht bei dem Fall."

Jossi Hammerschmidt beobachtete ihn von ihrem Schreibtisch aus. Sie hörte zwar nur seine Seite des Gesprächs, aber das reichte schon, immerhin kannte sie Prodendorf schon eine ganze Weile: Er war etwas Großem auf der Spur und wusste es. Gespannt wartete sie darauf, dass er das Gespräch beendete und sie aufklärte.

Als Prodendorf auflegte und sich ihr zuwandte, sah sie ein breites Grinsen auf seinem Gesicht. Oh ja, er hatte was Gutes für sie.

„Ich erwähnte ja schon, dass Ritz Zeugin bei einem Diebstahl war. Sie wurde sogar verdächtigt, selbst den Ausweis gestohlen zu haben. Die beiden Frauen waren befreundet. Bis dahin, wohlbemerkt. Im Anschluss an den Diebstahl gab es einen Riesenzoff zwischen ihnen, obwohl Ritz den Diebstahl energisch bestritt. Lieselotte Krumpel wollte wegen eines Sprachstudiums für ein Jahr nach Amerika reisen. Sie war so sauer, weil sie einen neuen Ausweis beantragen und ihren bereits gebuchten Flug verschieben musste. Es war der Streit zwischen den Frauen, warum sich der Kollege so genau an den Fall erinnern konnte."

„Und?", fragte die Kommissarin. „Was fangen wir mit dieser Information an?"

„Sei doch nicht so ungeduldig. Warts ab." Er tippte etwas in seinen Computer und pfiff dann plötzlich durch die Zähne.

„Halt dich fest, Jossi, ich hab einen Treffer!" Er schoss hinter seinem Schreibtisch hervor und blieb vor seiner Kollegin stehen.

„Unter dem Namen Lieselotte Krumpel wurde ein Haus gemietet. Dabei befindet sie sich noch immer in Amerika, das habe ich recherchiert."

Jetzt war auch Hammerschmidt nicht mehr zu bremsen. Sie sprang sofort von ihrem Stuhl hoch, zückte im Rennen bereits ihr Handy und alarmierte die Kollegen. Die beiden Ermittler machten einen Zwischenstopp bei ihrem Chef, Hauptkommissar

Rust und teilten ihm mit, was Prodendorf herausgefunden hatte. Rust zögerte keinen Augenblick und informierte seinerseits die Spezialeinheit GSG 9, den Rettungs-wagen, segnete Hammerschmidts Anforderung weiterer Kollegen ab. Im Anschluss verließen sie allesamt das Gebäude und die ersten Autos brausten davon. Sie alle hofften, dass sie das Puzzle noch rechtzeitig zusammengesetzt hatten.

ZUR GLEICHEN ZEIT IM KELLER.

„… Habt ihr überhaupt eine Ahnung, wie lange ich gebraucht habe, um das alles zu planen? Jede Nacht habe ich mir ausgemalt, wie ich euch alle bestrafen würde, während ich tagsüber brav meine Rolle spielte. Und wie du mir aus der Hand gefressen hast, Klara, und dich immer wieder bei mir ausgeheult hast über Sophie und meinen Erzeuger und ach einfach alles. Und immer hast du dich an mich gewandt, wenn du Hilfe gebraucht hast. Gott, du hättest mir echt nicht besser in die Hände spielen können." Bryan lachte gehässig auf und Klara kam sich so unglaublich dumm vor. Denn er hatte recht. Sie hatte sich immer an ihn gewandt, hatte ihn als ihren Verbündeten betrachtet. Er war es gewesen, den sie wegen Sophie um Hilfe bat, er, der die Kameras in ihrem Haus montiert hatte. Ihr drehte sich der Magen um.

„Wobei ich zugeben muss, dass es echt hart war, mich in der Gegenwart von Sophie zusammenzureißen und den liebenden Bruder zu geben – mein Gott, wenn ich ihr doch bloß den verzogenen Hals umdrehen wollte! Ein Mal war ich ganz kurz davor, weißt du? Ich sollte meinen Abend opfern und auf sie aufpassen, während dieses scheiß Gör die ganze Zeit nur nervte. Es wäre so leicht gewesen, sie mir vom Hals zu schaffen, aber es hätte alles ruiniert. Denn ich wollte nicht nur sie, ihr alle solltet bezahlen."

Sowohl Klara als auch Sophie liefen die Tränen über die Wangen. Am liebsten hätten sie sich die Ohren zugehalten, aber das hätte Bryan nur noch mehr provoziert.

„Ich wusste, ich würde den Alten über seinen Schwanz kriegen. Er war noch nie treu und darauf habe ich gesetzt. Die liebe Carmen hatte kein Problem damit, mir bei meiner Rache zu helfen. Sie wollte selbst Rache. Ihr besoffener Ehemann hat sie verprügelt, als sie schwanger war – so lange, bis sie das Kind verlor."

„Papas neue Freundin?", hakte Sophie schockiert nach.

„Nur noch ein Wort! Ich warne dich."

„Warte, Bryan", mischte sich Klara, so ruhig es ihr möglich war, ein. „Warum erlaubst du uns nicht wenigstens Fragen zu stellen, wir würden gern alles verstehen."

„Ich bin doch dabei, es euch zu erklären! Was ist denn daran schwer zu verstehen? Ihr seid echt zu blöd zum Zuhören! Klar bekommt ihr nur die Hälfte mit, wenn ihr mich dauernd unterbrecht. Haltet verdammt noch mal die Schnauze! Ich half Carmen dabei, sich zu rächen und sie mir."

„Ich muss es wissen", sagte Klara. „Warst du es? Die seltsamen Vorkommnisse im Haus – die ausgetauschten Zeitschriften, die Bilder, der Engel, all das – warst du das?" So unwichtig diese Frage in dieser kritischen Situation auch scheinen mochte, für sie war sie sehr wichtig. Jahrelang hatte sie unter diesem Terror gelitten und jetzt wollte sie endlich die Wahrheit erfahren.

„Wer denn sonst?", erwiderte Bryan und lachte. „Und wie der Alte anfing an deinem Verstand zu zweifeln, war genial! Und du! Schade, dass du nicht übergeschnappt bist, wie die liebe Lydia, aber man kann eben nicht alles haben."

Die arme Lydia.

„Ich nehme an, da du Peters kanntest, steckst du auch hinter Sophies Entführung?"

„Das hast du richtig erkannt. Jürgen sollte dich in der Hütte töten. Ich setzte ihn unter Druck mit einem Verbrechen, das er vor vielen Jahren begangen hatte. Danach sollte er sich bei mir melden und sein Auto in die Werkstatt bringen, als ginge es um eine Reparatur. Aber er ist nicht aufgetaucht. Um Mitternacht fuhr ich zur Hütte, um nachzusehen. Jürgen saß auf einem Stuhl, sein Kopf lag auf dem Tisch, er war eingenickt. Und Sophie, wie ich feststellen musste, noch am Leben."

Sophie weinte jetzt richtig. Klara schlang die Arme um sie, in dem Versuch, ihre Tochter zu trösten und in der Hoffnung, die Laute so ein wenig zu dämpfen. Bryan sollte sich nicht ausgerechnet jetzt an Sophies Anwesenheit erinnern.

„Der Scheißkerl wollte mit mir verhandeln, unglaublich, oder? Er hatte nie vorgehabt, das Balg kalt zu machen. Er wollte sie mir abkaufen – aber mir war das Risiko zu groß. Wer weiß, ob sie ihn nicht irgendwann um den kleinen Finger gewickelt hätte? Am Ende wär sie frei gekommen oder so – nein, sie sollte verrecken! Also hab ich ihm den Schädel eingeschlagen. Kein großer Verlust. Hätte dieser Blödmann nicht Reuters beauftragt, sich um das kleine Miststück zu kümmern, wäre alles gut geworden. Oh, ich war so wütend, als du mich anriefst und mir gesagt hast, dass sie gefunden wurde."

Sophie hatte aufgehört zu schluchzen. Sie starrte nur noch ins Leere. Sie konnte es einfach nicht fassen, dass Bryan, ihr großer Bruder, all das getan hatte. Dass er es gewesen war, wegen dem sie entführt worden und in dieser Hütte gelandet war. Dass er sie schon ihr Leben lang hatte tot sehen wollen. Wie konnte das nur sein? Wie konnte es sein, dass er ein eiskaltes Monster war und niemand hatte es bemerkt?

„Aus dem Krankenhaus konnte ich sie leider nicht entführen, zu viele Augen. Aber ich wusste, meine Zeit würde kommen. Carmen half mir bei der Planung, immerhin hatte ich noch was bei ihr gut und außerdem hatte sie irgendwie Gefallen daran gefunden, mit Menschen zu spielen und über ihr Leben und ihren Tod zu entscheiden.

Sie hat dieses Haus hier gemietet – unter falschem Namen natürlich. Wir haben alles vorbereitet für unser Leben danach. Bereits vor Monaten begann ich damit, einen Nachfolger für meine Werkstatt zu suchen, niemand bekam das mit, nicht mal meine Angestellten. Wenn alles vorbei ist, werden wir zusammen ins Ausland gehen, nur sie und ich. Wir werden uns ein neues Leben aufbauen. Geld haben wir genug. Aber ihr musstet ja wieder alles verkomplizieren! Weißt du, ich habe darüber nachgedacht, deinen Doktor umzubringen, Klara, aber das wäre ein wenig arg offensichtlich gewesen, deswegen habe ich ihn leben lassen, obwohl er dauernd im Weg war. Danke übrigens, dass du mir von deinen Umzugsplänen erzählt hast. Das Risiko, dass du nicht mehr ins Haus zurückkommst, konnte ich nicht eingehen. Also buchten wir unsere Tickets, transferierten unser Geld ins Ausland und nutzten unsere Chance. Heute werde ich endlich meine Rache bekommen. Leider musste ich Carmen das alte Arschloch überlassen, aber tot ist tot, also was solls? Ich werde es sein, der sein kostbares kleines Prinzesschen kalt macht, das muss reichen."

Sophie schreckte hoch. Was hatte er da gerade gesagt? Nein, das konnte nicht sein, nicht Papa.

„Der Alte krümmt sich seit Tagen vor Schmerzen und kämpft mit Übelkeit. Sein Stümper von Arzt hielt es für eine Magen-Darm-Grippe. Ja, als ob. Bis ihn jemand findet, ist er tot. Carmen hat ihm zum Abschied extra viel verpasst, bevor sie sich aufmachte, um diese Irre aus der Klapse zu holen."

„Du bist ja irre! Ich hasse dich!", schrie Sophie. Sie sprang auf die Beine und wollte sich auf Bryan stürzen, doch Klara hielt sie zurück.

„Hab ich dir nicht gesagt, du sollst dein verdammtes Maul halten!" Bryans Gesicht verzerrte sich zu einer gefährlichen Maske. Seine Haltung wurde starr. Er hob den Arm, richtete die Pistole auf Sophie. Klara warf sich zwischen sie, stellte sich vor ihre Tochter und betete, dass Sophie es irgendwie hier raus schaffen würde.

AM TATORT

Leise verteilten sich die Polizisten um das Haus, das sie an der Adresse vorgefunden hatten. Sie wollten ihre Anwesenheit nicht leichtfertig kundtun und damit riskieren, dass der Zugriff misslang. Das Haus stand sehr abgelegen, zwischen hohen Tannen versteckt, da. Die Beamten verständigten sich mit Handzeichen. Sie durften keine Fehler machen, schließlich ging es um Menschenleben. Jeder Handgriff musste sitzen und die Verständigung untereinander einwandfrei funktionieren und vor allem musste sie lautlos geschehen. Darum schlichen sie auch um das Haus herum, wie Raubtiere, die ihre Beute witterten.

Jeder hatte seine Aufgabe und wusste, was zu tun war. Es wirkte fast wie eine perfekt einstudierte Choreografie. Mit wenigen Handgriffen war die Haustüre offen und die Männer stürmten überraschend leise angesichts ihrer schweren Ausrüstung ins Haus. Mit gezogener Waffe durchsuchten sie die Zimmer. „Sauber", flüsterten sie sich gegenseitig zu. Jemand deutete auf die Kellertreppe. Von unten drangen laute Stimmen herauf. Jetzt konzentrierten sie sich auf den Keller. In Formation bewegten sie sich auf die Kellertür zu und öffneten sie geräuschlos. Während sie sich alle Mühe gaben, jegliche Geräusche zu vermeiden, wurde die männliche Stimme, die zu ihnen heraufdrang, immer lauter und aggressiver. Die Zeit drängte. Sie bedrohte die Geiseln.

Leise schlichen sie Stufe um Stufe hinab. Vor der letzten Stufe verharrten sie und der erste Mann in der Reihe zog etwas aus den zahlreichen Taschen seiner Uniform. Ein kleiner Spiegel, befestigt an einem langen, aber dünnen Stab. Er benutzte das Utensil, um um die Ecke zu linsen. Doch da war niemand, nur ein kleiner Vorraum mit einer weiteren Tür. Hinter dieser Tür war die Stimme des Mannes zu vernehmen. Also schlichen die Beamten den Rest der Treppe hinunter und gingen in Position, bereit den Raum zu stürmen.

Zum letzten Mal gaben sie sich Zeichen, dann riss der vorderste Mann die Tür mit Schwung auf. Eine Lawine an Polizeibeamten ergoss sich in den Kellerraum, jeder mit einer vorher vereinbarten Aufgabe. Mit nur einem Blick erfassten sie die Situation. Ein Mann stand zwei Frauen gegenüber und richtete eine Waffe auf sie. Damit war klar, was zu tun war. Ein Beamter schlug dem vollkommen überraschten Täter die Waffe aus der Hand, zwei andere rissen ihn zu Boden, ein dritter legte ihm Handschellen an. Dann stellten sie ihn wieder auf die Beine. Alles innerhalb weniger Sekunden, vielleicht ein oder zwei Minuten maximal.

Vier Beamte schirmten die beiden Opfer vor dem Mann ab – sicher war sicher. Rust stellte sich Bryan Scheffler gegenüber hin. Triumph erfüllte ihn, sie hatten ihn geschnappt! Aber gleichzeitig machte es ihm auch zu schaffen, wie viel Schaden er angerichtet hatte, bevor ihnen das gelungen war.

„Bryan Scheffler, ich verhafte Sie wegen Mordes, Freiheitsberaubung, Entführung und Körperverletzung."

Während Rust den Festgenommenen weiterhin über seine Rechte aufklärte, eilte Hammerschmidt zu den Frauen.

Beide saßen sie noch immer auf dem kalten Boden, einander umklammernd. Sie waren blass, ihnen waren die Strapazen der letzten Stunden deutlich anzusehen. Sophie weinte leise, während Klara Scheffler leicht abwesend wirkte. Ein Schock, dachte sich Hammerschmidt. Über Funk rief sie nach den Sanitätern und wies sie an, Decken mitzubringen. Zusätzlich zum Schock waren beide Frauen mit Sicherheit zumindest leicht unterkühlt, wenn nicht mehr.

Wie durch einen Schleier nahm Klara das Geschehen um sich herum wahr. Menschen, die sich im Zeitlupentempo bewegten, murmelnde Stimmen, verzerrte Wahrnehmung. Sie wollte aufstehen, der Boden war so kalt, aber ihre Muskeln wollten ihr nicht gehorchen. Totale Erschöpfung hatte ihre Knie in Pudding verwandelt. Sanitäter standen plötzlich vor ihr – wo kamen die denn auf einmal her? Sie legten Decken um sie und Sophie und mit einem Mal erinnerte sich Klara daran, wie es war, wenn einem nicht vor Kälte die Zähne beinahe aufeinanderschlugen. Nachdem sie sowohl bei ihr als auch bei Sophie Blutdruck und Puls kontrolliert hatten, sprachen die Sanitäter beruhigend auf die beiden ein. Sie halfen ihnen beim Aufstehen.

Klara beobachtete noch immer geistesabwesend das Geschehen um sich herum. Dann sah sie die Oberkommissarin neben ihrer Tochter stehen, wie sie ihren Arm um sie legte, ihr übers Haar strich und augenblicklich stellte sich ihre Sicht wieder scharf. Es war vorbei. Sophie war in Sicherheit. Sie beide waren in Sicherheit und hatten diesen Albtraum überlebt. Sie ging zu ihrer Tochter und dann lagen sie sich wieder in den Armen und weinten. Sie hatten überlebt. Sie waren in Sicherheit. Es war vorbei.

Bryan konnte es nicht fassen. Wie konnte das nur passieren? Er hatte doch alles so gut vorbereitet und fast hätte es ja auch geklappt. Wie hatten sie sie gefunden? Es konnte nicht an ihm gelegen haben. Er hatte alles bedacht. Nein, jemand musste ihn beobachtet und verraten haben. Er war kein Stümper. Die Polizei hätte niemals von sich aus das Versteck gefunden, dafür war sein Plan zu perfekt. Er hatte nichts falsch gemacht. So sehr es ihn auch wurmte, dass er Klara und das kleine Miststück nicht hatte ausschalten können, sein wichtigstes Ziel, den Alten, hatte er wenigstens erreicht. Es war schade, dass sie beiden noch lebten, aber wichtiger war, dass der Alte tot war – langsam und qualvoll war er verreckt und diese Genugtuung würde Bryan für den Rest seines Lebens trösten. Zu gerne wäre er dabei gewesen, hätte ihn bei seinem Todeskampf beobachtet, ihn betteln und flehen und winseln gehört. Aber egal, es war erledigt und er würde sich daran erfreuen, es sich in allen Einzelheiten immer und immer wieder auszumalen. Deswegen lächelte er auch, als er sich erhobenen Hauptes abführen ließ.

Klara sah ihm hinterher. An der Tür drehte er sich noch einmal kurz um. Ihre Blicke trafen sich. Bryan lächelte noch immer. Dann verschwand er aus der Tür. Es war auch für ihn vorbei, dachte Klara. Trotz allem, was passiert war, empfand sie in diesem Augenblick Mitleid mit ihm. Mit dem Jungen, den sie damals bei sich aufgenommen hatte, mit dem Mann, den sie all die Jahre zu kennen geglaubt hatte. Doch was er ihrer Tochter angetan hatte, würde sie ihm niemals verzeihen können.

Sophie löste sich von ihrer Mutter und sah die Kommissarin an. Ihre Stimme bebte.

„Es w-war Bryan. Von A-anfang an. Er ha-hat Papa u-umgebra-acht und w-wollte uns auch erm-morden!"

„Es ist vorbei", sagte Hammerschmidt beruhigend und Klara nickte leicht. Den beiden Frauen war deutlich anzumerken, dass sie mit den Geschehnissen noch nicht Schritt halten konnten. Das Adrenalin rauschte noch durch ihre Adern. Es war knapp gewesen und wer weiß, wie lange es dauern würde, bis die beiden das alles verarbeitet hatten. Aber wenigstens eine Sache konnte sie für sie tun. Hammerschmidt blickte Sophie in die Augen.

„Dein Vater lebt. Er liegt im Krankenhaus und wird es überstehen."

Wieder flossen Tränen, Tränen der Erleichterung, dass ihr Vater lebte, dass alles vorbei war.

„Er wird seine gerechte Strafe erhalten", versprach ihnen Hammerschmidt.

„Können wir bitte Wasser haben?", bettelte Sophie. Da erst bemerkte die Kommissarin, wie aufgesprungen die Lippen der beiden waren. Die Sanitäter standen allerdings bereit und reichten ihnen eine Plastikflasche.

„Nicht so hastig", ermahnte einer von ihnen Sophie, die das Wasser in gierigen Schlucken hinunterstürzte. Als sie die Flasche absetzte, war sie zur Hälfte leer.

„Können wir sie jetzt mitnehmen?", erkundigte sich der andere Sanitäter bei Hammerschmidt. Diese nickte und umgehend wurden beide Frauen aus dem Raum eskortiert. Jeweils einer der Sanitäter hatte eine Hand um einen ihrer Ellenbogen gelegt, um sie zu stützen, sollte ihnen die Kraft ausgehen.

Während Klara kaum ein Wort von sich gab, quasselte Sophie ohne Punkt und Komma. Sie konnte nicht aufhören zu reden, dann brach sie ohne Vorwarnung in Tränen aus. Sie wusste nicht, wie sie mit all dem umgehen sollte. Sie hatte dem Tod ins Auge gesehen, sich damit abgefunden zu sterben und war dann doch noch in letzter Minute gerettet worden. Zwei Extreme im Wechsel, Todesangst und Freude. Und dann die Sache mit ihrem Vater. Sie hatte nach Bryans Worten um ihn getrauert und jetzt freute sie sich, dass er noch lebte. Andererseits hatte sie nicht vergessen, was Bryan über ihn gesagt hatte, wie er seinen Sohn angeblich behandelt hatte. Ein Teil von Sophie war sich nicht sicher, ob sie ihren Vater überhaupt richtig kannte. So viele Gefühle wirbelten in Sophie herum, sie wusste nicht, wohin mit ihren Emotionen.

EPILOG

Klara und Pascal lagen entspannt auf ihren Sonnenliegen, während sie Emma und Sophie bei ihrer kleinen Wasserschlacht am Pool zusahen. Laut kreischend bespritzten sie sich gegenseitig mit Wasser, angestachelt von Charlotte. Frank dagegen versuchte, einem der Mitarbeiter mit Händen und Füßen zu vermitteln, dass er gern ein bestimmtes Fußballspiel im Fernsehen anschauen würde, das aber scheinbar nicht übertragen wurde. Klara fragte sich, ob er entweder gleich in Tränen ausbrechen oder losmarschieren würde, um alle Kneipen der Umgebung abzusuchen, ob nicht eine von ihnen das Spiel übertrug. Charlotte hatte allerdings längt dafür gesorgt, dass er das Spiel würde ansehen können, ließ aber, sadistisch veranlagt, wie sie eben manchmal war, ihren Mann lieber noch ein wenig zappeln, bevor sie ihn erlöste.

Klara lächelte. Sie genoss den zweiwöchigen Urlaub auf Mallorca. Zumal sie sich in einer Anlage weit weg von den Saufgelagen des Ballermanns befanden.

Noch vor einem Jahr hätte sie sich nicht vorstellen können, je wieder in Urlaub fahren zu können und ihn auch noch zu genießen. Zu stark hatten ihr zur damaligen Zeit die Ereignisse mit Bryan zugesetzt. Doch in der Therapie hatte sie das Trauma weitgehend aufgearbeitet, ebenso wie Sophie. Sie hatten beide noch mit ein paar Nachwirkungen zu kämpfen, aber fühlten sich um Längen besser als noch vor einem halben Jahr. Einen wesentlichen Anteil an Klaras Genesung hatte sie Pascal zu verdanken. Es war von Anfang an sein Wunsch gewesen, zusammen mit ihr und Sophie an einer Familientherapie teilzunehmen. Es war ihm wichtig, zu wissen, wie er mit ihren Traumata umzugehen hatte. Wie er sie unterstützen und was er besser vermeiden sollte. Das hatte sie zusammengeschweißt.

Sie waren nach ihrer Entlassung aus dem Krankenhaus bei Pascal eingezogen und das war die absolut richtige Entscheidung gewesen. Es hatte nicht lange gedauert und Sophie und Klara hatten gemeinsam im Verlauf der Therapie entschieden, das Haus zu verkaufen. Sie würden sich dort einfach nicht mehr wohlfühlen.

Ohne die Therapie wären sie heute bestimmt nicht hier. Klara hatte die Frage keine Ruhe gelassen, warum sie nicht bemerkt hatte, was wirklich in Bryan vorging. Sie hatte ihn als ihren Sohn betrachtet, ihn aber nie wirklich gekannt. Nicht den wahren Bryan. Ihr Therapeut hatte ihr erklärt, dass niemand, egal, wie gut er es auch meint, einem anderen in den Kopf sehen könne. Nicht einmal er könne Gedankenlesen, also warum erwartete sie von sich, dass sie es könnte? Trotzdem hatte es eine ganze Weile gedauert, die Schuldgefühle loszulassen.

Jetzt im Nachhinein war sie in der Lage, sein Verhalten anders zu deuten, Warnsignale zu erkennen. Aber damals hatte es keinen Grund für sie gegeben, Bryans Verhalten ernsthaft zu hinterfragen.

Bryan litt an einer Persönlichkeitsstörung, ausgelöst durch die Vernachlässigung in seiner frühen Kindheit. Er hatte beschlossen, sich als Opfer und Rächer zu sehen und nichts, was Klara hätte tun können, hätte das verhindern können. Allerhöchstens eine Therapie, doch auch die hätte nichts gebracht, wenn Bryan sich weigerte, sich zu öffnen, und an sich zu arbeiten – wovon auszugehen war. Lange Zeit glaubte Klara, bei seiner Erziehung etwas falsch gemacht zu haben. Doch mit jedem weiteren Gespräch mit ihrem Therapeuten wurden diese Gedanken weniger.

Dafür drängten sich andere Gedanken in den Vordergrund. Besonders jene, die Sophie betrafen. So bekam sie bei dem Gedanken daran, wie oft Sophie in ihrem Leben mit Bryan allein gewesen war, noch immer eine Gänsehaut. Sie hatte sich praktisch seit ihrer Geburt in ständiger Lebensgefahr befunden.

Es wäre so leicht für ihn gewesen, einen Unfall zu arrangieren. Klara hoffte, dass sie auch mit diesen Gedanken irgendwann fertig werden würde und sie verarbeiten könnte.

Sophie war noch immer in psychologischer Behandlung. Nach ihrer Befreiung hatte sie heftige Albträume gehabt und kaum noch eine Nacht genug Schlaf bekommen. Erst als Pascal ihr einen Hund schenkte, nahm die Häufigkeit der Albträume ab. Sophie bestand darauf, dass Bär bei ihr schlafen durfte. Klara lächelte bei dem Gedanken daran, wie die beiden sich aneinander kuschelten, wenn sie sich manchmal leise in Sophies Zimmer schlich. Der Name war allerdings Programm. Zu Beginn war Bär ein Bärchen gewesen, klein, kuschelig und niedlich. Mittlerweile nahm er den Großteil des Bettes ein und wog fast so viel wie Sophie selbst. Das allerdings schien mit ein Grund dafür zu sein, dass sie sich sicherer fühlte.

Noch vor einem Jahr hatte sie es für unmöglich gehalten, Sophie jemals wieder so unbeschwert zu sehen wie im Moment. Ein lautes Kreischen ertönte vom Pool, gefolgt von noch lauterem Gelächter. Und auch Klara konnte nicht an sich halten und fiel beinahe von ihrer Liege vor Lachen. Charlotte schien Frank ihren kleinen Fußball-Streich gebeichtet zu haben, denn er hatte sie allem Anschein nach in den Pool geworfen, wo Sophie und Emma sich alle Mühe geben mussten, sich über Wasser zu halten, obwohl sie lauthals gackerten. Charlotte sah aber auch witzig aus in ihrem Pool-Outfit mitsamt Strohhut, wie sie da im Wasser stand und ihren Mann ankeifte. Hatte da etwa gerade sein Mundwinkel gezuckt?

Ja, das Leben war schön, auch wenn es nach wie vor noch nicht leicht war. Klara hatte inzwischen mit den Geschehnissen abgeschlossen. Es hatte geholfen, dass mittlerweile auch alle Prozesse abgeschlossen und die Urteile gefallen waren. Die Presse hatte das Interesse an ihnen verloren und auch das Getuschel hinter ihren Rücken hatte aufgehört.

Hofstetter musste wegen Totschlag für acht Jahre ins Gefängnis. Für Mord hatte die Beweislage leider nicht ausgereicht.

Clausen, der Barbesitzer, verbüßte eine dreieinhalbjährige Freiheitsstrafe. Seine Bar wurde geschlossen.

Hans Reuter, der wegen mehrerer Straftaten angeklagt worden war, würde für mindestens sieben Jahre hinter Gittern bleiben.

Carmen Ritz bekam lebenslänglich. Ihr war es zum Verhängnis geworden, dass Bryan mehr als bereit gewesen war, auszupacken. Er sah sich nach wie vor im Recht und hatte mit seinen, aber auch Carmens Taten regelrecht geprahlt.

Und Bryan? Ein Gericht veranlasste, ihn für immer in einer geschlossenen Psychiatrie unterzubringen und das war gut so. So stellt er wenigstens keine Gefahr mehr für sich und andere dar. Und ihr Stiefsohn bekam die Hilfe, die er brauchte.

Ulrich hatte leider nichts dazugelernt. Er machte weiter wie bisher und hatte auch schon wieder eine neue Freundin. Allerdings war das Band zwischen ihm und Sophie stärker denn je. Obwohl ihre Tochter ihn jetzt mehr als Menschen, denn als Superhelden sah. Klara ließ sich nicht mehr von Ulrich herunterziehen, sie sahen sich nur noch selten, wenn es sich Sophies wegen einfach nicht vermeiden ließ.

〰〰

Klara und Pascal saßen im Außenbereich eines gemütlichen, gutbesuchten Cafés mit Blick auf den fünfunddreißig Meter breiten Strand. Sangria in einer Karaffe und zwei Gläser standen auf dem Tisch. Pascal fischte mit einem Holzlöffel das Obst aus dem Glaskrug, bevor er ihre Gläser erneut füllte. Während sie sich zuprosteten, alberten Sophie und ihre Freundin Emma im Meer herum. Charlotte und Frank waren zu einem Ausflug aufgebrochen.

„Ich freue mich so, dass wir hierhergeflogen sind. Ich fühle mich rundum wohl hier. Es ist so friedlich und harmonisch", strahlte Klara und sah ihren Freund verliebt an.

Klara beugte sich über den Tisch in Pascals Richtung, damit er die folgenden Worte auch wirklich verstand. Das war ihr wichtig. „Was ich dir eigentlich damit sagen will, ist Folgendes: Es ist überall schön auf der Welt, solange ich mit dir zusammen sein darf." Ihre Augen drückten Glück und Zuversicht aus.

„Du hast alles gesagt, was auch ich empfinde", antwortete Pascal. „Du hast die Leere, die ich oft spürte, mit deiner Gegenwart gefüllt. Bei dir bin ich angekommen und einfach rundum glücklich und zufrieden."

Sie hielten in ihrem Gespräch inne, als sie Charlottes Stimme hinter sich vernahmen.

„Oh Gott, jetzt ist es mit der Ruhe vorbei", flüsterte Pascal seiner Lebensgefährtin lächelnd zu. Charlotte legte auch gleich los.

„Da seid ihr ja! Wir haben euch schon überall gesucht. Bin ich erledigt. Der Tag war so anstrengend." Charlotte ließ sich auf einen freien Stuhl plumpsen, streckte die Beine aus und entspannte sich sichtlich innerhalb weniger Sekunden.

„Es war doch deine Idee, dass wir uns stundenlang die kulturellen Sehenswürdigkeiten ansehen, darum darfst du jetzt auch nicht jammern", sagte Frank. „Es ging von einem Gebäude ins nächste. Ich bräuchte das nicht." Dann drehte er sich zu Klara und Pascal hin.

„So stelle ich mir einen Urlaub vor. Ihr macht das richtig. Gemütlich am Strand mit einem kühlen … ob die hier auch Bier haben?"

„Natürlich gibt es hier auch Bier. Glaubst du, wir sind hier hinterm Mond? Das kommt davon, wenn man nie in Urlaub fährt, unser letzter Urlaub war vor zwanzig Jahren."

„Jetzt übertreib mal nicht. So lange liegt der Urlaub nicht zurück. Ich habe doch nur nach einem Bier gefragt."

Alle lachten. Charlotte umarmte ihren Mann. „Nun sei nicht so griesgrämig, mein Schatz. Ich gönne dir doch das Bier. Du kannst für mich eins mitbestellen, ich habe auch großen Durst. Nur, damit du es schon mal weißt, ich möchte heute Abend tanzen gehen. Ich brauche Bewegung. Am liebsten würde ich tausend Dinge auf einmal machen. Still sitzen kann ich zu Hause."

Frank stöhnte. „Hattest du heute nicht schon genug Bewegung? Ich dachte, du wärst erledigt."

„Bin ich auch – jetzt. Aber nachher hab ich wieder Energie", grinste Charlotte und wandte sich an ihre Freunde.

„Was ist, kommt ihr mit?"

„Natürlich kommen wir mit", lächelte Pascal. „Wird doch bestimmt lustig, wenn Frank das Tanzbein schwingt. Das möchte ich mir nicht entgehen lassen. Davon abgesehen, Bewegung ist immer gut. Dazu rate ich meinen Patienten ständig."

Sophie und Emma kamen zu ihnen herüber.

„Habe ich was von tanzen gehört?", fragte Sophie.

Charlotte antwortete ihr: „Wir gehen in die Disco. Wenn ihr Lust habt, könnt ihr mit."

Die Mädchen schoben noch zwei Stühle an den Tisch und setzten sich dazu.

„Natürlich wollen wir mit", sagten sie im Chor.

Klara lächelte. Ja, trotz allem, was passiert war und was sie durchgemacht hatten, ihr Leben war schön und dafür war sie unendlich dankbar.

DANKSAGUNG

Ich möchte allen danken, die mich ermutigten, stets ernst nahmen und auf ihre Art dazu beitrugen, dass ich mich für eine Veröffentlichung entschieden habe.

Allen voran meine Lektorin, Andrea Benesch. Sie war es, die mit ihrem Gespür für einen guten Text, eine Veröffentlichung möglich machte. Kein Fehler war vor ihr sicher, sie spürte alle auf. Die Zusammenarbeit mit ihr hat mir viel gegeben, weil ich ihr vertrauen konnte und sie immer für mich da war.

Selbst nach Fertigstellung des Manuskripts ließ sie mich nicht im Stich und stand mir mit Rat und Tat zur Seite.

Mein Sohn Frank, meine Schwiegertochter Silvia, meine Enkelin Jennifer und mein Enkel Francisco bestärkten mich darin, das Buch zu schreiben. Sie glaubten an mich. Wenn es am Computer kompliziert wurde, war Frank zur Stelle. Auf ihn konnte ich mich immer verlassen. Meinem Urenkel Anton und seinem stolzen Papa Andreas gilt ebenso mein Dank. Allein das Gefühl, in dieser Familie gut aufgehoben zu sein, macht mich glücklich.

Natürlich darf ich auch meine beste Freundin Klara nicht vergessen, auf die ich mich immer verlassen kann.

Vielen Dank auch an Covergarden für mein wunderschönes Cover und Natalie Gille für den Buchsatz!

Danke an euch alle – danke, dass es euch gibt.